마른갈망

∴

# 마른갈망

초판 1쇄 인쇄일 | 2019년 10월 04일
초판 1쇄 발행일 | 2019년 10월 15일

지은이 | 김노운
펴낸이 | 박성면
펴낸곳 | (주)동아

출판등록 | 제406-2007-000071호
주소 | 경기도 파주시 문발로 115, 세종출판벤처타운 201-A호
전화 | (031)8071-5201
팩스 | (031)8071-5204
E-mail | bear6370@hanmail.net

정가 | 10,800원

ISBN 979-11-6302-253-4 (03810)

동

# 마른꽃잎

김노윤 장편소설 DONG-A ROMANCE STORY

# 목　차

# Ch 1.

그를 처음 봤을 때 나는 마룻바닥을 닦던 중이었다.

그 흔한 물티슈나 헝겊도 눈에 띄지 않아 오래된 여름옷을 찢어 만든 걸레로, 늦은 여름을 맞아 꿉꿉하게 습기가 차오른 나뭇결을 닦을 때마다 마루는 뿌득뿌득 소리를 내며 움직였다. 하도 오래되어 이제는 아귀도 제대로 맞지 않는 탓이었다.

"계십니까."

낮은 목소리에 고개를 들었다. 땀에 젖은 머리카락이 미역처럼 눈앞에 달라붙어 처음에는 얼굴이 잘 보이지 않았다. 혹은 미열이 들어 시야가 몽롱해져서 그랬는지도 모르겠다.

"누구세요?"

"실례지만 여기가 한사월 님 댁이 맞습니까?"

그 말에 나는 번쩍 정신이 들어 이마를 가린 머리카락을 치웠다. 아버지의 이름을 부르며 찾아오는 사람은 많았다. 그러나 어머니의 이름을 부른 사람은 처음이었다. 그 점이 주의를 끌었다.

헝클어진 머리카락을 걷어 내자 거기엔 생전 처음 보는 아름다운 남자가 서 있었다.

"한사월 님 댁은 맞는데…… 누구세요?"

재차 묻는 내 말에 남자는 한동안 침묵을 지켰다. 나도 조용히 입을 다물었다. 대답을 기다리는 것도 있었지만 남자를 관찰하기 위해서가 더 컸다. 남자가 대답할 말을 찾는 동안 나는 마음껏 그를 관찰할 수 있었으니까.

남자는 키가 컸다. 언뜻 보아도 180은 넘는 것 같았다. 키에 비해 몸은 가느다랬지만 몸에 잘 맞는 슈트 위에 드러난 팔뚝이나 어깨는 꽤 두툼했다. 그러나 전체적으로는 호리호리하다는 인상이었다. 얼굴은 글쎄, 나이를 잘은 가늠할 수 없었지만 기껏해야 서른 정도 됐을까. 깜짝 놀랄 정도로 아름다운 이목구비에는 그러나 전체적으로 차분함과 우울함이 배어 있었다. 어디선가 보았을지도 모르게 익숙한.

이 더운 날씨에 남자는 구두를 신고 줄무늬가 들어간 슈트를 입고 있었다. 정장 재킷 안에 조끼, 그리고 행커치프까지 갖춘 모양새로, 머리부터 발끝까지 완벽히 차려입은 남자가 동네에서 가장 초라한 우리 집에 있다는 것은 꽤나 언밸런스했다.

"혹시 한사월 님을 잠깐 뵐 수 있겠습니까."

잠깐이라고 하기에는 다소 긴 침묵을 두고 남자가 말했다. 나는 대답하는 대신 조용히 입을 다물고 걸레를 치웠다. 까맣게 때가 묻은 천을 눈앞에 내놓기가 부끄러웠다.

"그건 좀 어렵겠는데요."

"잠깐이면 됩니다. 전 나쁜 사람은 아닙니다. 그냥 꼭 드리고 싶은 말씀이 있어서 왔습니다."

내가 의심한다고 생각했는지 다급히 말을 덧붙이는 남자는 잡상인 같지는 않았다. 흔히 포교나 다른 목적을 위해 집집마다 돌아다니는 사람 같지도 않았다. 그런데도 내가 대답을 머뭇거렸던 건 그런 것 때문이 아니었다. 그런 것보다는,

"잘못 이해하셨어요. 제 말은, 지금 한사월 씨는 여기에 없거든요."

"그래요? 혹시 잠깐 어딜 나가신……."

"아뇨, 그런 건 아니고요."

아직 마음 정리가 완벽히 되지 않았다. 나는 입술을 꼭 깨

물었다가 말했다.

"한사월 씨 돌아가셨어요. 한 달 전에."

내가 부엌에서 물을 끓여 왔을 때, 남자는 방 한가운데에 앉아 벽에 걸린 어머니의 액자만 물끄러미 쳐다보고 있었다. 영정 사진이었다. 혼자 찍은 그럴싸한 사진이 없어 어렵사리 고른 처녀 시절 어머니의 얼굴은 빼어나게 고왔다. 돌아가실 때의 찌든 삶의 흔적이 보이지 않을 정도로.

이래서 시간은 참 무섭다. 고통을 모르고 마냥 해맑던 처녀를 늙고 가난에 찌들게 할 정도로.

"커피 드세요."

"고맙습니다."

우리 집에는 그 흔한 티백이나 믹스 커피도 하나 없었다. 어렵사리 가방을 뒤져 겨우 사은품으로 받은 동결 커피 백을 하나 찾아냈다. 남자가 보는 앞에서 둘로 나누어 컵에 담기는 조잡스러워 남자 앞에 있는 커피 잔에 몽땅 쏟아붓고 물을 부었다. 나는 맹탕이었다.

"그런데, 저희 어머니를 어떻게 아세요?"

남자가 커피를 한 모금 들기를 기다렸다가 나는 물었다. 사실 궁금한 것투성이였다. 어떻게 이런 남자가 어머니를 알고 있는지, 어머니와는 무슨 사이인 건지, 어머니가 돌아가시고 난 다음에야 찾아온 연유는 무엇인지.

그러나 내 속 타는 마음과는 달리 남자의 태도는 느긋했다. 느릿느릿 컵에 담긴 커피를 절반쯤 비워 내고 나서야 남자는 입을 열었다. 시선은 벽에 걸린 어머니의 사진에 고정된 채였다.

"한사월 씨가 어머님 되시나요?"

"네, 제 어머니예요."

"혹시 학생 말고 다른 형제분들은 따로 안 계시고요?"

"네, 저 혼자예요."

"그렇군요. 그렇다면 아버지는……?"

"어머니랑 같이 돌아가셨어요."

"그렇군요."

내 신상에 대해 번번이 헛짚는 것을 보아 하니 남자는 어머니에 대해 아는 것이 별로 없는 게 분명했다. 그러자 슬슬 부아가 났다. 남자는 내 질문에 대꾸는 해 주지 않고 오로지 제 호기심만 채우고 있었다. 그것도 예민한 가족들 관련된 얘기를 갉작거리면서 말이다.

내 목소리가 점점 날카로워지는 것을 눈치챘는지 남자가 품에서 무언가를 꺼냈다.

"실례했습니다. 제 소개가 늦었군요."

그렇게 말하며 남자가 내게 건네준 것은 네모반듯한 명함이었다. 동네에서 명함은커녕 존댓말로 말을 들어 본 적도 없는 나는 황송한 심정으로 명함을 받아 들었다.

명함에는 '오드르브아 대표 단상우'라는 글자가 반듯하게 쓰여 있었다.

"대표……?"

"네, 서울에서 조그만 매장을 하나 운영하고 있습니다."

남자는 별것 아닌 것처럼 말했지만 나는 알았다. '오드르브아'는 나 같은 촌뜨기도 알 정도로 유명한 인테리어 매장 중 하나였다. 인터넷 쇼핑몰로 시작해서 입소문을 타고 오프라인까지 진출했다는 인터넷 쇼핑몰의 전설. 그것의 대표라면 그가 바로 '오드르브아'의 창립자가 분명했다. 맨주먹으로 시작해서 IT 붐을 타고 어마어마한 부를 이룩했다는 현세대 최고의 자수성가자.

나는 황망해져 남자를 쳐다보았다. 남자는 조금 쑥스러운 듯 웃다가 자세를 바로잡았다.

"제가 이렇게 찾아온 것은 다름 아닌 제 어머니를 뵙기 위해섭니다."

"어머니……?"

"네, 저는 태어나고 얼마 되지 않아 고아원에 맡겨졌습니다. 그곳에서 자라다가 학교를 졸업하고 사업을 시작하고, 눈코 뜰 새 없이 바쁘게 지내다가 문득 절 낳아 주신 부모님이 궁금해져서 찾아보게 되었습니다. 절 길러 주신 수녀님께서는 알려 주시지 않았지만 개인적으로 고용한 직원이 이 주소를 알려 주더군요."

거기까지 말을 마친 남자가 나를 똑바로 쳐다보았다. 나는
잠시 눈을 깜빡이다가 엉겁결에 머그 컵에 담아 놓은 맹물을
마셨다. 팔팔 끓여 놓았던 게 무색하게 물은 이미 차갑게 식
어 있었다.

"그렇다는 말은 제 어머니가……?"

"네, 한사월 씨가 제 친모 되십니다."

심장이 정신 사납게 뛰었다.

컵을 내려놓고 심호흡을 하다가 나는 다시 남자를 쳐다보
았다. 웃는 것도 우는 것도 아닌 애매한 얼굴로 나를 바라보
는 남자의 이목구비가 그제야 뒤에 있는 영정 사진과 겹쳐
보였다.

고등학교 때 메이 퀸이었다는, 어머니의 아주 젊었을 적
얼굴.

"그럴 리가 없어요."

나도 모르게 말했다. 실은 확신했으면서도.

"그럴 리가 없어요. 저희 어머니는, 그럴 사람이, 그러니
까."

손끝이 덜덜 떨렸다. 하도 손이 떨려 컵을 내려놓는 소반
에서 덜컹덜컹 소리가 날 지경이었다. 남자가 나 하는 양을
안쓰럽게 쳐다보고 있다는 건 알았지만 차마 진정이 안 됐
다. 그럴 수가 없지 않은가. 평생을 외동인 줄 알고 살았는
데 알고 보니 다른 형제가 있었다니. 그것도 나보다 더 나이

가 많은 사람이라니.

"이해합니다. 그렇게 말씀하시는 것도."

가만히 앉아서 나를 보고 있던 남자가 말했다.

"따님께서 믿을 수 없다는 것도 이해합니다. 하지만 사실입니다. 저도 최근에 알았으니까요. 한사월 씨가 저를 낳자마자 고아원에 버렸고, 동시에 신상 명세와 포기 각서를……."

"아니에요, 그럴 리가 없어요! 제 말은, 어머니가 그럴 이유가 없다는 뜻이에요. 저희 어머니가 왜 그렇게 했겠어요? 아버지도 있고, 저도 있고, 그런데……."

"한사월 씨가 저를 버렸던 건 그분이 고등학생 때의 일이었습니다."

횡설수설하던 말은 남자의 조용한 말에 콱 막혀 버렸다.

나는 입술을 깨물고 남자를 쳐다보았다. 어머니가 결혼한 것은 스물한 살 때였다. 적어도 내가 알기로는. 그러니까 저 남자는…….

"미성년자 때 저를 낳았던 거죠. 그러니까 고아원에 맡길 수밖에 없었던 거고요. 아마 결혼할 때도 차마 제 존재를 밝힐 수는 없었을 겁니다. 그러니까 따님께서도 제가 있다는 걸 알지도 못하고 계셨겠죠. 보아하니……."

"……."

"돌아가실 때조차 말하지 않으신 모양이군요."

그렇게 말하는 남자의 얼굴은 너무 슬퍼 보였다.

나는 차마 더 이상 말을 꺼내지 못하고 침묵을 지켰다. 뭐라 한마디 보탤 수가 없었다. 물론 어머니가 나도 모르는 자식을 남겼다는 건 내게도 적잖은 충격이었지만 지금 이 남자는 얼마나 좌절 중이겠는가. 기껏 찾아 어머니를 보러 왔는데 그 사람은 이미 죽고 없고 남은 가족은 그에 대해 아예 알지도 못한 채 불청객 취급을 하는데.

그렇게 생각하자 조금은, 남자가 가엾어졌다.

"죄송해요. 그렇게 말하려던 건 아니었어요."

"……."

"아마 어머니가 돌아가실 걸 알았다면 제게 미리 말씀해 주셨을 거라고 생각해요. 어머니는 갑작스럽게 돌아가셨거든요, 사고로. 그래서 저한테 자세한 얘기를 해 주실 틈이 없으셨어요. 사실 저도 아무것도 몰랐거든요. 집 재산이나, 빚 얘기나, 가족 비밀 같은, 그런……."

"그렇군요."

짤막하게 말하는 남자의 목소리를 듣자 이제야말로 정말 할 얘기가 떨어져 버렸다. 나는 얌전히 입을 다물었다.

한동안 우리 사이에는 침묵이 감돌았다. 어차피 침묵 외에는 아무 얘기도 할 수 없는 사이기는 하지만.

"한 달 전에 돌아가셨다고요."

갑작스러운 남자의 질문이 침묵을 깼다. 나는 엉겁결에 대꾸했다.

"예."

"그것 참 유감이군요. 진작 알았더라면 사실을 확인하자마자 바로 찾아왔을 텐데요. 사실 서류를 보고 확인한 건 몇 달 전이었지만 망설이다가 여태 찾아뵙지 못했거든요. 그땐 살아 계시다고 해서 분명 몇 달 사이에 별일 없겠거니 하고 생각한 건데."

"……."

"이렇게 되니 참……."

거기까지 말한 남자는 더 이상 말을 잇지 못하고 고개를 숙였다. 얼굴을 볼 순 없었지만 나는 남자가 울고 있을지도 모른다고 생각했다. 혹시나 해서 멀찌감치 있던 휴지를 넌지시 밀어 보았지만 한참을 고개 숙이고 있다가 고개를 든 남자의 눈가는 이미 말라 있었다.

"어쩔 수 없죠."

혼잣말한 남자가 연거푸 말했다.

"어쩔 수 없다고요."

마치 스스로에게 못을 박듯이.

나는 더 이상 아무 말도 못 하고 일어나는 남자를 배웅했다. 문지방을 넘어 마루를 딛고 나가는 남자의 발걸음은 가벼웠다. 생전 처음 보는 커다란 자동차와 세련된 남자의 태도에 홀려 나도 모르게 남자를 따라 발걸음을 옮기다가 무심코 멈춰 서는 남자에 나 역시 정지했다.

"아 참, 그렇지."

그렇게 말한 남자가 자동차 뒷좌석을 열고 보자기에 싸인
무언가를 내밀었다.

"이건 한사월 씨에게 드리려고 제가 가져온 선물입니다.
별건 아니지만, 따님께서 받아 주셨으면 합니다."

나는 엉겁결에 남자가 건네주는 것을 받았다. 언뜻 보아도
고급스러운 보자기에 싸인 물건은 크고 무거웠다. 그런 물건
이 하나만 있는 것도 아니라 결국 나는 양손 가득 물건들을
들고 엉거주춤한 모양새로 남자를 배웅해야만 했다. 나를 그
꼴로 만들어 놓은 남자가 흐릿하게 웃었다. 마치 생전 처음
웃는 것처럼 어색한 미소였다.

"처음 뵙는데 실례가 많았습니다."

"아뇨, 아니에요."

"놀라게 해 드려서 죄송합니다. 아마 다시는 이런 일이 없
을 겁니다."

그 말인즉슨 더 이상 여기에 올 일은 없을 거라는 말이었
다. 나는 말없이 고개를 숙였다.

"살펴 가세요."

서울까지 가는 길은 멀고 험하다. 나는 커다란 자동차가 덜
덜거리며 비포장길을 빠져나가는 것을 지켜보다 등을 돌렸다.

더 이상 그를 볼 일은 없을 거라 짐작하면서.

착각이었다.

　　　　＊　　　＊　　　＊

　마루에 남자가 주고 간 선물들이 가득 쌓였다.

　마루뿐만 아니라 거실도, 방도, 마당까지도 그 자리를 침범할 정도로 남자가 넘겨주고 간 것들이 많았다.

　이것들을 다 어쩔까 하다, 나는 결국 엉금엉금 기어가 포장을 풀었다.

　"세상에……."

　처음엔 피로에 젖어 심드렁했지만, 포장을 풀면 풀수록 그런 내 감상은 싹 사라지고 있었다.

　남자가 주고 간 것들은 하나같이 비싸고 귀한 것들뿐이었다. 한우 세트, 송이버섯 세트, 귀하다는 수삼까지. 포장지도 달랐다. 윤기가 반질반질한 보자기는 그것만 펼쳐도 고급 스카프나 진배없을 정도로 정교한 수가 놓여 있었다.

　그것만 봐도 남자가 얼마나 기대하며 왔는지는 알 만했다.

　그런데 기껏 오니 저를 낳아 준 친모는 죽고 없고 저를 맞은 건 쌀쌀맞은 눈으로 저를 의심하는 어머니의 자식뿐이니, 그걸 보는 남자의 심정은 오죽했을까. 그런 자식에게 저 비싼 것들을 건네주고 돌아가야 했을 심정은.

　그걸 생각하자 착잡해졌다.

　"……."

　그 사람은 올까.

다시는 오지 않겠지.

찾던 친어머니는 죽고, 남은 건 일면식도 없는 그녀의 어린 자식과 이런 낡아 빠진 집뿐인데 다시는 올 리 없겠지. 그토록 부자인 사람인데.

나는 나도 모르게 그 사람이 부유할 거라고 추측했지만 그 추측이 그다지 틀릴 것 같지는 않다. 운영하고 있는 사업은 나 같은 촌뜨기도 알 정도로 유명하고, 어제 몰고 온 자동차는 생전 처음 볼 정도로 컸고, 입고 있는 옷이나 가져온 선물에서도 부티가 좌르르 흘렀으니까.

그런 사람이니 분명 한눈에 보기에도 얻을 것 없는 집구석에 다시 발 들일 생각 따윈 하지 않을 것이다.

하물며 그게 친모의 집이라고 해도.

나는 올이 풀려 거의 떨어져 나가기 직전인 소맷자락을 보다가 몸을 일으켰다.

"모르겠다."

죽은 사람은 죽은 사람이고 산 사람은 산 사람이지.

냅다 한우 포장을 벗겼다. 어차피 먹을 거면 빨리 먹자. 생고기를 굳이 얼리는 것보다는 구워 먹는 게 낫겠지. 양이 워낙 많아 한 번에 다 먹을 순 없겠지만 그래도 먹을 수 있을 때 배 터지게 먹어 놔야 한다.

큼직한 덩어리들이 하도 많아 일단 적당히 먹을 수 있을 만큼만 도려내고 프라이팬을 달궈 그 위에 고기를 얹었다.

치익 소리를 내며 익어 가는 고기를 멍하니 보고 있다가 적당히 구워졌다 싶으면 무조건 입 속으로 집어넣었다.

"……맛있다."

갈색으로 익은 소고기는 눈물 나게 맛있었다.

거의 몇 년 만에 먹는 소고기라서인지 아니면 유독 질이 좋은 고기라서 그런지는 모르겠어도.

"맛있어."

입 안으로 온통 퍼지는 기름기, 그러나 결코 역하거나 비리게는 느껴지지 않는 풍미에 잊고 있던 허기가 졌다. 나는 부지런히 젓가락질하며 먹을 것들을 씹어 삼켰다. 꾸역꾸역 밀어 넣고 삼키자마자 다시 밀어 넣고 또 삼키고, 마치 기계라도 되는 듯 반복적으로. 계속.

배가 부르고 점점 숨 쉬기도 가빠지는 걸 알면서도 꾸역꾸역.

"……어."

고기가 그득 담겨 있는 접시 위에 갑자기 물기가 떨어졌다. 난데없는 물방울에 어리둥절했다가 다음 순간 그 습기가 내 눈에서 나온 것임을 알았다. 갑자기 밥 잘 먹고 웬 눈물이람. 대수롭잖게 슥슥 닦아 내고 계속 밥을 먹으려는데도 눈물은 자꾸만 후두둑 쏟아졌다. 아니, 처음에 한 방울 두 방울씩 떨어지던 게 이제는 걷잡을 수 없이 소나기처럼 쏟아지고 있었다.

"……."

나는 결국 젓가락을 내팽개치고 얼굴을 감싼 채 울었다. 무슨 심정이었는지는 모르겠다.

우리 집은 어려서부터 가난했었다.

적어도 내가 기억하기로부터는 늘 그랬다.

그래도 아주 어렸을 땐 나름 내 방도 있고, 거실도 있고, 그랬던 것 같은데, 나이를 먹고 정신을 차릴수록 집의 넓이와 세간살이, 그런 것들이 조금씩 작아졌다.

그리고 그와 비례해서 아버지가 자리를 비우는 시간은 점점 더 늘어나고 있었다.

"나경아. 괜찮아. 아버지 없어. 울지 않아도 돼. 응?"

어렸을 때 나는 아버지를 별로 좋아하지 않았던 것 같다. 아버지가 눈에 보일 때마다 자지러지게 울고 경기하기 일쑤였으니까. 그때마다 어머니는 나를 안고 달랬는데, 울다 지쳐 기절하기 직전의 나를 안고 나지막이 자장가를 불러 주던 기억이 아직도 선연하다.

"엄마가 섬 그늘에, 굴 따러 가면, 아기가 혼자 남아, 집을 보다가."

그때 어머니의 목소리는 얼마나 고왔는지, 혹은 좋았는지.

우리는 오직 서로를 의지했다. 아버지가 집을 비웠다가 돌아오면 요란하게 집을 뒤집어엎는 고함 소리, 욕설 소리, 비상금 같은 거 내놓으라는 말도 안 되는 억지소리, 그를 받아주다가 얻어맞은 어머니가 나동그라지면 나도 바락바락 주먹을 쥐고 아버지에게 대들다가 함께 얻어맞고 구르고는 했다.

단돈 몇 푼이라도 손에 쥐고 씩씩거리면서 집 밖으로 꺼지는 그를 보다 간신히 안도의 한숨을 내쉬며 서로를 보듬고 서로를 끌어안고 잠들기 일쑤였다.

어머니는 나의 전부였다.

"우리 예쁜 나경이, 똑똑한 나경이. 엄마가 미안해. 돈 많이 벌어서 꼭 우리 나경이 대학교 보내 줄 테니까."

"아냐, 어머니가 안 그래도 돼요. 나 혼자 벌어서 갈 수 있으니까."

언젠가 수능 치기 전에 쳐들어온 아버지가 어머니를 마구 때리고 숨겨 놓은 대학 등록금을 가져갔을 때 어머니는 그 어느 때보다 더 크게 울었다. 아버지에게 아무리 맞아도 절대 울지 않던 분이었는데.

우리 나경이 꼭 대학교 보내 줄 거라고.

우리 나경이 꼭 좋은 남자한테 시집보낼 거라고.

우리 나경이 꼭 행복하게 잘 사는 거 보고 말 거라고.

아무리 현실이 시궁창이어도 절대 굴하지 않고 늘 그렇게, 새기고 또 되새기듯 말하던 어머니였는데.

어머니는 지금 어디에 있을까.

"어머니……."

어머니, 왜 그랬어.

조금만 더 살지.

조금만 더 버텨 보지.

어머니 아들이 이제야 어머니를 찾아왔다는데 왜 보지도 못하고.

보지도 못하고…….


"어제 너희 집에 웬 손님 왔더라?"

다음 날 밭에서 김을 매고 있는데 툴툴거리는 소리가 들렸다. 모른 척 낫질에만 전념하고 있다가 못 이긴 척 고개를 들었다.

역시나, 이웃집 사는 류정환이 담배를 꼬나물고 서 있었다.

"방해되니까 비켜."

"무슨 손님이야? 왜 온 거야?"

"비키랬지."

"썅, 내 말 안 들려?"

더 이상 말 섞고 싶지 않아 고개를 돌리는데 역시나 그는 버럭 화를 내더니 옆에 있는 광주리를 걷어찼다. 안에 담겨 있던 잡초들이 와르르 흩어졌다.

나는 그것들을 물끄러미 보다가 천천히 시선을 옮겼다. 그 지경을 만들어 놓은 주제에 놈은 환하게 웃고 있었다.

"어제 너희 집에 온 새끼 누구냐고, 이년아."

저렇게 말하면서 대체 무슨 자신감으로 내가 저하고 결혼할 거라고 생각하는 걸까.

도무지 이해할 수는 없지만 어쨌든 그건 제 생각이고. 나는 손에 낫을 쥐고 천천히 일어섰다. 기세 좋게 욕설을 내뱉던 건 어디 가고 놈이 화들짝 놀라 뒤로 물러섰다.

"주워."

낫 끝으로 내팽개쳐진 피들을 가리키자 엉거주춤하고 있던 그가 다시 얼굴을 사납게 구겼다.

"쌍, 내 말에 대꾸나 하란 말이야! 그 새끼 누구냐고! 누구야, 네년이 몰래 숨겨 둔 애인이라도 되냐? 엉? 그런 새끼가 혹여나 널 여기서 데리고 나가기라도 한다디?"

"애인 같은 소리."

나는 차갑게 비웃었다. 하여간에 대가리에 뭐가 들었는지, 미혼 남녀가 부딪치면 무조건 섹스를 해야 한다고 믿는 저 병신은 왜 하필이면 내 이웃이라서 이렇게 틈만 나면 마주치게 되는지, 그리고 왜 하필 이 동네에 나와 저 자식만 미혼이라 저 자식이 틈만 나면 나보고 침을 질질 흘리며 더러운 혀를 날름거리는지 모를 노릇이다. 저 집의 부모라는 작자들은 그런 아들을 말리기는커녕 오히려 더 부추기고 있질 않나.

뻔하지, 아무리 봐도 제 아들 같은 반편이가 멀쩡하게 결혼할 수 있을 것 같진 않으니 만만한 나를 제물 삼아 집에 들이려는 거지. 뻔히 들여다보이는 속내에 속이 비틀렸다.

"오빠야."

그래서였다. 나도 모르게 툭 내뱉어 버린 건.

놀랐는지 놈의 눈이 화등잔만 하게 커졌다.

"오빠? 너한테 오빠가 어디 있어? 너 외동이잖아?"

"외동이라고 한 적 없는데."

"그, 그렇지만, 너 나한테 한 번도 오빠 얘기 한 적 없잖아. 너희 부모님도 아들 있다는 얘기 한 적 없는데? 마, 맞다. 장례식장! 장례식장에도 한 번 안 왔었잖아. 그런데 네깟 년한테 무슨 오빠?"

혼자 말하면서 스스로 자신감을 얻었는지 뒤로 갈수록 목소리가 커졌다. 나는 얼굴을 찡그렸다. 급한 대로 오빠라고 둘러대긴 했는데 이럴 땐 뭐라고 해야 될지 모르겠다.

"……연락 끊긴 지가 좀 됐어서, 장례식 때 연락을 못 했어."

"웃기지 마. 아무리 연락이 안 돼도 그렇지, 자식한테까지 연락 못 하는 게 어디 있어? 솔직히 말해. 너 그거 오빠 아니지? 빚쟁이지? 그런 게 아니라면 여태껏 코빼기 하나 안 비

25

치다가 이제야 기어 나올 리가 없잖아."

대답을 망설이자 그 자식이 거짓말인 걸 확신했는지 더욱 강하게 몰아붙였다. 이제라도 실토해야 하나, 조금 망설였지만 그보다는 녀석에 대한 반감이 더 컸다.

나는 결국 말했다. 말해 버렸다.

"잃어버렸어서 그래."

궁지에 몰려 아무렇게나 내뱉은 말이긴 했지만 순간 그럴싸하다는 생각이 들었다. 솔직히 아예 틀린 말도 아니잖아?

녀석도 그렇게 생각했는지, 자신만만하던 눈초리가 조금 느슨해졌다.

"……너희 오빠를 잃어버렸었다고? 부모님이?"

"그래, 어릴 때 어머니가 오빠를 데리고 나갔다가 잃어버렸대. 그러다 최근에 찾은 거고. 부모님 둘 다 돌아가신 다음에야 찾았다고 오빠가 되게 슬퍼했어. 너무 늦게 왔다고. 나도 아예 몰랐고. 그래서……."

"그럼…… 진짜 그 새끼가 네 오빠란 말이야? 정말?"

"그렇다니까."

말하면서도 마음 한쪽이 켕겨 왔지만 나는 마음을 다잡았다. 어차피 다시 볼 일 없는 사람 두고 이런 거짓말 정도 하는 게 뭐가 어때서. 아예 틀린 말도 아니고. 오빠라는 소리하면 이렇게 호시탐탐 싫은 소리 하는 녀석 기죽이는 데는 조금 도움이 될 만하잖아?

역시 내 생각이 옳았는지 놈은 눈에 띄게 기죽은 얼굴로 내 앞에서 한발 물러섰다. 대신 억울했는지 있는 힘껏 이죽거렸다.

"씨발, 그거 들으니까 알겠네. 왜 너희 엄마가 아빠한테 그렇게 처맞았는지. 왜 그러나 했다 내가. 애를 그렇게 잃어버리고 다니니까 맞고 다니지. 하여간에 맞는 데는 다 이유가 있다니까."

일부러 긁으려고 하는 말인 걸 알면서도 속이 울렁거렸다.

나는 말없이 눈을 홉떴다. 내 표정을 보고 움찔하면서도 놈은 나불대는 걸 그치지 않았다.

"없던 오빠 생기니까 세상에 갑자기 네 편 같지? 갑자기 뒷배 좀 생긴 거 같고 든든하고 그러지? 깝죽거리지 마. 여태껏 모르고 살았던 사람이 갑자기 동생 생겼다고 퍽이나 달가워할 거 같냐? 웃기시네. 너희 부모님 돌아가시고 생긴 빚이며 뒤치다꺼리 알면 분명 꽁지가 빠져라 도망갈 거다. 게다가 너 같은 혹까지 떠맡을 생각 하면? 차라리 몰랐던 게 나았지, 할걸."

"……꺼져."

"왜, 싫은 소리 하니까 속이 켕기냐? 혹시나 서울에서 온 오빠 따라서 상경할 꿈이라도 꿨어? 착각하지 마. 네가 갈 데가 어디 있어. 별로 예쁘지도 않고 배운 것도 없는 계집애가. 네 분수나 잘 알고 처신하고 있으라고. 너희 아버지, 우리 집에도 빚진 거 알지?"

"꺼지라고 했지, 개새끼야."

"하여간에 이년이 말버릇 하고는……!"

바락 하며 목소리를 키운 놈이었지만 내가 다시금 낫자루를 꼬나 쥐고 일어서자 부리나케 도망쳐 버렸다.

나는 한숨을 쉬고 흩어진 잡초들을 그러모았다. 일할 기분 다 잡쳤다. 게다가 실랑이를 하는 사이 어느새 해가 중천에 떠서 더 이상 밭일하기도 힘들었다.

집에 가서 밥 먹고 와야지. 아니면 그냥 손 놔 버리든가. 어차피 심은 거라고는 고추와 파밖에 없는 텃밭을 무어가 그리 예쁘다고 어머니는 그렇게 신경 썼는지 모를 일이다.

나는 광주리를 지고 집으로 돌아왔다.

터덜터덜 걸어오는데, 그때 눈앞에 갑자기 낯선 풍경이 보였다.

집 앞에 난데없이 큰 자동차가 서 있는 것이다.

그것도 어제 보아 익숙한.

나는 걸음을 빨리했다.

그러자 대문 앞에 서 있는 남자가 보였다.

"안녕하세요."

막 문을 두드리려는 듯 주먹을 꽉 쥐고 있는 남자에게 다가가 나는 인사했다. 그러자 남자가 화들짝 놀라 등을 돌렸다.

"아, 안녕하세요. 갑자기 찾아와서 죄송합니다. 집에 계시는지 몰랐는데 혹시나 해서……."

"여긴 웬일이세요?"

남자가 횡설수설하는 말을 뚝 잘라 내고 단도직입적으로 나는 물었다. 그러자 그는 준비한 말까지 잊어버린 모양이었다.

"아, 저, 그게……."

그가 그러고 쩔쩔매고 있는 사이 나는 남자의 벌어진 입술과 크게 떠진 눈과 당황할 때의 버릇인 듯 구레나룻을 잡아당기는 긴 손가락을 관찰했다.

다시는 못 볼 거라고 생각한 사람이었는데 다시 본 순간의 소감은, 글쎄, 반갑다고 하기에는 어딘가 모자라고 의아하다고 하기에는 조금 더 간질간질한 그런 감정.

"……부탁드리고 싶은 게 있어서 왔습니다."

우물쭈물하던 남자는 이내 결심한 듯이 허리를 반듯하게 폈다.

그래도 조금 망설여지는지 내 시선을 피하는 것 같긴 했지만. 내키지 않는가 보다. 혹은 나에게 조금 미안하든가.

"한사월 씨의 묘를 방문하고 싶습니다."

그러나 남자가 그 말을 하는 순간 미안해야 하는 쪽은 내쪽이 되었다.

"묘…… 요?"

"예. 살아 계실 때 뵙지 못한 건 아쉽지만 뒤늦게라도 찾아

뵙고 싶습니다. 봉분이나 납골당이라도 좋습니다. 어디 계신지 위치만 알려 주시면 제가 알아서 찾아뵙겠습니다."

결연하게 말하는 남자의 얼굴을 나는 잠시 망연히 응시했다.

남자가 하는 말에 틀린 부분은 하나도 없었다. 친모를 찾아왔으나 돌아가셨으니 누구라도 그 돌아가신 흔적이라도 더듬고 싶어 할 것이었다.

그러나.

"정말 죄송해서 어쩌죠."

나는 푹 고개를 숙였다. 눈물은 이미 말라 있었으나 속이 허했다.

나는 이 남자가 품고 돌아갈 허탈감이 몹시 두려웠다.

"저희 집은 너무 가난해서 부모님 무덤을 씌울 돈도 없었어요. 봉분을 만들 수도, 화장해서 납골당에 모실 수도 없었고요. 그래서 화장한 다음 뼛가루는 그냥 뒷산에다가 뿌렸습니다. 찾아오신 보람도 없게 해 드려서 너무 죄송해요."

고개 숙인 정수리 위에서 숨을 훅, 들이켜는 소리가 들렸다. 나는 꼼짝도 못 하고 그대로 가만히 있었다.

남자가 여길 찾아왔을 땐 필시 무언가의 기대를 하고 왔을 것이다. 살아 있는 어머니를 만날 수 있단 생각으로 왔겠지. 만나서 얼싸안고 기뻐할 수도, 혹은 눈물 흘리며 왜 날 버렸는지 원망할 수도 있었지만 그 기대가 무색하게도 어머니는 단 한 달 전에 세상을 떴다. 게다가 찾아가 인사할 봉분도, 봉안당도 남아 있지 않다니. 남자는 아마 기막혀하지 않을까. 도대체 그 자식이라는 사람이 뭐 하는 작자인가 싶겠지.

그렇게 생각하자 새삼 속이 울렁거렸다.

"그래요······."

고개를 숙이고 있었지만 허탈한 목소리에 나는 남자가 실망한 것을 알 수 있었다. 보이지 않아도 짐작이 갔다. 분명 어머니와 비슷한 얼굴을 하고 있을 테지. 나를 보며 한숨 쉬던 어머니의 그 모습처럼.

"괜찮습니다. 어쩔 수 없죠. 따님이 잘못한 건 아니니까 고개를 드세요. 그렇게 하면 제가 혼낸 것 같잖아요."

애써 웃는 목소리가 들렸다. 나는 천천히 고개를 들고 일어섰다.

남자는, 눈시울께가 붉어져 있긴 했지만, 여전히 마른 눈가로 웃고 있었다.

"그럼 혹시, 그 뒷산에라도 가 볼 수 있을까요?"


무의미한 짓이었다.

나뿐만 아니라 그도 이미 알고 있을 것이다.

어머니의 뼛가루가 거기 그대로 남아 있을 리가 없었다. 분명 바람에 날아가 버렸을 것이고, 그럼 어머니의 흔적 따위 찾아볼 수 없을 게 당연했으니까. 그러나 남자는 알면서

31

도 올라가고 싶은 모양이었고, 나도 모른 척 남자를 그리로 인도했다. 아마 나라도 그랬을 테니까.

우리는 천천히 산길을 올랐다. 사람들의 발길로 다져진 길은 양복과 구두로 오르기엔 조금 험했지만 남자는 아무런 불평도 하지 않았다.

"아차."

산길을 오르던 중에 치마가 나뭇가지에 죽 걸려 찢어졌다. 천이 북 찢어지는 소리에 뒤에서 쫓아오던 남자가 눈을 크게 떴다. 나는 애써 아무렇지 않은 척 치맛자락을 홱 걷어 손에 말고 걸었다.

워낙 야트막한 산이라 옷을 갈아입을 생각을 하지 못했다. 아니 실은, 차마 남자에게 옷 좀 갈아입고 가도 되냐고 물을 생각조차 못 했다는 게 맞을 것이다. 한 달 동안 죽 혼자 지내다 보니 다른 사람과 공간을 공유하고 있다는 사실이 몹시도 어색하게 느껴졌으니까.

30분쯤 산길을 걷고 나자 점차 시야가 밝아졌다.

"저쪽이에요."

조금씩 호흡 소리가 거칠어지기 시작한 남자에게 손짓하고 나는 앞장서서 걸었다. 조금씩 조금씩 넓어지기 시작한 눈앞이 어느 순간 확 트이고 앞에 거대한 수평선이 보였다. 언뜻 바다로 착각하기 쉬운 이곳은 사실 호수였다. 예전에 마을이었던 곳이 저 밑에 댐을 만들면서 물 밑으로 가라앉아

버린 것이다.

나는 야트막한 울타리에 기대어 숨을 골랐다. 곧이어 올라온 남자의 눈에 순간 감탄이 어렸다.

"경치가 좋네요."

솔직하게 말하는 남자의 얼굴이 꼭 소년 같았다. 나는 나도 모르게 말했다.

"저기 물 밑에는 사실 어머니가 태어난 마을이 있대요."

그 말에 남자가 고개를 돌렸다. 나는 모른 척 말을 계속했다.

"원래는 사람들이 살았던 곳이었는데 댐을 지으면서 물속에 가라앉아 버렸대요. 어머니는 저 밑에 있는 동네에서 태어나고 자라고, 국민학교까지 다 다녔는데, 저 댐이 생겨서 다 가라앉아 버렸다고 되게 애통해하셨었어요."

"그렇군요."

"그게 생각나서 여기에 뿌렸어요. 그러면 어머니도 물 밑으로 가서 고향을 볼 수 있을지도 모르니까."

아니, 어머니는 그러지 못한다. 사람은 한 번 태어나서 죽으면 그걸로 끝이다. 다만 그렇게 생각하면서 위안되는 것은 나일 뿐이고, 나는 봉분을 만들지도, 봉안당에 모실 수도 없는 내 처지를 그런 거짓말로 위로했다. 그러니까 그 말은 결국 나를 위한 것이다. 누구보다 사랑하는 어머니를 그렇게밖에 보낼 수 없는 내 처지에 대한 위로.

남자는 대꾸 대신 울타리로 다가와 거대한 호수를 굽어보았다. 순간 이는 산바람에 남자의 향수 섞인 체취가 훅 끼쳤다.

"그렇군요."

그렇게 말하고 남자는 한참을 말이 없었다. 무슨 생각을 하는지 알 수 없는 표정이었다. 의례적으로 입가에 걸치고 있던 미소마저 잃은 채 호수를 굽어보는 그의 얼굴을 보자 더 이상 말을 걸 용기조차 잃었다.

나는 한 발짝 물러서서 그의 시야 밖으로 물러났다. 잠시라도 내버려 두고 싶었다. 그렇게라도 그가 자신만의 이별을 감내해 낼 수 있도록.

우리는 거기에 한참을 말없이 서 있었다.


쿠르릉.

하늘 어디선가 심상찮은 소리가 들렸다. 조금 후에 비가 올 것 같다는 신호였다.

"아, 이런."

그 소리를 듣고 나서야 남자는 퍼뜩 정신을 차리고 고개를 들었다. 나도 덩달아 하늘을 보았다. 아침까지만 해도 구름 하나 없이 청명하던 하늘에 어느새 두터운 먹구름이 잔뜩 끼어 있었다.

"비가 올 것 같군요. 이제 내려갑시다."

그 소리에 나도 고개를 끄덕였다. 하긴 장마철이었다. 언제 어떻게 날씨가 도깨비로 변할지 예측할 수 없는 시기였다.

서두른 게 무색하게도 중간쯤 내려가자 갑자기 비가 와르르 쏟아졌다.

"조심하세요."

정장 구두로 내려오기에는 미끄러운 산길이었다. 나는 소리 높여 남자에게 말하다가 되레 내가 흙에 미끄러져 넘어질 뻔했다. 하마터면 굴러떨어질 뻔한 것을 남자가 붙잡아 주어 간신히 살았다.

"고맙습니다……."

"천만에요. 따님이야말로 조심해야 할 것 같네요."

아무렇지도 않게 말한 남자는 붙잡았던 손을 놓아주었다. 얼마나 세게 붙잡았는지 손목이 얼얼했다.

최대한 빨리 내려온다고 내려왔지만 이미 온몸이 쫄딱 젖은 채였다.

"이거라도 덮으세요."

긴 치마에 티셔츠만 입고 벌벌 떠는 내가 안쓰러웠던지 남자가 제가 입고 있던 정장 재킷을 둘러 주었다. 나는 화들짝 놀라 고개를 저었다.

"아니에요, 괜찮아요. 곧 집에 도착할 테니까……."

"그동안만이라도 입고 계시죠. 보는 제가 민망해서 그럽니다."

남자는 짧게 말하고 앞장섰다. 그가 등을 돌린 후에야 나는 그가 무슨 소리를 했는지 알 수 있었다. 내가 입고 있던 옷은 흰 티셔츠였다. 비에 젖자 몸에 찰싹 달라붙어 속옷이 그대로 드러나 보였다.

처음 보는 사람에게 무슨 추태람, 그제야 귓불이 화끈하게 달아올랐다.

"아무래도 비가 금방 그칠 것 같지는 않군요."

간신히 지붕 밑에 도착한 이후에도 까맣게 쏟아지는 빗줄기를 보며 그가 한마디 했다. 그의 말대로였다. 갑자기 쏟아진 장대비는 도무지 그칠 생각을 하지 않았다. 내게 정장 재킷을 건네준 그도 와이셔츠며 조끼며 할 것 없이 흠뻑 젖어 있었다.

"일단 이걸로 좀 닦고 계세요."

일단 급한 대로 마른 수건을 몇 개 내밀자 그도 군소리 없이 받아 들고 머리를 털었다. 그나마 마루에 앉아 있을 수 있어 천만다행이었다.

여자 혼자 사는 집에 그가 갈아입을 만한 옷이 있을까, 조바심치며 나는 좁은 집을 뒤졌다. 아버지가 죽고 난 이후로 남자 옷이란 옷은 모두 다 태웠고 내 옷을 입히기엔 그의 풍채가 너무 좋아서 도무지 들어갈 것 같지 않은데.

간신히 그가 입을 만한 티셔츠와 긴 바지를 찾았다. 그러나 그는 사양했다.

"괜찮습니다. 그런 폐까지는 끼칠 수 없어요."

"아니에요, 입으세요. 설마 서울까지 젖은 채로 가시려는
건 아니죠? 여기서 아무리 빨리 가도 두 시간은 걸릴 텐데요.
감기 걸려요."

내 말이 맞다고 여겼는지 그도 결국엔 옷을 갈아입었다.
그에게 안방을 내주고 나도 창고 방에서 허겁지겁 몸을 닦았
다. 치마는 어찌나 죽 찢어졌는지 거의 허벅지 위까지 팔랑
거릴 지경이라 결국 내다 버려야 했다. 도대체 처음 보는 사
람에게 어디까지 보여 준 건지, 웃음밖에 안 나왔다.

우리는 옷을 갈아입고 다시 나란히 마루에 앉았다. 빽빽하
게 쏟아지는 빗줄기는 도무지 그칠 생각이 없었다.

"이런."

초조하게 하늘과 손목시계를 번갈아 보던 남자가 입술을
질끈 깨물었다. 아무래도 원래 생각했던 것보다 시간이 훨씬
늦어진 모양이었다. 여기에 온 지 벌써 반나절이 지났으니
당연했다.

손님에게 무어라도 먹여서 보내야 하나, 집에 뭐가 남아
있더라, 초조하게 냉장고에 있는 재료들을 떠올리는데 문득
남자의 부드러운 목소리가 들렸다.

"……그러고 보니 아직 이름도 못 여쭤봤군요."

아, 그랬나. 나는 서둘러 대답했다.

"임나경입니다."

"임나경 씨, 그래요. 나이는?"

"스물두 살이요."

"스물두 살. 그럼 나와는 아홉 살 차이가 나네요."

그렇다는 말은 남자는 서른하나라는 소리가 된다. 보기보다 나이가 낳네? 그렇게 생각하면서 남자를 쳐다보는데 그가 쑥스럽게 웃으며 고개를 돌리는 것을 보고야 내가 실례했다는 걸 알았다.

"죄송합니다."

"아니에요, 괜찮아요."

얼굴이 빨개진다. 나는 남몰래 머리를 기둥에 쿵쿵 찧었다. 이 바보야! 멍청이! 너무 오랜만에 사람을 봐서 실례하는 게 뭔지도 다 잊었니! 그렇게 생각하면서 자학하는데 문득 남자가 말했다.

"친모가 절 낳았을 때 나이가 열여덟 살이었다는 소리를 들었죠."

바닥을 긁듯, 한층 낮은 목소리였다.

"그럼 나경 씨를 낳으셨을 때는 스물일곱 살이셨을까요, 한사월 씨는."

쏴아아, 빗줄기가 시멘트 바닥을 때리는 소리가 났다.

나는 아무 말도 하지 못하고 굳은 채 앉아 있었다. 그래, 우리 어머니가 그를 낳았다. 나보다 더 어렸던 때에, 고등학생이었을 나이에 그를 낳아 고아원에 버렸다. 거기서 혼자

자라서 친모를 찾아온 그는 여기에 있는 나를 보고 무슨 생각을 했을까? 이미 어머니는 돌아가시고 없는데.

그렇게 생각하며 그를 보는데 그가 문득 부드럽게 웃었다.

"참 어리네요, 나경 씨."

"……."

"한사월 씨는 그보다도 더 어렸겠죠."

"……."

"무서워하지 말아요. 화내려는 건 아니니까."

그의 말대로 그는 화가 났다기보다는 슬퍼 보였다. 나는 아무 말도 못 하고 고개를 끄덕였다.

*     *     *

그는 결국 여기서 아주 늦은 저녁까지 먹고 갔다. 아무리 기다려도 빗줄기가 잦아들 기미가 보이지 않았기 때문이다. 그는 폐를 끼친다고 사양했지만 내가 막무가내로 붙들어다 앉혔다.

"괜찮아요. 어차피 혼자 먹는 상에 숟가락 하나 더 놓는 건데요. 그냥 드세요."

내 채근에 그는 결국 못 이겨 밥상 앞에 앉아 밥술을 떴다. 혹시라도 입맛에 안 맞고 어색할까, 나는 체질에도 안 맞게 밥상머리에서 수다를 떨었다. 주로 어머니와 관련된 얘기였다.

"여기 김치도 드세요. 어머니가 전에 담그셨던 김치인데 지금 아주 잘 익었어요."

"아, 네."

"이건 어머니가 만드셨던 깻잎조림이고요, 이건 고들빼기, 이건 장조림. 아, 장조림은 넉넉하게 있는데 좀 싸 드릴까요?"

"아뇨, 그러실 것까지는…… 나경 씨도 드셔야죠."

"저는 신경 안 쓰셔도 돼요! 어차피 혼자 사니까 별로 많이 먹지도 않거든요."

그건 사실이었다. 어차피 남은 가족은 나 하나밖에 없는데 그나마도 나는 입도 짧고 식욕도 별로 없어서 저 반찬들도 얼마 가지 않아 썩어 버릴 게 분명했다. 그러니 그것들을 다른 사람에게 나눠 주는 건 오히려 반가운 일이었다. 그 상대가 어머니의 친자식이라고 한다면 더더욱.

몇 번 손을 내젓던 그는 결국 내가 싸 주는 음식들을 받아 들었다. 바리바리 반찬 통과 젖은 옷가지를 드느라 빈손이 없어 결국 우산은 내가 들어 주었다.

"고맙습니다, 나경 씨."

그는 깍듯하게 고개를 숙였다. 생각해 보면 아홉 살이나 어린 동생뻘에게 그렇게 고개를 숙이는 것도 특이한 노릇이었지만 그때는 그렇게 생각할 여유도 없고, 나도 당황해서 같이 고개를 숙였다.

"아뇨, 천만에요. 오히려 제가 죄송합니다. 여기까지 오셨는데 변변하게 대접할 것도 없고……."

"아니에요. 괜찮습니다. 어차피 큰 기대를 하고 온 것은 아니었거든요."

거짓말. 생전 처음으로 어머니를 보러 오는데 기대를 하지 않았을 리가 없었다. 이런 시골에 오는데 과하게 각 잡고 입은 슈트도 그렇고, 커다란 자동차도 그렇고. 뒷좌석에 가득 싣고 왔던 선물들도 그렇고.

그런데 정작 어머니는 죽고 봉분도 없이 남은 건 그저 그의 딸뿐이니, 허탈해질 만도 한데 그는 의외로 담담한 얼굴로 서 있었다.

"사실 저야말로 놀랐습니다. 환영받지 못할 거라고 생각했거든요. 심지어 한사월 씨 본인으로부터도 말이죠."

그렇게 말하며 그가 젖은 속눈썹을 치켜떴다. 나는 할 말이 없어 가만히 서 있었다. 아마 어머니가 살아 있었다면 그랬을지도 모르겠다. 한 달 전이었다면. 하지만…….

"오히려 이렇게 따뜻하게 맞아 주시니 저로서는 감사할 따름입니다. 정말 고맙습니다."

황망해져 서 있는 사이 그는 다시금 깊숙이 고개를 숙였다. 나도 다급히 같이 고개를 숙였다. 어떻게 해야 하나, 쩔쩔매고 있는 사이에 그의 구두코와 앞에 내려놓은 반찬 통 위에 무언가 뚝뚝 떨어지는 게 보였다. 분명 커다란 우산을 쓰고 있는데도.

그걸 보자 급속도로 기분이 가라앉았다.

"……시간이 많이 늦었네요. 조심해서 가세요."

애써 모른 척 허리를 펴고 나는 씩씩하게 말했다.

처음 보는 남자가 불쌍했다. 가여웠다. 만약 어머니가 살아 있었다면 그와 나는 복잡한 관계가 됐을지도 모르겠다. 하지만 어머니가 가고 없는 지금 우리는 완전한 타인이고, 더 이상 볼 일 없는 사이인 것이다. 그러므로 내가 그에게 보내는 동정 또한 아무런 불순물 없이 순수하기 그지없었다.

불쌍하잖아, 기껏 어머니를 찾았는데 이미 돌아가셔서 볼 수 없는 게.

"네, 그러면, 저……."

그는 머뭇거렸지만 결국 내가 보내는 무언의 채근에 못 이겨 순순히 차에 올랐다. 무슨 말인가를 하고 싶어 하는 듯했지만 나는 모른 척 그에게 손을 흔들었다. 결국 그도 포기하고 고개를 숙이더니, 차를 출발시켰다

희미한 가로등 아래 커다란 차가 빗물에 부딪히며 굴러가는 게 보였다. 나는 혹여나 좁은 길에 차가 긁히거나 바퀴가 빠지지는 않을까 조바심치며 보다가 차가 완전히 사라지고 난 뒤에야 안심하고 집으로 들어갔다.


그 후로도 그는 몇 번 더 찾아왔다.

다음에 온 건 일주일 뒤, 텅텅 빈 반찬 통을 갖고서였다.

그는 겸연쩍은 미소를 지으며 혹시 조금 더 갖고 갈 수 있는
지를 물었고 나는 주저 없이 남은 반찬들을 국물까지 싹싹 긁
어서 내주었다. 빈손으로 오기 그랬는지 생새우를 왕창 가져
왔는데, 어떻게 해 먹는지 몰라서 두 손 놓고 있는 나 대신 요
리도 직접 했다. 손님에게 요리시키기가 좀 뭐했는데 어차피
그가 해 주지 않으면 먹을 수도 없으니까, 그냥 염치 불고하고.

그 다음에 온 건 열흘 뒤였다. 역시나 텅텅 빈 반찬 통을
가져왔는데 이번엔 남은 반찬이 별로 없어서 남은 공간은 내
가 직접 담근 겉절이로 채웠다. 어머니가 가르쳐 준 방법이
라고, 어머니가 해 준 거랑 맛이 똑같다고 신신당부를 하며
챙겨 주었지만 그는 사실 그다지 신경 쓰는 것 같지 않았다.
그 전에 왔을 때도, 다음에 왔을 때도 내가 챙겨 주는 식사는
잘 먹었으니까. 체구는 크지만 꽤나 마른 몸인데 눈 깜짝할
사이에 밥을 세 공기나 비울 정도로.

그 다음, 그 다음에도 또, 계속.

그는 그렇게 주기적으로 우리 집에 찾아왔다.

가족도, 손님도 아닌 이질적인 형태로.

사실 그를 맞이하는 나도 그를 그 둘 중 아무것으로도 생
각하지 않았으니 그와 나의 관계도 모호하기 짝이 없었다.

"이건 뭐예요?"

"아, 그건 예전에 어머니가 만들었던 거. 젓가락이에요. 하
나 드릴까요?"

"그래 주시면 감사하죠. 그런데 숟가락은 없나요?"

"그런 건 만들기 어렵다고, 그냥 젓가락만."

"그렇구나."

그와 나의 대화는 오로지 하나의 주제를 중심으로 이루어졌다.

어머니. 한사월.

그가 여기 와서 하는 일도 대개는 그런 거였다. 가족 앨범을 펼쳐 보며 어머니의 얼굴을 살피거나, 집 안을 휘젓고 돌아다니며 어머니의 손이 닿았던 물건들을 만져 보거나, 혹은 돌연 내 얼굴을 뚫어지게 쳐다보며 그녀의 흔적을 찾아보거나 하는.

"얼굴에 흉터가 있네요?"

어느 날 밥을 먹는데 문득 그가 묻는 걸 보면, 분명.

"아, 이거."

나는 무의식적으로 눈 밑에 있는 홈을 매만졌다. 아주 오래된 흉터였다. 언제 생겼는지 나조차도 모를 정도로 오래된 흉터는 마치 눈 코 입이나 마찬가지로 당연하게 거기 자리 잡고 있어, 가끔은 그게 태어난 다음에 생긴 걸 잊어버릴 때도 있었다.

"저도 잘 몰라요. 하도 어렸을 때 생긴 거라. 어머니 말로는 완전 갓난아기 때 다친 거 같대요. 깜빡하고 손톱을 안 깎아 줘서. 아기 때는 잘 그런다고 하더라고요."

"그래요."

"그, 그렇다고 저희 어머니가 저한테 무관심했었다는 건 아니고요. 그냥 아기들은 눈 깜빡하면 잘 다치잖아요. 그래서 그런 거죠 뭐. 별건 아니에요."

그런 그에게 나는 어머니를 나쁘게 말하고 싶지 않았다. 좋게만 말해 주고 싶었다. 비록 한 번도 못 본 어머니지만 그 어머니는 좋은 사람이었다고, 자애롭고 현명한 어머니였다고, 영원히 환상 속에 남아 있을 어머니를 그저 좋게만 꾸며 주고 싶었다.

비록 그가 가끔 날 선 목소리로 말하기는 해도.

"그렇죠, 나경 씨에게야 무관심하지 않았겠죠."

"……."

그가 그렇게 말할 때마다 나는 어찌할 바를 모르고 입을 다물었다. 그러면 그는 곧 정신 차리고 사과했다.

"미안합니다."

"아니에요. 괜찮아요."

그건 그의 흉터였다. 내 볼에 남아 있는 것처럼 아주 어렸을 때 생긴 흉터.

그것은 너무 작고 오래돼서 가끔 정말 내 몸의 일부인 양 깜빡할 때도 있지만 누군가가 상기시켜 주면 어쩔 수 없이 떠올리게 되는, 거슬리는 가시 같은 존재인 것이다.

어머니를 두둔하는 말에 그렇게 날카롭게 반응하면, 그는 어찌할 바를 모르다가 서둘러 일이 있다고 하고 자리를 떴다. 그리고 다시 일주일이나 열흘쯤 지난 어느 날, 다시 홀연히 나타나 대문을 두드리곤 하는 것이다.

나는 그런 그가 좋았다.

아니 좋다기보다는, 그냥 그 하나밖에 없었다.

돌아가신 분에 대해 그저 좋은 기억만 나눌 수 있는 사람이.

"나경 씨는 여기 혼자 있으면 뭐 해요?"

이따금씩 그조차도 나쁜 기억 언저리를 두드리는 걸 알면서도.

"농사지어요."

"농사? 혼자요? 무슨 작물을 짓는데요?"

"그냥 아무거나 지어요. 어머니가 하던 것들. 며칠 전에 고추를 땄어요."

"그래요? 그럼 그 다음엔 뭐 지을 거예요?"

"이제 땅 좀 묵혀야죠. 할머니들이랑 같이 다른 밭에 품팔이하러 나갈 거예요."

"음······."

애써 태연하게 얘기하면 그는 어쩔 줄 몰라 하는 표정으로 내 얼굴을 멀거니 보다가 입을 다물었다. 그러나 나는 그가 하려다가 만 말을 알고 있었는데, 다름 아닌 '왜 대학교에 안 갔어요?'라든지 혹은 '왜 직장을 얻을 생각을 하지 않아요?'라는 것이다.

그렇게 짐작하기란 어렵지 않았다. 어딜 가나 사람들은 그렇게 물었으니까. 심지어 부모님 장례식을 마치고 사망 신고를 하러 간 동사무소의 직원마저도.

아마 그도 그렇게 묻고 싶었을 것이다.

왜 여기 있냐고.

왜 혼자 사냐고.

왜 아무것도 안 하고 여기에 그냥 묻혀 있냐고.

지금이라도 나가서 뭐든 하고 살라고. 이렇게 멍청하게 혼자 묻혀 있지 말고.

그러나.

"……그래요, 그럼."

그는 아무 말도 하지 않고 입을 다물었다. 그야 그럴 것이 그와 나는 아무런 관계도 아니었으니까. 가족도 손님도 아닌 애매한 사이.

그러니 나도 서운해해서는 안 된다.

나를 그저 안쓰러운 눈으로 바라볼 뿐 그가 왜 아무 말도 하지 않는지, 나를 멀찌감치 서서 바라보며 왜 손 내밀지 않는지, 나와 왜 아무런 사이도 되고 싶어 하지 않는지에 대해서는, 전혀.


그날은 유독 비가 주룩주룩 내렸다.

오랜만에 할 일이 없어서 나는 멍하니 툇마루에 앉아 떨어지는 빗방울만 바라보고 있었다. 비가 오는 날엔 날품을 팔 수도, 집안일을 할 수도 없으니 그냥 멍하게 앉아 있을 수밖에 없었는데, 예전엔 그렇게 비는 시간엔 꼭 교과서라도 한 권 다 읽기라도 했었지만 지금은 그냥 손 놓고 있을 뿐이었다.

교과서 따위 봐서 뭐 해? 어차피 대학교에 갈 수 있는 것도 아닌데.

"어휴, 비가 왜 이렇게 많이 와!"

하릴없이 앉아 있는데 불쑥 대문이 덜컹 열리더니 우비를 뒤집어쓴 사람이 뭔가를 잔뜩 짊어지고 들어왔다. 나는 얼떨결에 일어나서 아줌마가 짊어지고 온 것들을 내려놓는 걸 도왔다.

옆집 류정환네 어머니였다.

"뭐 하던 중이었어? 내가 방해한 건 아니지?"

"네, 아니에요. 그냥 있었어요."

"다른 건 아니고, 반찬 좀 싸 왔어. 혼자서 밥은 잘 먹는 거야?"

구석구석 살피는 시선이 닿았다. 민망하면서도 불편해졌다. 이 아줌마가, 다른 사람도 아닌 제 아들을 내게 붙여 주려고 눈이 시뻘게져 있는 것을 알기 때문에 더 그랬다.

"그럼요, 걱정하지 마세요."

그런데도 내가 정색하지 못하고 그냥 웃으며 대했던 건, 글쎄, 나도 잘 모르겠다.

사람이 고파서 그랬을 수도 있고, 아니면 이 아줌마 말고
는 날 챙겨 주는 사람이 아무도 없어서 그랬을 수도 있고.

"그나저나 그 오빠라는 사람은 누구야?"

아줌마가 먹으라고 싸 들고 온 삶은 감자를 먹는데, 한창
수다를 늘어놓던 아줌마가 불쑥 물었다. 하마터면 체할 뻔
했다.

"그냥…… 오빠예요. 어머니가 어렸을 때 잃어버려서 고아
원에서 컸대요."

"아, 그래?"

혹시라도 거짓말을 들킬까 조마조마했지만 아줌마는 다행
히도 그 말의 진위에 대해서는 별로 관심이 없어 보였고, 대
신 다른 것만 끈질기게 캐물었다.

"그러면 그 오빠는 뭐 하는 사람이래? 혹시 들었어? 서울
에서 산대? 직업은?"

"……저도 잘 모르겠어요."

"어머, 오빠라면서. 그런 것도 몰라?"

그 말에 나는 어찌할 바를 모르고 침묵을 지켰다. 아줌마
가 왜 그렇게 묻는지 알면서도 숨이 막혔고, 죽은 어머니의
자식이라는 것 빼고는 나와 아무 관련 없는 남자를 이 진창
에 빠뜨리려는 나 자신이 혐오스러웠다.

그러거나 말거나 아줌마는 계속 말했다. 한숨을 쉬며, 어
쩔 수 없다는 듯, 실은 여기까지 온 게 그 목적이었으면서도.

49

"그러면 말이야, 혹시 오빠한테 말해서 빚 정리 좀 어떻게 안 될까?"

갑자기 식욕이 뚝 떨어졌다.

나는 먹고 있던 감자를 내려놓았다. 아무렇게나 굴러다니는 감자들 위로, 아줌마가 꺼내 놓는 소리가 내려앉았다.

"아니, 물론 우리 나경이가 똑똑한 건 알지만, 그래도 걱정돼서 그렇지. 한두 푼도 아닌 돈인데 계속 이렇게 정리 안 되고 있으면 이자만 쌓이니까."

아버지가 온 동네에 빚을 지고 있다는 건 알았다. 태반이다 도박에 들어가 지금은 남은 게 하나도 없다는 것도.

부모님이 돌아가시고 한동안은 그들도 내 앞에서는 그 말을 쉬쉬했다. 하지만 이제는 한계에 맞닥뜨린 모양이었다.

시골 사는 사람들 형편이 다 비슷비슷하니까.

"나경이네가 지금 사정 안 좋은 건 알아. 그런데, 우리 집도 이제 조금 힘들거든. 농협 쪽에서 계속 독촉 전화가 와서 말이야……."

"……."

"아니면 나경이가 우리 집에 시집와서 같이 일해 주면 되겠네. 호호호! 아이, 이건 좀 심했나?"

나는 아무 말도 하지 않았다. 공연히 까르르 웃어 보인 아줌마가 내 눈치를 보더니 슬쩍 자리에서 일어났다.

"아휴, 벌써 저녁 시간인가? 이제 슬슬 가 봐야겠네."

"들어가세요, 아줌마."

"나오지 말고, 응응."

아줌마는 부리나케 자리를 떴다. 나는 배웅을 하는 척하면서 일어났다가 다시 앉았다. 남은 건 차게 식은 감자뿐이었다.

어떻게든 먹어 보려고 잇자국이 남은 감자에 다시 손을 뻗었지만 차마 먹을 엄두가 나지 않아 도로 내려놓았다.

"……."

오빠라고 했었다.

내가 류정환한테 직접.

물론 그때는 그 사람을 다시 볼 거라고 생각하지 않아서 되는대로 내뱉은 말이었지만 지금 와서 생각해 보니 그러면 안 될 짓이었다.

도대체 내가 무슨 짓을 한 거지.

"어휴……."

한숨을 쉬며 나는 널브러진 감자들을 치웠다.

속내가 복잡했다.


그가 찾아온 건 그로부터 사흘 뒤였다.

"저기요."

으레 그랬던 것처럼 그와 뒷산에 올라갔다 와 저녁을 먹고 상을 치우다가 나는 불쑥 말했다. 그러자 편히 앉아 있던 그가 벌떡 등을 세웠다.

"네, 말씀하세요."

"아, 네. 그게. 저……."

용기 내어 그를 부르기는 했는데 막상 부르고 나니 무어라 말을 꺼내야 할지 몰랐다. 나는 할 말을 잃고 입술만 달싹거렸다. 그사이 남자는 아무 말도 없이 나를 바라보고 있었다.

나는 최대한 비굴하게 들리지 않으려 애쓰며 말했다.

"말씀드릴 게 있는데요."

"네, 뭔가요?"

"그게, 저……."

어차피 이 말을 하려면 부모님의 허물을 들춰내야 한다는 걸 알면서도 그가 어머니에게 실망하게 두고 싶진 않았다. 그래서 어렵사리 내가 꺼낸 서두는 결국 그에 대한 변명 비슷하게 되었다.

"저도 이런 말씀을 드리고 싶지는 않았어요. 그런데, 그냥, 말해야 될 것 같아서요. 아시다시피 저희 집엔 이제 아무도 없고……."

"네, 그렇죠."

"보면 아시겠지만, 저희 집이 되게 가난하거든요."

말하지 않아도 아는 사실을 굳이 입에 내어 말한 건 아예 확신을 주기 위해서였다.

그가 아, 하고 알겠다는 표정을 지었다. 쪽팔리고 부끄러웠다.

"어렸을 때는 그래도 좀 괜찮았는데, 아버지가 도박을 하게 되시면서 모든 게 다 엉망진창이 됐죠. 빚을 많이 졌거든요. 온 동네 사람들한테 다 빚을 졌을 만큼. 그리고 저희 어머니도, 열심히 애쓰긴 하셨지만 농사는 제대로 안 됐고, 저도 그래서 대학교도 제대로 못 갔고, 그래서……."

"네, 충분히 이해가 갑니다."

그의 목소리는 나지막했고, 표정엔 동정심이 역력했다. 나는 그걸 보지 않으려고 애쓰며 말했다. 더 비참해지기 싫었다.

"그러니까, 더 이상 여기 찾아오셔도 좋을 게 없단 뜻이에요."

"……네?"

그의 목소리가 조금 당황한 듯 흔들렸다. 도대체 무슨 말을 기대한 것일까.

나는 두 눈을 꾹 감았다 떴다.

"여기는 시골이에요. 이 집에 단상우 씨가 왔다 갔다 하는 걸 다 알아요. 주변에는 대충 얼버무려 놓긴 했지만, 만약 단상우 씨가 우리 가족하고 무슨 관계가 있다는 게 밝혀지기라도 하면 바로 사람들은 빚 얘기를 하고, 갚으라고 난리를 칠 거예요. 그러니까 더 이상 여기는 안 오시는 게 좋겠어요."

남자는 잠시 그 자리에 앉아서 꼼짝도 하지 않았다. 혹시 내 말이 냉혈한처럼 들렸을까.

나는 조바심치며 말했다.

"혹시라도 어머님 유품 중에 갖고 싶은 게 있으시면 드릴 게요. 그러니까 서운하게 생각하지 마시고……."

"그러니까, 빚이 있다는 말씀이시죠."

그의 목소리가 중후하게 울렸다. 나는 잠시 아무 말도 하지 못하고 있다가 고개를 끄덕였다. 심장이 기묘하게 쿵쾅거렸다.

"제가 갚아 드리겠습니다."

"네?"

숨이 턱, 막혔다.

나는 잠시 멍하니 그를 보고 있다가, 마구잡이로 고개를 가로저었다.

"아니요, 그러실 필요 없어요. 액수가 커요. 아무리 단상우 씨라고 해도 그렇게 쉽게 갚아 줄 수는 없는……."

"그런 걱정은 안 하셔도 됩니다. 저는 나경 씨가 생각하는 것보다는 능력이 있는 사람입니다."

그가 그렇게 말하지 않아도 알았다. 그는 돈이 많은 사람이다. 그가 끌고 오는 차나, 입고 오는 옷, 올 때마다 가득 들고 오는 선물들을 보면 알 수 있다.

하지만 나는 그에게 그런 도움을 받고 싶지 않았다.

정확히 말하면, 그와 어떤 관계도 맺고 싶지 않았다.

"단상우 씨는 우리 가족이랑 아무런 상관도 없어요."

나는 딱 잘라 말했다.

그는 잠시 충격을 받은 듯 한참이나 아무런 말도 하지 않았다.

"나경 씨."

"이렇게 말씀드려서 죄송해요. 그런데, 정말 필요 없어요. 그건 저희 아버지가 만든 빚이고, 제가 스스로 갚을 거예요. 이 집이랑 땅을 다 내놨거든요."

"그렇다면 제가 사겠습니다. 시세의 두 배를 쳐서 드리겠습니다. 그렇게 하면 되잖아요."

"아뇨, 그렇게 하지 않으셨으면 좋겠어요. 하실 필요도 없고요."

그렇게만 말하고 나는 일어섰다.

그가 뒤따라 자리에서 일어서 내게 다가왔지만 나는 고개를 저었다. 손이 떨렸지만, 최대한 단호하게 목소리를 내려고 노력했다.

"이제 더 이상 여기 오지 말아 주세요."

완고한 축객령에 그는 더 이상 토를 달지 못하고 집을 나섰다.

쾅!

문이 닫히는 소리가 들렸다.

그러나 그 뒤에 으레 따라야 할 발걸음 소리가 들리질 않았다.

나는 한참을 그 자리에 서서 귀를 기울였지만 창문 밖을 내다보지는 않았다. 그럴 엄두가 나지 않았다.

간신히 세운 마음의 디딤대가 쓰러질까 겁이 났다.

그동안 나는 죽 나 혼자라고 생각하며 살았다.

사실과 그다지 다르지도 않았다. 나는 이제 어머니도 없고, 아버지도 없고, 어머니와 아버지의 친척들이 있지만 왕래가 끊긴 지도 오래되어 이제 뭐 하고 살고 있는지 서로 관심도 없었으니까.

그런데 갑자기 어머니의 자식이라는 사람이 나타나 나를 도와주겠다고 한다. 이 빚에서 건져 주겠다고 한다.

그건 나에게 있어 천국일지 모르지만 그에게 있어서는 지옥이었다.

"아니, 물론 우리 나경이가 똑똑한 건 알지만, 그래도 걱정돼서 그렇지. 한두 푼도 아닌 돈인데 계속 이렇게 정리 안 되고 있으면 이자만 쌓이니까."

아버지란 인간은 생전에 도박으로 여기저기에 빚을 잔뜩 져 놓았다. 그리고 그중 가장 크게 빌린 사람이 바로 아줌마네다. 일단 부동산에 밭이랑 집을 내놓은 상태였지만 요새 같은 불경기에, 집은 잘 팔리지도 않고 있었다.

"나경이네가 지금 사정 안 좋은 건 알아. 그런데, 우리 집도 이제 조금 힘들거든. 농협 쪽에서 계속 독촉 전화가 와서 말이야......"

웬만하면 사람 좋은 얼굴로 넘어가는 아줌마라지만, 시골 집 사정이라는 게 뻔하다. 농사라는 게 제대로 돼도 안 벌리고 안 돼도 안 벌리고, 결국 뻔한 사정들끼리 빌리고 빌리는 것밖에 안 되는 것이다.

하필이면 이 마을 중 가장 가난한 우리 집에 돈을 빌려준 게 아줌마의 실수였지만.

아니, 실수는 아닌가.

"아니면 나경이가 우리 집에 시집와서 같이 일해 주면 되겠네. 호호호! 아이, 이건 좀 심했나?"

입으로는 그렇게 말하고 웃으면서 눈으로는 숨 막히게 나를 노려보는 아줌마를 알았다. 무슨 생각을 하고 있는지 훤히 보였다. 숨이 막혔다.

도망가야 한다는 생각이 들었다.

그 생각이 들자 그 다음 가장 먼저 든 건 단상우 씨에 대한 걱정이었다. 혹시라도 내가 달아난 후 우연히라도 이곳에 들렀다가 발목 잡히게 된다면, 혹시라도 우리들의 실체에 대해 알게 된다면.

그걸 알았을 때 그의 얼굴을 상상하고 싶지 않았다. 알고
싶지도 않았다.

"제가 갚아 드리겠습니다."

세상에는 굳이 없어도 괜찮은 가족도 있는 법이다.
나는 이미 그걸 알았다.
그는 모르고 있는 것 같았다.
그래서 그랬다.
이건 내 최소한의 양심, 최소한의 정의감, 최소한의 도리
니까.
어머니가 낳은 다른 자식에게 지킬 수 있는 내 최소한의
인간적인 도리.
"흑……."
한참을 기다리자 마침내 발걸음이 멀어지는 소리가 났다.
저 멀리서 부우웅 차가 출발하는 소리가 들리고 나서야 나
는 흐느꼈다.
그래, 됐어. 저 사람은 우리 가족이 아니야. 내가 맘대로
매달려서는 안 될 사람이야……

그날 밤이었다.
그가 떠나고 난 뒤 나는 한참이나 부산을 떨며 집을 치우

고 수선을 떨었다. 그리고 지친 몸으로 잠에 곯아떨어진 것 같다.

한번 잠이 들면 누가 업어 가도 모르는 나였으나, 그날은 달랐다.

"……!"

갑자기 무슨 일이 생겼는지도 몰랐으면서 나는 순식간에 잠에서 깨어났다.

등에서 식은땀이 죽 흘렀다.

단단히 닫혀 있는 문 밖으로 귀를 기울여 보았지만, 창문에 부딪치는 빗소리뿐 아무 소리도 들리지 않았다.

하지만 본능적으로 알 수 있었다.

이 집에 나 말고 다른 사람이 있었다.

"누구세요?"

혹시라도 단상우 씨가 다시 돌아왔을까 하는 부질없는 생각에 나는 목소리를 높였다.

밖에선 아무 소리도 들리지 않아서 순간 내가 착각했나 하는 생각도 들었다.

"밖에 누구 오셨어요?"

급히 잠옷 위에 옷을 껴입으며 나는 재차 물었다. 기분 탓일까, 이상하게 빗소리가 평소보다 크게 들렸다.

나는 주춤주춤 방문을 열었다. 그러자 거실 한가운데 서 있는 인영이 보였다.

쿠르릉!

천둥이 치는 소리와 동시에 번쩍, 번개가 쳐서 거실 한가운데에 서 있는 사람을 비췄다.

나는 소스라치게 놀라 멈춰 섰다.

그러자 거실 한가운데 서 있는 사람이 천천히 등을 돌렸다.

"뭐야, 자고 있었어?"

류정환이었다.

기대했던 만큼 실망도 컸다. 그러나 그보다 앞선 건 의심이었다. 나는 단단히 잠가 두었던 현관문을 바라보았다. 현관문은 이미 활짝 열려 있었고, 그 옆에 있는 창문은 깨져 있었다.

"뭐야?"

비바람이 몰아쳐 젖고 있는 바닥을 보다가 나는 물었다. 이유 없이 심장이 쿵쿵 뛰고 목소리가 갈라졌다.

나는 저 녀석을 두려워하고 있는 꼴을 보이고 싶지 않았다.

"한밤중에 남의 집에 와서 무슨 행패야. 당장 꺼져."

"아까 너희 오빠란 사람 왔더라?"

그가 툭 내뱉었다. 나는 숨 막히는 기분으로 말을 멈췄다.

그가 다음에 무슨 말을 할 것인지 짐작할 수 있었다.

"엄마가 그저께 여기 와서 너희 오빠한테 빚 갚아 달란 얘기 했다는 거 들었어. 그래서 오늘 오빠 다녀갔단 얘기 듣고 한번 와 봤는데."

날 선 눈빛으로 녀석이 슥 거실을 훑더니, 한쪽 구석에 가서 멈춰 섰다.

내가 꾸려 놓았던 짐들이었다.

"오빠하고 튀려고?"

나는 얼어붙었다. 실제로 그와 같이 가려던 건 아니었지만 도망가려는 마음을 먹은 건 맞았다. 그러지 않으면 꼼짝없이 여기에 발목 잡힐 것 같아서.

그리고 그 결심의 가장 큰 이유였던 사람이 지금 바로 여기에 있는 것이다.

한밤중에, 창문을 깨고 맘대로 들어와 거실 한가운데 흙발로 서서.

"그런 거 아냐."

대꾸하는 내 목소리가 덜덜 떨려서 침을 삼켰다.

"아니기는. 그러면 이것들은 다 뭔데? 입술에 침이나 바르고 거짓말해야지."

아무리 들어도 거짓말 같은 내 말을 녀석은 기다렸다는 듯 비웃었다. 그리고 구석에 쌓인 가방을 향해 발길질했다.

순식간에 무너져 데굴데굴 구르는 짐들을 보면서도 나는 덜덜 떨며 아무 말도 하지 못했다.

"그런 거 아냐. 진짜 아니야. 내가 진짜 간다고 한 것도 아니잖아. 왜 그래 정말……."

사실 나는 화를 냈어야 했다.

네가 뭔데 참견이냐고, 왜 한밤중에 남의 집에 쳐들어와서 행패냐고, 경찰을 부를 테니 당장 내 눈앞에서 꺼지라고, 악을 바락바락 쓰며 그 녀석을 밀쳐 내고 발로 차도 모자라지 않았다.

그러나 내가 그렇게 하지 못한 건,

무서워서.

이제 날 폭력에서 지켜 줄 어머니의 품도, 그나마 보호자라는 명목하에 존재했던 아버지라는 지붕도 존재하지 않는다는 걸 알았기 때문에.

그게 너무.

"지랄 마, 어디서 수작이야. 미친년이."

흙발로 성큼성큼 걸어온 그 녀석이 손을 뻗었다.

엉겁결에 방문을 닫으려고 했는데 실패하고 나는 픽 열리는 방문에 떠밀려 바닥에 나동그라졌다.

"네가 머릿속으로 딴생각하고 있는 거 내가 모를 줄 알아?"

그 녀석의 눈이 희번덕거리고 빛났다.

본능적으로 나는 그 눈빛이 무엇을 뜻하는지 알았다.

온몸에 소름이 쫙 끼쳤다.

"아니야. 딴생각 안 했어. 내가 무슨 딴생각을 해……."

"거짓말 마. 넌 늘 딴생각뿐이잖아. 여길 떠나서 도망칠 생각. 네가 맨날 나 보면서 얼굴 찡그리는 거, 내가 모를 줄 알아?"

물론 그랬다. 하지만 그걸 그대로 털어놓을 수는 없었다.

나는 공포에 질려 고개를 가로저었다. 그러나 그는 물러설 생각이 없어 보였다. 계속 다가왔다.

"아냐, 내가 잘못했어. 네가 불쾌했다고 하면 미안해. 다시는 안 그럴게. 그러니까 제발 그러지 말고……."

"아냐, 난 너 못 믿어."

그렇게 말하면서 그가 웃옷을 벗었다.

번들거리는 눈빛을 보자 순식간에 온몸이 차가워졌다.

"오지 마!"

나는 발악처럼 소리치며 뒤로 물러났다. 그러나 내가 그러든 말든 그는 계속해서 이쪽으로 다가오고 있을 뿐이었다.

가까워질수록 노골적으로 훑어보는 시선이 보였다.

소름이 끼쳤다.

"지, 진짜 오지 마. 경찰 부를 거야. 진짜야."

나는 손에 핸드폰을 꽉 쥐고 말했다. 그가 보란 듯이 웃었다.

"불러, 우리 삼촌이 여기 파출소장인 건 알지?"

알고 있었다.

그래서 더 절망적이었다.

재빨리 핸드폰을 켜서 신고하려는데 그가 한발 빠르게 다가와 핸드폰을 뺏어 들었다. 나는 울부짖었다.

"오지 마!"

다가오는 녀석을 발로 찼다. 그러나 그는 간단하게 나를 제압하고 쓰러뜨렸다. 아직도 흙이 묻어 축축해진 신발이 맨살에 닿자 소름이 돋았다.

나는 녀석이 이 순간을 오랫동안 고대해 왔던 걸 알았다.

"건방진 년이, 오냐오냐하니까 정도를 모르고. 오빠라는 인간이 오니까 제 세상이라도 된 줄 알지? 같잖은 게."

이렇게 나를 짓누르고, 모욕하고, 갈 데 없는 나를 조롱하면서 제멋대로 휘두르는 게.

공포에 질려 떠는 나를 보는 게.

"이거 놔!"

"가만히 있어! 건방진 년, 오늘 본때를 보여 준다. 너 같은 년은 한번 혼나 봐야 정신을 차리지."

공포에 질려 버둥거리다가 뺨을 맞았다. 날카로운 아픔보다 앞으로 다가올 일에 대한 공포가 더 컸다. 나는 있는 힘껏 발버둥 치며 벗어나려 애썼지만, 그러면 그럴수록 그의 가학성만 자극할 뿐이었다.

일그러진 얼굴을 한 그가 내 옷을 찢듯이 벗겼다. 강제로 벗겨진 내 몸을 훑어보는 시선이 기묘하게 번뜩였다.

"너는 아무 데도 못 가는 거야."

입이 막히고 몸이 짓눌렸다. 나는 있는 힘껏 반항하며 흐느꼈다. 혹시라도 모를 구원의 손길을 기다리는 마음도 있었지만, 동시에 나는 알았다. 어차피 날 도와줄 사람은 아무도 없다는 걸.

그랬잖아, 내게 손을 내밀어 준 사람에게조차 나는 손을 잡기는커녕 등 떠밀어 보내 버렸는걸. 그런 나를 돌아봐 줄 사람 따위 있을 리 없어. 내겐 이제 아무도 없었다. 정말 아무도…….

"나경 씨!"

우르릉 쾅, 천둥소리에 섞여 문득 내 이름을 부르는 소리가 들렸다.

내 몸을 훑어 내리던 손이 멈췄다.

탐욕스레 제 입술을 핥던 류정환의 얼굴이 굳어지고 있었다.

"뭐야, 네 오빠란 사람 아직 안 갔어?"

떨리는 목소리로 그가 물었다. 나는 대꾸하지 못했다. 내가 대답하기에 앞서 먼저 들어온 사람이 있었던 것이다.

쾅! 하는 소리가 나더니 누군가 문을 박차고 들어왔다.

단상우 씨였다.

류정환과 마찬가지로, 흙이 잔뜩 묻은 구두를 신은 채였다.

떨리는 눈으로 나와 류정환을 번갈아 보던 시선이 차츰 굳어졌다.

"나경 씨."

"아, 저기, 이건, 그러니까……."

뭐라고 되먹잖은 변명을 하며 황급히 바지를 추켜올리던

류정환의 얼굴이 다음 순간 퍽, 소리와 함께 돌아갔다.

그가 망설임 없이 류정환을 걷어찬 것이다.

"으아악!"

눈 깜짝할 사이에 쓰러진 뒷덜미를 잡아챈 단상우 씨가 그대로 류정환을 질질 끌고 밖으로 나갔다.

그사이 나는 찢어진 옷을 추스르고 그를 따라 나갔다.

마당에 나동그라진 류정환을 그가 난폭하게 걷어차고 있었다.

"상우 씨! 그러지 마세요, 그러지 마요 제발……."

이대로 내버려 두면 사람을 죽일 것 같아 나는 죽자 사자 그의 팔에 매달렸다. 그가 흉포한 얼굴로 돌아보았다. 숨이 멎을 것 같았다.

"나경 씨 애인이에요?"

"아뇨……."

"혹시 나경 씨한테 맘대로 하려고 했어요? 집 안 침입이에요? 혹시 나경 씨 때렸어요? 이 개자식이……."

"겨, 경찰! 경찰에 신고할 거야!"

이를 악문 듯 억눌린 그의 말이 도중에 류정환의 울먹이는 말에 가로막혔다.

그가 입을 다물고 류정환을 돌아보았다. 입가에 피를 줄줄 흘리고 있던 녀석이 그의 시선을 받자 흠칫거렸다.

"신고해."

그가 낮은 목소리로 말했다.

"지금 이 상황 그대로 신고해. 그러면 나는 내가 본 걸 그대로 전할 테니. 네가 어린 여자애 혼자 사는 집에 무단 침입하고, 때리고, 강간하려고 했다는 거, 아마 의심하는 사람은 없을 테니까."

"그딴 여자애 좀 건드리면 어때!"

피가 터져 나뒹굴면서도 류정환이 악을 썼다.

"제기랄, 그년 아버지가 우리 집에 진 빚이 얼만데. 자그마치 3천이 넘어! 우리 엄마가 그 빚 갚는 대신 시집오라고까지 했는데 말도 안 듣고 도망치려고 했는데, 어차피 빚 때문에 시집올 년 따위, 좀 건들면 어때! 어차피 내 부인이 될 거 잖아! 근데 좀 하면 어떠냐고!"

"말도 안 되는 소리."

그가 참을 수 없다는 듯 다시금 걸어찼다. 류정환은 완전히 나동그라져 신음했다.

나는 터져 나오려는 비명을 손으로 막았다.

"고작, 돈 3천 때문에, 그런 것 때문에 이러는 거면. 그런 거면."

어찌나 화가 났는지 제대로 말도 잇지 못하면서 그가 품에서 지갑을 꺼냈다.

처음에는 침착하게 수표를 한 장 한 장 꺼내던 손길이 이내 광포해졌다. 나는 그가 한 움큼 손에 집히는 대로 수표를 꺼내어 류정환의 얼굴에 내던지는 꼴을 망연히 지켜보았다.

어두운 밤이지만 얼핏 수표가 세 장은 훨씬 넘는 것은 확인할 수 있었다. 거기 쓰여 있는 동그라미가 어마어마하게 많은 것도.

거칠게 숨을 몰아쉬던 그가 쏘아붙였다.

"세어 봐. 3천은 넘을 테니까."

쏴아아, 머리 위로 내려 붓는 빗물 탓에 심장이 얼어붙는 것만 같았다.

"남는 건 치료비하고 합의금 해. 폭행죄로 고소하더라도 상관없으니까. 나경 씨는 나하고 간다."

"사…… 상우 씨."

"이런 동네에서 너 같은 놈한테 노려지는 꼴은 더는 못 보겠으니까."

류정환에게 쏘아붙인 그는, 그러다 갑자기 입고 있던 재킷을 벗었다. 그리고 다짜고짜 내게 뒤집어씌웠다.

겉은 푹 젖어 있는 옷이 속은 하나도 젖지 않고 바짝 말라 있어 포근했다.

나는 그제야 내가 비에 쫄딱 젖어 덜덜 떨고 있던 것을 알았다.

내게 그렇게 옷을 입힌 채로 그가 나를 소중히 감싸 안았다. 나는 얼떨결에 그에게 푹 기대게 되었다.

그런 채로 나를 차로 데려간 그가 부드럽게 나를 조수석으로 밀어 넣었다.

"조금만 참아요."

내가 꾸려 놓았던 짐을 그대로 들고 온 그가 속삭이며 차를 출발시켰다. 나는 마치 얼어붙은 듯 꼼짝도 할 수 없었다.

몇 시간을 달려 서울에 도착했다.

차창 너머로 지나가는 톨게이트의 표지판을 나는 망연히 응시했다.

서울

이렇게 바로 올 수 있는 곳이란 걸 미처 알지 못했다.

게이트를 지나고 나서도 한참이 지나서야 차는 어떤 집 앞에 도착했다. 그때 나는 흠뻑 젖은 옷 때문에 오들오들 떨고 있었다.

"많이 춥죠? 조금만 참아요."

나를 흘낏 보던 남자가 말했다. 나는 아무 말도 못 하고 고개를 끄덕였다.

턱이 떨려 치아가 딱딱 부딪쳤다. 혀를 깨물며 소리 내지 않으려 노력했지만 그래도 아무 소리 없는 차에서는 지나치게 큰 소리라, 아마 그도 다 들었을 것이다. 신기할 정도로 소음이 없는 고요한 차 안이었으니까.

서둘러 차를 주차시킨 후 그는 내리려는 나를 만류하고 집 안에 뛰어 들어갔다가 나왔다. 그의 손에는 커다란 수건이 여러 개 들려 있었다.

"닦고, 좀 감싸고 나와요."

크고 폭신한 수건은 내가 그동안 쓰던 것과는 완전히 다르게 생긴 것이었다.

물이 뚝뚝 떨어지는 머리카락을 감싸고 차에서 내렸다. 차 시트에 물이 흥건히 고여 있어 그것부터 먼저 닦으려는데 그가 만류했다.

"그런 건 됐고, 일단 내려서 몸부터 말려요. 춥잖아."

여름밤이라 믿을 수 없을 정도로 추웠다. 이를 딱딱 부딪치며 나는 그가 이끄는 대로 집 안으로 향했다.

집은 크고 넓었다.

남자 혼자 사는 집이라고는 믿을 수 없을 정도였다.

커다란 현관과 거실을 지나쳐 남자는 서둘러 나를 화장실 안으로 밀어 넣었다.

"씻고 나와요. 욕조에 물 받아 놨으니까 몸을 담가도 괜찮고. 빨리 씻지 않으면 감기 걸려요."

"네, 근데, 왜……."

"갈아입을 옷은 문 앞에 갖다 둘게요. 그러니까 그건 걱정 안 해도 돼요."

뭐라고 말할 틈도 없이 문이 소리 없이 닫혔다.

나는 한참을 우두커니 서 있다가, 간신히 고개를 돌렸다. 그러자 믿을 수 없을 만큼 무지무지하게 큰 화장실이 눈 안에 들어왔다. 그곳은 화장실이라기엔 지나치게 크고 고급스러워서, 마치 그 안에서 잘 수도 있을 것 같았다.

꿈을 꾸는 것 같은 기분으로 나는 꾸물꾸물 젖은 옷을 벗고 샤워기 밑에 섰다.

TV 드라마에서만 보았던 그런 샤워기였다.

쏴아아.

물을 틀자 바로 뜨거운 물이 나왔다. 믿을 수 없을 만큼 빨랐다.

우리 집의 오래된 보일러는 온수 쪽으로 핸들을 돌려 놓고 적어도 10분은 기다려야 간신히 더운 물이 나왔는데. 이렇게 뜨거운 물이 콸콸 쏟아지다니.

어쩐지 신이 난 기분으로 나는 몸을 씻었다. 그리고 뜨거운 물을 받아 놓은 욕조 안으로 한 걸음 한 걸음 조심스럽게 들어갔다.

"아······."

턱 끝까지 뜨거운 물에 잠기자 얼어붙었던 몸이 순식간에 풀렸다.

손끝까지 저릿해져서 잠시 숨을 쉬는 것도 고통스러웠다.

찌릿찌릿한 느낌에 몸을 떨다 문득 고개를 들었다.

고요한 화장실에는 물이 찰박이는 소리 외엔 아무것도 나지 않았다.

"......"

무심결에 어깨를 움츠리고 생각했다.

내가 왜 여기에 있는 것일까.

물론 엉겁결에 끌려왔다는 핑계는 있지만 결국 핑계일 뿐이다. 나는 다시 시골로 돌아가지 않으면 안 된다. 아무렇게나 널브러진 고구마와 감자, 헝클어진 옷가지, 어머니의 영정 사진이 거기에 있었다.

하지만 이상하게도, 그런 생각을 하는 순간 숨이 턱 막히는 것만 같았다.

"......"

생각이 길면 길어질수록 점점 더 불편해졌다.

나는 머리를 욕조 안에 처박았다. 그리고 한참이나 그러고 있었다.

＊　　＊　　＊

손끝이 쪼글쪼글해질 때까지 물속에 잠겨 있다가 겨우 나올 수 있었다.

화장실 문을 열자, 곱게 개켜 놓은 옷가지가 있었다. 속옷은 없어서, 아까 벗어 놓은 것을 그대로 입고 그 위에 마른 옷을 걸쳤다. 축축한 옷이 몸에 닿아 불편했지만, 이게 편했다. 아무것도 입지 않은 채 그의 앞에 나서는 게 더 불편할 터였다.

나는 쭈뼛쭈뼛 거실로 나섰다.

옷을 갈아입은 그가 소파에 앉아 있다가 나를 발견하자마자 벌떡 일어섰다.

"다 씻었어요? 차 한잔 할래요?"

뜨거운 물 속에 있다가 나오니 온몸이 노곤하고 졸렸지만 어쩔 수 없었다.

나는 머뭇머뭇 다가가 그가 앉아 있는 소파의 반대편 끄트머리에 앉았다. 어색하게 비어 있는 공간에도 불구하고 그는 별로 신경 쓰지 않는다는 얼굴이었다.

"경찰을 부를까요?"

대신 진지하게 말했다.

"네?"

뜻밖의 말에 잠이 확 달아났다. 나는 눈을 크게 뜨고 그를 쳐다보았다. 그는 진지한 얼굴로 나를 뚫어지게 바라보고 있었다.

"그 사람이 나경 씨 때렸잖아요. 안 좋은 일도 당했고. 지금이라도 경찰에 가서 신고할래요? 내가 목격자가 되어 줄게요. 그러면 바로 폭행죄로 처넣을 수 있을 테니까……."

"아니요, 아뇨, 아니에요."

73

그의 말을 끝까지 듣지도 않고 무턱대고 고개를 저었다. 무서웠다. 겁이 났다.

"저 괜찮아요. 그런 일 안 당했어요. 물론 좀 맞기는 했지만, 괜찮아요. 아무 일 없었잖아요. 단상우 씨가 구해 주셨잖아요. 그러니까 괜찮아요. 그냥 넘어가요. 진짜 괜찮아요. 저 진짜 괜찮아요……."

"나경 씨."

"저 진짜 그런 일 안 당했어요. 단상우 씨가 생각하는 그런 일 없었어요. 진짜 그런 거 없었어요. 정말, 정말이에요……."

경찰에 신고해 봤자 헛일이었다. 나는 이미 그걸 알았다. 어머니가 살아 있을 때, 아버지가 어머니를 수없이 때릴 때도 경찰을 불렀지만 그네들은 아무런 도움도 되지 못했다. 그저 집안일이라는 말에 건성으로 고개를 까딱하고 바로 돌아가 버렸을 뿐이다. 더군다나 그 지역의 경찰소장은 류정환의 친척이다. 류정환을 신고하더라도 덮었으면 덮었지, 절대 공정하게 수사해 주지 않을 것이었다. 아버지에게 그랬던 것처럼. 어머니와 내게 그랬던 것처럼.

간신히 진정했던 눈물이 차올랐다.

나는 입술을 꾹꾹 짓누르며 앵무새처럼 말을 되풀이했다. 살려 주세요, 잘못했어요, 아무것도 아니에요, 제가 잘못했어요…….

"나경 씨."

부드럽게 나를 부른 그가 어느새 다가와 내 손등에 손을 얹었다.

"알았어요. 안 부를게요. 그러니까 그렇게 떨지 마요. 나경 씨가 원하지 않으면 안 불러요. 네?"

그가 말하자 그제야 내가 덜덜 떨고 있다는 걸 알았다.

나는 간신히 고개를 끄덕였다. 그러자 그는 억지로 내 손에 머그 컵을 들려 주고 안에 있던 것을 마시게 했다.

따뜻한 코코아였다.

터무니없이 달짝지근하고 묵직한 코코아는 어린애나 좋아할 만한 것이었지만, 나는 아무 말도 하지 않고 그걸 마셨다.

한참 동안 머그 컵에 치아가 딱딱 부딪치는 소리 외엔 아무 소리도 들리지 않았다.

"저는 나경 씨 믿어요. 나경 씨가 그런 일 없었다면 없었던 거예요. 그렇죠?"

텅 빈 컵을 내려놓자 그가 내게 물었다. 무언가를 다짐하듯 묻는 것이었고 나는 고개를 끄덕였다.

"그래요, 그럼."

그렇게 말하며 그는 내 손등에 얹어 놓았던 손을 거두어 갔다.

허무하게 사라지는 온기를 쥐고 싶은 욕심에 손가락이 꼼질거렸지만, 끝내 나는 아무 말도 하지 않고 입을 다물었다.

"많이 피곤하죠? 쉬어요. 잘 곳을 알려 줄게요."

"네? 네⋯⋯."

그렇게 말하며 그가 몸을 일으켰다. 나는 체온이 남은 손을 말아 쥐고 그를 졸졸 따라갔다.

커다란 거실을 가로지른 그가 방문 하나를 열었다. 내가 잘 곳이었다.

"안 쓴 지 오래돼서 먼지가 있을지도 모르는데 청소라도⋯⋯."

"괜찮아요. 그냥 잘게요."

실은 이미 눈꺼풀이 한껏 무거워져 거의 앞이 보이지 않을 지경이었다.

나는 성큼성큼 어두운 방 안으로 들어갔다. 바깥 불빛에 간신히 보이는 침대 위에 드러눕자 그가 웃는 소리가 들렸다.

비웃는 소리라고 해도 상관없었다. 정말이지 졸렸으니까.

"잘 자요, 나경 씨."

그가 말하고 문을 닫는 소리가 들렸다. 인사를 할 겨를도 없이 눈꺼풀이 닫혔다.


"건방진 년."

날카로운 파열음이 들렸다. 뺨이 얼얼했다.

"여태까지 먹여 주고 키워 줬음 그 보답을 해야지. 어디서 건방지게 눈을 똑바로 뜨고. 네가 그러고도 딸년이야?"

개 같은 놈. 너 같은 게 그러고도 아버지야? 평생 동안 아무런 도움도 안 되고, 돈이나 뜯고, 술이나 처먹고 도박이나 하는 게, 그러고도 아버지야? 네가 아버지라고 할 수나 있어?

그렇게 말하고 싶어도 말할 수가 없었다. 입 안에 피가 고여 침을 뱉었다. 그러자 그가 도끼눈을 뜨고 뺨을 내리쳤다.

"육시랄 년."

욕설과 구타, 그러고도 제 분에 못 이긴 발길질이 이어졌다. 나는 몸을 둥글게 말고 필사적으로 배를 가렸다. 그러자 그의 구타가 한층 더 거세졌다.

"개 같은 년."

개 같은 놈. 개 같은 새끼.

내가 평생 당신에게 배운 거라곤 더러운 욕설뿐이야. 건방진 년, 개 같은 년, 조금 배웠다고 제 아비를 무시하는 육시랄 년. 그래, 너 욕 잘해서 좋겠다 개자식아. 그래 봤자 못 배워서 돌려 막는 욕 몇 개밖에 못 하는 게. 네가 그러고도 사람이니? 사람이야?

미처 내뱉지 못한 말이 속에서 썩었다. 나는 끙끙거리며 눈에 맺힌 눈물을 짜냈다. 온몸이 통각으로 이루어진 듯 고통만이 남아 있었다. 아파. 아파. 아파. 너무 아파. 어머니, 나 너무 아파서 죽을 것 같아. 죽을 것 같아요…….

"너 같은 년은 한번 혼나 봐야 정신을 차리지."

짤깍거리는 금속 마찰음이 들렸다. 나는 죽은 것처럼 바닥에 웅크리고 누워 꼼짝도 하지 않았다. 차라리 죽여라 죽여.

그런 마음만이 가득했다.

그때, 쾅! 문이 열리는 소리와 함께 찢어지는 비명이 들렸다.

"안 돼!"

"어머니!"

외마디 소리를 지르며 잠에서 깼다.

온몸이 식은땀으로 흠뻑 젖어 있었다.

거친 숨만 한참을 썩썩 몰아쉬다가, 꽤나 시간이 지나서야 간신히 여기가 어딘지를 알아챘다.

여기는 단상우 씨의 집이었다.

그걸 떠올리자 어제 있었던 일련의 일들이 순식간에 기억났다.

"아⋯⋯."

나는 무의식적으로 벌떡 일어났다.

그러다 온몸에서 욱신거림이 한꺼번에 터져 나와 잠시 아픈 곳을 움켜쥐고 떨었다.

쾅.

"나경 씨?"

꿈에서 들었던 것과 똑같은 문소리가 들려서 고개를 들었다.

급하게 달려온 듯, 단상우 씨가 문을 열어젖힌 기세 그대로 숨 가쁘게 이쪽을 바라보고 있었다.

"왜 그래요? 무슨 일 있어요?"

"아, 아, 아뇨……."

안 그러려고 해도 온몸이 부들부들 떨렸다. 나는 잠시 말을 잇지 못하고 몸을 웅크렸다. 그러자 커다란 손이 머뭇거리며 내 등을 부드럽게 두드렸다. 담백한 손길이었다. 결코 끈적이거나 질척이지 않는.

"이제…… 이제 괜찮아요."

작은 목소리로 말하자 깃털처럼 등을 쓸던 손이 사라졌다. 이상하게도 그 떨어져 나가는 손길이 아쉬웠다.

"진짜 괜찮아요?"

그가 걱정스러워하는 얼굴로 물었다. 나는 황급히 고개를 끄덕였다. 분명 벌겋게 달아올라 있을 얼굴이 창피했다.

"네, 괘, 괜찮아요. 걱정해 주셔서 고맙습니다."

"고맙긴요. 당연한걸. 많이 놀랐나 봐요, 얼굴에 식은땀 봐."

다시금 그의 손길이 다가오고 나는 엉겁결에 눈을 꽉 감았다. 그러나 다음 순간 다시 눈을 떴을 때, 나는 그의 손이 내 얼굴이 아닌 침대 옆의 협탁 쪽으로 향한 걸 알게 되었다.

티슈를 잡은 손이 땀 맺힌 이마를 찍어 내리자 다시금 얼굴이 달아올랐다.

"잠 깼으면 나와요. 아침 먹어요."

79

"아침…… 이요?"

생각도 못 한 말에 나는 의아해서 그를 쳐다보았다. 그제야 그가 걸쳐 입고 있던 갈색 앞치마가 보였다.

"식기 전에 얼른 나와요. 기다릴게요."

설마 그가 직접 한 건가? 그런 생각이 들기도 전에 그는 그 말만 남기고 자리를 떴다. 나는 잠시 멍하니 앉아 있다가, 황급히 이부자리를 박차고 그를 따라나섰다.

온갖 진수성찬이 기다리고 있었다.

커다란 식탁 한가운데 놓인 커다란 전골냄비와 수십 가지의 반찬, 각각 하나씩 놓인 밥공기에서 모락모락 김이 뿜어져 나왔다.

"잘 먹겠습니다……."

그가 직접 했다고는 믿기지 않는 음식들에 나는 잠시 어안이 벙벙해졌다. 이런 것들을 혼자 준비하려면 분명 일찍 일어나야 했을 텐데, 그런 것도 모르고 혼자 잘도 잤구나, 하는 양심의 가책도 함께 들었다.

"뭐 해요? 얼른 먹어요."

"아, 네……."

그의 재촉에 못 이겨 수저로 손을 뻗었다. 이른 아침이라 입맛이 없는데, 란 생각도 잠시, 정신 차리고 보니 어느새 밥그릇이 게 눈 감추듯 뚝딱 비워져 있었다.

무언가 아쉬움에 젓가락 끝을 잘근잘근 씹고 있는데 식탁

건너편의 그의 얼굴이 눈에 들어왔다. 안 보는 척 식사하고 있는 그는, 입꼬리가 조금 올라가 있었다.

다시금 얼굴이 벌겋게 달아올랐다.

"배가 많이 고팠나 봐요."

느긋하게 묻는 말에 대답할 거리가 없어 나는 그냥 찬물만 들이켰다.

"어제 잠은 잘 잤어요? 잠자리가 불편하진 않았고?"

그가 꼬치꼬치 캐물었다. 나는 얌전히 고개를 끄덕였다. 그러지 않을 이유가 없었다. 침구는 내가 덮었던 어느 이불보다 더 포근했고 방은 내가 지냈던 그 어떤 방보다 더 컸었는데.

그러자 그가 기다렸다는 듯 물었다.

"그럼 혹시, 여기서 지내는 건 어때요?"

"네?"

뜻밖의 말에 나는 눈을 크게 떴다.

처음 느낀 감정은 놀라움이었고, 그 다음에는 어처구니가 없었다.

도대체 당신이 왜, 아무런 사이도 아닌 나를 이 집에서 같이?

자기가 말을 꺼내 놓고도 민망한 듯, 몇 번 헛기침을 하던 그가 진지한 얼굴로 나를 보았다.

"그러니까, 나경 씨를 처음 봤을 때부터 계속 생각했어요. 나경 씨는 거기 혼자 계속 있으면 안 된다고."

그가 그렇게 말하자 심장 한구석이 덜컥했다.

"물론 내가 나경 씨한테 그렇게 말할 주제가 안 되는 건 알아요. 나경 씨가 기분 나쁘리라는 것도. 하지만, 어린 아가씨가 그런 데서 혼자 지내면 안 되거든요. 할 게 없기도 하고, 위험하기도 하고…… 그래서 미리 말하려고 했어요. 그런데…… 나경 씨가 아예 오지 말라고 하니까……."

그가 말끝을 흐리며 나를 빤히 쳐다보았다. 나는 할 말이 없었다. 목이 콱 메었다.

그가 나를 생각해서 하는 말이라는 건 아는데, 무슨 말을 해야 할지 영문을 몰랐다.

"나하고 같이 지내요."

나는 아무 말도 못 하고 그를 쳐다보았다. 그러자 그가 흐릿하게 웃었다.

"여기서 나랑 같이 살아요. 그러니까 독립할 수 있을 때까지만. 혼자 살면 위험하잖아요. 물론 나경 씨가 따로 생각한 길이 있다면 말리지 않겠지만, 특별히 생각해 둔 게 없다면, 공부도 다시 하고, 대학교도 가고……."

"왜요?"

턱 내뱉어진 말에 그의 말이 멈췄다.

나는 그를 빤히 쳐다보았다. 눈물이 터져 나올 것만 같았다.

"왜 저한테 잘해 주세요?"

나는 그에게 아무것도 아닌데.

나는 그와 아무 사이도 아닌데.

아무런 전조도 없이 내 삶에 콱 들이밀어진 그는 나와 얽혀 구질구질한 일상을 영위하기에는 너무 귀한 사람이라서, 너무 좋은 사람이라서. 애써 입술을 깨물고 내 삶에 아무런 의미도 만들지 않겠다는 내 혼자만의 다짐을 무너뜨리고 이렇게 다가온 그를 밀쳐 내기에는 나는 아무런 힘도 없어서, 아니 사실은 그러고 싶지 않아서. 여태까지 혼자 지냈던 내게 그가 천국처럼 좋은 사람인 걸 알아서. 그런데 그는 안 그래도 되는 사람인 걸 알아서.

어떻게든 이 악물고 밀어내려 했는데 그래도 다가오는 당신을 어쩌면 좋으냐고.

나는 정말이지 당신을.

"나경 씨는 제 동생이잖아요."

그가 흐릿하게 웃었다.

내 마음이 무너지게 하는 말로.

"어머니가 같으니 우리는 결국 형제고, 그러면 나경 씨는 제 동생이죠. 오빠가 동생 챙기는 건 당연한 거잖아요."

그가 한 마디 한 마디 하는 말이 마음을 할퀴고 들었다.

나는 아무 말도 하지 못하고 그냥 어깨만 들썩였다. 그걸 어떤 의미로 받아들였는지 그는 당황한 얼굴로 손을 내밀어 내 어깨를 감쌌다. 서투르지만 따뜻한 손길에 눈물이 날 것 같았다.

"나는 형제가 있어 본 적이 없어서, 이럴 때 어떻게 해야 하는지 잘 모르겠어요. 하지만······."

그가 큰 손으로 내 등을 모조리 덮었다. 도드라진 척추뼈와 갈비뼈를 어루만지는 손길에 마음 한편이 간지러웠다. 나는 뚝뚝 떨어지는 눈물을 막지도 못하고 바라보고만 있었다. 나를 그렇게 만든 주제에 그는 천천히, 한 자 한 자 눌러 새기듯 말하고 있었다.

"돌봐 주고 싶어요. 가족이니까. 그래도 될까요?"

나는 차마 대꾸하지 못하고 엉엉 울었다. 그는 그런 내 등을 어루만지며 더 이상 아무 말도 하지 않았다.

그때 말했어야 했다.

사실은 나는 당신의 아무것도 아니라고.

당신의 가족도, 어머니의 딸도 아니라고.

당신은 나의,

그냥 나의.

그러나 나는 아무 말도 하지 못했다.

# Ch 2.

나는 고아였다.

아주 어렸을 때 고아원에 버려진 나를 마침 나온 어머니와 아버지가 발견하여 입양했다고 한다.

처음부터 안 건 아니었고, 어렸을 때 아주 우연히 알게 되었다.

늘 어머니와 스스럼없이 지내던 류정환네 아줌마와 이웃 사람들이 수군대는 걸 들었을 때.

"나경이 엄마만 안됐지 뭐야. 어린 나이에 시집와서 고생만 하고, 일만 하고. 결국 제 애도 못 낳고 늙어 죽게 생겼어."

"어머, 왜 나경이 엄마가 처녀로 죽어? 나경이 있잖아."

"주워 온 애잖아. 고아원에서 데려왔다는 거 몰랐어? 하긴 워낙 어렸을 때 왔으니, 자기는 몰랐을 수도 있겠다."

"세상에, 그래? 난 전혀 몰랐네! 어쩜, 티도 한 번 안 내고. 나경이 엄마가 천사야, 천사."

"착하지. 착하고 미련하고…… 그러니까 그렇게 살지. 쯧쯧……."

쑥덕거리며 연신 낄낄대는 아줌마들을 피해 먼 길을 돌아갔던 기억이 생생하다.

처음 알았을 때는 좀 힘들었다.

그렇지만, 차츰 받아들이게 되면서 그제야 풀리지 않았던 수수께끼의 해답을 알게 되었다.

왜 어머니와 나는 하나도 닮지 않았는지.

왜 우리는 친척들과 왕래하지 않는지.

왜 아버지가 날 볼 때 딸이 아닌 다른 것을 보는 눈빛이었는지.

하지만 내가 금세라도 박차고 자리를 떠나거나 비뚤어지지 않았던 건, 전적으로 어머니 때문이었다.

어머니가 슬퍼할 테니까.

어머니가 실망하는 게 보기 싫어서.

"나경이는 엄마 딸이야."

어머니는 내가 알았던 걸 알았을까.
모르겠다.
솔직히 알았을 수도 있다고 생각한다.
하지만 어머니가 알든 모르든 나는 확신할 수 있었다.
이 세상에서 나를 사랑하는 건 어머니뿐이라고.
그건 절대로.

"엄마는 우리 나경이밖에 없어."

가끔씩, 잠든 척 눈을 감은 내게 다가와 머리를 쓸어 주며
쓸쓸히 속삭이던 어머니의 음성을 들으면, 그렇게 생각할 수
밖에 없을 정도로.

"우리 나경이가 엄마의 전부야. 나경이는 엄마 마음 알지?
엄마가 많이 사랑하는 거. 우리 나경이는 똑똑하니까 잘 알
거야……."

아버지한테 매를 맞거나 돈을 뜯기면 어머니는 괜찮은 척

하다가도 늦은 밤만 되면 잠든 내 머리맡에 다가와 그렇게 말하고는 했다.

하지만 그도 과연 그걸 알까.


"주워 온 애잖아."

"여태까지 먹여 주고 키워 줬음 그 보답을 해야지."


어머니가 나를 아끼고, 사랑하고, 의지했다고 해서 내가 어머니의 친딸이 아닌 게 달라질까.

평생 알고 지낸 사람들도 다들 나를 어머니의 친자식이 아니라고 수군댔는데.

그걸 안다면 그도 나를 이처럼 동생으로 대할 수 있을까.

혹시 고아 주제에 제가 마땅히 누려야 할 어머니의 사랑을 모조리 독차지했다고 미워하진 않을까.

그게 겁이 났다.

그가 날 미워하고 밀쳐 낼까 봐.


"나경 씨는 제 동생이잖아요."


애초에 그래서 더 이상 찾아오지 말라고 매몰차게 밀어냈던 건데.

그는 오히려 내게 손을 내밀고 따뜻하게 감싸 안아 주었다.

오직 나만 알고 있는 거짓투성이 관계 때문에.

그걸 그가 안다면 과연 내게 했던 짓을 후회할까.

혹은 나를 미워할까.

아니면 둘 다일까.

"나경 씨는 제 동생이잖아요."

아니요, 틀렸어요.

저는 한사월의 친자식이 아니에요.

저는 단상우 씨의 동생이 아니에요.

어머니가 살아 있다면 모르겠지만 그분이 죽고 없는 지금 당신과 나 사이엔 아무것도 없어요. 그저 그림자와 거짓뿐인 관계예요.

하지만 말할 용기가 없어요.

당신에게 사실을 고백할 용기가 없어요…….

그는 우는 나를 달래다가 자리를 떴다. 질리거나 짜증나서 그런 것은 아니다. 그의 옆에 있는 핸드폰이 줄기차게 울려 대고 있었기 때문이다. 그가 받든 받지 않든.

그가 자리를 뜬 사이 나는 간신히 추스르고 자리에 앉았다. 그래도 울음이 그치지 않고 꺽꺽 새어 나왔다.

머릿속으로는 끊임없이 한 가지 생각만 맴돌았다.

어떡하지?

어떡하면 좋지?

"다 울었어요?"

갑자기 들리는 그의 목소리에 나는 화들짝 놀라 돌아보았다. 통화를 마치고 돌아온 그가 다가오고 있었다. 양손에 컵을 하나씩 든 채였다. 컵 하나를 내게 넘겨준 그가 다른 컵하나를 옆에 있는 테이블에 내려놓고 쪼그려 앉았다. 그러자 늘어져 있던 나와 눈높이가 맞게 되었다.

"한 모금 마실래요? 이러다가 탈수되겠어."

나를 바라본 그가 따뜻한 목소리로 말했다. 뭘 먹을 생각따윈 전혀 들지 않았지만 엉겁결에 고개를 끄덕이고, 컵에든 것을 한 모금 마셨다.

코코아였다. 그것도 어마어마하게 달고 진한 코코아.

진하다 못해 텁텁하기까지 한 코코아를 간신히 한 모금씩 넘기고 있는데 그가 다시 물었다.

"다 울었어요?"

나는 천천히 고개를 끄덕였다. 그리고 급히 덧붙였다.

"근데 이게 뭐예요?"

내가 가리킨 건 그의 컵이 올려져 있는 테이블이었다. 조그맣고 앙증맞은 테이블은 신기하게도 동물의 몸 같은 모양을 하고 있었는데, 다리 중간엔 무릎 관절처럼 옹이구멍이 뽕뽕 패어 있었다.

하지만 그게 궁금하다기보다는 사실 다른 의도가 더 컸다. 나는 그가 왜 울었냐고 묻는 걸 듣고 싶지 않았다.

"아, 이건……."

과연, 잠시 말문이 막힌 듯 입술을 벙긋거리던 그가 다시 다정스레 웃었다.

"이거 내가 만든 거예요."

"네? 진짜요?"

나는 호들갑스럽게 놀랐다. 그는 잠시 눈을 깜빡거리다가 이내 친절하게 설명을 계속했다.

"그럼요. 여기 있는 가구들은 다 제가 만든 거예요. 지하에 제 작업실이 있거든요. 시간이 있으면, 목재가 남거나 하면 천천히 하나씩……."

그건 나도 알았다. 그가 사업을 시작하기 전에는 목수였다는 걸 잡지에서 읽었었다. 그러니 그가 가구를 만들 수 있다는 건 그리 놀라운 것은 아니었다.

하지만 머리로 아는 것과 실제로 보는 것은 다르다. 나는 조금 신기해져서, 마치 작은 돼지 같은 테이블을 뚫어지게 바라보았다.

그가 일어섰다.

"그럼 보여 줄까요?"

"네? 네."

조금 어리둥절해졌지만 나는 바로 고개를 끄떡이고 일어

섰다. 좋은 기회였다. 그의 주의를 내가 아닌 다른 곳으로 돌릴 기회.

그는 나를 집 안 이곳저곳 데리고 다니며 자기가 만든 가구들을 구경시켰다. 거실, 부엌, 현관, 그리고 손님방. 손님방에 있는 커다란 침대도 그가 만든 것이라고 했다.

"와…… 신기하다……."

"신기는요. 별로 어렵지 않아요."

글쎄, 그는 대수롭지 않다는 듯 그렇게 말했지만 나는 이미 알았다. 그는 우리나라에서 제일 유명한 인테리어 사업가이자 가구 제작자였고, 그가 직접 만든 가구라면 아마 수집가들이 눈에 불을 켜고 사 갈 거라는 사실을. 게다가 그가 만든 가구들은 하나같이 빼어나게 아름다웠다. 현관에 있는 신발장부터 거실에 있는 소파와 테이블, 부엌에 있는 식탁과 의자, 그리고 손님방에 있는 커다란 침대까지.

그것들은 하나같이 소박하고 은은한 아름다움을 갖추고 있었지만, 자세히 들여다보면 깜짝 놀랄 만큼 정교하고 세심했다.

처음에는 딴생각으로 따라나선 것이었지만 구경하면 할수록 그의 솜씨에 감탄사가 붙었다. 그런 나를 보며 신이 났는지 그가 제안했다.

"지하실에 제 개인 작업실이 있어요. 거기도 볼래요?"

"네."

거실 한구석에는 2층과 지하로 연결되는 계단이 있었다. 나는 혹시라도 그가 2층도 소개해 주지 않을까 기대했지만 그러지는 않고, 그는 단지 지하실로 터벅터벅 내려갔다.

묘한 실망감을 느끼지 않으려고 애쓰며 나는 그의 뒤를 따랐다.

"여기가 제 작업실이에요."

문을 활짝 연 그가 쑥스럽다는 듯 웃었다. 나는 대꾸하는 것도 잊고 안을 들여다보았다.

"우와……."

"먼지가 좀 많은데, 잠깐 들어와요. 창문을 열어 둘게요."

그가 눈높이보다 높은 위치의 창문을 여는 사이, 나는 신기해서 넓은 지하실, 아니 작업실을 둘러보았다.

그곳은 아주 넓고 컸다. 1층의 거실과 부엌, 손님방을 합쳐 놓은 면적보다 더 커 보였다. 벽에 있는 선반에는 다양한 목재들이 그득히 쌓여 있었고, 한가운데는 다양한 목공 기구들이 나란히 진열되어 있었다. 대패나 망치, 못 같은 내가 아는 것들부터, 도무지 그 용도를 짐작할 수 없을 정도로 복잡하고 까다로워 보이는 도구들도 있었다. 한가운데 있는 테이블에는 연필과 지우개, 스케치북 같은 것들도 널려 있었는데, 펼쳐져 있는 스케치북에는 그의 디자인인 듯한 스케치가 그려져 있었다.

그것들을 한참 보다가, 나는 스며드는 햇빛 위에 부유하는 먼지들을 바라보았다. 나무를 자르고 쪼개고 대패질하며 생긴 톱밥들에선 먼지 냄새만큼이나 진득한 나무 향기가 진동했다.

재채기가 터졌다.

그는 어쩔 줄 몰라 하는 표정으로 허둥지둥 다가왔다.

"아, 미안해요. 목 아프면 나갈까요?"

"아니요, 괜찮아요. 가능하면 더 보고 싶어요……."

나는 순식간에 이곳이 좋아졌다.

여기는 온통 그의 흔적들로 가득 차 있었다. 무엇 하나 그의 손길 한 번 안 닿은 곳, 그의 취향 아닌 것이 없었다. 1층에도 그가 만든 가구들이 가득했지만 어쩐지 백화점이나 화보처럼 단정한 그곳과는 달리, 여기는 생생했다. 지저분하고, 활력이 넘쳤다. 그리고 무엇보다도 애정이 가득했다.

그는 쑥스럽다는 듯 웃었다. 그 미소에는 자부심이 빛나고 있었다.

"이 집에 들어오자마자 제일 먼저 만든 곳이 이 작업실이에요. 그 전까지는 맨날 다른 사람하고 같이 써서, 저 혼자만 쓰고 싶은 마음이 간절했었거든요. 요새는 재활용 목재들에 관심이 많아서 계속 공부하고 있어요. 목재들도 각자 성격이 달라서 같이 쓰면 시너지가 나는 것들이 있고 아예 상극인 애들도 있는데……."

그는 신이 나서 설명했지만, 문외한인 내가 알아듣는 건 절반도 안 되었다. 하지만 나는 입 다물고 가만히 들었다. 그가 말하는 내용이 궁금해서라기보다는, 말하는 그의 얼굴이 반짝반짝 빛이 나서였다. 온통 생명력으로 가득 차 생기가 넘쳐서.

그런 그를 바라보는 것만으로도 기분이 좋아졌다. 나는 잠시 넋을 잃고 그의 입 모양만 바라보고 있었다.

한참을 떠들던 그가 갑자기 입을 다물고 쑥스러운 미소를 지었다.

"제 얘기 재미없죠? 미안해요. 얘기하다 보니……."

"아니에요."

죽었다 깨도 그가 뭘 말하는지 듣지도 않았다는 건 말할 수 없었다.

어색하게 웃는 나를 의아하게 보던 그가 다시 생긋 웃었다.

"아무튼, 저는 퇴근해도 현관으로 안 오고 바로 여기로 직행하는 일이 많거든요. 주차장에서 바로 이쪽으로 오는 통로가 있어서. 그리고 잘 땐 바로 2층으로 가고. 그러니까 나경 씨가 불편할 일은 많이 없을 거예요."

"아……."

"어제 나경 씨가 잤던 손님방을 나경 씨한테 줄 생각인데, 괜찮겠죠? 그러면 1층은 나경 씨가 쓰면 되고 2층은 제가 쓰면 되니까, 여기서 지내는 건 문제없어요. 저랑 방 같이 쓰는 것도 아니고 저는 어차피 일찍 출근해서 늦게 들어오니까."

그러니까 그는 정말 나를 여기에서 살게 할 생각으로 말한 것이다.

1층을 아예 내게 내줄 생각으로.

삽시간에 달아올랐던 기분이 꺼지고 온몸이 차가워졌다.

나는 입술을 달싹거렸다. 지금이라도 털어놓아야 한다고, 더 늦으면 안 된다고, 내 안의 양심이 닦달하는 것에 못 이겨 막 입을 뗐을 때였다.

딩동!

갑자기 초인종 소리가 들렸다.

"아 참."

느닷없는 소리에 나는 잠시 어리둥절했지만, 그는 아닌 모양이었다.

이른 아침부터 찾아온 사람이 누군지 짐작한 듯, 입술을 깨문 그가 잠시 날 돌아보더니 아무 말 없이 고개를 까딱하고 성큼성큼 주차장으로 가는 통로로 향했다.

그사이 나는 눈에 안 띄게 방으로 가야 할지, 부엌에 숨어야 할지 안절부절못했다.

"그냥 있어요."

"네?"

"들어가지 말고."

일단 가까운 부엌으로 뛰어 들어가는데 그가 붙잡았다. 나는 엉거주춤한 자세로 그를 돌아보았다. 혹시 내가 잘못 들었나 했지만, 그는 꿋꿋했다. 오히려 들어가지 말라고 강조하기까지 했다.

어정쩡하게 서 있는데 문이 열렸다.

"단상우!"

거칠게 문을 열고 들어온 손님은 뜻밖에도 젊은 여자였다.

문이 부서져라 밀고 들어온 여자가 신발을 거칠게 벗어 던지다 날 보고 딱 굳었다.

"아, 안녕하세요."

나는 엉겁결에 고개를 꾸벅 숙이고 인사했다. 그럴 수밖에 없었다. 처음 볼 때부터 '어른'이라는 느낌이 들었기 때문이다.

단상우 씨와 아주 잘 알고 있는 듯 익숙하게 이름을 부르고 들어온 그녀는, 통 넓은 슬랙스에 헐렁한 흰 셔츠를 입고 짧은 머리를 아무렇게나 헝클어뜨리고 있었지만, 아주 미인이었고 세련됐다. 한눈에 보기에도 당당하고 무엇 하나 거칠 것 없는 사람처럼 보였다.

그런 사람이니 위축되는 건 당연했다.

잠시 굳어졌던 그녀는 그러나 내 인사를 듣지도 못한 것처럼 단상우 씨를 향해 똑바로 걸어갔다. 나는 쭈뼛거리며 물러섰다.

"도대체 전화는 왜 안 받아?"

"못 들었어."

"못 들었다고만 하면 끝이야? 자세하게 설명을 해 줘야 할 거 아냐! 갑자기 급한 일이 생겼다고 전화 뚝 끊고 다음부터 전화 안 받으면, 사람이 걱정이 되겠어, 안 되겠어?"

"미안해. 다음부터 주의할게."

"주의고 나발이고, 한 번만 더 그따위로 전화 끊으면……."

격하게 말을 토해 내던 그녀가 몰래 흘끔거리던 나와 눈이 마주치자 말을 뚝 그쳤다.

"누구야?"

턱 끝으로 나를 가리키며 그녀가 물었다. 그는 잠시 아무 말도 하지 않았다.

"얘가 걔야?"

그녀의 목소리가 한층 커졌다. 뒤늦게 그가 말하는 소리가 들렸다.

"혜정아."

"전에 말했던 그 애지? 너희 어머니? 내가 그 정신 나간 짓거리 하지 말라고 몇 번이나……!"

"구혜정."

그의 목소리가 차가워졌다. 마구잡이로 뱉어지던 그녀의 말이 뚝 끊겼다.

동시에 둘의 시선이 이쪽으로 향하는 걸 느끼고 나는 무의식적으로 몸을 움츠렸다. 잠시 즐거워서 잊고 있던 것들이 새삼 떠올랐다.

아 그래, 난 사실 그와 아무 관련 없는 사람이었지.

"나경 씨, 잠깐만 방에 들어가 있을래요?"

"네?"

"제 친구예요. 둘만 얘기 좀 할 게 있어서 그래요."

그는 부탁하는 것처럼 말했지만, 실은 부탁이 아니라 명령이었더라도 거절할 수 없었을 것을 안다. 나는 얼른 고개를 끄떡이고 손님방으로 향했다.

막 방으로 들어가는데 그녀의 성난 목소리가 따라 들어왔다.

"너 정말 미쳤어?"

혹시라도 그 뒷말이 들릴까 서둘러 문을 닫았다.

그대로 잠시 서 있다가, 힘없이 침대로 가서 앉았다. 푹신푹신한 매트리스는 몸에 착 감기긴 했지만, 마음이 가시방석이라 그런지 아무것도 편안하게 느껴지지 않았다. 아무 소리도 들리지 않는 거실에 귀를 기울이며 나는 몸을 떨어야만 했다.

그래, 그렇겠지.

그를 아는 사람들이라면 당연히 미쳤다고 생각하겠지.

생각하면 말도 안 되는 일이었어.

게다가 그는 모르지만 나는 그와 전혀 관련도 없잖아…….

생각하면 할수록 속이 답답해졌다.

나는 벌떡 일어나서 어제 가져왔던 짐들을 챙겼다. 짐이라고 말하기도 민망할 정도로 내가 들고 온 것들은 단출했지만, 아무것도 하지 않고 앉아 있으니 속이 부글부글 끓어서 미칠 것만 같았다.

한참이나 짐 가방만 들었다 놓았다, 몇 번을 반복하고 있는데 갑자기 똑똑 문 두드리는 소리가 났다.

"나경 씨, 잠깐 나올래요?"

"네."

나는 화들짝 놀라 벌떡 일어났다. 문을 열자 그가 난감한 미소를 짓고 서 있었다. 짐을 들고 나는 그의 뒤를 따라 거실로 나섰다.

그녀는 아직 나가지 않고 소파에 앉아 있었다.

"그거 내 옷이야."

멈칫거리며 그 앞에 서자 그녀가 날카로운 목소리로 말했다.

나는 머뭇거리며 입고 있던 티셔츠를 내려다보았다. 어제 그가 목욕하고 입으라며 줬던 옷이다. 지금 당장 벗어 드려야 하나, 하지만 어제 입었던 옷은 아직 마르지 않았을 텐데…….

"어제 급하게 오느라, 다른 옷을 가져오지 못해서 대신 입혔어. 내가 준 거야."

허둥대는 나 대신 그가 말했다. 그녀는 대꾸하지 않고 날카로운 눈빛으로 내 머리부터 발끝까지 샅샅이 훑었다. 마치 독수리에게 노려지는 쥐새끼가 된 느낌이었다.

"그럼 다른 건 뭐 가져왔어?"

"그게……."

그가 말꼬리를 흐리며 나를 돌아보았다. 나는 황급히 짐 속에 뭐가 있는지 헤아렸지만, 심장이 너무 세게 쿵쿵거리는 바람에 아무것도 떠올릴 수가 없었다. 내가 끙끙거리는 꼴을 보던 그녀가 냉정하게 관망했다.

"아무것도 없단 소리군."

사실과 그다지 다를 바 없는 지적에 입술이 바짝바짝 말랐다. 나는 아무 말도 못 하고 그 자리에 섰다. 죄인처럼 서 있는 나 대신 그가 변명했다.

"어쩔 수 없었어. 어제 급하게 빠져나오느라 짐 챙길 시간이 없었다고."

"웃기시네. 집에 데려오는 것뿐인데 왜 그렇게 서둘렀는데? 어제 무슨 일 있었지, 그것까진 나한테 말 못 하지?"

그가 애써 더듬더듬 지어낸 변명들도 그녀의 빈정거림에 뚝 끊겼다.

우리는 제대로 눈도 마주치지 못하고 우물쭈물 그녀의 눈을 피했다. 그러거나 말거나 그녀는 인상을 찌푸리고 혼자 깊은 생각에 잠겨 있었다.

손가락으로 팔짱 낀 팔뚝을 톡톡 두드리던 그녀가 갑자기 벌떡 몸을 일으켰다.

"됐어. 일어나. 앞장서."

101

그가 놀란 목소리로 되물었다.

"뭐?"

그만큼은 아니지만 나도 놀랐다. 대체 뭐가 필요하다는 건지, 어디를 같이 가자는 건지 짐작도 되지 않았다.

꿈쩍도 못 하고 서 있는데 그녀가 나를 스쳐 지나가려다 말고 멈춰 섰다.

"뭐 해? 얼른 준비하지 않고."

"뭐, 뭘요……?"

나는 진심으로 의아해져서 물었다. 잠시 뚫어지게 날 보던 그녀가 다시 피식 웃었다. 빈틈없이 립스틱이 발린 입꼬리가 매끄럽게 올라갔다.

"쇼핑 가야지."


그녀의 이름은 구혜정이라고 했다.

그녀는 그렇게만 말했지만 나는 알아차렸다. 그녀는 우리나라에서 손꼽히는 재벌 총수의 손녀였다. 또한 회사를 물려받지 않고 스스로 사업을 꾸리겠다며 뛰쳐나온 것으로 유명하기도 했다.

그렇게 차린 회사가 그와 함께 하는 '오드르브아'라는 것도.

"너 같은 시골뜨기도 알 정도라니, 우리 회사가 이제 제법 유명해지긴 했나 보구나."

내가 놀라워하자 그녀는 그렇게 말하면서도 살짝 뿌듯한

미소를 지었다.

"다 네 오빠 덕분이지. 걔의 천재성이 업계에 좋게 받아들여졌으니까. 하긴 그런 천재는 흔치 않지."

"비행기 그만 태워. 떨어지겠어."

"어머, 싫은 기색은 아니네?"

그가 대꾸하지 않자 그녀는 가볍게 그의 어깨를 쳤다. 그냥 동업자라고 하기에는 지나치게 친밀한 태도였다.

내가 잠자코 있자 그녀가 또 말했다.

"내가 네 오빠를 발견했거든. 내가 처음 봤을 때 걔는 그냥 평범한 가구 공방에서 말단 목수로 일하고 있었지. 만약 내가 발견하지 않았다면 아마 너희 오빠는 거기서 평생 평범한 목수로 썩었을걸? 그러니까 네가 여기에 오게 된 것도 따지고 보면 내 공이라고 할 수 있지."

"혜정아."

"왜? 그렇잖아? 네가 그냥 평범한 목수였다면 부모님 찾겠다고 나설 수나 있었겠어?"

그녀가 크게 웃었다. 그는 더 이상 말하지 않고 조용히 입을 다물었다. 조금 기분이 이상했지만, 나는 그녀의 말도 썩 틀리진 않다고 생각했다. 물론 그가 부자라서 부모님을 찾은 건 아니었지만, 이렇게 부자가 아니었다면 날 데리고 올 엄두까진 내지 못했겠지.

"그러니까 네가 여기 살게 된 것도 어느 정도는 내 덕분이야. 부디 감사해하라고?"

"네, 감사해요."

내가 순순히 대꾸하자 그녀는 이번에야말로 크게 웃었다.


그 뒤로부터 나를 향한 그녀의 태도는 눈에 띄게 부드러워졌다.

단지 그 변화가 나에게도 기꺼운 것이었냐면, 그건 잘 모르겠다.

"자, 이젠 이 옷을 입어 보도록 해."

그녀는 그렇게 말하며 내게 블라우스 하나를 내밀었다. 별 생각 없이 받아 들다가 가격표를 보고 눈을 의심했다.

"죄, 죄송해요. 이건 너무 비싸서 못 입겠어요……."

"왜? 이게 비싼 거하고 입어 보는 거하고 무슨 상관이니? 어차피 이건 너희 오빠가 살 건데. 안 그래, 상우야?"

그녀가 그렇게 묻자 멀찌감치 서 있던 그가 조용히 고개를 끄덕였다. 그녀가 다시 옷을 내게 내밀었다.

"어차피 너는 머리부터 발끝까지 다 새로 사야 돼. 옷도 하나도 없고, 속옷도, 가방도 하나 없이 몸만 덜렁 왔다며? 그럼 어차피 새로 살 거, 처음부터 좋은 거 사면 좋잖아? 너희 오빠도 다 그런 거 감안하고 여기 데려왔을 테니까, 그냥 입어 봐."

"하지만……."

"얼른."

우리가 향한 곳은 한 백화점이었다.

백화점이라고는 예전에 딱 한 번밖에 가 본 적이 없어서, 처음 들어서자마자 나는 그 말도 안 되는 휘황찬란함과 사치스러움에 압도되어야만 했다.

그러나 그녀는 아니었다. 마치 자기 앞마당인 양 활기찬게, 꼭 물속에 들어간 물고기 같았다.

보무도 당당하게 그녀가 입장하자 모든 직원들이 일제히 고개를 숙였다. 아무렇지도 않게 그를 받아들인 그녀는 일단 가장 가까운 매장에 들어서서 황급히 뛰어나오는 지배인에게 나를 떠밀고는 일단 몸에 맞는 건 다 가져와 보라고 했다.

그리고 그 다음부터는 계속 수난의 연속이었다.

말도 안 되는 가격의 옷, 가격표를 보고 내가 뒷걸음질 치면 우격다짐으로 밀어붙이는 그녀, 그리고 그 모든 것들을 조용히 방관하는 그.

물론 그가 나를 책임지겠다고 데려온 건 사실이었다. 하지만 그건 어디까지나 생계의 책임이라는 의미였지, 내게 사치를 시켜 주겠다고 데려온 건 아니었을 것이다. 굳이 0이 이렇게 길게 늘어져 있는 가격의 블라우스를 입히는 게 아니라.

하지만 그는 아무 말도 하지 않았고, 기를 쓰고 버티던 나도 결국엔 풀이 죽어 순순히 옷을 받아 들었다.

내가 탈의실로 들어갔다 나올 때마다 그녀는 가축을 보는 것처럼 품평했다.

"그래, 그렇게 입으니까 얼굴이 사네. 그럼 다음엔 이거 입어 봐."

그녀는 그런 식으로 나를 데리고 끊임없이 백화점을 돌아다녔다. 나는 어마어마한 양의 옷과 신발, 그리고 속옷을 샀다. 속옷까지 입혀 보려고 할 땐 창피스러워서 눈을 질끈 감고 싶었지만, 그녀는 막무가내였다.

"왜 이래, 애가? 원래 속옷도 다 입어 보고 사는 거라고. 게다가 쟨 너희 오빠잖아. 가족한테 그런 거 보여 주는 게 뭐 어때?"

글쎄, 가족이라고 해도 굳이 그 동생이 무슨 속옷을 입는지까지 보여 줄 필요는 없다고 생각하지만.

나는 울며 겨자 먹기로 속옷도 사고 그는 그것까지 다 계산했다. 그렇게 산 브래지어는, 내가 여태 입어 본 것 중에 가장 부들부들하고 몸에 잘 맞았다.

"그래, 역시 옷이 날개네. 이렇게 입으니까 딱 제 나이 같아 보이고 좋다. 그렇지?"

쇼핑을 마치고 점심을 먹는 자리에서 그녀가 만족스럽게 말했다. 딱히 대꾸할 말도 떠오르지 않아서, 나는 어설프게 고개만 끄덕였다.

내가 입고 있던 옷은 오늘 산 것 중에 가장 화려하고 가격이 비싼 원피스였다. 레이스가 주렁주렁 달린 흰색이라서 점심을 먹을 때 입기엔 아무리 봐도 적절치 않은 옷이었는데 그녀는 한사코 그 옷을 입게 했다. 그게 제일 잘 어울린다면서.

"솔직히 처음 얼굴 봤을 땐 진짜 놀랐어. 애가 진짜 그 어린애 맞나 하고. 분명 처음에 나이 들었을 땐 스물둘인가 셋인가밖에 안 됐다고 했는데. 얼굴 딱 보니까 이건 웬 애어른이 앉아 있어. 다 죽어 가는 죽상을 하고."

제 앞에 있는 스테이크를 익숙하게 나이프로 쪼개며 그녀가 아무렇지도 않게 말했다. 어떻게 대답해야 할지 몰라서 당황스러웠다.

"그만해. 나경 씨도 네가 갑자기 나타나니까 당황스러워서 그런 거잖아. 놀라서 얼굴 굳은 걸 가지고 그러면 어떡해."

할 말이 없어 웃는 나 대신 그가 점잖게 말했다. 그 말에 그녀는 폭소했다.

"나경 씨? 너 지금 저 꼬맹이한테 나경 씨라고 하는 거니? 푸하하!"

"......"

"야, 세상에 너희 무슨 내외하냐? 서로 존대하는 남매가 어디 있어! 동생이라고 찾아서 데려다 놨으면 좀 편하게 굴어! 동생한테 나경 씨라니, 너 무슨 코미디 찍냐?"

무엇이 그리 웃겼는지 그녀는 나이프를 내려놓기까지 하며 웃어 댔다. 나는 뭐라고 해야 할지 몰라 잠자코 있었다.

그는 어땠냐면, 어쩐지 벌게진 얼굴로 잠자코 내 앞에 있는 접시를 끌어당겨 고기를 썰어 주고 있었다. 내가 할 땐 아무리 용을 써도 끽끽 접시에 소리만 내며 썰리지 않던 고기가, 그가 하니까 잘만 썰렸다.

"저, 편하게 말씀하셔도 돼요."

그 말에 그녀와 그의 시선이 온통 나에게로 쏠렸다. 나는 꿀꺽 침을 삼키고 말했다.

"말 놓으세요. 제가 동생이잖아요."

오빠, 라는 말은 차마 나오지 않았다. 물론 그는 내 어머니의 아들이고, 따지고 보면 내 오빠가 맞긴 하지만, 그래도 핏줄 하나 안 섞인 남이니까. 물론 그냥 변죽 좋게 오빠라고 부르면서 엉길 수도 있었지만 그렇게 하기에는 어쩐지 쑥스러워서 전혀 엄두가 안 났다.

그는 잠시 꼼짝도 하지 않았다. 그러는 사이, 그의 귓불이 붉게 물들었다.

"나중에 시간 지나면, 그렇게 할게요."

"나중에? 나중에 대체 언제?"

덩달아 얼굴이 새빨갛게 되려는 나 대신 그녀가 캐물었다. 그는 잠시 침묵하다가 대답 대신 내게 접시를 돌려주었다. 거기엔 정갈하게 썰린 스테이크가 가지런히 놓여 있었다.

허리를 똑바로 편 그가 빙긋이 웃었다. 어설프게 굳어 있는 나와 눈이 마주쳤다.

"나중에, 좀 더 친해지면."

"……."

"나경 씨가 날 가족으로 받아들여 준다면, 언젠가는 그렇
게 되겠지."

그렇게 말하며 그는 맛있게 먹어요, 라고 말을 덧붙이고는
곧바로 식사를 시작했다. 나는 고개 숙이고 있는 그를 잠시
멍하니 바라보았다. 고기는 먹음직스러웠지만 어쩐지 하나
도 손이 가지 않았다.

마음속에 처음 겪어 보는 감정들이 휘몰아쳤지만 그게 무
엇인지 몰랐다.

그때까지는.

\* \* \*

점심 식사를 마치고 그들은 날 다시 집에 데려다 놓은 다
음 출근했다. 그는 나를 혼자 남겨 두는 것을 몹시 미안해했
지만, 혜정 언니─라고 부르라고 그녀가 시켰다─가 몹시 닦
달하는 바람에 어쩔 수 없었다. 나는 어마어마한 숫자의 쇼
핑백에 둘러싸여 혼자 남게 되었다.

두 사람이 빠져나가자 남은 자리는 적막하기 그지없었다.

"어휴……."

나는 한숨을 쉬며 쇼핑백들을 둘러보았다. 열 손가락으로
세기에도 모자랄 만큼 빽빽하게 늘어선 그것들은, 현관은 물

론이고 거실 한구석까지 자리를 차지하고 서 있었다.

어쩔까 하다 일단 내가 머무르는 손님방에 들여놓기로 하고 몸을 움직였다. 한 손에 서너 개씩 들고 날라도 대여섯 번은 왕복해야 할 정도로 쇼핑백이 많았다.

옮기는 걸 끝마치고 나자 이미 등이 땀으로 축축하게 젖어 있었다.

어쩔 수 없이 샤워를 하고 옷을 갈아입었다. 어제 입고 온 옷이었다. 빨지 못하고 그냥 말려서 냄새가 났지만 어쩔 수 없었다. 갖고 있는 옷이 그것밖에 없었으니까.

물론 쇼핑백에 손도 대지 않은 새 옷들이 가득했지만 쉽사리 엄두가 나질 않았다.

"……."

방에 가득한 쇼핑백들을 보고 생각했다.

이것들을 다 어쩔까.

오늘 사 온 옷들은 하나같이 터무니없이 비싼 것들이었다. 내가 아무리 뭘 모르는 촌뜨기라지만 그건 알았다. 같은 옷이라도 백화점에 있는 건 마트에 있는 것보다 비싸고, 세일 기간이 아니면 더 비싸진다는 것.

그동안 내가 옷을 산 곳은 기껏해야 동네 마트 수준이었다. 어머니가 장 보러 나갔다가 사다 준 것을 그냥 입는 경우가 대다수였고, 그나마도 옷 사는 게 연례행사인 수준이라 한번 입는 옷을 계속 입는 경우가 많았다. 내가 입고 있는 것도 중학교 때 산 것이었다.

그런 나한테 갑자기 분수에도 안 맞는 백화점에서의 쇼핑이라니, 말도 안 됐다. 어울리지도 않았다. 혹시나 해서 몇 개는 걸쳐 보기도 했지만 역시나, 하늘하늘하고 아름다운 천 조각들은 내 몸에 걸쳐지기가 무섭게 색이 바랬다. 아름다운 천에 휘감겨 거울을 보고 있는 나는 마치 진주 목걸이를 찬 지푸라기 인형 같았다.

쇼핑백들을 방 안에 밀어 넣고 거실로 나왔다. 커다란 창 문 너머 멀리 거대한 한강이 보였다. 그리고 저 밑에서 꼬물꼬물 움직이는 차와 사람들. 숨이 막혔다.

아까까지도 마냥 아늑했던 집이 지금은 초라한 나를 짓누르는 감옥 같았다.

"……도망갈까."

순간 나도 모르게 그렇게 말했다.

충동적으로 나온 말이었지만, 생각하면 할수록 그럴듯하게 여겨졌다. 그래, 차라리 아무 말 안 하고 그냥 가는 게 낫지 않을까? 어차피 그도 날 오래 데리고 있을 수는 없을 테고, 내가 그와 아무런 혈연관계도 없다는 걸 알면 분명 날 내보내려 할 테니까. 굳이 내가 거짓말했다는 오해 살 필요도 없이 그냥 눈앞에서 사라져 버리면 그만일 텐데.

그렇게 생각하다가 나는 문득 아까 나를 보며 웃던 그의 표정을 상기했다.

"나중에, 좀 더 친해지면."

"나경 씨가 날 가족으로 받아들여 준다면, 언젠가는 그렇게 되겠지."


"……정신 차려."

뭘 생각하는 거야, 너.

벌떡 일어서서 짐을 챙겼다. 주르륵 줄 세워 놓은 쇼핑백이나 걸어 놓은 옷들에는 시선을 주지 않으려고 노력하며 어제 가져온 것들만. 어차피 거의 맨손으로 나온 거나 마찬가지라 핸드폰만 있으면 충분했다.

어차피 내 것이 될 게 아니라면 미련은 빠르게 버리는 게 좋다.

슬리퍼에 발을 꿰어 신고 나는 집을 나섰다. 등 뒤에 대문이 쿵, 닫히는 소리가 무겁게 들렸다.

"어디로 가야 하지?"

패기 좋게 나오기는 했는데 막상 나오고 나니 막막했다. 일단 나는 여기가 어딘지도 모르고 집에 가도 또 무엇을 해야 할지도 모르니까. 하지만 어제 급해서 미처 못 챙겨 온 짐도 있고, 고스란히 남아 있는 어머니의 유품들도 있으니까, 일단 집으로 돌아가기로 했다. 아마 어둠을 틈타 슬쩍 들어갔다 나오면 다른 사람들도 눈치채지 못하겠지.

우리 집으로 가려면 충북 제천 버스 터미널까지 가서 두 번 더 버스를 갈아타고 들어가야 한다. 그러니 가장 먼저 고속버스 터미널로 가기로 마음을 정하고 나는 발걸음을 옮겼다.

타박, 타박.

아무도 없는 골목길에 내 슬리퍼 부딪치는 소리만 크게 들렸다.

"엄마, 저 사람 거지인가 봐."

"쉿, 그런 소리 하는 거 아냐."

막 앞을 지나가던 아이가 날 보며 손가락질하자 애 엄마가 황급히 아이를 끌고 갔다.

처음엔 황당했다가 그냥 픽 웃었다. 하긴 아이가 보기엔 내가 거지처럼 보일 만도 했다. 어제 비를 맞아서 후줄근해진 티셔츠에 반바지에, 신고 있던 신발은 하필이면 낡아 빠져 이음새가 거의 다 떨어져 나가기 직전의 슬리퍼였다.

하필이면 이런 신발을 신고 올 게 뭐람.

나는 느릿느릿 걸음을 옮겼다. 하필이면 발도 맨발이라 슬리퍼가 스치는 피부에 순식간에 물집이 잡혔다. 차를 타고 움직일 땐 순식간에 스쳐 지나가던 골목길이, 직접 걸으니까 유독 멀게만 느껴지는 건 왜일까.

가다 쉬다 하면서 간신히 지하철역에 도착했다. 그러나 표를 사는 것부터가 걸림돌이었다.

"교통 카드 찍고 들어가셔야 돼요."

"네?"

"티머니 없으세요? 그럼 일회용 표 사셔야 돼요. 1,500원
이에요."

친절한 역무원이 설명해 주는 말을 듣고 더듬더듬 따라 해
보려고 했지만 유감스럽게도 현금이 한 푼도 없었다. 결국
역무원에게 양해를 구하고 근처에 있는 ATM에 가서 현찰을
뽑아 오기로 했다.

딱 하나 있는 카드를 넣고, 기억을 더듬어 비밀번호를 누
르자 바로 잔액이 떴다.

12,872원

"이게 뭐……."

순간 머리가 멍해졌다.

멍하니 화면만 노려보고 서 있다가, 뒤에 선 사람이 재촉하
는 바람에 겨우 카드만 회수하고 비켜 주었다. 다리에 힘이
빠져 비틀거리다가 빈 벤치를 발견하고 겨우 거기에 기댔다.

약 12,000원.

그게, 어머니가 남겨 준 현찰 전부였다.

"이게 뭐야……."

황당해서 말도 나오지 않았다. 숨도 제대로 쉬어지지 않아
서, 연거푸 가쁜 숨만 몰아쉬고 난 다음에야 간신히 눈앞이
보였다. 그러고도 눈앞이 빙글빙글 돌아 한참을 자리에서 일

어날 수 없을 정도였다.

그 현금 카드는 어머니의 통장과 연결된 것이었다. 그리고 우리 집에 통장이라곤 그거 하나밖에 없었다. 아버지는 통장이고 계좌고, 뭐 하나 제대로 만들 수 없는 인간이었으니까.

제대로 알진 못했지만 나는 거기에 분명 어느 정도는 돈이 있을 거라고 생각했다. 어머니는 늘 열심히 일했으니까, 나도 그렇고. 비록 아버지란 인간이 어머니가 번 돈을 수시로 강탈해 가긴 했지만 늘 현금만 가져갔으니 통장은 멀쩡할 거라고, 그렇게 생각했었는데.

실상은 이 꼴이었다니.

서울에서 제천 가는 고속버스가 14,000원인데.

"아가씨, 괜찮아요? 혹시 몸이 안 좋은 건 아니죠?"

친절한 역무원이 도와주지 않았다면 아마 거기에서 내내 그러고 있었을 것이다. 나는 간신히 정신을 차리고 역무원의 부축을 받아 역내를 빠져나왔다. 친절하신 분이 집까지 데려다주겠다고 했지만 거절했다.

나는 비틀거리며 다시 그의 집으로 향했다. 올 땐 내리막 길이라 그나마 걷기가 수월했었는데, 갈 땐 오르막길이라 가는 데 배는 시간이 더 걸렸다.

간신히 그의 집 앞에 도착한 다음에는 대문이 문제였다. 문이 잠겼는데, 열고 들어갈 방법을 몰랐던 것이다. 열쇠도 없고 비밀번호도 없고. 하다못해 그에게 전화해서 물어보려 했더니 핸드폰 번호도 없고.

할 수 없이 나는 대문 앞에 쪼그려 앉았다. 언제 그가 돌아
올 것인지, 그것도 몰라서 막막했다. 멍하니 주저앉아 있는
데 골목길을 지나가던 사람들 몇몇이 수상쩍다는 듯 이쪽을
쳐다보았다. 혹시나 경찰에 신고하는 건 아니겠지. 그럼 단
상우 씨한테 바로 연락이 가니 차라리 그게 나으려나. 그렇
게 생각하다가 깜빡, 졸아 버린 것 같기도 하다.

몇 시간이나 앉아 있었을까.

"나경 씨?"

갑자기 부르는 소리가 나서 눈을 떴다. 그러다 눈앞에 환
한 빛이 비쳐 나도 모르게 눈을 찡그렸다.

"왜 여기서 이러고 있어요?"

단상우 씨였다.

바로 주차장으로 들어가려다 말고 나를 발견한 모양이었다.

차에서 내린 그가 서둘러 이쪽으로 다가왔다. 잠이 덜 깨
서 그런가, 배실배실 웃음이 나왔다. 몰랐는데 으슬으슬하게
한기도 느껴졌다.

"몇 시간이나 이러고 있었던 거예요? 세상에, 몸이 차갑잖
아요. 대체 왜 이러고 있었어요?"

그의 잔소리를 들으며 나는 차의 조수석에 실렸다. 나를
태우고 그는 운전해서 대문 안 주차장으로 들어갔다. 몰랐는
데, 그냥 차만 운전해서 앞으로 갔을 뿐인데도 대문이 저절

로 스르르 열리는 걸 보니 아마 자동문인 모양이었다. 자동차가 다가가면 저절로 열리는? 하긴 이러니까 대문에 열쇠구멍도 없고 비밀번호도 없고, 아무것도 없었구나.

나는 혼자 실실 웃었다. 그는 그걸 아는지 모르는지 서둘러 주차하더니 나를 데리고 집 안으로 들어갔다.

"담요라도 덮고 있어요. 마실 거라도 갖다줄 테니까."

초여름이라고는 하지만 아직 밤이 되면 쌀쌀했다. 나는 덜덜 떨리는 몸을 감싸고 그가 갖다준 담요를 덮었다. 손끝 발끝이 몽땅 차가워져, 내일이라도 감기에 걸릴 것 같단 불길한 예감이 문득 들었다.

서둘러 부엌에서 컵을 하나 가져온 그가 내게 내밀었다. 안에서는 진한 코코아 냄새가 풍겼다.

컵에 입술을 대기도 전에 책망의 말이 쏟아졌다.

"대체 어딜 갔다 온 거예요?"

할 말이 없었다. 집에 가려고 지하철역까지 갔다가 돈이 없어서 다시 돌아왔다는 말을 할 수는 없었으니까.

잠자코 코코아만 들이켜는 사이 그는 계속 말했다.

"왜 전화 안 했어요? 열쇠가 없어도 비밀번호 있으면 지하실을 통해서 안으로 들어갈 수 있었는데. 전화해서 물어봤으면 말해 줬잖아요. 그러면 밖에서 그 고생은 안 했어도 됐을 텐데."

"전화번호가 없어서요……."

간신히 대꾸할 수 있는 물음이 하나 나와서 얼른 말했다. 그랬더니 이번엔 그가 조용해졌다.

나는 힐끔 눈을 들어 그를 살폈다. 그때까지 내 앞에 서 있던 그는, 입을 딱 벌린 채 눈을 크게 뜨고 있었다. 충격받은 기색이 역력했다.

"죄송해요."

혹시라도 내가 화나게 했나 싶어 얼른 사과했다. 그는 한참을 아무 말이 없었다.

"그러니까, 제가 단상우 씨 전화번호가 없어서요. 알려 주셨던 적이 없어서, 아니 알려 주셨는데 제가 저장을 안 했나? 아무튼, 그래서요, 그러니까."

"미안해요."

더듬거리며 늘어놓은 변명은 느닷없는 그의 사과에 막혀 버렸다.

"진작 전화번호를 알려 줬어야 했는데. 맘대로 집에 데려오고선 정작 중요한 전화번호도, 집 비밀번호도 안 알려 주고. 내가 바보였네요. 생각이 짧았어요."

"아뇨…… 아니에요……."

사실 그의 번호가 없는 것은 내 잘못이었다. 처음에 만났을 때 그가 명함을 줬는데, 제대로 살펴보지도 않고 아무렇게나 쑤셔 넣었다가 그대로 잃어버린 것이다. 물론 그때는 다시는 그를 만나지 않을 거라고 생각했으니까 그랬지만, 아무튼 번호가 없는 건 그의 잘못이 아니었다. 내 실수였음 실수였지.

하지만 그렇게 말할 겨를도 없었다. 그가 갑자기 내 앞에 한쪽 무릎을 꿇고 앉은 것이다.

"미안해요. 내 잘못이에요."

나는 어찌할 바를 모르고 그를 바라보았다. 그러는 사이, 그가 손에 들고 있던 컵을 내려놓고 내 발을 모아 꾹꾹 주무르기 시작했다.

커다란 손은 따스했다. 얼어붙은 것처럼 차갑던 발끝이 서서히 녹아 풀릴 정도로.

그러면서 그는 나지막한 목소리로 말했다.

"대문 열쇠는 바로 줄게요. 현관문은 지문 인식인데, 나경 씨 지문을 인식시켜 놓으면 될 거예요. 보조 열쇠도 있긴 한데 하나밖에 없어서. 바로 하나 더 만들라고 할게요."

"아니에요. 신경 쓰지 않으셔도 돼요. 제가 그냥 밖에 안 나갈 테니까……."

"여기가 나경 씨 집이에요."

그 말에 얼버무리려던 입이 꽉 막혔다.

나도 모르게 눈물이 차오르는 것을 막으려 입을 틀어막았다. 그걸 아는지 모르는지, 시선은 계속 내 발에만 집중한 채로, 그가 계속 말했다.

"눈치 보지 말았으면 좋겠어요. 외출하는 것도, 연락하는 것도. 여긴 나경 씨 집이고 내가 그렇게 허락한 거니까. 조금 이라도 나경 씨가 불편해하지 않았으면 해요."

"……."

"나경 씨가 원한다면 언제든지 나가도 좋아요. 하지만 그 런 게 아니라면, 부디 여기에 있어요. 네?"

목이 메어 간신히 고개만 끄덕일 수 있었다. 발에 온기가 돌 때까지 주물러 준 그가 그제야 고개를 들었다. 싱긋 웃는 얼굴에는 티끌 하나 없었다. 아무런 사심 하나 없다는 기색 이 역력했다.

"들어가서 쉬어요. 내일 아침에 봐요."

그렇게 말한 그가 빙글 등을 돌려 2층으로 향했다. 그의 뒷모습이 눈물에 흐려져 마치 아지랑이처럼 아른거렸다.

그가 자리를 뜬 후에도 나는 아무 말도 못 하고 그 자리에 서 한참을 앉아 있었다.

\* \* \*

다음 날부터 나는 오래 앓았다.

유독 손발이 차갑고 이마가 화끈거린다 했더니 지독한 감 기의 전조 증상이었나 보다.

나는 침대를 벗어나지도 못하고 끙끙거렸고 그는 그런 나 를 걱정했다.

"어떡하지? 미안해요, 나경 씨. 내가 진작 집 비밀번호를 알려 줬다면, 아니 하다못해 전화번호라도 알려 줬다면 이렇게 아프지는 않았을 텐데."

아니, 그건 아닐 것이다. 내가 아픈 건 어제 일 때문만은 아니었으니까.

하지만 그건 속으로만 생각했고, 겉으로는 그저 고개만 내젓는 게 고작이었다. 목이 부어서 제대로 목소리도 나오지 않았기 때문이다.

그는 나를 병원에도 데리고 가고, 얼굴을 닦아 주기도 하는 등 간호에도 열심이었지만 일이 바빠서 대체로 많이 옆에 있지는 못했다. 나는 대개 손님방에 혼자 있게 되었다.

그게 미안했던지 그는 퇴근하면 무조건 내 쪽으로 와 문을 두드렸다.

"나경 씨, 뭐 해요? 지금 자요?"

그렇게 말하며 들어오는 그는 무조건 손에 아기자기한 무언가를 들고 있었다. 그것들은 때로는 책이나 만화책이기도 했고, 가끔은 보드게임, 그리고 카탈로그.

"이게 뭐예요?"

"아, 이건 우리 회사에서 만드는 가구들 카탈로그. 나경 씨가 이 중에서 고르면 내가 직접 만들게요. 나경 씨가 쓸 가구도 있어야 되잖아요."

"아······."

그는 황송하게도 직접 내게 가구를 만들어 준다고 제안했고 나는 그러지 않아도 된다고 사양하면서도 카탈로그들을 뒤적였다. 거기에 나와 있는 가구들은 하나같이 아주 예쁘고 선이 고왔다. 꼭 그의 얼굴을 보는 것 같았다.

내가 심혈을 기울여 디자인을 고르고 있으면 그는 옆에서 넘겨다보며 참견하거나, 본인이 가져온 퍼즐을 맞추거나, 혹은 부엌에 가서 죽을 쑤어 오거나 했다. 혼자 먹을 수 있다고 했는데도 굳이 입에 숟가락을 대어 주면서.

"먹어 봐요. 오늘 하루 종일 아무것도 안 먹었잖아요."

"먹었는데……."

"거짓말. 그런 사람 얼굴이 이렇게 상했어요?"

그렇게 말하며 그가 먹여 준 죽은 정말이지 눈물 날 만큼 맛있었다.

나는 그렇게 그의 극진한 간호를 받으며 천천히 몸 상태를 회복했다. 며칠 동안 꼼짝도 못 하고 침대에 누워만 있던 내가 처음으로 몸을 일으키자 그는 눈시울이 붉어질 만큼 기뻐했다.

"저 진짜 괜찮아요. 이제 멀쩡해요."

"다행이다. 나 때문에 아픈 것 같아서 엄청 걱정했는데."

"그거 때문에 아팠던 거 아닌데……."

괜히 그의 걱정을 샀다는 생각에 나는 뒷말을 흐렸다. 그걸 아는지 모르는지 그는 내려간 체온계의 숫자를 보며 계속 함박웃음을 짓다가, 갑자기 뭔가가 생각난 듯 박수를 딱 쳤다.

"아, 그렇지. 나경 씨한테 보여 줄 거 있어요."

나는 그가 이쪽으로 가져올 줄 알고 잠자코 기다렸지만 그 기대와는 달리 그는 내게 손을 내밀었다. 침대에서 일어나서 같이 가자는 뜻 같았다.

머뭇머뭇 내민 손을 그가 덥석 잡아 끌어당겼다. 엉겁결에 끌어안길 뻔했다.

"천천히 걸어 봐요. 괜찮죠?"

"……네."

티 나지 않게, 하지만 재빨리 손을 놓으며 나는 대답했다. 다행히도 그는 신경 쓰지 않고, 열린 문 밖으로 나를 인도하는 데만 정신이 팔려 있었다.

넓은 거실을 가로질러 지하실로 이어지는 계단으로 향하는데, 문득 지하실 문틈 사이로 짙은 나무 냄새가 풍겼다.

"퇴근하고 틈틈이 만드느라 아직 완성은 좀 덜 됐어요. 그래도 이제 나경 씨가 보고 컨펌 해 줘야 되니까."

천천히 계단 난간을 잡고 내려가는데 그가 말했다. 퇴근하고 틈틈이? 완성은 아직? 내가 앓아눕고 난 다음부터 그는 매일 퇴근하자마자 내 방으로 왔는데, 대체 무슨 시간이 있었다는 걸까.

궁금해하고 있는데 문이 활짝 열었다.

"나경 씨가 쓸 옷장이에요."

그가 자랑스레 말했다. 저절로 입이 딱 벌어졌다.

문이 활짝 열린 공방 한가운데는 그가 직접 만들었다는 옷장이 있었다. 옆으로도 크고 위로도 훌쩍 큰, 내 얼마 안 되는 옷 정도는 아무렇지도 않게 수납할 것 같은 크기였다. 고운 나무색 위에는 답지 않게 아기자기한 무늬들이 새겨져 있었는데, 또 그게 신기하게 어울렸다. 나도 모르게 그것들을 어루만지려 손을 뻗는데 그가 쾌활하게 말했다.

"자작나무예요."

그 말에 정신을 차리고 얼른 손을 거두어들였다. 그는 내가 무슨 짓을 할 줄 알았다는 양 웃고 있었다. 창피함에 저절로 얼굴이 붉어졌지만 모른 척, 그는 계속 말했다.

"가구 원목 중에서는 최고급이죠. 단단하고 튼튼하고, 가벼워서 쓰기도 좋아요. 색깔도 예쁘죠? 그냥 통원목으로 써도 예쁘지만 그러면 조금 단조로울까 봐 무늬를 새겼어요. 그것도 자작나무."

"아……."

"마음에 안 들면 한 겹 얇게 벗겨 내면 돼요. 없애 줄까요?"

그럴 리가 있을까. 그가 해 준 것 중 내 마음에 안 드는 게 어디 있을라고.

나는 고개를 세차게 흔들었다. 내 우스운 꼴에 그가 다시금 웃더니, 내 어깨를 살짝 밀어 뒤에 있는 의자에 앉혔다.

"그러면 거기서 조금만 기다리고 있어요. 문에 경첩만 달아서 고정시키면 완성이에요. 그것만 보여 줄게요."

"아, 네."

그는 씩 웃더니 손에 목장갑을 꼈다. 그리고 옷장에 기대져 있는 커다란 널빤지를 아무렇지도 않게 번쩍 들어서 공방 중앙에 있는 테이블 위에 내려놓았다. 그리고 곧이어 벽에 걸린 커다란 못과 망치도.

나는 자리에 앉아 멀거니, 그가 손에 망치를 쥐고 널빤지를 내려다보는 모습을 지켜보았다.

탕! 탕! 탕!

규칙적으로 망치를 두드리는 소리가 귀를 울렸다.

나는 잠시 넋을 잃고 그를 감상했다.

지하실 창문으로 비치는 밝은 햇살, 역광이라 까맣게 보이는 실루엣, 벗겨진 맨어깨와 팔뚝에서 뽀얗게 피어오르는 김, 정신없이 목공 일에 열중해 있는 그의 얼굴은 진지했다. 그리고 아름답기도 했다.

날카로운 햇살이 투과해 부옇게 먼지가 떠다니는 지하실 속 그의 얼굴만 유독 도드라져 보였다. 마치 그에게만 햇빛이 내리쬐는 것 같았다.

나는 그때, 처음으로 이곳을 떠나고 싶지 않다고 생각했다.

문을 달고 완성된 옷장에 바니쉬를 바르고, 마르길 기다렸다가 또 바르기를 반복했다. 반나절도 지나지 않아 커다란 옷장이 완성됐다.

내가 돕겠다는 것을 만류하고 혼자 번쩍 옷장을 짊어진 그가 눈 깜짝할 사이에 지하에서 1층까지 올랐다.

"다 됐다."

옷장을 방에 세워 놓고 돌아서는 그의 얼굴은 땀으로 젖어 있었다. 안쓰러운 마음에 수건을 내밀자 그는 다짜고짜 얼굴 먼저 파묻었다. 순식간에 수건이 푹 젖었다.

"아, 오늘 좀 더운 것 같아요. 그렇지 않아요?"

땀을 뻘뻘 흘리면서도 아무렇지도 않은 얼굴로 그는 밝게 웃었다. 정말이지 체력이 대단하다고 생각했다. 나 같으면 반나절도 지나지 않아 뻗어 버렸을 텐데.

"힘들지 않으세요?"

"이 정도 갖고 뭘요. 내가 나경 씨 나이였을 땐 휴일도 없이 가구 백 개씩 나르고 그랬는데."

"백 개요?"

거짓말. 나는 그게 허풍일지도 모른다고 생각했다. 그러나 그는 아무렇지도 않게 덤덤하게 말했다. 예전을 회상하듯 눈을 가늘게 뜨면서.

"진짜예요. 고아원 나가서 처음에 들어갔던 공방이 배달도 직접 했거든요. 그래서 맨날 새벽 5시에 일어나서 밥 먹고 가구 나르고, 점심 먹고 또 가구 나르고, 저녁 먹고는 가구 만들고 그랬어요. 휴일도 없이 맨날 그랬는데."

"와……."

그 고됨이 상상도 가질 않았다. 나는 입만 딱 벌리고 그저 고개만 주억거렸다. 그는 피식 웃더니 다시 여상한 이야기로 돌아왔다. 말하자면, 가장 중요한 이야기로.

"우리 뭐 먹을까요?"

어느새 시간대는 점심때를 훌쩍 넘어 있었다.

나는 급하게 부엌 쪽으로 달음박질쳤다. 그러나 그런 나를 그가 만류했다.

"뭐 하려고요?"

"점심 차리려고요……."

"여기서요? 나경 씨가 직접? 됐어요. 지금 냉장고에 먹을 것도 없을 텐데 뭐 하러."

그의 말대로였다. 냉장고엔 무엇 하나 쓸 만한 재료가 보이지 않았다. 하다못해 양파나 마늘같이 기본적인 것들도 없었다. 이래서야 솜씨를 발휘하는 것도 글렀다.

풀 죽어 있는 나를 눈치챘는지 그가 제안했다.

"그러지 말고 우리 나갈래요? 근처에 갈 만한 데가 좀 있거든요. 거기 가는 김에 장도 좀 봐 오고. 그러면 시간 얼추 맞을 것 같은데."

"……시장이요?"

설마 하는 말에 그가 크게 웃었다.

"시장은 아니고, 마트에요. 나경 씨 마트 가 본 적 없나?"

"이, 있어요! 마트……."

딴 데면 모를까, 설마 마트 같은 곳까지 한 번 안 가 봤을라고. 나는 발끈해서 외쳤다. 그의 얼굴이 금세라도 웃음을 터뜨릴 것처럼 실룩거렸지만 웃지 않고 그가 차분히 말했다.

"그럼 옷 갈아입고 나와요. 같이 나가서 밥 먹읍시다."

나는 서둘러 방 안으로 뛰어 들어갔다. 방 안에 쇼핑해 놓고 아직 꺼내지도 않은 새 옷들이 즐비했지만 그것들을 꺼낼 엄두는 나지 않았다.

망설이다가 전에 한 번 입고 걸어 둔 흰 원피스를 꺼냈다. 자잘한 레이스가 가득 달린 원피스, 밥 먹는데 뭐 이런 거추장스러운 옷을 입느냐고 핀잔을 줘도 어쩔 수 없었다. 손대지 않은 새 옷을 꺼낼 수는 없었으니까. 모르잖아, 혹시라도 환불해야 할지도.

거기까지 생각하다가 나는 문득 여길 떠나고 싶지 않다고 생각한 것을 상기했다.

"……안 되는데."

옷을 집어 드는 손이 잘게 떨렸다.

나는 잠시 망설이다, 언제 그랬냐는 듯 황급히 원피스를 주워 입고 방을 나섰다. 나서기 전 방에 있는 거울을 보고 최대한 머리를 단정히 빗고 옷매무새를 추스르는 것도 잊지 않았다.

방문을 나서자, 어느새 준비를 끝내고 거실 한가운데에 서 있던 그가 활짝 웃었다.

"갈까요?"

그는 간단한 리넨 셔츠에 청바지를 입고 있었다. 셔츠 안에 흰 티셔츠를 입고 있는 것이 언뜻 보였다. 그런 차림 때문인지, 원래 나이보다 훨씬 어려 보였다.

나는 얼떨떨하게 보다가 고개를 끄덕였다.

그러자 그가 손을 내밀었다.

"아가씨 먼저."

장난치는 것처럼 가벼운 태도였지만 꼭 에스코트하는 것처럼 그러니, 기분이 묘했다.

나는 그의 손바닥에 손을 얹고 밖으로 나섰다. 대문을 나서며 자연스레 떨어진 손길이 아쉬웠다.

"식당까지 거리가 가까워서요. 걸어가도 되겠죠?"

문을 닫은 그가 물었다. 이마 위에 따가운 햇살이 내리쬐고 있었지만 나는 고개를 끄덕였다.

우리는 한참을 말없이 걸었다. 전에 나 혼자 집 나온다고 지하철을 찾아 한참을 걸었던 그 골목이었다.

"이 근처에 쇼핑몰이 하나 있어요."

뚜벅뚜벅 걷던 그가 뜬금없이 말했다.

"4층에 서점이 있고, 5층에 영화관이 있어요. 2층이랑 3층엔 마트가 있고, 1층엔 식당들이 여러 개 있거든요. 혹시 혼자 심심하면 거기 가서 놀면 돼요. 서점하고 영화관이 혼자 놀기는 제일 좋으니까."

"네……."

"혹시 저번에 혼자 나갔다가 길 잃은 게 심심해서 그냥 나간 거라면, 거기서 놀면 된다고요."

그 말에 나는 그를 쳐다보았다.

멍청하게 나 혼자 집 나갔다 돌아왔을 때, 잠긴 문을 열지도 못하고 그 앞에 주저앉아 있다가 들킨 걸 그렇게 생각할 줄은 몰랐다.

하긴 내가 말하지 않았으니까.

왜 혼자 말도 없이 집을 나갔다가 돌아온 건지.

"거기 말고 혹시 딴 데가 가고 싶거나 다른 데가 궁금할 때, 아니면 좀 더 멀리 가야 하는 일이 있을 때는 나한테 말해요. 내가 같이 가 줄게요. 나경 씨 혼자 가게 둘 수도 있는데 그렇게 하면 내가 안심이 안 돼서…… 아직 서울 지리 잘 모르잖아요. 그렇죠?"

속마음도 모르고 조곤조곤 말하던 그가 물었다. 눈물이 나려는 걸 꾹 참고 고개를 끄덕였다. 그러자 그가 안심했다는 듯 활짝 웃었다.

"오늘 나랑 거기 가는 길만 확실하게 알아 두고 와요. 그러면 다음부턴 어렵지 않을 거예요. 알겠죠?"

"……."

"나경 씨?"

"알겠어요."

금세라도 코맹맹이 소리가 날 것 같아 작게 대답했지만 그는 그것만으로도 만족하는지 더 이상 아무 말도 하지 않았다.

다정스러운 그를 속이는 게 눈물 났다.

그러면서도 그에게 진실을 고백할 용기 없는 내게 환멸이 나는 것도, 정말이지…….


"무슨 생각을 그렇게 해요?"

"네?"

멍하니 있다가 그 말에 고개를 들었다. 테이블 너머에서 퍽 가깝게 얼굴을 들이민 그가 눈앞에서 갸우뚱하고 있었다.

화들짝 놀라 몸을 뒤로 빼는데 의자가 바닥에 긁혀 끼긱거리는 소리가 났다. 그 소리에 그가 또 깔깔거리고 웃었다.

"왜 그렇게 놀라요, 무슨 토끼도 아니고. 무슨 말만 하면 네? 네? 아이고…… 누가 보면 내가 나경 씨 괴롭히는 줄 알겠어."

"네? 아니에요! 진짜 그런 거 아니에요!"

순간 당황한 내 목소리가 너무 컸나 보다.

주변의 사람들이 다 이쪽을 돌아보는 게 느껴졌다. 갑작스러운 놀람과 당황에 이어 쪽팔림이 밀려들었다. 나는 새빨갛게 된 얼굴을 머리카락으로 가리고 열심히 밥만 먹었다.

그런 나를 물끄러미 보고 있던 그가 느긋하게 말했다.

"나경 씨, 농담한 말에 그렇게 진심으로 당황해서 그러면 내가 더 민망해지잖아요. 내가 혹시 진짜 괴롭혔어요? 그건 아니죠?"

"아니에요……. 죄송해요……."

"됐어요, 죄송은 무슨. 그나저나 음식은 입에 맞아요? 요새 유행한다고 해서 한번 와 봤는데."

나는 고개를 끄덕였다. 그의 말을 뒷받침하듯 주변 사람들은 전부 삼삼오오 모여 음식 사진을 찍고 있었다. 혹은 머리를 맞대고 수군거리며 이따금씩 이쪽을 흘끔거리고 있었는데, 누가 보아도 우리 얘기를 하는 것이 명백했다.

그도 그 시선들을 눈치챘는지 투덜거렸다.

"아이 참, 이래서야 여기 다시는 못 오겠네. 나이 많은 아저씨 왔다고 되게 쳐다봐. 그렇지 않아요?"

"그런 건…… 아닌 거 같은데……."

나는 진심으로 말했다. 사람들이 다 그를 쳐다보고 있긴 하지만, 그건 나이가 안 맞아서 그런 게 아닌 혼자 유독 잘생겨서 그렇다. 워낙 눈에 띄는 외모라 시선이 안 갈 수가 없는데, 그다지 티 나지도 않는 나이 때문일 리가.

그러나 그는 내 말을 믿지 않는 듯, 주변에서 수군거리는 시선들을 피해 턱에 한쪽 손을 괴고는 날 향해 씩 웃었다.

"많이 먹어요, 나경 씨."

나는 고개를 끄덕이고 수저질을 빨리했다.

식사를 마치고 우리는 쇼핑몰을 한 층씩 돌았다. 3층은 마트와 옷 가게, 잡화점과 장난감 가게들이 혼재된 곳이었다. 처음 보는 물건들이 많아서 구경하느라 나는 종종 발걸음을 멈췄는데, 그때마다 그는 일단 지갑을 꺼내고 봤다. 나는 그런 그를 말리느라 진땀을 뺐다.

"사고 싶으면 하나 사요. 사 줄게요."

"아니에요. 저 진짜 괜찮아요. 안 사 주셔도 돼요."

"왜요, 자꾸 보는 게 갖고 싶어서 그런 거 아니에요?"

"그냥 신기해서 그런 거예요……."

3층은 그래도 괜찮았다. 하지만 4층에 있는 서점은 정말 유혹을 참기 힘들었다. 나는 원래 책을 좋아했는데, 안 그래도 몇 년 서점다운 서점은 구경도 못 하다가 이런 으리으리한 서점은 처음 와 보는 것이었기 때문이다. 입구에 있는 베스트셀러 매대부터 스테디셀러, 그리고 내가 좋아하는 작가의 신간까지 탐나는 물건들이 죽 깔려 있었다. 그는 정신없이 돌아다니는 나를 보고 소리 없이 웃었다.

"사 준다는데 왜 말을 안 들어요? 그냥 가져가면 될 텐데."

"무겁잖아요. 그리고 너무 많고 비싸요."

"무거운 거야 택시 타면 되고, 그리고 별로 비싸지도 않잖아요? 나 그 정도는 감당할 수 있는데."

그는 내가 조금이라도 눈길을 준 책들은 모조리 바구니에 담아 들었다. 그때마다 나는 고개를 내젓고 다시 원래 있던 곳에 갖다 두기 바빴다. 결론은 빈손으로 나왔지만, 그는 계속 사 주고 싶은데, 사도 되는데, 란 말만 반복하며 나를 책망했다.

견디다 못해 나는 조그맣게 말했다.

"나중에 제 돈으로 살게요."

"나경 씨가요? 돈 있어요?"

그가 눈을 동그랗게 떴다. 말문이 막혀 잠시 조용히 있었다. 나한테 돈이 있을 리가 없잖아, 있는 현찰이라곤 어머니가 물려준 12,000원이 전부인데. 그러나 차마 그 말을 내 입으로 할 순 없었다.

그도 이상한 분위기를 깨달았는지 입을 다물었다. 집으로 향하는 길은 참 답답하고 어색했다.

거실로 들어서서야 그가 조심스레 말했다.

"나한테 신세 지는 거 부담스러워할 필요 없어요, 나경 씨. 오빠가 동생한테 뭐 해 주는 건 당연한 거니까."

그 말에 속에서 무언가 치밀어 올랐다. 나는 호흡을 가지런히 하려 애쓰며 그를 올려다보았다. 여전히 입가에 미소를 걸고 있는 그에게 무슨 말을 해야 하는지, 알 수가 없었다.

"……제 아버지는 아무리 가족이라도 함께 살면 제 밥벌이는 해야 한다고 했어요. 그냥 주는 대로 얻어먹기만 하는 건 눈치가 없는 거라고."

특히나 나처럼 혈연도, 인연도 아닌 사람에게는 더욱 그렇다. 그는 잠시 놀란 얼굴로 나를 쳐다보다가 픽 웃었다.

"그럴 필요 없어요. 내가 나경 씨한테 돈 벌어 오라고 시킬 리는 없잖아요. 그러려고 여기 데려온 것도 아닌데."

"그러면 저를 여기 왜 데려오신 건데요?"

내 생각보다 말이 훨씬 날카롭게 나갔다. 말을 하자마자 나는 아차 했고 그는 눈을 동그랗게 떴다.

"죄송해요."

나는 얼른 대꾸했고 그는 잠시 말없이 나를 빤히 쳐다보았다. 알 수 없는 시선에 숨이 막혔다. 나도 참 우습지, 지금 그는 내가 친동생이 아니라는 것도 모르는데. 그냥 가만히 있었어야 하는데, 혹시 그가 의심한다면, 그렇다면 그냥 속 시원하게…….

"나경 씨."

"네?"

"나는 나경 씨한테 바라는 거 없어요. 뭘 바라고 여기 데려온 것도 아니고. 나는 그냥, 나경 씨가……."

거기까지 말하고 그는 숨을 골랐다. 나는 아마도 그가 하려던 말을 삼켰을 거라고 생각했다. 그저 어머니의 딸인 내가 불쌍해서 여기 데려온 것이라고. 그러나 그의 다음 말은 뜻밖이었다.

"……하고 싶은 거 다 했으면 좋겠어요. 그게 다예요."

그렇게 말하고 그는 자리를 떴다. 나는 할 말을 잃고 거기에 가만히 서 있었다.


그럴 리가 없어.

침대에 누워서 나는 가만히 생각했다. 아무리 생각해도 아까 그가 했던 말이 이해가 가질 않았다.

하고 싶은 거 다 했으면 좋겠어요, 그게 다예요, 라고?

"말도 안 돼."

도무지 믿기지가 않아서 부러 코웃음을 쳐 봤다. 그러나 내 비웃음에는 힘이 없었고 머릿속에선 오늘 하루 종일 보았던 그의 표정만 내내 맴돌았다. 계속 웃으면서 나를 관찰하던 그의 얼굴. 내가 뭘 만지작거리기만 하면 얼른 계산하려고 하던 그의 손짓.

"도대체 왜……?"

이해할 수가 없었다. 아무리 가족이라고 해도 그렇게 맹목적으로 주려고만 할 수는 없었다. 나를 가장 사랑했던 어머니마저도. 물론 그건 돈이 없기 때문이 가장 컸지만, 그 밖에도 내가 좋은 것만 봐도 좋으셨을 분은 아니었을 것이다. 워낙 몸과 마음에 여유가 없던 사람이니까.

그렇다면 혹시 나한테서 다른 걸 원하는 건가?

설마 싶었지만 그렇게밖에 생각이 안 됐다. 나는 티끌 하나 없이 웃어 보이는 그의 얼굴을 떠올리다 문득 몸을 부르르 떨었다. 끔찍한 생각이 하나 머릿속에 떠올랐는데, 그러면 어김없이 온몸이 덜덜 떨리고 토할 것처럼 역겨워졌기 때문이다.

나는 머리 위로 이불을 끝까지 뒤집어썼다. 그의 얼굴 위로 어렴풋이 떠오르는 다른 이의 얼굴을 겹치기조차 싫었다.

"빨리……."

온몸에 지렁이가 기어 다니는 느낌과 함께 소름이 끼쳤다.

나는 온몸에 힘을 주고 징그러운 감각이 지나가기만을 기다렸다. 혹여나 이상한 꿈이라도 꿀까, 진저리가 쳐졌다.

한참이나 기다린 끝에 뻣뻣했던 몸에 간신히 감각이 돌아왔다. 나는 이불을 머리끝까지 뒤집어쓰고 잠을 청했다. 내일 아침에 일찍 일어나서 밥하려면 빨리 자 둬야 했다.


"이럴 필요까진 없는데."

식탁맡에 앉은 그가 난감한 표정을 지었다. 나는 고개를 내저으며 미역국을 떴다.

"아니에요. 그래도 정말 아무것도 안 할 순 없고, 뭐라도 해야죠."

"그거야 그렇지만…… 그게 나경 씨가 집안일을 하라는 뜻은 아닐 텐데."

그가 미간을 찌푸렸다. 나는 못 본 척 그에게 국그릇을 밀어 주고 식탁 맞은편에 앉았다. 어제 잠은 자는 둥 마는 둥,

새벽부터 부지런을 떤 끝에 정성 들여 차려 낸 아침 식사는 그가 했던 것만큼은 아니지만 꽤 푸짐하고 괜찮았다.

그는 수저를 들며 잔소리를 했다.

"그리고 나 원래 아침 잘 안 먹어요. 여태까지 한 건 다 나경 씨 먹으라고 한 거니까 굳이 이렇게까지 할 필요 없어요. 일주일에 한 번씩 가정부 아주머니가 반찬 해 주러 오시고."

"아…… 네."

"그분이 집안 살림은 다 맡아서 해 주시니까 괜히 나경 씨가 한다고 할 필요 없어요. 그래도 말 안 들으면 나 진짜 화낼 거예요."

"네…… 알겠어요."

맥이 빠졌다. 기껏 일찍 일어나서 준비했는데 앞으로 준비하지 말란 소리나 들으니, 어깨가 축 늘어졌다. 게다가 정말 아무것도 하지 말라니, 그럼 정말 나는 여기서 뭘 해야 한단 말인가.

안절부절못하는 내 표정을 눈치챘는지 그가 한마디 덧붙였다.

"동생한테 집안일시키는 오빠라는 소리 듣기 싫어서 그런 거예요. 내 말 알죠? 나경 씨가 요리한 게 맛없다는 소리가 아니라."

내 맘을 풀어 주려 한 말임은 알겠지만, 난 사실은 그의 동생도 아닌걸.

나는 억지로 한 번 웃고 국만 몇 수저 떠서 깔깔한 입 안을 축였다. 마음이 불안해서 그런지 음식 맛도 영 별로였다.

"그러지 말고 밥 먹고 공방으로 한번 내려와 봐요. 나 나경 씨한테 줄 거 있는데."

"줄 거요?"

안 그래도 불안해 죽겠는데 왜 자꾸 뭘 준다고 하는지. 그런 내 심정을 아는지 모르는지 그는 신이 난 얼굴로 설명했다.

"나경 씨 책상하고 의자를 만들 생각이거든요. 그런데 책상하고 의자는 나경 씨 키에 맞춰야 되니까, 대충 몸 길이를 재 두려고 해요. 그러니까 밥 먹고 먼저 내려가 있어요. 내가 정리하고 내려갈 테니까."

"아니에요. 제가 정리할게요."

"됐어요. 아침 준비까지 했는데 정리까지 시키면 내가 미안하잖아요."

실랑이를 한 끝에 결국 내가 져서 먼저 부엌을 나오게 됐다. 그가 시키는 대로 내려가면서도 영 마음이 놓이지 않아 나는 불안한 마음으로 공방을 서성였다.

곧이어 내려온 그가 도우려는 나를 만류하고 혼자서 구석에 있는 원목들을 익숙한 듯 끄집어냈다. 그게 그렇게 가볍게 들리는 무게가 아닌 줄은 나중에 알았다.

"통상적인 테이블과 의자는 평균 170 정도 키한테 맞춰진 높이예요. 그런데 그보다 키 차이가 많이 나는 사람이 쓰면

허리나 목에 문제가 생기거든요. 그래서 우리 집 가구들은 다 나한테 맞춰져서 통상적인 가구보다 높아요. 아마 나경 씨가 쓰기엔 불편했을 거예요."

그랬나? 나는 아까까지 썼던 식탁이나 침대가 불편했는지 기억해 보려고 애를 썼다. 그러나 그전엔 그런 것들을 써 본 적이 없으니 그게 불편한지 아닌지 알 리가 없었다.

그는 나를 옆에 있던 의자에 앉히고 그 옆 마룻바닥에 아무렇게나 주저앉았다.

"키에 적절한 의자와 테이블의 높이는 이렇게 알면 돼요. 똑바로 앉아 있을 때 팔꿈치가 테이블에 닿는지, 발바닥을 바닥에 댔을 때 무릎이 바닥과 직각을 이루는지. 그런데 지금 이 의자도 봐요. 나경 씨한테 너무 커요. 그래서 지금 제대로 발이 바닥에 닿지도 않고 있잖아요."

기다란 손가락이 바닥에 아슬아슬하게 닿아 있는 맨발바닥을 건드렸다. 곧이어 드러난 맨종아리를 한 뼘, 두 뼘, 길이를 재며 올라가는 긴 손가락.

몸을 간질이는 촉감이 이상했다. 나는 어깨를 한껏 움츠렸다. 발가락도 저절로 꽉 오므라들어 있었다.

"봐요. 종아리는 두 뼘, 의자 다리는 두 뼘 반. 차이 많이 나죠?"

그의 얼굴은 진지하고 엄숙했다. 괜히 간지럽다는 말로 초칠 분위기가 아니었다. 그러나 왠지 고개를 끄덕이기엔 쑥스러워 나는 아무 말이나 해 버렸다. 그렇게 하지 않으면 안 될 것 같았다.

"그…… 하지만 어차피 상관없잖아요. 의자에는 어차피 밥 먹을 때나 잠깐씩 앉아 있을 거고, 식탁도 단상우 씨랑 같이 쓸 텐데. 굳이 저한테 맞춘 테이블이랑 의자를 만들기엔……."

"아니, 만들어야 돼요. 오래 앉아 있으려면 키에 안 맞는 가구는 불편하거든요."

오래 앉아? 왜?

그러나 그런 내 의문에 답하기도 전에 그는 자리에서 벌떡 일어났다. 그러더니 의자에 똑바로 앉으라고 시켰다.

나는 영문도 모르고 그가 하라는 대로 의자에 앉아 여러 가지 포즈를 취했다. 손을 무릎에 올렸다가, 팔꿈치를 위로 들었다가, 팔을 뻗어 책을 보았다가, 그리고 허리를 똑바로 폈다가.

"잘했어요. 그럼 이제 진짜 길이를 잴게요."

그는 이번엔 부드러운 줄자를 가져와 본격적으로 몸 길이를 재기 시작했다. 드러난 맨다리에 그의 손끝이 스치자 몸이 간지러웠다.

"착하지. 그대로 가만히 앉아 있어요."

몸이 잘게 떨리자 그는 손끝으로 가볍게 내 무릎을 누르며 말했다. 단단히 굳은살이 박인 손끝이 느껴지자, 어쩐지 가만히 있을 수가 없어졌다. 나는 몰래 침을 삼키며 발끝을 오므렸다. 그가 그런 걸 알 리는 없어 보였다.

"이제 어깨랑 바닥 높이를 재고……."

그는 점점 가까이 다가왔다. 그가 길이를 잰답시고 가까이 몸을 수그릴 때마다 나는 땀 냄새와 나무 냄새, 그리고 그의 냄새를 느낄 수 있었다. 차마 깊게 숨을 들이켤 용기도 없어 나는 입술을 앙다물었다. 그런데 그게 끝이 아니었다.

"이제 머리랑 발끝 길이를 재 볼까요?"

나는 질끈 눈을 감고 그가 내미는 줄자 끝을 잡아 들었다. 내게 줄자를 잡게 한 그는 그 상태에서 몸을 수그려 내 목과 등을 스쳐 내려갔다. 줄자를 늘어뜨려 길이를 재는 것 같았다. 한껏 팔을 뻗은 듯 그의 숨결이 순간 목덜미에 닿았다 떨어졌다.

"마지막으로 키를 잴게요."

그의 목소리가 묘하게 낮아져 있었다.

나는 의자에서 일어나 줄자를 잡고 섰다. 의자를 치운 그가 내 등 뒤에 바짝 다가섰다. 어떻게 그가 내 키를 쟀는지는 모른다. 다만 그가 그의 발끝을 내 발뒤꿈치에 붙였고, 줄자를 잡은 그의 손끝이 내 종아리와 무릎 뒤, 날개뼈와 머리카락을 스쳤다는 것만 알았다.

"……158."

그의 목소리와 동시에 나는 참았던 숨을 몰아쉬었다. 그가 낮게 웃었다.

"나경 씨 생각보다 키가 크네요. 보기에는 훨씬 작아 보였는데."

"······저 그렇게 작지 않아요."

차마 돌아볼 용기도 없어 나는 작게 반박했다. 또다시 그가 뒤에서 웃는 소리가 들렸다. 이상하게도 그는 키를 모두 잰 후에도 떨어져 나가지 않고 내 뒤에 바짝 붙어 있는 것 같았다. 결코 닿거나 붙지는 않지만 체온이 느껴질 정도로는 가깝게.

나는 그가 제발 내 이상한 것을 눈치채기 전에 떨어져 나가기만을 빌었다.

혹은,

반대로,

"미안해요. 그냥 내가 그렇게 느꼈다는 거였어요. 나경 씨가 작다는 게 아니라."

그 뒤를 생각하기도 전에 그가 떨어지는 것이 느껴졌다. 순간 뜨겁게 느껴지던 공기의 대류가 사라지고 등 뒤가 싸늘하게 식었다.

나는 급하게 어깨를 움츠리고 돌아섰다. 땀에 흠뻑 젖은 그가 상기된 얼굴로 웃고 있었다.

"미안해요. 지루했죠? 혹시 다른 일 있으면 나가 봐도 좋아요. 어차피 이제 웬만한 건 다 끝났으니까."

"네, 어, 저, 그럼······."

더 무슨 덧붙일 말을 찾기도 전에 나는 급히 등을 돌리고 도망쳤다. 쿵쾅쿵쾅 계단을 밟고 도망치는 동안 그 바쁘던 전기톱 소리나 망치 소리, 다른 소리는 하나도 들리지 않았다.

눈 깜짝할 사이에 계단을 오르고 문을 쾅 닫은 뒤 나는 숨을 골랐다.

까닭 모를 심장이 두근두근 뛰었다.

"이건……."

내 방으로 돌아와 문을 닫고 나서야 나는 내 얼굴이 마치 터질 것처럼 새빨개져 있음을 알았다.

얼굴뿐만이 아니었다.

온몸이 달아오르고 열이 나고 있었다.

"설마……."

설마 그가 바라던 게 이건가?

아니겠지.

나는 저녁을 먹으며 내내 그의 눈치를 살폈다. 하루 종일 공방에서 뚝딱거리느라 지친 그는 묵묵히 식사를 하기 바빴다. 그러나 유독 내 눈엔 그런 그의 몸짓들이 생경하게 느껴졌다. 숟가락질을 하는 손목에 툭 불거진 뼈, 손등에 생생하게 튀어나온 핏줄, 고개 숙여서 드러난, 땀에 젖은 뒷목…….

"나경 씨, 밥 더 먹을래요?"

"아뇨."

그가 갑자기 고개를 들고 묻는 바람에 깜짝 놀라 대꾸했다. 그는 더 묻지 않고 자리에서 일어나 밥을 더 떴다. 저녁만 벌써 세 그릇째였다. 목공 일이 힘들긴 하구나.

"죄송해요, 저 때문에 고생하시고."

"응? 뭐가요?"

그가 고개를 갸웃하더니 뒤늦게야 그 뜻을 알아챘는지 씩 웃었다. 그 얼굴이 마치 소년 같았다.

"나경 씨, 그럴 땐 그냥 감사합니다, 하는 거예요. 죄송해요, 하는 게 아니라. 내가 좋아서 해 주는 거고, 할 수 있어서 해 주는 건데 뭘 그렇게 미안해해요?"

"하지만……."

"정 그렇게 미안하면 밥이나 많이 먹고 살이나 쪄요. 나경 씨는 너무 말랐어. 어디 잘못 건들면 부서질 것 같아."

그가 여상하게 하는 말에도 나는 아까 스쳤던 그의 손길을 생각하면 몸이 굳었다. 오금과 종아리를 스치던 손끝, 오목한 허리를 건드리던 손가락, 굽은 날개뼈를 가볍게 누르던 손바닥…….

"저 그렇게 안 말랐어요. 괜찮은데……."

애써 그 기억을 떨쳐 내고 나는 밝게 말했다. 식사를 마치고 물을 마시던 그가 고개를 저었다.

"너무 가늘어요. 시골에서 농사도 지었다는 사람이 어떻게 몸에 근육이 그렇게 하나도 없어요? 그래서야 공부는 제대로

할까 몰라. 전에 옷 사 줄 때 같이 헬스장도 등록시켜야 했나
봐."

"그 정도는 아닌데……."

"무슨 소리를. 아까 봤잖아요? 나경 씨 팔다리 길이 재고
등 만지는데, 그때 갈비뼈가 만져져서……."

거기까지 말하던 그가 화들짝 놀라 멈췄다. 나는 숟가락질
을 하던 모양 그대로 굳었다.

이루 말할 수 없는 어색한 침묵이었다.

숟가락에서 국이 뚝뚝 떨어지는 모양을 멍하니 보다가 나
는 고개를 들었다. 식탁 맞은편에 있는 그는 그야말로 가슴
팍부터 귀 끝까지 새빨갛게 물들어 있었다.

"아니에요."

밑도 끝도 없이 그가 말했다.

"이상한 생각 한 거 아니에요. 그냥, 그때 나경 씨 잡아 줄
때, 그게 너무 가벼워서, 너무 가느다래서 부서질 것 같아서,
그냥 그렇다 보니……."

"아, 네."

이상하게도 그가 말을 하면 할수록 확신이 들었다.

아까 그 분위기는 나만 이상했던 게 아니었고, 그도 숫제
'이상한 생각'이라는 걸 했고, 어쩌면 그건 그가 처음부터 내
게 의도한 걸지도 모른다는 생각.

우물쭈물 중언부언하던 그가 내 표정을 보더니 얌전히 입

을 다물었다.

그걸 보자 이상하게도 마음이 차분해졌다.

"미안해요."

그가 말했다.

"내가 괜한 소리를 한 것 같아. 먼저 일어날게요. 먹은 건 내가 내일 치울 테니까 건드리지 말고."

"네……."

"진짜 치우지 말아요. 정말로. 나는 그냥, 그러니까……."

필사적으로 변명해 보려던 노력은 수포로 돌아갔다. 후다닥 자리를 박차고 일어난 그는 세상에서 가장 어색한 미소를 지어 보이더니 허둥지둥 부엌 밖으로 뛰쳐나갔다. 나는 어땠냐면, 그가 다급한 발걸음으로 층계를 올라가 쾅 방문을 닫는 소리까지 들은 후에도 멍하니 계속 그 자리에 앉아 있었다.

아, 이거구나.

뒤숭숭했던 마음이 차분하게 식었다.


나는 아버지에게 많이 맞았다.

그는 제가 피도 섞이지 않은 자식을 밥 주고 돈 주면서 키우고 있다는 사실이 못마땅한 듯했다.

"개 같은 년."

그는 틈만 나면 술에 걸쭉하게 취해 나를 그렇게 불렀다.

"네가 사람이라면 여태까지 먹여 주고 재워 준 보답을 해

147

야지. 그게 아니면 네가 사람이냐? 짐승이지?"

정작 그렇게 말하는 저도 제대로 된 돈벌이는 하나도 못 하고 어머니의 등골을 착취하며 살던 주제에 그는 그렇게 말하며 나를 팼다. 처음에는 무서움에 떨었지만, 머리가 굵어지고 그가 얼마나 초라한지 차츰 알게 되며 나는 그를 뒤에서 비웃고, 경멸하게 되었다. 그는 그것조차 못마땅하게 여겼다.

"하여간에 머리 검은 짐승 거둬 봤자 아무 소용 없어! 저 갈보 년이 은혜를 모르고."

다행인지 불행인지 그는 내가 주워 온 자식이란 말은 입 밖에 꺼내지 않았다. 다만 내가 먹는 쌀 한 톨, 물 한 모금마저 다 아까운 듯 눈을 희번덕거리고, 입버릇처럼 보답을 입에 담았다.

"이제 너도 다 컸다."

어느 날 밥을 먹고 일어나는데 그가 뜬금없이 말했다. 이상하게 번들거리는 눈빛을 하고, 내 몸을 위아래로 죽 훑으면서.

"그러니까 이제 보답을 해야지."

그게 무슨 말인지 처음에는 몰랐다.

그날 밤 방문이 열릴 때까지는.


한참이나 잠을 이루지 못하다가 나는 자리에서 일어났다. 창문 밖에는 어느새 커다란 달이 떠서 캄캄한 방 안을 어렴풋이 밝히고 있었다. 그게 싫어서 커튼으로 창문을 가렸다.

아주 새까만 밤이었으면 했다.

아무도 알 수 없으리만큼 새까만.

눈을 뜨고 나서도 한참이나 앉아 있다가 벌떡 몸을 일으켰다. 발에 슬리퍼를 꿰어 신고, 위에 카디건을 걸쳐 입고 나가는 동작은 내 마음과는 달리 재빨랐다. 마치 꼭 이렇게 될 줄 알고 있었던 것처럼.

사각사각 소리가 나는 마루를 밟고 나는 계단 앞에 섰다.

그리고 큰 숨을 몰아쉰 다음 2층으로 올라가기 시작했다.

삐걱— 삐걱—

계단에서 소리가 들렸다. 아주 작은 소리였는데도, 내 귀엔 거의 폭탄 터지는 것처럼 요란하게 들렸다. 하마터면 이 집에 있는 모두가 잠에서 깰까 조바심이 들 만큼. 아니, 모두가 아니지. 이 집엔 나와 그밖에 없고, 지금 깨어 있는 사람은 나밖에 없으니까.

"……."

2층엔 방문이 세 개가 있었다. 하나는 화장실, 나머지 하나는 서재였다. 나는 그것들을 하나씩 열어 보고 얼른 문을 닫았다.

마지막 하나, 가장 안쪽에 있는 문이 그의 침실이었다.

문을 열자 방 한가운데 커다란 침대, 그 위에 잠들어 있는 그의 실루엣이 보였다. 깊이 잠들어 있는 듯, 깊은 숨소리와 함께 오르락내리락하는 가슴이 보였다.

그 모습을 보자 저절로 긴장되어 온몸이 곱아들었다.

"……."

금세라도 등을 돌려 도망치고 싶었지만, 억지로 발뒤꿈치에 힘을 주며 나는 방 안으로 걸어 들어갔다. 삐걱삐걱 마룻바닥이 움직이는 소리가 들리고 얌전히 잠들어 있던 그가 몸을 뒤척였다.

하마터면 그대로 잠에서 깰까 심장이 내려앉을 것 같았지만, 불행인지 다행인지 그는 몇 번 뒤척거리더니 다시금 깊은 잠에 빠져들었다.

고른 숨소리가 들렸다.

나는 침대 옆에 가만히 선 채로 그런 그의 옆얼굴을 바라보고만 있었다.

"……단상우 씨."

한참을 보다가 마치 한숨을 쉬는 듯 그의 이름을 불렀다. 그는 아랑곳없이 쿨쿨 잠들어 있었는데, 그게 내게 위안이 되는지 아니면 더욱 겁에 질리게 하는지 나는 알지 못했다. 알지 못한 채로 나는 침대 옆에 쪼그려 앉아 그의 얼굴을 바라보았다. 조각처럼 깎아 놓은 듯한 옆얼굴은 마치 천사처럼, 혹은 선녀처럼 곱게만 보였다.

그 착한 얼굴로 그는 나를 원했을까.

"아니에요. 이상한 생각 한 거 아니에요."

그게 아니라면 대체 뭐냐고, 묻지 않았지만, 그도 말하지 않았지만, 대책 없이 붉어지는 뺨을 보며 나는 그 속내를 어렴풋이 짐작했다. 사실 뻔하지 않은가. 남자들의 속마음이란.

그는 나를 원했고, 혼자 있는 나를 서울로 데리고 왔고, 아무것도 바라지 않는다고 하면서 내게 무한정 친절을 베풀었다.

하지만 정말 아무것도 바라지 않을 리가 없잖아.

그도 사람인데.


"그러니까 이제 보답을 해야지."


내가 원한 건 아니야.

이건 정당한 대가야.

빌붙어 살기 위해선 대가를 지불하지 않으면 안 돼.

나는 꿀꺽 침을 삼켰다. 그리고 덜덜 떨리는 손으로 가장 위에 걸친 카디건의 단추를 풀기 시작했다.

손가락이 하도 떨려 조그마한 단추 하나 붙잡는 것도 힘겨웠다. 낑낑거리고 있는데 갑자기 잠에 취한 목소리가 들렸다.

"……나경 씨?"

그 소리에 나는 얼어붙었다.

꼼짝도 못 하고 얼어붙은 나를 어느새 눈을 뜬 그가 흐릿한 시선으로 바라보고 있었다. 아직도 잠에서 덜 깨서, 무슨 영문인지 모르는 표정으로.

151

"······거기서 뭐 해요? 지금 몇 신데요?"

지금 몇 시인지는 나도 모른다. 내가 여기서 뭐 하고 있는 건지도. 하지만 적어도 그가 이쪽으로 다가올 때 내가 무엇을 해야 하는지는 안다.

그가 자리에서 일어나는 걸 보고 나는 겁에 질려 뒷걸음질 쳤다. 그러자 그가 의아한 얼굴로 다가왔다.

"나경 씨?"

몸에 걸쳐져 있던 이불이 흘러내리고 맨몸이 드러났다. 그는 아직 잠이 덜 깨서, 저가 벗고 있는 줄도 깨닫지 못한 것 같았다. 눈을 비비며 걸어오는 그를 피해 나는 계속 뒷걸음질 쳤지만, 그마저도 한계였다. 곧 등에 벽이 닿고 아무 데도 피할 데가 없게 되었다.

나는 겁에 질려서 천천히 어깨에 걸치고 있던 카디건을 벗었다.

그러자 그가 그 모습 그대로 딱 멈춰 섰다.

"나경 씨?"

숨 막히는 목소리로 그가 물었다. 나에겐 그 소리가, 아직도 꾸물거리고 뭐 하느냐는 재촉으로 들렸다. 어깨를 잔뜩 움츠린 채로 나는 하나하나 옷을 벗어 바닥에 내려놓았다. 가장 위에 입고 있던 카디건, 티셔츠, 그리고 캐미솔.

그 안에 있는 속옷까지 벗으려 들자 그가 황급히 걸어와서 붙잡았다.

"잠깐만요, 나경 씨. 이게 뭐 하는 짓이에요?"

그의 목소리엔 당황과 분노가 역력했다. 그제야 나는 무언가 잘못됐다는 것을 깨달았다. 그러자 온몸이 사시나무 떨리듯 떨리기 시작했다.

덜덜 떨리는 손을 붙잡은 그가 황급히 바닥에서 옷을 주워 들었다.

"대체 이게 뭐 하는 거예요? 이 밤중에 갑자기 올라와서, 다 큰 아가씨가, 옷을 이렇게 벗고……."

차마 뒷말을 잇지 못하고 그가 내 어깨에 옷을 둘러 주었다. 폭신한 카디건이 맨살에 닿는 느낌이 들자 그제야 적잖이 마음이 놓였다. 나는 눈물로 흐릿해진 시야를 깜박거리며 그를 올려다보았다.

"대체 무슨 짓이냐고요!"

황급히 카디건의 모든 단추를 꼭꼭 여며 준 그가 뒤로 물러서며 쏘아붙였다. 그러나 그의 눈동자는 저만치 허공을 보며 나를 외면하고 있었다.

헷갈렸다.

그가 화를 내는 건지, 아니면 재촉하고 있는 건지.

"보답……."

억지로 내어 놓는 목소리가 덜덜 떨렸다.

"보답하고 싶어서……."

"……."

"아무리 생각해 봐도 이것밖엔 생각이 안 나서…… 저는 돈도 없고, 일하려고 해도 할 게 없다고 그러시고, 보답하고 싶어도 하지 말라 그러시고, 그러니까…… 저는…… 여기서 계속 있으려면 뭐든 해야 하니까, 그러니까……."

그의 탓은 하고 싶지 않았다. 여기서 그의 잘못이란 하나도 존재하지 않았다. 그러나 나는 이토록 비겁하고 어리석어서, 내 사소한 욕심과 버림받고 싶지 않은 나약함마저도 모두 다 그의 탓으로 돌려 버리지 않으면 무너져 버릴 것 같은 심정이었다. 그래서 그런 배은망덕한 말을 해 버린 것이다.

그런 내 머리 위로 차가운 목소리가 떨어졌다.

"내가 언제 이런 거 원한다고 했어요?"

싸늘하게 내려쳐지는 단죄.

"누가 나경 씨한테 이런 거 바란다고 했어요? 보답이라니, 설마 그 보답을 어떻게 받아들이고 이런 짓을 하는 거예요? 도대체 누가 나경 씨한테 그런 소리를 해요, 대체 무슨 생각으로 이런 짓을 아무렇지도 않게……!"

소리 높여 고함지르던 목소리가 뚝 끊겼다. 한참이나 아무 소리도 들리지 않아서 결국 푹 숙이고 있던 고개를 살짝 들어 그를 올려다보았다. 뒤늦게 벗은 상체에 가운을 걸쳐 입은 그는, 글쎄, 두 손으로 얼굴을 감싸고 하염없이 그 자리에 서 있었다. 벌어진 손가락 사이로 습기가 뚝뚝 떨어졌다.

"누가 나경 씨한테 이런 거 바랐었어요?"

신음처럼 그의 목소리가 새어 나왔다. 나는 아무 말도 못 하고 입을 다물었다. 그러나 그의 물음은 끊이지 않고 계속 이어졌다.

"누가 감히 나경 씨한테 그런 거 요구한 적 있어요? 말해 봐요. 제발 말해 줘요. 혹시나 누가 그런 적 있다고 하면 그건 미성년자 약취야. 범죄야. 나경 씨는 그러면 안 되는 사람이야. 남자들 앞에서 함부로 옷 벗고 그러면 안 된다고. 그런데 도대체 누구 앞에 가서, 누구한테 그런 걸, 그런 게 보답이라고, 대체⋯⋯."

가늘게 흘러나오던 목소리는 마치 울음이라도 섞인 듯이 띄엄띄엄 끊겼다. 그러나 나는 내가 들은 것조차 믿을 수가 없었다. 도대체 그가 왜 우는 거지? 나는 그저 내가 줄 수 있는 유일한 걸 주려고 했을 뿐인데. 거기에 화를 내는 것도 모자라서, 누구한테 또 그런 짓을 했느냐고 추궁하고, 그게 범죄라고 화내고, 또⋯⋯.

그러나 그렇게 생각하면서도 내 눈에서는 끊임없이 눈물이 흐르고 있었다.

"맙소사⋯⋯."

탄식처럼 비명을 내뱉은 그가 얼굴에서 손을 떼고 나를 바라보았다. 그 얼굴은 눈물로 흠뻑 젖어 있었다.

"당장 내려가요."

그가 엄격한 얼굴로 말했다. 나는 손에 카디건을 감아쥐고 우물쭈물했다.

"어서 빨리 내려가서 자요. 다시는 이런 짓 할 생각 말고. 꿈에서라도 절대로!"

벼락같은 호통이 떨어졌다. 나는 화들짝 놀라 황급히 등을 돌리고 계단을 내려갔다. 금세라도 굴러떨어질 것 같았지만 위태위태하게, 간신히 균형을 잡고 1층에 서자 그는 계단 위에 서서 그대로 나를 내려다보고 있었다.

기묘한 표정이었다.

나를 불쌍해하는 듯, 혹은 한심해하는 듯, 혹은 사랑스러워하는 것 같기도 한 묘한 표정.

"이제 다시는 여기 올라오지 마요."

미세한 균열이 간 얼굴로 그가 말했다.

어쩐지 겁이 나서, 급하게 고개를 끄덕이고 달음박질치듯 방으로 향했다.


잘못한 건 나인데 어쩐지 내가 쫓기는 것 같았다.

영문 모를 불안감에 황급히 문을 잠그고 그 뒤에 쪼그려 앉아 밤을 지새웠다.

여전히 뭐가 뭔지는 알 수 없었지만 딱 하나만은 알 수 있었다.

그는 내 아버지나 류정환과는 전혀 다른 부류의 사람이라는 것.

그래서 그들과는 달리 '정말로' 내게 바라는 것이 아무것도 없다는 것.

"하아⋯⋯."

그런데 그런 그에게 내가 한 짓은 뭐랄까, 그를 모욕한 것이나 다름없는 짓이었다. 게다가 그의 말을 제멋대로 재단하고, 판단하고, 혼자 결정을 내린 결과가 이런 짓이었으니, 그가 내게 실망할 것은 불을 보듯 뻔했다.

"날 경멸할 거야."

그럴 거란 예상, 아니 확신이 들었다. 나는 문 앞에 쪼그려 앉아 펑펑 울었다. 쫓겨나지 않으려고 한 일에 도리어 쫓겨나다니, 스스로의 어리석음에 가슴을 쳐도 할 말이 없었다.

한참을 펑펑 울다가 비척비척 일어나서 몸을 씻고 옷을 갈아입었다.

그래, 내가 잘못했어.

근데 대체 뭘 잘못했지?

까마득한 새벽에 일어나 부엌에서 채소를 씻고 밥을 안치면서도 머릿속엔 온통 그 생각뿐이었다.

내가 그를 화나게 했다.

내가 오밤중에 올라가 그의 잠을 방해했기 때문에.

혹은 내가 미리 겁먹고, 주저하고, 내켜 하지 않아서 그의 기분을 망쳐 버렸기 때문에.

그도 아니면, 내가 그가 바라지도 않은 것을 주려 했기 때문에?

"설마."

빠득빠득 오이를 씻다가 나는 고개를 젓고 칼을 꺼냈다.

세상에 그런 걸 바라지 않는 남자는 없다. 하물며 내가 몸을 의탁하는 사람 중에서라야, 나를 보는 시선에서 그 징그러움을 느끼지 않은 사람은 단 하나도 없다고 해도 과언이 아니었다.

그런데 그는 왜.

이미 혜정 언니가 있어서?

"......."

그렇게 생각하자 묘하게 마음이 가라앉았다. 애써 이름 모를 기분을 떨쳐 버리기 위하여 나는 빠릿빠릿하게 몸을 움직이기 시작했다. 밥을 짓고, 나물을 무치고, 국을 끓이고.

띵一

"나경 씨."

전자레인지에서 갓 만든 계란찜을 꺼내 드는데 때마침 그가 나타났다. 나처럼 밤잠을 설친 건지, 반듯하게 차려입은 옷과 머리와는 달리 눈은 새빨갛게 충혈돼 있었다.

나는 주춤거리다 고개 숙여 인사했다. 그러나 그는 개의치 않는 듯 손을 내저었다.

"이쪽으로 앉아 봐요. 할 말이 있어요."

무슨 말을 할 건지는 뻔했다. 나는 무거운 마음으로 그를 따라 앉았다. 식탁 위엔 속죄하는 마음으로 차린 진수성찬이 죽 늘어서 있었음에도 그는 손 하나 대지 않았다. 단지 무거운 얼굴로 말했을 뿐이다.

"나경 씨한테 그런 짓 시킨 사람이 누구예요?"

생각지도 못한 말에 정신이 멍해졌다. 나는 당연히 그가 나를 힐책하거나, 비난하거나, 꾸짖을 거라고 생각했다. 오밤중에 자는 사람을 깨우면 안 된다고. 혹은 그런 짓을 할 거라면 미리 상대방에게 동의를 구해야 한다고.

그런데 밑도 끝도 없이 누가 그랬냐니, 그렇게 물어보면 대답할 수도 없는데.

"말해 봐요, 누가 나경 씨한테 보답이랍시고 그런 짓 시킨 적 있냐고요?"

멍해져 있는 나를 그가 질책했다. 그제야 나는 그의 의도를 알아차리고 얼굴을 굳혔다. 식탁 위에 올려 둔 손가락이 가늘게 떨렸다.

"나경 씨가 했던 짓이 무슨 뜻인지는 알아요?"

아무 대답도 없는 내가 답답했던지 그가 목소리를 높였다.

"그건 보답이 아니에요. 성폭행이에요! 나경 씨가 어젯밤에 나한테 하려고 했던 것도 폭력이고, 나경 씨한테 그렇게 한 사람도 폭력이라고요. 나경 씨는 물물 교환 대상이 아니에요. 나경 씨를 스스로 거래의 대상으로 만들 수는 없다고요. 내 말이 무슨 말인지 알겠어요?"

"……."

"그러니까 누가 나경 씨한테 그딴 소리 했는지 빨리 말해 줘요. 경찰에 바로 신고할 테니까. 도대체 누구예요, 혹시 그 날 밤 찾아왔던 그?"

나는 차마 대꾸하지 못하고 고개를 숙였다. 초조하게 무릎 위에서 까닥이는 그의 손가락이 보였지만, 아무 말도 꺼낼 수가 없었다. 단지 그를 감싸 주기 위해서만은 아니었다. 그 때를 회상하려고 하자마자 갑자기 숨이 턱 막히고, 식은땀이 나고, 손끝이 덜덜 떨리고…….

"그 새끼 맞구나. 그렇죠?"

"……."

"맞구나, 그 개새끼."

그가 갑자기 자리에서 벌떡 일어났다. 황망해서 그런 그를 멍하니 쳐다보지만 본척만척, 그는 식탁맡에 있는 차 키를 잡아채듯 집어 들고 성큼성큼 현관으로 향했다. 뒤늦게 그 뜻을 알아채고 나는 그를 붙들고 늘어졌다.

"아니에요. 그러지 마세요. 단상우 씨, 그러지 마세요."

"이거 놔요. 경찰한테 신고할 테니까. 아니지, 경찰이 잡아 가기 전에 내가 먼저 가서 죽여 버릴 거야. 미친 새끼, 어디 함부로 사람한테 그딴 말을 입에 올려? 제정신이래요? 바로 가서 본때를 보여 줄……."

"그 사람 아니에요."

애써 쥐어짜 낸 목소리에 그의 몸에 순간 힘이 빠졌다.

그는 당황한 얼굴로 나를 내려다보고 나는 힘없이 웃었다. 그를 떠올리는 순간 밀려드는 구토감과 혐오감과, 그리고 뒤이은 이상한 안도감.

"그 사람 죽었어요."

그의 얼굴이 천천히 굳어졌다.

나는 거듭 말했다.

"그 사람 한 달 전에 죽었어요……."

그 감정은 차라리 환희와 닮아 있었다.

내 아버지란 사람은 어머니와 함께 죽었다. 나는 그 사람이 어머니와 함께 자리에 눕고 뼈가 섞이는 것도 싫어서 화장도 따로 하고, 분골도 따로 담고, 뿌리는 곳도 따로 했다. 어머니를 보낸 곳은 하늘이 가장 잘 보이는 호수 옆이었지만 그 사람을 보낸 곳은 우리 집 변기 안이었다. 분골함을 단번에 변기 안에 탈탈 털어 버리고서 물을 내려 버릴 때의 감정은, 차마 다른 사람에게는 말하지 못했던 것이었다.

그 말을 처음, 그에게 했다.

"너무 좋았어요."

그는 굳어진 얼굴 그대로 꼼짝도 않고 내 말을 듣고만 있었다.

"세상에 태어나서 그렇게 기뻤던 적은 없었어요. 그 개자식을 눈앞에서 치워 버린 게. 하지만 그러면서도 그 새끼가 한 말이 계속 머릿속에 남아 있었나 봐요. 사람이 그냥 먹고 놀면 안 되니까 뭐든 밥벌이를 해야 한다고. 이제 보답을 해야 할 때가 됐다고. 그러니까 이제……."

거기까지 말하자 울컥, 안에서 무언가 치밀어 올랐다. 나는 이를 악물고 그것을 견뎌 냈다. 그 인간을 떠올리면 내 눈물 한 방울도 낭비하기 싫었다.

그러는 동안 그는 묵묵히 내 얼굴만 내려다보고 있었다.

"……죄송해요."

나는 간신히 그렇게만 말했다.

"제가 잘못 생각했어요. 보답이라고 하는 말에 반사적으로 그런 걸 떠올렸어요. 일반적인 게 아니란 건 알고 있었는데, 그래도……."

"나한테 미안해하지 말아요."

그가 내 말허리를 잘랐다.

"그보다는 스스로한테 먼저 미안해하도록 해요. 나경 씨는 자기 자신을 귀하게 여기지 못했으니까, 나한테 잘못한 게 아니라 본인한테 잘못한 거예요. 물론 그것도 나경 씨 잘못만은 아니고, 그 아버지란 개자식……."

주절주절 이어지던 말이 뚝 끊어졌다. 나는 멀거니 그의 얼굴을 바라보았다. 욕설과도 같은 말을 홀로 중얼거리던 그가 이마를 짚었다.

"미안해요."

나지막한 목소리였다.

"나경 씨 잘못이 아니에요. 다 그 자식 잘못이지. 말을 애매하게 한 내 잘못이고. 나는요, 나경 씨……."

눈시울을 붉히며 고개 숙이는 그를 나는 아무 말도 못 하고 그저 바라보기만 했다.

그는 왜 늘 먼저 미안하다 사과할까.

사실 그의 잘못은 아무것도 없는데.

"사실 내가 한 말은 그 뜻이 아니었어요."

"……."

"그런 뜻이 아니었어요. 나경 씨를 겁먹게 하려는 뜻은. 그런 기억을 떠올리게 하려는 뜻은, 절대로, 정말……."

혼자 중얼거리던 그의 말끝이 흩어졌다. 채 말을 끝맺지 못하고 멍하니 나를 쳐다보던 그의 눈 끝에 다시 눈물이 고였다. 가득히 맺힌 눈물이 툭 터져 볼에 흐르고 또 흘렀지만, 나는 그런 그를 달래거나 위로할 생각도 하지 못했다. 그저 고장 난 로봇처럼 계속해서 말했을 뿐이다.

"죄송해요……."

라고.


그는 그렇게 있다가 일어나 출근했다. 식탁 가득히 차려

놓은 아침에는 손도 대지 않은 채였다. 차갑게 식은 음식들을 버리며 나는 생각했다.

대체 뭐였을까.

그가 생각했던 보답이 그런 게 아니라면.

생각은 꼬리에 꼬리를 물고 이어졌지만 확실한 결론으로 이어지지는 않았다. 무엇보다도, 어차피 이제는 상관없을 거란 체념이 상념을 가로막았다. 이제야말로 여기서 내보내져 집으로 돌아가게 될 거란 생각만이 가득했다.

어쩔 수 없다고 생각해도, 절망감이 가슴속을 가득 채우는 건 어쩔 수 없었다.

나는 그가 가르쳐 준 바깥나들이도 잊고 방에 내내 틀어박혀 지냈다. 이따금 창문을 열고 환기하거나 청소하거나 하는 것도 잠시, 하루 대부분을 방구석에 처박혀 시간을 죽이는 것이 괴롭고도 고통스러웠지만, 그마저도 스스로 내리는 형벌이라고 생각하면 그럭저럭 견딜 만했다. 그러는 편이 쉬웠다. 그가 내 존재 자체를 아예 무시하며 나가 버리기를 바란다고 생각하는 것보다는.

그가 보지 않는 틈을 타서 이번에야말로 제천으로 도망가야 한다는 생각도 했지만 발걸음이 떨어지질 않았다.

"나경 씨."

그래서 며칠 후 아침, 그가 뜬금없이 내 이름을 불렀을 땐 심장이 덜컥 내려앉으면서도 마침내 때가 됐다는, 차라리 안심하는 마음마저 들었다.

"네?"

"오늘 나랑 어디 같이 좀 갈 데가 있어요."

"어디…… 를요?"

"가 보면 알아요."

그가 그렇게 말할 땐 정말로 나를 제천에 데려다주려고 하는 줄 알았다. 나는 체념하고 미리 싸 둔 짐을 챙겼다. 산더미처럼 커다란 가방을 보고도 아무 말도 하지 않는 그를 보며 조금 서러워졌다.

"타요."

그는 나를 조수석으로 인도하고 직접 운전대를 잡았다. 한참을 아무 말도 없이 운전하는 그를 보며 괜스레 품에 안은 가방만 꽉 잡았다.

"어디 가는지도 안 물어봐요?"

얼마나 달렸을까, 적신호에 걸려 차를 세운 그가 장난스레 말했다. 꼭 그동안 아무 일도 없었던 듯 천진한 말투였다.

"그게……."

반면 나는 머뭇거렸다. 그가 했던 것처럼 아무렇지도 않게 그를 대할 자신이 없었다. 그래서 버벅거리고 있는데, 청신호가 켜지고 차를 확 출발시킨 그가 아무렇지도 않게 말했다.

"궁금해했으면 좋겠는데. 나경 씨랑 관련된 일이니까."

"저…… 저랑요?"

"그럼요, 그럼 설마 나겠어요?"

무슨 말인지 이해할 수가 없었다. 그렇다고 운전에 열중하고 있는 그에게 꼬치꼬치 캐물을 수도 없었다.

그는 헛기침을 몇 번 하더니 곧 어떤 건물 주차장에 차를 세웠다.

"들어갑시다."

콘크리트로 둘러싸인 건물만 보고는 여기가 어딘지 알 수 없었다. 불안한 마음에 가방만 꼭 끌어안고 종종걸음으로 그를 따라 안으로 향했다.

실내는 무척이나 환했다. 다른 곳보다 조명을 몇 배나 밝게 켜 놓은 듯 눈부셔서 반쯤 눈을 가릴 정도였다. 기다란 복도를 따라 방이 길게 진열되어 있고 문 위엔 영문을 알 수 없는 팻말들이 주르륵 걸려 있었다. 흡사 교실처럼…….

교실?

그제야 정신이 번쩍 들었다.

내가 들어온 곳은 분명 학원이었다.

"여기는 설마……."

"어, 맞아요. 나경 씨도 아네요?"

긴가민가하며 입에 담았던 이름에 그가 반색하며 고개를 돌렸다. 그 말이 맞다면, 이곳은 유명한 재수 학원이었다. 시골에만 있는 나도 알고 있을 정도로.

그곳에 내가 왜?

나는 그의 얼굴을 멍하니 쳐다보았다. 그러자 그의 얼굴에서 웃음기가 천천히 가셨다.

"얘기했었잖아요. 나경 씨가 하고 싶은 걸 하는 게 내가 원하는 거라고."

"그건……."

"그러니까 나경 씨가 하고 싶었던 걸 해요. 대학교에 가요. 되고 싶었던 게 돼요. 그게 내가 바라는 보답이에요."

"……."

"원래 그 말을 하려고 했었는데, 나경 씨가 잘못 이해하는 바람에……."

거기까지 말한 그가 말끝을 흐렸다. 나는 잠시 말을 잇지 못하고 그를 쳐다보았다.

대학교.

어머니가 죽고 난 다음엔 꿈도 꾸지 못했던 그 단어.

내 삶의 밖으로 밀어 두었던 그 단어가 갑자기 이렇게 훅 치고 들어오는 게 실감이 안 났다.

"가요. 시간 늦겠어요."

멍하니 서 있는 나를 그가 재촉했다. 엉겁결에 나는 그를 따라 상담실 안으로 들어섰다.

그 다음부터는 몇 시간이나 지루한 상담이 이어졌다.

나는 평범하게 입학시험을 치고, 점수를 받고, 들어갈 반을 배정받았다. 상담해 주던 사람은 처음에는 내 나이와 학교를 보고 시들한 태도였지만 점수가 나온 다음부터는 적극적으로 태도가 변했다. 옆에서 보던 그도 놀란 표정이었다. 그도 그럴 것이 나온 점수가 전국 최상위권이라고 했으니까. 엄밀히 말하면 상위 1퍼센트.

그걸 보면서도 실은, 확실히 공부 안 하니까 성적 떨어졌구나, 하는 생각밖에 들진 않았지만.

"SKY반에 들어가실 수 있어요."

상담사는 열성적으로 권유했다.

"여차하면 1년 더 투자해서 의대 쪽으로 가시는 것도 가능하고요. 아니면 아예 로스쿨 쪽을 차근차근히 준비하시는 건 어떠세요? 그런 경우를 위해서 저희 학원에서는 특별 클래스를 운영하고 있거든요. 대학교에 입학한 후에도 학점, 리트, 봉사 활동 등등 로스쿨 입학에 필요한 과외 활동을 총책임지는 클래스랍니다. 물론, 아무 학생이나 하는 건 아니고, 특별히 엄선된 학생들로만 구성된⋯⋯."

"아뇨, 괜찮아요. 그 정도까진⋯⋯."

"왜요? 나경 씨, 할 수 있으면 하는 게 낫지 않아요?"

거절하는 나와는 달리 단상우 씨는 적극적으로 반응했다. 왜 내가 더 공부하려 하지 않는지 의아하단 얼굴이었다. 그러나 나는 끈질기게 고개를 저었고, 결국 상담사는 좀 더 상의해 보고 결정하라며 우리를 돌려보냈다. 우리가 무슨 사이인지 짐작하려는 듯, 흥미진진한 얼굴로 지켜보면서.

우리는 상담실 밖으로 천천히 걸어 나왔다. 나는 그대로 집에 가는 줄 알았지만 그는 잠시 얘기 좀 하자고 하고 근처의 카페로 향했다.

주문한 음료가 앞에 놓이자마자 그는 단도직입적으로 물었다.

"학원이 별로 마음에 안 들어요?"

"아뇨, 그건 아니고……."

나는 머뭇거렸다. 그러자 그가 재차 물었다.

"그러면 어떤 게 문제예요? 공부하는 게 싫어요? 대학교에 가는 게 싫어요? 어느 쪽이에요?"

"그게……."

말문이 턱 막혔다. 필사적으로 시선을 피하는 나를 보고 그가 딱하다는 표정을 지었다.

"나경 씨, 공부는 어렸을 때 해야 해요. 안 그러면 커서 나처럼 된다고요. 그러니까 그냥 대학교에 가기 싫다는 거면 다시 한 번 생각해 봐요. 나중에 후회할지도 모르니까."

"단상우 씨가 어때서요?"

나는 진심으로 의아해져 물었다. 그처럼 성공한 사업가가 되는 것도 쉬운 일이 아니다.

그는 잠시 망설이다가, 테이블 위에 얹어 두었던 두 손바닥을 펼쳐 내게 보여 주었다. 커다랗고 두툼한 손엔 온통 찔리고 베인 흉터와 굳은살이 가득했다.

"한 번은 손가락 마디 하나가 잘려 나갈 뻔했어요."

그가 유독 커다란 새끼손가락의 흉터를 보여 주며 말했다. 덕지덕지 꿰맨 자국이 역력한 상처와 희게 올라온 살갗, 나도 모르게 몸서리가 쳐졌다.

"목공 일은 위험해요. 엄청 힘들기도 하고요. 몸으로 고생하는 건 나 하나면 족해요. 나경 씨는 머리 좋잖아요. 보니까 공부도 잘했던 것 같은데, 지금이라도 다시 시작하는 게 좋지 않겠어요?"

"……."

"왜 좋은 머리로 공부 안 하고 썩히려고만 그래요. 물려주신 부모님이 알면 섭섭하시겠어."

그 말을 듣자 속에서 무언가가 울컥 치밀었다.

나는 시큰해져 오는 것을 꾹 참고 테이블 위로 푹 고개를 숙였다. 그러자 마주 앉은 그가 고개를 갸웃하며 나와 눈을 마주치려고 했다.

"단상우 씨가 뭘 안다고 그래요."

억눌린 목소리가 튀어나왔다. 내가 낼 수 있으리라고는 상상도 할 수 없던 소리였다. 그도 미처 예상치 못했는지, 날 보던 눈빛이 움찔했다.

"저라고 가기 싫어서 안 갔는 줄 아세요? 남들 다 가는 대학교인데 저랍시고? 저도 가고 싶었어요. 좋은 학교 붙어서 서울로 탈출하고 싶었어요. 그래서 돈 많이 벌고 어머니 호강시켜 주고 싶었어요. 그런데 아버지란 작자가 도박 빚으로 등록금을 다 날려 먹었어요. 그래서 못 갔어요."

거칠게 내쉬는 숨에 가슴이 오르락내리락했다. 그러면 안 된다는 걸 알면서도, 때늦은 분노에 온몸이 부들부들 떨려 왔다.

"그때 어머니는 어땠는지 아세요? 저한테 그 인간이 도박 빚으로 돈 날려 먹은 것도 말 안 하고 숨겼어요. 등록금 입금 마감이 지나서 돌이킬 수 없을 때까지. 은행에 가서 학자금 대출할 시간도 다 지나 버릴 때까지!"

그래, 그때 어머니는 나한테 그랬다. 조금만 참으라고. 조금만 더 기다리면 돈 많이 벌어서 꼭 대학교 보내 주겠다고. 그리고 나는 애써 아무렇지 않은 척 웃으며 그랬지. 괜찮다고. 나 혼자 벌어서 갈 수 있다고. 어머니는 아무 걱정 하지 말라고.

속으로는, 내가 친자식이었어도 그렇게 말했을 거냐고 피토하며 묻고 싶었지만.

"그래요, 아무것도 몰라서 그랬다고 쳐요. 어머니는 공부도 못 하고, 일도 못 하고, 어렸을 때 결혼해서 계속 시골에서 농사만 짓고 산 사람이니까. 하지만 나는 무슨 죄예요. 어머니 때문에 거기 끌려갔던 나는 무슨 죄냐고요! 내가 좋아서 거기 간 것도 아니고, 나는 그냥 아무것도 몰랐던 죄밖에 없는데. 그저 어렸을 때 어머니한테 입……."

마구잡이로 지껄이다가 나도 모르게 말을 뚝 그쳤다.

나는 소스라치게 놀라 고개를 들었다. 그는 어안이 벙벙한 표정으로, 뚫어지게 내 눈을 바라보고 있었다.

눈치챘나?

"나경 씨."

설마 눈치챘을까?

내가 입양아라고 말하려 했던 걸?

"알아요, 무슨 말인지."

큰일이다, 눈치챘나 봐. 내가 무슨 말을 하려 했는지 알아챈 거야. 그러면 그렇지, 머리 좋은 사람이니까. 진작 알아채지 못한 게 이상한 거였어. 그러면 나는 이제 어떻게 되는 거지? 쫓겨나나? 돌려보내지나? 다시 제천으로? 그러면 나는 이제 어디로 가야…….

"왜 모른다고 생각해요. 나경 씨야말로 대학교 포기해야 했던 사람이 나경 씨 한 명뿐일 거라고 생각하는 거예요, 지금?"

절망감에 눈을 감고 있는데 뜻밖에 담담한 그의 목소리가 흘러나왔다.

그 말의 내용보다는 들키지 않았다는 안도감에 놀라, 나는 감고 있던 눈을 반짝 떴다. 그는 서글픈 표정으로 덤덤하게 미소 짓고 있었다. 마치 그 사람이 잘 아는 사람이라도 되는 것처럼. 그러니까, 마치 자기 자신이라도 되는 듯…….

"죄송해요."

그걸 깨닫고 나는 하얗게 질린 얼굴을 숙였다.

낭패다. 미처 깨닫지 못했다. 어머니라는 우산이라도 있었던 나에 비해 그는 오로지 홀로 힘으로만 일어서야 했던 걸. 게다가 고아로 자란 그의 앞에서 나는 친모를 맹비난한 셈이니, 얼마나 내가 괘씸하고 언짢을까…….

"나경 씨가 얼마나 섭섭했을지 알아요. 얼마나 힘들었을지도. 하지만 그렇다고 아예 주저앉을 수는 없잖아요. 남들 다 가는 대학교 그때 못 갔다고, 지금도 그냥 안 해 버린다고 포기해 버리면, 그때야말로 정말 아무것도 아니게 돼요."

부끄러움에 고개를 들지 못하는 나를 앞에 두고 단상우 씨의 목소리는 나긋나긋하게 이어졌다.

"나도 고등학교만 나왔어요. 그때 내 처지로는 대학교라는 건 상상도 못 했어요."

처음 듣는 그의 얘기였다. 물론 혜정 언니가 몇 마디 지나가는 말을 하긴 했었지만 그가 직접 하는 건 처음이었다. 나는 필사적으로 귀를 기울였다. 그것으로라도 아까 내가 저질렀던 무례를 씻어 보고자 했다.

"그때는 그게 당연한 줄로만 알았어요. 그때 나한테 제일 중요한 건 고아원을 나와서 어디서든 먹고사는 거였으니까, 공고 건축과 들어간 것도 공사장에서 구르면 뭐든 해서 먹고 살 거라고 생각했으니까, 공방에 들어간 것도 졸업하고 면접

한 곳 중 월급 제일 많이 준다고 했으니까, 그때까지의 내 선택은 다 그런 식이었어요."

"……."

"혜정이를 만날 때까지는."

그 말에 나는 반사적으로 그의 표정을 살폈다. 그는 어딘지 모르게 쓸쓸해 보였다.

"그 애가 길을 알려 준 덕분에 나는 전에는 상상도 못 했던 자리까지 오게 됐어요. 사업도 시작하고, 사람들도 많이 만나고. 비록 워낙에 내가 쌓아 둔 게 없어서 많이 헤매고 뒤처지기는 했지만 그래도 그 애가 아니었다면 여기까지 오진 못했겠죠."

"단상우 씨……."

"그래서 더 아쉬운 거예요. 나한테 더 어릴 때 그런 기회가 있었으면 어땠을까."

"……."

"내가 만약 더 어릴 때 혜정이를 만났다면. 그땐 내가……."

그렇게 말하는 그의 목소리엔 어딘가 신경을 긁는 데가 있었다.

그게 무엇인가 싶어 나는 찬찬히 그의 눈동자를 들여다보았다. 그리고 그 안에 소용돌이치는 희미한 무언가를 발견해내고는, 그만 어찌할 바를 모르는 격렬한 감정에 사로잡혀 버렸다.

틀림없어.

내 안의 무언가가 소리쳤다.

그는 혜정 언니를 좋아했던 게 틀림없어.

지금은 아니더라도 그 언젠가, 가난하고 꿈 없는 목수 시절에 만났던 구원자를.

마치 내가 그에게 그러는 것처럼 그도…….

거기까지 생각하다 나는 흠칫 놀라 자세를 바로잡았다. 그는 내가 무슨 생각을 하는지도 모른 채, 그저 먹먹한 눈빛을 하고 나를 가엾게 쳐다보고 있었다.

"대학교에 가요."

마치 아이를 타이르듯.

"가서 공부해요. 더 많은 경험도 해 보고, 더 좋은 사람도 만나 봐요. 그래서 혼자 설 수 있는 사람이 될 수 있을 때, 그때까지만 내 도움 받아요. 어려운 일 아니잖아요, 그거."

"……."

"나한테 민폐 좀 끼쳐도 괜찮아요. 정 그렇다면, 나한테 무이자 학자금 대출 받는다고 생각해 버려요. 상환은 나경 씨가 원할 때부터, 아니면 대학교 졸업하고 취직해서 퇴직할 때, 그때까지. 그럴 수 있죠?"

그는 다정하게 웃었다.

그래, 마치 내 미래 계획 외에는 아무런 관심도 없다는 듯 인자한 얼굴을 하고, 마치 과거의 제 잘못을 반복하지 말라는 양, 그의 맞은편에 자리 잡은 내가 무슨 생각을 하는지도 모르는 채 그저 따스한 미소만 지으며, 그저 그렇게만 있으면 모든 게 다 잘될 것처럼, 실은 당신도 혜정 언니를 좋아했었으면서, 그러면서 포기했었으면서, 그러면서 나에게는 그렇게…….

"……네."

하지만 나는 아무 말도 할 수 없었다.

그저 고개만 끄덕일 뿐이었다.


잠이 오질 않았다.

몇 번이고 뒤척이다 나는 잠자리에서 일어섰다. 아무 소리도 없이 고요한 한밤중에 시끄러운 건 오직 달빛뿐이었다.

유독 휘황찬란하게 빛나는 커다란 보름달을 나는 말없이 노려보았다.

그러고 싶지 않았다.

그를 좋아하고 싶지 않았다.

그는 나를 어머니의 자식인 이부동생, 그 이상도 그 이하로도 생각하지 않고 있는데 그런 그에게 오빠 이상의 마음을 품다니, 그가 알면 당장에라도 이 집에서 나를 내쫓고 싶어 할 것이었다. 하물며 그는 그 책임감 때문에 제게 잘못을 저지른 내 허물을 덮고 나를 제 밑에 데리고 있는 것이 아닌가. 내게는 과분한 대학교라는 희망까지 심어 주면서.

그러니 나도 더 이상의 마음을 품어서는 안 된다.

그는 내 어머니의 자식이고 내 오빠일 뿐이다.

하지만 그렇게 되뇌면 되뇔수록 오히려 머릿속에는 이상한 목소리만 더 커져 갔다.

그가 내 오빠가 아니라는 사실만 주지시키는 목소리가.


"나경이 엄마만 안됐지 뭐야. 어린 나이에 시집와서 고생만 하고, 일만 하고. 결국 제 애도 못 낳고 늙어 죽게 생겼어."

"어머, 왜 나경이 엄마가 처녀로 죽어? 나경이 있잖아."

"주워 온 애잖아. 고아원에서 데려왔다는 거 몰랐어? 하긴 워낙 어렸을 때 왔으니, 자기는 몰랐을 수도 있겠다."


깔깔대는 목소리.

비웃는 목소리.

내가 그의 동생이 아니란 걸 눈치채면 그는 나를 품을까 혹은 내쫓을까.

혹시라도 그 사실을 알게 되면 나를 여자로 생각해 줄 일말의 희망이라도 있지 않을까.

그렇게 애써 밝게 생각해 보려 해도 다음 순간 그의 힘없는 표정을 생각하면 희미하게나마 타오르던 희망의 불꽃이 푸시식, 꺼져 버리는 것이었다.

"그래서 더 아쉬운 거예요. 나한테 더 어릴 때 그런 기회가 있었으면 어땠을까."

"내가 만약 더 어릴 때 혜정이를 만났다면. 그땐 내가……."

그는 혜정 언니를 좋아했었지.

지금도 좋아하고 있을까.

그렇게 당당하고 멋있고, 무엇 하나 모자란 점 없는 여자를 좋아하는 그에게 나 까짓 게 눈에 차긴 할까.

하다못해 어머니의 친자식이라고 거짓말까지 한 게 밝혀지면 안 그래도 눈엣가시 같을 텐데.

늘 온화하게 웃는 그의 얼굴이 일그러지는 걸 생각만 해도 견딜 수가 없어져서 나는 잽싸게 눈을 감아 버렸다.

눈꺼풀을 뚫고 환하게 내리쬐는 달빛이 오늘따라 더욱 원망스러웠다.

"나도 알아……."

손바닥으로 얼굴을 싸쥔 채 나는 원망스레 뇌까렸다.

"말도 안 되는 거 나도 알아, 곧 잊을 거야. 이건 그냥 지나가는 감정일 뿐이라고……."

하지만 그렇게 말하는 목소리에는 힘이 없었다.


다음 날 아침, 눈을 뜨자마자 나는 그를 찾아갔다.

"학원 다닐게요."

그의 얼굴이 한순간 밝아졌다.

"하지만 그냥 단상우 씨에게 도움받기는 싫어요. 제가 생각해 둔 게 하나 있는데, 들어 보시고 괜찮은지 어떤지 말씀해 주시면 좋겠어요."

그는 허락의 의미로 고개를 끄덕였다. 나는 대꾸 대신 품에서 서류 하나를 꺼내어 내밀었다.

제천 집문서였다.

현찰 12,000원 외에 어머니가 남긴 재산이라고는 이거 딱 하나였다.

"이 집을 팔고 싶어요."

단상우 씨의 얼굴이 묘하게 굳어졌다. 나는 계속 말했다.

"실은 제천 부동산 쪽에도 얘기해 둔 지는 한참 됐는데, 안 팔려서 죽 그 상태였어요. 집이랑 근처 땅 2천 평까지 합치면 한 3천만 원 정도는 나와요. 만약 팔리면 그걸로 빚을 갚고, 나머지로 대학교랑 학원비를……"

"내가 살게요."

말이 끝나기도 전에 그가 덥석 말했다. 나는 당황해서 손을 내저었다.

"아니에요. 저는 단상우 씨에게 사 달라고 하는 게 아니라……"

"내가 살게요. 내가 사고 싶어요. 단 그 집의 가구, 사진, 살림살이들도 다 인수하는 조건하에."

"네······?"

그의 입에서 나온 소리는 정말이지 뜻밖이라 나는 잠시 머리를 굴렸다. 제천 집은 지어진 지 최소 30년은 넘은 구옥이라 뭐 그다지 특이한 사항도 없었다. 거기에 있는 가구들도 다 낡아 빠진 싸구려에, 의미 있는 거라곤 고작해야 어머니의 사진, 유품, 그리고 손이 닿은 흔적들······.

"그렇게 할게요."

거기까지 생각하고 나는 냉큼 대꾸했다. 어쩌면 그에게 중요한 건 집보다는 거기 있는 어머니의 흔적들일지도 모른다는 생각이 들어서였다.

그는 고개를 끄덕이더니 테이블 위에 있는 서류를 끌어당겼다.

"법적 절차나 세금 문제는 내가 알아서 할게요. 나경 씨는 걱정 말고 일단 오늘 학원부터 등록해요."

"네. 근데, 돈은 언제······."

"계좌 번호 알려 주면 바로 입금해 줄게요."

그 말은 진짜였다.

학원 등록하러 나갔다가 시범 삼아 ATM에 넣었던 통장 끝에 바로 3천이라는 숫자가 찍혀 있었던 것이다. 아마 이 통장이 생긴 이래로 가장 큰 액수일 금액이.

"우와······."

바보 같게도 바로 입이 벌어졌다. 나는 그날 바로 학원 등록을 하고 책을 사고 학용품을 사고, 그것으로도 모자라 그에게 준답시고 알록달록한 넥타이까지 하나 사 왔다. 그럼에도 불구하고 통장의 금액은 넉넉했고 나는 생전 처음으로 부자가 된 기분을 느꼈다. 정말 바보 같은 짓이었다. 그때 나는 아무것도 몰라서 집 거래에 오가는 세금 문제나 법적 절차 같은 것에 단상우 씨가 얼마나 많은 양보를 해 줬는지도 짐작하지 못했던 것이다.

"고마워요."

그래도 단상우 씨는 기뻐하며 그 알록달록한 넥타이를 목에 걸었다. 평소 그가 입고 다니는 옷과는 하나도 어울리지 않았지만, 그걸 걸고 출근도 여러 번 했다. 보는 나로서는 뿌듯했지만 패션 감각이 뛰어난 혜정 언니가 얼마나 질색했을지는 보지 않아도 뻔한 일이었다. 그래도 그는 꿋꿋하게 그 넥타이를 매고 다녔다. 고마운 일이었다.

나는 손꼽아 학원 개강일을 기다렸다. 그리고 마침내 그날이 왔다.

재수 학원 하반기 일정이 시작된 것이다.


나는 서먹한 눈으로 학원의 시간표를 죽 훑었다.

아침 8시에 등원해서 저녁 10시에 끝나는 빡빡한 스케줄이었다. 시골 학교의 고 3 때도 이렇게 열심히 공부해 본 적이 없어서, 과연 내가 이 긴 시간 동안 책상 앞에 앉아 있을 수 있을지 걱정이 됐다.

같이 옆에서 들여다보던 그가 다정스레 내 기분을 북돋아주었다.

"걱정 말아요. 내가 출퇴근하면서 태워다 줄게요. 그러면 좀 덜 힘들 거예요."

"단…… 상우 씨가요?"

기쁘면서도 부담스러웠다. 그의 출근 시간은 8시 전이었고 퇴근 시간은 10시 남짓이었다. 그런데 내 시간표에 맞춘다면 그의 출퇴근 시간은 더 일러지고 늦춰질 것이 뻔했다.

그러나 그는 개의치 않고 싱긋 웃었다.

"그럼요. 거기 우리 회사 근처거든요. 애초에 그 학원을 알아봤던 게, 나랑 가까워서 그런 것도 있었어요. 그럼 데려다주기 쉬우니까."

아, 그러니까 그는 처음부터 날 위해 그런 수고로움까지 감수할 생각이었던 거다.

나는 한참을 그를 물끄러미 쳐다보았다. 내가 무슨 생각을 하고 있는지도 모르면서, 그는 선하기 그지없는 얼굴로 활짝 웃었다.

날 위해 고개를 숙이면서, 날 위해 눈을 맞추면서.

"그러니까 나경 씨는 아무 걱정 하지 말아요. 내가 다 해 줄 테니까."

오빠로서 말이죠? 나는 속으로만 생각했다.

안다, 그가 베푸는 친절은 내가 어머니의 딸이라는 것 외에는 아무런 이유도 없다는 거.

그러니 그를 보는 내 마음이 어떻게 요동치든, 그를 대하는 내 감정이 어떻게 변하든 그와는 아무런 상관도 없다는 얘기다.

"고맙습니다."

내 마음속 파고는 오직 내 마음속 한구석에 갇혀 썩어 가면 그뿐이고, 나는 그것만으로도 만족한다.

어머니의 아들을 속여 먹고 등쳐 먹고 있잖아.

그걸로 살아가고 있는데 그 이상은 무슨.

"고맙긴요. 설마 그 정도도 못 해 줄까 봐."

내 속마음을 아는지 모르는지 그는 환히 웃었다.

아마 모를 것이다.

저렇게 티끌 한 점 없이 웃는 것을 보면.


우리는 아침을 일찍 먹고 출발했다. 차 안에서 내다보는 서울 거리는 사람들이 바글바글했다. 여태껏 집 안에서 혼자 적막하게 보냈던 나와는 다르게, 다들 활기가 넘쳤다.

새삼 저 사이에 내가 껴도 되는지, 걱정이 앞섰다.

멍하니 지나치는 사람들을 보고 있는데 갑자기 짝, 하는 박수 소리가 들렸다.

"괜찮아요. 너무 걱정하지 말아요."

화들짝 놀라 돌아본 끝엔 두 손을 모으고 있는 그가 순하게 웃고 있었다.

멍하니 보다가 뒤늦게 그를 따라 웃었다.

"네."

억지로 끌어 올린 광대뼈가 욱신거렸다.

"힘내고, 오늘 저녁에 봐요."

그가 차를 차도 한쪽에 세웠다. 나는 고개를 끄덕하고 차에서 내렸다.

나와 비슷하게 차에서 내리는 사람들이 많았다. 어리둥절해서 주변을 두리번거리는 나와는 다르게, 그네들은 다들 고개를 숙이고 바쁘게 앞장서서 걸어가고 있었다. 모두 무엇을 해야 하는지 알고 있는 듯했다.

나만 빼고.

나는 느릿느릿 뒤처져서 그네들을 따랐다. 문을 닫고 돌아서는데 그제야 귀에 익은 차의 부르릉, 엔진 소리가 들렸다.

내가 들어갈 때까지 쭉 지켜보다가 출발하는 게 분명했다.

"와, 방금 출발한 차에 남자 봤어?"

"대박 잘생겼다. 완전 내 타입."

"그렇지? 이런 시간에 여긴 웬일이지? 애인 데려다주러 온 건가?"

뒤따르던 여자애들이 속삭였다. 나는 아무 말도 꺼내지 못하고 입을 다물었다.

안으로 들어가자, 정면에 커다란 종이가 붙어 있었다. 그 앞에 학생들이 우글우글 모여 있는 것을 보아 분명 반 배정 결과가 붙어 있을 것이다.

나는 사람들이 모여 있는 틈을 비집고 들어가려 애썼다. 그러나 워낙 빽빽하게 몰려 있는 터라 쉽진 않았다. 더군다나 키 큰 사람들이 짊어지고 있는 가방은 마치 거북이 등딱지처럼 크고 딱딱해서, 자칫했다간 얼굴이 쓸려 다칠 판이었다.

까치발을 들어 어떻게든 종이를 보려 애쓰다가 나는 그만 앞에 선 사람의 가방에 떠밀려 넘어질 뻔했다.

그때였다.

"괜찮아요?"

뒤에 선 남자가 비틀거리는 나를 부둥켜 잡은 건.

"어, 네. 괜찮아요. 고맙습니다."

하마터면 넘어질 뻔했다. 간신히 정신을 차리자마자 나는 꾸벅 고개를 숙였다.

"혹시 이름 찾으시는 거면 제가 대신 봐 드릴까요?"

"그래 주실래요?"

반가운 소리에 나는 고개를 번쩍 들고 환히 웃었다. 그러자 미소 짓고 있던 남자의 얼굴이 어색하게 굳어졌다.

아무래도 내가 너무 좋아하는 티를 냈나 보다. 보는 사람이 저렇게 당황스러워하는 걸 보면.

"아, 네. 아, 저, 죄송, 아니 이게 아니라. 이름, 이름 봐 드리기로 했지. 저, 성함이 어떻게 되시죠?"

"임나경이요. 임, 나, 경."

"네, 아, 네. 잠시만요."

왜 저렇게 허둥거리지? 의아해하고 있는데 남자는 잽싸게 고개를 들고 종이를 살피기 시작했다.

"25반이시네요. 저희 같은 반이에요."

"아, 정말요?"

그렇다면 그는 처음 만난 클래스메이트가 된다. 어떤 사람일까, 생각하면서 살펴보는데 웃고 있던 그의 얼굴이 다시금 어색하게 굳어졌다. 동시에 귀가 새빨갛게 물드는 게 보였다.

내가 너무 빤히 쳐다봤나?

"같이 올라가시죠."

그가 황급히 고개를 돌렸다. 그리고 잽싸게 사람들의 물결을 헤치고 계단을 올라가기 시작했다. 나도 바로 뒤를 따랐는데, 하도 그의 덩치가 크다 보니 사람들이 붐비는데도 어렵잖게 걸음을 옮길 수 있었다.

순식간에 교실에 도착한 그가 쿵 문을 열어젖혔다.

"저, 같이 앉아도 될까요?"

빈자리 중 적당한 곳을 골라 앉는데 어느새 따라온 그가 물었다. 그래 봤자 이미 책상 위에 가방을 올려놓고 있어서 고개를 저을 틈도 없었지만.

내친김에 의자까지 끌고 와서 옆에 앉은 그가 재차 물었다.

"여기는 처음 오신 거죠? 그동안 계속 다니고 있었는데 못 봤던 분이라서. 아 참, 여기 반수생 코스지. 그러면 대학생이 신가요? 어디 학교 다니세요?"

"어……."

뭐라고 해야 할지 모를 난감한 질문에 나는 입술을 깨물었다. 그러나 그는 쉼 없이 말했다.

"저는 재수는 아니고 반수생인데, 체육만 계속 하다가 온 거라서 공부 관련해서는 완전 중학생 수준이라고 보시면 돼요. 그래서 많이 귀찮게 해 드릴지도 모르는데, 그래도 괜찮으시다면 계속 옆에 앉아도 될까 하고. 아, 저는 스물두 살입니다. 오빠라고 부르셔도 돼요. 아니면 이름 부르셔도?"

하도 빨라서 무슨 말인지 절반도 다 이해 못 했다. 넋이 나간 채 그의 입 모양이 움직이는 것만 쳐다보고 있는데, 그 시선을 어떻게 이해한 건지 그의 귀가 또다시 새빨개졌다. 이번엔 귀뿐만 아니라 온 얼굴이 다.

"성함이 어떻게 되세요?"

제대로 이해한 건 맨 마지막에 이름을 부르든지 오빠라고 하든지 둘 중 하나 하라는 말뿐. 오빠라는 말은 모른 척, 이름을 묻자 그의 얼굴이 더더욱 붉어졌다.

"권이준입니다."


오랜만에 하는 공부는 벅찼다. 확실히 책을 손에서 놓았던 시간이 길었음을 느껴지게 하는 시간이었다. 분명히 알았다고 생각한 것들인데 선생님이 말하는 걸 들으니 새롭고, 조금 더 집중해야지 싶은데 눈으로 읽는 활자들은 머릿속에서 쑥쑥 잘도 빠져나갔다. 나는 죄 없는 머리카락을 붙들고 몸부림쳤다.

그래도 단 한 가지 위안이 되는 게 있다면, 그건 권이준 씨였다.

그는 나와 같이 이 반 열등생 중의 하나였다. SKY반이라는 별칭에 걸맞게 여기 있는 사람들은 하나같이 똑똑하기 그지없었다. 나와 그만 빼고.

앞자리에서 선생과 학생들의 치열한 입씨름이 벌어지는 때에, 나와 그는 멀뚱멀뚱하게 쳐다보다 저게 무슨 말인지 서로에게 이해시켜 주기 바빴다.

그나마 같이 모르는 사람이 있어서 다행이었다. 만약 나 혼자서만 몰랐다면, 혼자 그 치욕스러움을 버티다가 결국 이기지 못하고 다른 반으로 옮기고야 말았을 테니까.

10시까지 이어진 야간 자율 학습을 끝내고 나서야 하루가 모두 끝났다. 나는 우르르 몰려나오는 사람들의 틈에 섞여 건물 밖으로 빠져나왔다.

잔뜩 늘어선 자동차 중에 그의 차는 없었다.

"임나경 씨!"

타박타박 걸음을 옮기는데 뒤에서 부르는 소리가 들렸다.

나는 고개를 돌렸다.

남들보다 키가 훌쩍 큰 권이준 씨가 빠른 속도로 걸어오고 있었다.

"혹시, 집이 어디세요? 괜찮으시면 제가……."

"아, 아니요. 누가 데리러 와서요."

숨을 헐떡이며 묻는 권유를 나는 황급히 거절했다. 지나치게 친절했다. 그리고 빠르기도 했다.

다소 무례한 내 거절에도 그는 아랑곳하지 않고 싱긋 웃었다.

"사실 고맙다는 말을 하려고 했어요."

그 말에 나는 그를 돌아보았다. 그는 머쓱하게 웃더니 뒷목을 긁었다.

"저는 고등학교 때까지 순 운동만 해서, 본격적으로 공부 시작한 지도 얼마 안 됐거든요. 완전히 멍청이 취급 당할 것도 각오하고 있었는데…… 나경 씨 덕분에 그 정도는 아닐 것 같아서 다행입니다."

"다행이긴요, 나란히 돌하르방 취급 당하겠죠. 아까 국사 시간에 그 선생님 눈빛 못 보셨어요?"

반은 농담이고 반은 자포자기한 내 말에 그는 큭큭 웃었다. 조선 시대의 중농학파와 중상학파의 차이점을 설명하란 말에 그가 엉뚱하게 농구와 당구의 얘기를 꺼낸 이후로, 국사 선생님은 차가워진 눈빛으로 절대 그를 돌아보지 않았다.

"그래도 혼자 돌하르방 취급 받는 것보단 낫잖아요. 물론 임나경 씨는 저처럼 아예 기반도 없진 않으시겠지만."

"그건 아닌데……."

아예 아니라기엔 조금 켕겨서, 그냥 고개를 숙였다.

솔직히 고등학교 때까진 공부 열심히 했다. 그 이후에 아예 손에서 놔 버려서 그렇지. 그래도 오늘 수업 들어 본 결과 든 생각은, 아예 잊어버리지는 않았다는 안도와 따라가려면 한참 걸리겠다는 절망감이었다.

그걸 아는지 모르는지, 그가 깊숙이 고개를 숙였다.

"아무튼, 모쪼록 잘 부탁드립니다. 앞으로 많이 여쭤볼게요."

"아니에요. 저도……."

"그래서 그런데, 혹시 전화번호 좀 알 수 있을까요?"

"네?"

허둥지둥 고개를 숙이는데 뜻밖의 요구까지, 정신이 하나도 없었다. 나는 화들짝 놀라 튕겨지듯 고개를 들었다. 그러자 눈앞의 그가 웃으며 손을 내밀었다.

얼떨결에 핸드폰을 손에 쥐여 주려 할 때였다.

"나경 씨."

뒤에서 귀에 익은 목소리가 들렸다.

나는 화들짝 놀라 온몸을 멈췄다. 그러자 기다렸다는 듯 뒤에서 손이 쑥 튀어나와 핸드폰을 가져갔다.

그였다.

"단상우 씨……."

"늦었네요. 기다리고 있었는데."

떨리는 내 목소리를 싹둑 자른 채 그가 상냥하게 되물었다. 비록 웃고는 있었지만, 나는 어쩐지 그 미소 속에 숨어 있는 가시를 본 것 같았다. 그것도 아주 날카로운.

"빨리 갑시다. 늦었어요."

"네? 어, 저……."

어찌할 바를 모르고 서 있는데 그가 먼저 등을 돌렸다. 앞에 서 있는 권이준 씨는 깔끔하게 무시한 채였다. 전혀 단상우 씨답지 않았다.

허둥지둥 권이준 씨에게 인사를 건네고 나도 그를 따랐다.

조수석에 올라타자마자 차는 붕– 소리를 내며 출발했다.

"……."

"……."

한동안 차 안은 침묵만이 가득했다.

나는 먼저 입을 열 엄두를 내지 못했고 그는 차가운 표정으로 정면만 주시하고 있었기 때문이다. 그런 얼굴을 보니 더더욱 용기가 나질 않았다. 한편으론 대체 왜 저렇게 화가 난 거지? 하는 의문도 들었고.

사실 화가 난 게 맞는지도 의심스럽긴 했다. 그렇잖아, 전혀 화가 날 일이 없는데. 혹시 회사에서 안 좋은 일이 있었나고 하기에는, 그가 여태껏 내게 그런 기미조차 내비쳤던 적이 없고.

"혹시…… 제가 많이 늦었나요?"

결국 내가 먼저 물어보는 수밖에 없었다.

"네? 나경 씨가요? 아뇨, 안 늦었는데요."

"하지만, 저……."

"아니에요. 아까 그 말은, 그냥, 시간이 늦었다는 거였어요. 많이 기다렸다는 뜻이 아니라."

"네에……."

하지만 아까 권이준 씨 앞에서는 기다리고 있었다고 하지 않았나?

그렇게 생각하면서도 나는 얌전히 입을 다물었다. 무슨 말을 꺼내야 할지 몰랐다.

"피곤하죠? 얼른 씻고 자요. 내일도 일찍 일어나야 하는데."

그는 그렇게 말하며 상냥하게 웃었다. 마치 아까의 일은 싹 다 잊어버린 듯했다.

나는 결국 더 이상 말을 잇지 못하고 고개를 끄덕였다. 그는 아무 일도 없었던 것처럼 다시 정면을 바라보며 운전을 했다.

침묵 속에서 우리는 집에 도착했다.

"나경 씨."

막 현관으로 들어서는데 그가 부르는 소리가 들렸다. 나는 반사적으로 고개를 돌렸다.

"네?"

그는 바로 입을 열지 않고 머뭇거렸다. 우리는 잠시 서로 마주 보고 섰다.

그때 그는 현관 밖에 서 있었다.

집 안의 불은 모두 꺼지고 길거리의 가로등만 켜져 있어, 빛을 등지고 선 그의 얼굴이 내겐 보이지 않았다.

온통 까맣게 된 얼굴로 머뭇거리다가 그가 말했다.

"아까 그 사람은 누구예요?"

그 목소리에 담긴 감정이, 온통 진했다.

나는 입술만 몇 번 닫았다 뗐다. 지금 내가 어떤 표정을 하고 있을지 짐작도 가지 않았다. 그가 어떤 표정을 하고 있을지도, 역시.

가까스로 나는 말했다.

"같은 반이에요."

"같은 반?"

"네. 옆자리요."

"아아."

그러고 그는 한참 침묵했다.

나는 입술을 짓씹으며 그의 반응을 기다렸다. 온몸을 짓누르는 침묵이 지겨웠다. 그가 무슨 말이든 해 줬으면 했다. 그게 단순히 긍정의 말이든 혹은 부정의 말이든, 뭐가 됐든 이 이상한 마음을 규정지을 수 있는 단 한 마디만, 제발 단 한 마디만……

"남자 친구는 만들지 않는 게 좋겠어요."

조금 길다 싶은 침묵 후에, 그가 말했다.

심장이 정신 사납게 뛰었다.

"물론 나경 씨도 한창 연애하고 싶을 때라는 건 알아요. 하지만, 중요한 시기잖아요. 시간도 얼마 남지 않았고. 그러니까 그때까지만, 좋은 사람 있어도, 서로 자중하고. 그러니까…… 내 말이 무슨 뜻인 줄 알죠?"

그의 말은 횡설수설했다. 아마 그러지 않았어도 나는 몰랐을 것이다.

무슨 말인지 이해하지도 못한 주제에 나는 황급히 고개를 끄덕였다. 그러자 그는 재빨리 입을 다물었다. 표정이 보이지 않아도 그 무안함이 손에 잡힐 듯했다.

새까만 실루엣으로 보이는 그의 손이, 연신 주먹을 쥐었다 폈다 하고 있었다.

"내가 괜한 소리를 했나 봐요. 하긴 나경 씨가 어련히 알아서 할까."

하하, 그가 허탈한 소리를 내며 웃었다.

나는 대답하지 않았다.

안 그래도 황량하던 그의 웃음소리는 빠르게 사라졌다.

우리 사이엔, 이루 말할 수 없이 이상한 침묵만이 남았다.

"많이 늦었네요. 얼른 씻고 자요. 피곤하겠다."

그렇게 말하더니 그는 머뭇거리다가 빠르게 걸음을 옮겼다. 미처 잡을 틈도 없었다.

2층으로 올라가는 그를 보면서도 나는 그저 우두커니 그 자리에 서 있을 뿐이었다.

피곤한데도 잠이 오지 않았다.

나는 침대 위에 누워 눈만 말똥말똥 떴다. 눈을 감고 양을 세어도, 귀를 닫고 마음을 진정시켜도 쉬이 잠이 오지 않았다.

한참이나 뒤척이다가 결국 자리를 박차고 일어났다. 침대 맡에서 보이는 창문에는 희미하게 쪽달이 떠 있었다.

심장이 두근거려 잠을 이룰 수가 없었다.

"늦었네요. 기다리고 있었는데."

"아까 그 사람은 누구예요?"

아까 보았던 그의 무표정.

날 선 태도.

항상 웃는 얼굴 뒤에 감춰져 있던 날것의 감정.

그런 것들에 놀라고 불쾌하다기보다는 오히려 기쁘고 설레는 내가 이상한 거겠지.

하지만 실제로 그랬다.

"남자 친구는 만들지 않는 게 좋겠어요."

안다, 나도.

그저 내 착각이리란 걸.

그는 내 어머니의 아들이고, 날 동생으로만 생각해서 여길 데려온 것이며 대학교에 보내 주겠다는 호의도 다 거기서 비롯된 것일 뿐이란 거.

하지만 어쩔 수 없잖아.

지금 요동치는 내 마음은 나조차도 어쩔 수 없는걸.

어두운 자궁에서 태어난 후 처음 본 어미를 무작정 사랑하는 새끼처럼, 캄캄한 절망 속에 잠겨 있던 나를 꺼내 준 그에게 이런 마음이 생기는 건 나로서도 불가항력적인 일이었다.

그러니, 단지 참는 것뿐이었다.

이렇게 갑작스러운 마음이라면 분명 식는 것도 갑작스러울 테니, 어차피 이루어질 리 없는 마음이라면 아예 티조차 내지 않고 그냥 썩혀 없애 버리는 게 낫다고.

하지만 그의 말 한마디에도 정신 사납게 어지러워져 버리는 이 마음을 어찌할까.

혹은 혹시나, 하고 가망 없이 기대게 되는 이 마음을.

차라리 이럴 바엔 아예 마음이 없어져 버렸으면 좋겠다.

그러면 그를 보며 양심 찔리지도, 마음 설레지도 않을 텐데.

아예 아무것도 느끼지 못하는 개돼지라면 그냥 맘 편하게 그에게 기생해서 살아 버릴 텐데.

이러지도 못하고 저러지도 못하고.

이게 뭐야.

"하아……."


이불 속에 파묻혀 애달픈 한숨만 토해 내다 깜박 잠이 들었다.

그리고 눈을 뜨자 어느새 아침이었다.

시계를 보자 벌써 일어날 시간이 다 되어, 깜짝 놀라 자리에서 일어났다.

"일어났어요?"

부리나케 거실로 나가자 어느새 출근할 준비를 다 마친 그가 식탁에 앉아 있었다. 부드럽게 웃어 보이는 미소가 여느 때와 같았다.

그 태연한 얼굴에 안심되면서도 한편으로는 조금 밉기도 했다.

하지만 그걸 얼굴에 드러낼 순 없으니, 나도 그냥 웃었다. 웃기만 했다.

"죄송해요. 저 늦잠 잤죠……."

"아니에요. 어제 피곤했죠? 간만에 공부하니까 그런 거죠 뭐."

그렇게 말하는 그의 모습에서는 어제 찰나 보았던 그 날카로운 모습은 찾아볼 수가 없었다. 자칫하면 내가 예민했나? 하고 넘길 수도 있을 만큼.

나는 묵묵히 식사를 마치고 뒷정리를 했다. 그는 아무 일도 없던 것처럼 태연하게 설거지를 하고 있었다.

그 모습을 보자 갑자기 충동이 들었다.

"저기…… 단상우 씨."

"네?"

막 벗어 놓은 재킷을 걸치던 그가 이쪽을 돌아보았다. 흘 낏 보는 시선에 갑자기 긴장되어 마른침을 삼켰다.

"어제는 제가 죄송했어요."

"네?"

그가 순간 어리둥절한 표정을 짓는 것을 보자 한층 더 비참해졌다. 내 가라앉은 얼굴을 본 그가 다음 순간 아차 한 듯, 눈을 크게 떴다.

"나경 씨."

"단상우 씨가 그렇게 오해할 상황을 만드는 게 아니었어요. 물론 진짜 그럴 생각은 아니었어요. 그럴 마음도 없었고요. 그렇지만, 어쨌든 그렇게 생각하게 한 건 제 잘못이니까……."

"아니요, 아니에요. 그게 왜 나경 씨 잘못이에요."

놀란 얼굴을 한 그가 황급히 손을 내저었다. 그럴 줄 알았으면서도 비참했다. 아닌 줄 알면서도 설레었다.

나는 어쩌면 그가 긍정해 주길 바랐는지도 모른다.

내가 당신의 한 불안함의 원인이 되었다고.

"그렇게 말하지 말아요. 내가 왜 나경 씨를 데려왔다고 생각해요? 그런 참견을 하려고 데려온 건 아닐 거 아니에요. 네?"

"……"

"오히려 내가 미안해요. 그런 의도로 말한 건 아니었는데. 내가 주제넘었어요. 기분 나빠하지 말아요."

황급히 이쪽으로 다가온 그가 내 앞에 주저앉았다. 그리고 폭 고개 숙이고 있는 나와 눈을 마주치려 애를 썼다.

"혹시 화났어요? 내가 어제 그렇게 말해서?"

"……"

"미안해요. 저도 어제 그렇게 말해 놓고 후회했어요. 어련히 알아서 잘 할까, 그래도 고등학교 공부 잘 하고 대학교까지 합격했던 사람인데. 그 정도로 공부하는 법 아는 사람한테 내가 괜한 소리를 했다고."

"……"

"혹시 비웃었던 건 아니죠? 그렇잖아요. 나는 고등학교까지밖에 못 나왔고 그나마도 공고밖에 못 나왔는데, 그런 주제에 나경 씨한테 잘난 척한다고 혹시 빈정 상했던 거라면......."

"단상우 씨!"

그의 입에서 나오는 자기 비하는 낯설었다. 나도 모르게 목소리를 높이며 그의 말을 가로막았다.

그는 놀란 듯 눈을 크게 떴다가 이내 싱긋 웃었다.

그 미소엔 한 점 티끌도 없었다.

"봐요, 나경 씨도 그런 생각 안 하잖아요."

나는 아무 대답도 하지 못하고 그저 굳은 얼굴로 가만히 그를 쏘아보기만 했다. 멋쩍게 웃은 그가 다시 다정히 날 올려다보았다.

"그러니까, 너무 마음 쓰지 말아요."

할 말이 없었다. 배 속이 울렁거렸다.

그는 계속 말했다.

"나경 씨가 혼자 잘 할 거라는 거 알아요. 단지, 그냥, 내 노파심이었어요. 남자들이라는 건 못 믿을 놈들이니까."

"......"

"알잖아요, 이렇게 예쁘고 쓸쓸해 보이는 아가씨가 혼자 있으면, 못된 남자들이 달라붙어서 어떻게든 망쳐 놓으려고 애쓴다는 거. 그래서 그렇게 말했던 거였어요. 나경 씨는 죄가 없지만 남자 놈들은 죄가 많아서. 내 맘 알죠?"

그의 말에서 시골에 있는 류정환이 떠오르는 건, 아마 내 생각만은 아닐 것이다.

흠칫 보던 그가 무심코 무릎 위에 올려져 있는 내 손 위에 손을 올리려다가 황급히 거둬들였다.

"나경 씨를 못 믿어서 그런 게 아니에요. 그것만 알아줬음 좋겠는데."

그는 멋쩍게 웃었다. 나는 꼼짝도 못 하고 그를 응시했다. 금세라도 손등을 덮을 듯 다가왔던 커다란 손의 체온이 느껴질 듯했다.

나는 나도 모르게 말했다.

"하지만 단상우 씨도 남자잖아요."

그 말에 그의 얼굴에 드리워졌던 미소가 천천히 사라지는 게 보였다.

그래도 멈출 수가 없었다.

결국 그게 내가 가장 하고 싶은 말이었으니까.

"단상우 씨도 남자잖아요. 그럼 전 아무도 믿지 말아야 하나요……?"

가슴이 두근거렸다.

그가 무슨 말을 할지가 몹시 기대됐다.

혹은 기대되지 않는다고 해도 괜찮았다. 어느 쪽이 됐든 심장이 두근거려서, 조금만 더 있으면 마치 터질 것만 같은 느낌이었으니까.

그는 어딘가 무시무시한 표정을 짓고 가만히 서 있었다.

201

"……."

나는 그가 내 발치에서 조용히 일어나 가만히 내려다보는 모습을 가만히 지켜보았다. 심장이 두근두근 뛰는 걸 느끼지 않으려고 애쓰면서, 혹은 그의 손이 덮었을 손등에 감촉을 느끼면서.

"나는 나경 씨한테 남자 아니잖아요."

그가 무겁게 입을 열었다.

한 마디 한 마디가 날카롭게 마음을 후벼 팠다.

"나는 그런 사람 아니에요. 나경 씨 오빠지."

산뜻한 말투, 가벼운 목소리.

그러나 나는 그 눈동자가 마치 찌를 듯이 나를 노려보는 것을 알 수 있었다.


그걸로 대화는 끝이었다.

그는 다시 착하게 웃으며 날 학원까지 데려다주었고 오늘 하루 잘 보내라는 말을 하기는 했지만, 그 외의 어떤 말도 내게 건네지는 않았다.

의미는 뻔했다.

그는 내 오빠라는 것이었다.

피붙이라는 것이다.

그로서는 당연한 반응인 걸 알면서도 한편으로는 마음이 싸늘하게 식어 갔다.

뻔뻔스럽게도!

그의 동생이라는 명분하에 그의 지붕 밑에서 먹고 자고 살면서도 그가 날 남다르게 여겨 주길 바랐던 것이다.

스스로의 염치없음에 기가 막혔다.

"나경 씨?"

입술을 짓씹으며 걸음을 옮기는데 뒤에서 부르는 소리가 들렸다. 나는 고개를 돌렸다. 익숙한 얼굴이 저 멀리서부터 손을 휘저으며 달려오고 있었다.

권이준 씨였다.

길쭉길쭉한 신장답게, 저만치 떨어져 있던 그는 몇 걸음 뛰어오지도 않았는데 순식간에 가까이 다가왔다.

"일찍 왔네요?"

"아, 네."

그는 선량하게 웃었지만 보는 나만 괜히 속이 켕겼다. 그가 눈치채지 못할 정도로만 조심스레 한두 발짝 옆으로 떨어졌지만 그러기가 무색하게, 그는 순식간에 거리를 좁혔다.

"아까 나경 씨가 차에서 내리는 거 봤어요. 어제 나경 씨데리고 간 그 사람이죠?"

운동선수 출신이라더니, 시력도 좋은가 보다. 분명 저 멀리서 떨어져 있었는데 본 걸 보면.

나는 성의 없이 고개만 끄덕이고 입을 다물었다. 그러나 그는 계속 말했다.

"그 사람 누구예요?"

"네?"

그 소리에 놀라 저절로 발걸음이 멈췄다. 내가 멈추자 그도 자연히 멈춰 나를 돌아보게 되었다.

그가 갸웃하며 빙긋 웃었다. 무엇 하나 티끌 없는 얼굴로.

"어제도 아무 말 안 하고 그냥 나경 씨 끌고 가길래, 놀랐잖아요. 이상한 사람일까 봐."

"아……."

그제야 나는 어제 그의 표정이 얼마나 무시무시했는지를 상기했다. 그가 늘 입고 다니는 스리피스 슈트가 다른 사람들 눈에 얼마나 의아해 보일지도.

하지만 그걸 설명해야 될 이유도, 그럴싸한 변명도 떠오르지 않았다. 나는 열없이 말했다.

"그런 거 아니에요."

"그럼 누군데요? 오빠? 아니면 친구?"

"……아무것도 아니에요."

"그런데 늦은 밤에 그렇게 가요?"

"그걸 제가 왜 말해야 되는데요?"

나도 모르게 울컥해서 쏘아붙였다가 아차 했다. 그는 어리둥절한 얼굴로 눈만 동그랗게 뜨고 서 있었다.

순간적으로 변명을 해야 한다는 생각이 들었다. 나는 입술을 달싹거렸다.

"죄송해요. 사실은……."

그러나 다음 순간 끼어든 낯선 감정에 나는 흠칫거리며 입을 닫았다.

반발심이었다.

"나는 나경 씨한테 남자 아니잖아요."

"나는 그런 사람 아니에요. 나경 씨 오빠지."

차가운 눈빛으로 못을 박듯 때려 박던 그에 대한 반발심.

나는 아무 말도 못 하고 굳어 버렸다. 권이준 씨는 여전히 참을성 있게 내 대답을 기다리고 서 있었다.

답변을 기다리는 눈빛.

"……먼저 들어갈게요."

그 시선을 피해 나는 슬쩍 뒤로 물러섰다. 그리고 나를 붙잡으려는 손길을 피해 서둘러 건물 안으로 도망쳤다.

숨을 헐떡이며 바라본 유리문 너머로 그는 여전히 망연자실한 얼굴로 손을 뻗은 채, 그러고 서 있었다.

사실 간단한 문제였다.

그는 어쨌든 표면상으로는 내 어머니의 아들이었고, 피붙이로 오인되기도 쉬웠으니까 그를 그저 오빠라고 소개했으면 되는 거였다.

오빠가 출근하는 길에 동생을 내려 주고 가는 거라고.

그렇게 하면 의심할 사람은 아마 아무도 없었을 테니까.

그런데 괜히 누구냐고 묻는 말에 제대로 대꾸하지 않아서 분위기만 이상해져 버리고 말았다.

그게 신경 쓰여서 나는 수업하는 내내 힐끗힐끗 권이준 씨의 눈치를 살폈다. 다행히도 그는 별다른 말 없이 계속 공부만 했다.

"언니, 하나 드실래요?"

쉬는 시간에 쾌활한 여자애 하나가 친근하게 말을 붙이며 과자를 내밀었다. 감사하게 받으며 나도 간식거리를 몇 개 꺼냈더니 주변 사람들도 주섬주섬 몰려들어서, 어느새 내 책상 주변은 사람들로 북적북적해졌다.

과자를 먹으면서 수다를 떠는데 누군가 불쑥 물었다.

"언니, 그러고 보니까 오늘 언니 데려다주던 남자 누구예요?"

"아……."

"맞아요, 나도 봤어. 엄청 잘생긴 남자가 언니 내려 주고 가는 거! 누구예요? 혹시 애인?"

"어머, 야. 이른 아침부터 남자 친구라니, 너무 이상하게 들리지 않아?"

"뭐 어때, 우리도 성인인데! 그렇죠, 언니? 남자 친구 맞죠?"

"아냐, 보니까 가족 같던데. 분위기가 비슷한 게."

"하나도 안 닮았던데?"

사람들이 바글거리는 아침 등굣길이라 다들 많이 봤나 보다. 정작 나는 아무 말도 안 했는데 저들끼리 옥신각신, 단상우 씨 관련해서 시끄럽다. 나는 웃으며 침묵을 지켰다. 속으로는 언제쯤 얘기하면 좋을지, 타이밍을 재던 중이었다.

"그런 거 묻지 마. 나경 씨가 안 좋아해."

그때였다.

옆에서 권이준 씨가 싸늘한 목소리로 말한 건.

"어, 왜요? 오빠도 그 사람 봤었어요? 오늘 아침에?"

"아니, 난 어젯밤에. 나경 씨랑 얘기하고 있는데 갑자기 그 사람이 끼어들어서 데려가더라."

"아……."

주변 여자애들이 서로 눈빛을 나누며 의미심장한 표정을 지었다. 나는 당황해서 그의 말을 가로막았다.

"그런 게 아니고요. 그분은 그냥……."

"그래서 누구냐고 물었는데 나경 씨가 아무도 아니라고 그러더라고. 그래서 못 들었어."

내 말은 무시한 채 그가 줄줄이 말했다. 나는 아무 말도 못하고 입만 뻐끔거렸다.

졸지에 주변 사람들의 시선이 이쪽으로 쏠렸다. 거기에 무슨 대답이라도 해 줘야 하는 걸 머리로는 알겠는데, 차마 입술이 떨어지질 않았다.

뭐라고 해야 할까.

"……."

어색한 정적이 흘렀다.

잠시 눈치를 살피던 사람들은 너 나 할 것 없이 재빠르게 과자들을 챙겨 자리를 떴다. 순식간에 내 주변엔 아무도 남지 않게 되었다. 어쩐지 망연자실해져 멍하니 있다가, 나도 모르게 다시 권이준 씨를 돌아보게 됐다.

그는 여전히 냉랭한 표정 그대로 책에만 시선을 고정하고 있었다.

"왜요?"

내 시선을 눈치챘는지 그가 책에서 눈을 떼지 않고 물었다. 움찔해서 나도 모르게 고개를 돌렸다.

"……아무것도 아니에요."

어딘지 찜찜하고 속상했다.


그날 이후로 같은 반 여자애들과는 어딘지 모르게 서먹해졌다. 내가 말을 걸면 슬슬 피하고, 왠지 모르게 겉돌게 되자 결국 이쪽에서 먼저 어울리려는 노력을 그만두었다. 그러니 자연스레 권이준 씨와 어울리는 날이 많아졌다. 단상우 씨가 싫어할 거라는 생각을 안 한 건 아니었지만, 글쎄, 그가 싫어한다고 내가 왜 그 말을 다 들어야 하냐는 반발심이 들기도 했고.

무엇보다도 더 큰 이유는 따로 있었다.

"그 언니 얘기 들었어? 맨날 아침에 데려다주는 남자, 스폰 서래."

"헐, 대박. 그 사람, 무슨 잡지에서도 나왔던 사장이라고 하지 않았어?"

"그러니까. 근데 그렇게 바쁜 사람이 언니 맨날 데려다주 잖아. 그럼 뭐겠어. 이거지 이거."

"그냥 애인 아냐? 너무 오버하는 거 같은데……."

"오버는 무슨. 야, 너 그 언니 어디서 왔는지 들었냐? 완전 시골이야, 시골. 근데 하루아침 만에 그런 부자 남자 만나서 같이 산다? 이건 그냥 딱 하나야."

"왜, 그래도 낭만적이잖아. 집이 가난해서 대학교 못 가고 몸 파는 여자를 가엾게 여긴 남자가 데려와서 대학교 보내는 거, 멋있지 않아? 어디 뮤비에서도 본 것 같은데."

"시나리오를 쓰고 있다 아주."

화장실에서 그러고 깔깔 웃는 게 안에 있는 나한테까지 다 들렸다. 그러자 차마 그 애들이 몰려 있는 밖으로 나갈 용기 가 없었다.

나는 그네들이 깔깔거리며 사라지고 난 다음에야 밖으로 나와서 손을 씻었다. 찰팍찰팍하는 물방울이 온통 튀어 얼굴 이 다 젖었다.

"후우……."

그냥 솔직하게 얘기할걸.

사람들이 이상하게 생각할 건 알았지만 이렇게 이상한 방향으로, 더러운 쪽으로 튈 거란 건 생각도 못 했다.

나도 모르게 후회하던 마음이 다시 삐딱선을 탔다.

솔직하게? 솔직하게가 뭔데?

그와 내가 어머니가 같다는 거?

근데 내가 사실은 어머니가 주워 온 자식이라 남이나 다름없다는 거?

근데 그 사실을 그가 하나도 모른다는 거?

나는 그걸 알아도 모른 척, 그를 둥쳐 먹고 살고 있다는 거?

어디부터 어디까지 말해야 솔직하게인데?

그리고 솔직하게 말하면, 그때야말로 노골적인 비난이 쏟아질 텐데?

그거야말로 내가 잘못한 짓인데?

"몰라."

모른 척하자. 다 모른 척하는 거야.

나는 물방울 맺힌 거울만 한참을 노려보다가 다시 교실로 들어섰다. 깔깔거리는 웃음소리로 와자지껄하던 교실 안은 내가 들어가는 순간 눈에 띄게 조용해졌지만 신경 쓰지 않고 자리에 앉았다. 가만히 있던 권이준 씨가 속삭였다.

"괜찮아요?"

"뭐가요?"

뭘 말하는지 알았지만 나는 부러 되물었다. 그는 어깨를 으쓱하더니 다시 고개를 돌려 책에 열중하기 시작했다.

모른 척하는 것이다. 그도 나도.

"오늘 야자 몇 시까지 할 거예요?"

"모르겠어요. 아마 10시까지만 하고……."

"왜요, 데리러 오는 사람이 그러래요?"

목소리에 가시가 있다.

"네."

그것마저도 모른 척 나는 고개를 끄덕이고 책을 펼쳤다. 흰 바탕에 구불구불 글씨가 기어 다닌다. 분명 몇 년 전까지만 해도 아무렇지도 않게 읽어 나갔던 글씨들인데.

나는 이를 악물고 책에만 집중했다. 책, 공부, 글씨.

이게 어떻게 얻어 낸 기회인데.

내 어머니와 마지막 양심 한 조각까지 팔아 내서 얻어 낸 기회야.

절대 이대로는 못 놔.


"저, 오늘부터는 그냥 지하철 타고 갈게요."

하지만 아무래도 그런 소리를 계속 들으면 정신이 피곤하니, 그냥 그의 차를 타고 가지 않는 편이 나을 것 같았다.

며칠인가 지난 아침, 나는 그에게 그렇게 말했다. 그러자 그는 숟가락을 놓다 말고 깜짝 놀랐다.

"왜요? 혹시 무슨 일 있어요?"

"아뇨, 그런 건 아니고……."

자세한 경황을 말하기는 저어돼서 나는 머뭇거렸다. 그러자 그는 더욱 걱정스러운 표정으로 물었다.

"혹시 학원에서 뭐라고 해요? 내가 허구한 날 도로 막고 있어서? 아니면 학원 끝나고 대기할 때 너무 오래 서 있었나? 그게 아니면……."

"아니에요. 그런 거 아니에요. 그냥……."

실제로 그가 잘못한 건 없었다. 어차피 학원 앞에는 그런 사람들이 많았다. 학생들을 데려다주고 데리러 오고, 학원 스케줄에 맞춰서 움직이는 사람들. 대부분은 어머니이고 때로는 아버지, 가끔은 고용인으로 보이는 사람들.

단지 그가 유독 눈에 띄는 건, 학부형이라기엔 터무니없이 젊은 나이와 눈에 들어오는 외모 때문이었다.

그런 사람이 학원 앞에 나를 데려다주고 데리러 오는 걸 반복하고 있는데 정확히 누군지도 말해 주지 않고 모호하게 얼버무리고, 그러니 당연히 사람들의 입방아에 오르내릴 거라곤, 물론 알고는 있었지만.

"……."

그걸 굳이 말로 설명하려니 피곤했다.

나는 수저를 내려놓고 가방을 챙겼다. 급하게 그가 따라 일어나는 소리가 들렸다.

"나경 씨 지하철 탈 줄 모르잖아요."

"탈 줄 알아요."

"그럼 오늘까지만 내 차 타고 가요. 지하철로 가면 차로 가는 것보다 시간 걸려서, 지금 가면 엄청 힘들 거예요."

"아니에요. 그냥 갈게요. 그냥…… 오늘은 지하철 타고 싶어서 그래요."

점점 핑계가 옹색해졌다. 그도 그럴 것이 끈질기게 캐묻는 그에 비해 나는 생각해 둔 변명이 많지 않았기 때문이다. 실제 이유는 따로 있는데 계속 다른 변명만 떠올려야 하니, 점점 생각해 둔 것이 바닥나고 변명은 더욱 앙상해졌다.

나를 바라보는 그의 눈이 점점 가늘어졌다.

"나한테 뭐 숨기는 거 있어요?"

"……아뇨."

그가 의심하는 것을 알았지만 나는 뻔뻔히도 버텼다. 그럴 수밖에 없었다. 어떻게 말할까, 나와 함께 있었다는 죄로 그다지도 징그러운 추문에 시달리고 있다는 것을.

수상쩍은 눈으로 쳐다보던 그는 결국 어쩔 수 없다는 듯 고개를 끄덕였다. 나는 살았단 심정으로 지하철을 타고 학원으로 나섰다. 처음 타 보는 출근길의 지하철은 콩나물시루처럼 빽빽했지만 그래도 마음만은 풍선처럼 가벼웠다.

힘겹게 지하철에서 내리고 건물 안으로 들어섰다. 얼굴만 아는 사람들이 수군거렸다.

"언니, 안녕하세요! 오늘은 지하철 타고 오셨나 봐요?"

"아, 응."

그나마 몇 마디 나눠 본 아이가 알은척했다. 고개를 끄덕이자 그들은 다시 고개를 돌려 저들끼리 쑥덕거리기 바빴다. 무슨 소리를 하는지 뻔했지만 모르는 척했다. 계속 이렇게 다니다 보면 소문은 가라앉고 곧 수능 날이 다가오겠지.

책상에 가방을 내려놓고 책을 펼쳤다. 먼저 제 자리에 앉아 있던 권이준 씨가 인사를 건넸다.

"오늘은 좀 늦게 오셨네요?"

"아, 네. 지하철 타고 오느라."

"그래요?"

그가 의아하단 표정을 지었지만 신경 쓰지 않았다. 무슨 말을 더 할까, 그가 참견할 바도 아닌데.

솔직히 말하면, 가만히 있었으면 조용히 지나갔을 일이 그가 한 말 때문에 괜히 더 커졌다고 원망하는 마음도 있었다.

그날 나는 가벼운 마음으로 공부에 열중했다. 그리고 시간이 지나 오후 10시가 됐을 무렵, 권이준 씨가 뜬금없이 물었다.

"그럼 오늘 집에는 어떻게 가요?"

"⋯⋯지하철 타고 가죠."

잠시 망설이다가 나는 짧게 말했다. 그러자 그가 가방을 둘러메고 일어섰다.

"같이 가요. 저도 지하철 타고 왔는데."

"어……."

거절하려고 했지만 그럴 틈도 없이 그는 내 가방도 둘러메고 성큼성큼 자리를 떴다. 도리 없이 그를 쫓아가야 했다.

걸음이 훨씬 빠른 그를 쫓아 건물 밖으로까지 뛰어나왔을 때, 이미 나는 숨이 턱까지 차서 헐떡거리고 있었다.

"저기요, 그냥, 제 가방 주시면, 제가 알아서……."

"아니에요. 무거운데, 지하철까지만 들어 드릴게요."

"그러실 필요는 없고……."

거기까지 말하다가 나는 숨을 죽였다. 저만치, 자동차와 사람들이 몰려 와자지껄한 사이에 익숙한 차가 보였기 때문이다.

그는 안에 있는 듯 보이지 않았지만 아마 그는 나를 발견했겠지. 불 꺼진 듯 조용한 차에 갑자기 불이 들어와 깜박거렸다. 내가 그를 발견한 것을 아는 듯.

그걸 보자 갑자기, 속에 무언가 확 불이 올라 뜨거워졌다.

"……그래요, 가요."

나는 그를 무시한 채 등을 돌려 발걸음을 옮겼다. 누군가가 날 지켜보는 듯, 등에 닿는 공기가 따끔따끔했다.

지하철에 들어가기 전 마지막으로 그가 있던 자리를 바라보았다. 깜박거리던 불빛이 꺼지고 헤드라이트만 켠 자동차가 무서운 속도로 쌩, 내 옆을 스쳐 지나가 사라졌다.

그 다음부터는 권이준 씨가 하는 말은 귀에 들어오질 않았다. 나는 기계적으로 고개를 끄덕이고 웃고 하는 것만 반복했다. 눈치채지 못했는지 권이준 씨는 계속 자기 할 말만 했지만.

"그래서 그때 제가 딱 그랬죠. 웃겨? 그랬더니 걔네가 웃다가 입을 딱 다무는 거예요. 합죽이가 됩시다, 합! 하는 것처럼. 그 표정이 진짜 웃겼었는데. 걔네들은 저들이 그렇게 웃긴지도 모르고. 하하하."

"아아."

"아무튼, 그래서 운동할 땐 저한테 대놓고 웃는 애들 아무도 없었거든요. 완전 왕이었어요. 그런데 여기 와서는 막 다 비웃고. 공부 못한다고 혼내고. 억울해서 살 수가 없어요. 운동할 때가 좋았지."

"그렇죠."

"나경 씨는 여기 오기 전에 뭐 했어요?"

"……."

"나경 씨?"

"네?"

딴 데 정신이 팔려 있다가 뒤늦게 화들짝 놀라 대꾸했다. 권이준 씨가 당황한 표정으로 날 보고 서 있었다.

"무슨 생각 하고 있길래 사람이 불러도 못 듣고……"

"죄송해요. 아, 저 여기서 내려요."

언짢은 얼굴의 그의 말을 끊고 나는 때마침 도착한 승강장에 내렸다. 그러자 그가 황급히 따라 내렸다. 알기로는 그의 집은 이쪽이 아닌데.

"집 앞까지 데려다 드릴게요."

"아뇨, 괜찮아요."

혹시라도 그가 단상우 씨를 볼까, 나는 황급하게 거절했다. 그러나 그는 막무가내였다.

"왜요, 혹시 집에 이상한 거라도 있어요? 왜 그래요?"

그렇게 말하는데 또 뭐라고 할 수도 없었다. 나는 울며 겨자 먹기로 그를 달고 집 방향으로 향했다. 혹시라도 단상우 씨와 마주칠까, 핸드폰으로 미리 연락이라도 해 두어야 하나, 계속 고민했지만 권이준 씨가 옆에서 쉴 새 없이 말 붙이는 바람에 그마저도 실패했다.

내 속내를 아는지 모르는지, 그는 계속 즐겁지도 않은 수다를 떨었다.

"사실 계속 궁금했거든요. 나경 씨가 누구랑 사는지, 뭐 하고 사는지. 워낙 학원에서 이상한 소문이 도니까, 궁금하잖아요. 내가 아는 나경 씨는 그런 사람이 아닌데……"

"어떤 소문이요?"

주절주절대는 그의 말허리를 잘라 냈다. 학원에 도는 소문이 어떤 종류인지는 나도 잘 알고 있었다. 그가 굳이 입 밖에 낼 종류가 아니라는 것도.

"어......"

예상대로 그는 제대로 말하지 못하고 얼굴을 붉혔다. 그 모습에 조금 화가 치밀었다. 그 소문의 8할이 내 모호한 태도 때문이라면 1할은 권이준 씨의 부추김 때문도 있었다.

나는 딱 잘라 말했다.

"권이준 씨가 무슨 말씀 하시는지 아는데요, 제가 그런 거에 일일이 대응할 필요는 없다고 생각해요. 어차피 헛소문이잖아요. 공부하기에도 바쁘고."

"하지만...... 나경 씨가 그러면 사람들이 점점 더 수상해할 텐데요. 뭔가 정말 떳떳하지 않은 게 있으니까 말하지 않는 거라고 생각할 거고."

"떳떳하지 않은 게 뭔데요?"

나는 어깨를 곧게 펴고 눈살을 찌푸렸다. 이제 우리는 거의 집 앞이 보이는 곳까지 와 있었다.

머뭇거리던 그가 결심한 듯 입술을 깨물었다.

"저는 나경 씨가 이상한 과거가 있다고 해도 상관없어요."

순간 머리 위로 찬물을 끼얹은 듯, 온몸이 싸늘히 식었다. 굳어 있는 나를 본체만체 그가 말을 이었다.

"사람이 실수할 수도 있죠. 어렵고 힘들면 그런 유혹에 빠져들 수도 있고요. 하지만 실수를 하면 그걸 바로잡는 게 사람이잖아요. 저는 나경 씨가 지금도 실수하지 않았으면 좋겠어요. 계속 그러면 더 이상한 소문이 날 수도 있으니까."

"……."

"제 말, 무슨 뜻인지 아시죠?"

기가 막혀 말도 나오지 않았다. 입술만 파르르 떨고 있는데 그가 애틋한 눈빛으로 손을 뻗었다. 그리고 눈썹 위에 늘어져 있는 머리카락을 걷어 내리려고 했다.

부드럽게 미소 짓고 있는 그를 보며 나는 화를 먼저 내야 할지, 아니면 손을 치우는 게 먼저일지 고민했다.

그때였다.

"무슨 소문?"

단상우 씨의 목소리가 들린 건.

나는 흠칫 놀라며 고개를 돌렸다. 반쯤 열린 대문 사이로 걸어 나오는 그가 보였다. 편한 티셔츠에 바지, 실내복 차림이었다. 하긴 운전해서 돌아온 그가 나보다 더 빨리 도착한 건 그다지 어렵지도 않은 추측이있다.

그렇다면 설마, 권이준 씨가 하는 말도 다 들었나?

나는 한 발 나서며 단상우 씨의 입을 막으려고 했다. 그러나 그가 조금 더 빨랐다.

"다시 한 번 말해 봐요. 내 동생한테 뭐라고?"

나긋나긋하지만 위협적인 말투였다. 성큼성큼 빠르게 다가오는 그를 보며 권이준 씨가 무심결에 한 발자국 물러섰다. 그의 얼굴이 당혹감으로 물들어 있었다.

"동생이요? 그렇다는 건 설마……."

"나경아, 저분은 누구셔? 왜 이 시간까지 널 잡고 안 놓아주시지?"

권이준 씨의 말 따윈 싹 무시하고 그가 이쪽으로 화제를 돌렸다. 부드러운 목소리 밑에는 그러나 가시가 깔려 있었다.

남자 둘의 시선이 한꺼번에 몰리니 거북스럽기 짝이 없었다. 그의 말에 장단 맞추기가 어려워 몇 번 헛기침을 했다.

"그…… 같은 학원 옆자리 분이에요, 오…… 오빠."

"그래?"

그가 싸늘한 눈으로 권이준 씨를 훑었다. 그러자 눈치를 보던 그가 잽싸게 고개를 숙였다.

"처음 뵙겠습니다! 나경 씨랑 같은 반인 권이준이라고 합니다. 잘 부탁드립니다."

"아."

고개를 숙이다 못해 등까지 90도로 굽혔지만, 그는 시큰둥해서 인사도 제대로 받아 주지 않았다. 권이준 씨도 어색해서 인사를 마치고 난 다음에도 안절부절못하고 그 자리에 서 있었다.

할 수 없이 내가 구원의 손길을 내밀었다.

"그럼 저는 오…… 빠랑 들어가 볼게요. 내일 봬요."

"아, 네! 그럼 내일 뵙……."

권이준 씨의 인사말이 채 끝나기도 전에 그가 나를 잡아끌었다. 어쩔 수 없이 나는 단상우 씨와 어깨를 나란히 하고 대문 안으로 들어가게 되었다. 문이 닫히기 전 힐끔 돌아보자, 권이준 씨가 망연자실한 얼굴로 거기에 서 있는 게 보였다. 솔직히 말하면 조금 통쾌했다. 그러나 그보다는 부담스럽다는 마음이 좀 더 컸다.

대문이 닫히자마자 나는 잡힌 손을 뿌리치고 앞서서 걸어갔다. 그리고 현관문을 열고 내 방으로 들어가려고 할 때였다.

"기다려요, 나경 씨."

등 뒤로 그의 싸늘한 목소리가 따라붙었다.

"나한테 할 말 없어요?"

쿵, 쿵, 심장이 세차게 뛰었다. 나는 그를 쳐다볼 엄두도 못 내고 고개를 가로저었다. 그러나 그는 끈질겼다.

"할 말이 있을 텐데. 그렇게 모른 척 묻어 두고 있을 게 아니라."

"……."

"잠깐 나와서 앉아 봐요. 우리 얘기 좀 해요."

그 어느 때보다도 엄격하고 딱딱한 말투였다. 할 수 없이 나는 가방을 내려놓고 다시 거실로 돌아와서 앉았다. 그사이 그는 부엌에서 컵을 두 개 가져와서 내게 하나를 내밀었다.

진하고 찐득거리는 코코아.

보기만 해도 한숨이 나왔다.

"아까 학원 끝나고 내가 기다리고 있는 거 봤죠?"

한 모금 마시고 내려놓자마자 그의 따가운 질문이 따라붙었다. 나는 머뭇거리다가 고개를 끄덕였다. 여기서 거짓말까지 해서 그의 분노를 더 살 순 없었다.

"그런데도 그냥 간 이유가 뭐예요? 말해 봐요. 그 답답하고 불편하고 빙 돌아가기까지 하는 지하철을 타야만 하는 이유가 있었어요?"

"그냥…… 별거 아니에요. 다들 지하철 타고 다니는데 저만 차 타고 다니니까……."

"거짓말."

그가 단박에 말허리를 잘랐다. 할 말을 잃은 나도 입을 다물었다.

그의 말이 맞았다. 학원 앞은 학생들을 데리러 오고 가는 학부형들의 자동차로 꽉 차 있었다. 지하철로 오고 가는 사람들도 많았지만 그 반대도 많았다. 자동차로 통학하는 내가 특이할 건 없었다. 오히려…….

"그러면 아까 그 남자애가 말한 이상한 소문이라는 건 뭐예요? 나경 씨가 뭘 실수했길래 이상한 소문이 난다는 거예요?"

"그건……."

말문이 막혔다. 나는 그 추잡한 소문들의 몇몇 문장들을 떠올리다 눈만 질끈 감았다. 차마 내 입으로 얘기하기는 싫었다. 그게 그의 존재와 얽혀 있고, 그게 내 모호한 태도와 부인하지 않는 자세에서 비롯됐다는 건 더 싫었다.

침묵이 흘렀다.

화가 난 듯, 그의 호흡이 거칠어졌다.

"설마 그 소문이라는 게, 나경 씨가 내 차 안 타고 가려는 거랑 관련 있어요?"

"······."

"누가 나경 씨한테 이상한 소리 했어요? 내가 오빠 맞냐고, 사실 아닌 거 아니냐고? 나 같은 사람이 가족일 리가 없다고?"

추측만으로도 사실 인과 관계를 다 꿰뚫어 버리는 그의 말에 나는 침묵으로 일관했다. 답답한 듯 자리에서 벌떡 일어선 그가 내게 다시금 물었다.

"말해 봐요. 진짜 내 말이 맞아요?"

"······."

"좋아요. 나경 씨가 말 안 하면 딴 데 가서 물어보죠 뭐. 내가 내일 학원 가서 물어볼까요? 아니면 아까 나경 씨랑 같이 왔던 그 친구한테?"

"그러지 마세요."

그가 정말 한다면 할 것 같았다. 나는 처음으로 그를 만류했다. 그러나 그건 오히려 그를 더 부채질하는 셈이었다.

"내일 나랑 같이 가요."

납빛으로 굳어진 얼굴로 그가 말했다.

"이제 지하철 같은 거 타지 마요. 무조건 나랑 같이 가는 거예요."

"싫어요."

"나경 씨!"

"소문 같은 것 좀 나면 어때요."

그건 내가 그에게 처음으로 한 반항이었다.

그동안 제대로 말도 못 하고, 고개만 숙이고 눈도 맞추지 못하던 내가 처음으로 소리 높여 싫다고 하니 그도 꽤나 놀란 반응이었다. 그는 어안이 벙벙한 표정으로 나를 보았고 나는 숨도 쉬지 않고 말했다.

"그래요, 이상한 소문 났었어요. 하지만 어차피 대학교 가기 전까지만 있는 학원이니까 상관없어서 아무 말도 안 하려고 했었어요. 그냥 단상우 씨만 안 보이면 다들 이상한 소리 안 할 테니까. 그래서 그냥 지하철 타고 가려고 했던 거예요. 신경 쓰지 마세요."

"신경? 어떻게 신경을 안 써요. 나 때문에 그런 소문이 났다는데! 어쩐지 이상하다 했었어. 안 그러던 사람이 계속 파리하게 마르고, 깜짝깜짝 놀라고, 예민하게 주변 신경 쓰는 게."

"……."

"안 되겠다, 내일 같이 학원 갑시다. 내가 거기 선생님이든 같은 반 사람들이든 간에 확실하게 말할 테니까……."

"뭘 말해요? 대체 뭘 말할 건데요?"

그 말에 그의 입이 확 다물렸다.

그는 나를 한참을 원망스러운 눈으로 쳐다보았다. 그가 무슨 심정으로 나를 보는지는 알았지만, 전혀 미안하지 않았다. 아니, 오히려 더더욱 쏘아붙이고 싶어졌다.

"아무것도 사실대로 말할 수 있는 게 없잖아요. 어떤 걸 말할 건데요? 저랑 당신이 어머니는 같고 아버지는 다르다는 거? 어머니가 아주 어렸을 때 당신을 낳고 버려서 나는 당신이 있는지도 몰랐다는 거? 어머니가 죽고 난 뒤에야 당신이 찾아가서, 거지처럼 굶어 죽을 지경이던 나를 주워 와 여기까지 돌봐 준다는 거? 그래서 이렇게 사실대로 말하면 뭐가 좋은데요. 아무것도 좋은 게 없잖아요. 오히려 사람들이 수군거리기는 더 좋잖아요!"

아니, 악에 받쳐 소리 지르면서도 실은 알고 있었다.

여기 그의 잘못은 아무것도 없다.

그는 고아였고, 내 어머니가 그를 버린 것 때문에 고아원에서 홀로 가난하게 자랐고, 명석한데도 고등학교까지밖에 나오지 못했고, 그것 때문에 좋아하는 여자한테도 제대로 고백 한 번 못 하고 마음을 접었다.

그러니 고작 어머니가 같다고, 그나마도 실은 어머니의 친자식도 아닌 동생이 소문 따위에 어려움을 겪는다고 해서 그가 미안함을 느낄 계제는 전혀 없다.

그러나 그럼에도 불구하고 나는 원망하고 싶었다.

내 친오빠가 아닌 그를.

내 친오빠도 아닌 주제에 오빠가 되고 싶어 하는 그를.

차라리 친오빠였으면 단념하고 마음이라도 빨리 접었을 걸, 그러지도 않은 주제에 무럭무럭 마음만 커지게끔 다정하고 헌신적인 그를.

그리고 이 모든 걸 다 알면서도 마음 접지 못하는 나 자신을.

"지금 도는 이상한 소문이나 당신이 말하고 싶은 진실이나, 뭐가 됐든 구설수에 오르기는 똑같아요. 나는 그냥 아무 말도 안 할래요. 그냥 여기서 열심히 공부해서, 빨리 대학교 가고 그걸로 끝낼 거예요. 아무에게도 아무것도 얘기하지 않을 거예요."

나는 결연하게 말을 끝맺었다. 그는 슬픈 표정이었지만, 개의치 않았다. 나는 그의 동생이 될 수도 없고 되고 싶지도 않았다.

그를 좋아하니까.

나는 이미 그에게 거짓말을 하고 있으니까.

"그냥 오빠라고만 얘기하면 되잖아요."

"……."

"사실대로 다 얘기하라는 거 아니잖아요. 그냥 사람들한테,

내가 오빠라고, 당신이 동생이라고, 그냥 그렇게만 얘기해도 되잖아요. 그게 뭐 그렇게 어렵다고, 왜 그렇게 말을 못되게 해. 내가 당신한테 뭘 잘못했는데, 임나경 씨. 응?"

그의 말은 숫제 애원처럼 들렸다.

나는 마음이 약해졌지만, 고집 피우는 심정으로 끝끝내 버티어 섰다. 그리고 끝내 그 말을 입에 담아 버렸다.

"오빠 아니잖아요."

"……."

"나한텐 오빠 아니에요. 그냥 어머니 아들일 뿐이지. 끝까지 오빠는 안 돼요. 될 수가 없어, 당신."

그가 절망하고 좌절하는 꼴이 보고 싶어서.

아무 말도 못 하고 선 그가 휘청거렸다. 간신히 벽을 짚으며 몸을 지탱하는 모습을 보고서야 내가 그에게 무슨 짓을 했는지 깨달았지만, 이미 늦었다. 그는 아무 말도 없이 등을 돌려 2층 계단으로 향했다. 비틀비틀 가파른 계단을 올라가는 모습이 위태롭고도 가련했다.

"……오지 마요."

걱정돼서 따라가는 나를 알았는지 그가 나지막하게 경고했다.

"따라오지 마요. 잊었어요? 여긴 오지 말라고 했잖아."

그 말에 거짓말처럼 그를 따라가던 발걸음이 멈췄다.

나는 계단 바로 밑에 선 채 그를 올려다보았다. 한 걸음 한

걸음, 힘겹게 발걸음을 옮기던 그가 문득 이쪽을 흘끗 내려다보았다. 그 얼굴은 온통 하얗게 질려 있었다.

"내일 얘기해요."

그리고 그는 계단 너머로 사라졌다.

남은 건 여전히 난간을 움켜쥐고 위를 올려다보는 나뿐이었다.

# Ch 3.

한참이나 나는 그 자리를 떠나지 못했다.

그 자리에 못 박힌 듯 서서 가만히, 그가 떠난 자리를 바라보았지만, 문은 굳게 닫힌 채 열릴 줄을 몰랐다. 기껏해야 5센티나 될까 한 그 문의 두께가 지금은 세상에서 가장 먼 거리인 것만 같았다.

그와 나 사이에 있는, 가장 먼 거리.

"……."

당장에라도 2층으로 올라가 문을 열고 그에게로 뛰어가고 싶었다.

물어보고 싶었다.

왜 내 질문에 얼굴이 하얗게 질렸는지, 왜 차마 대답하지 못하고 도망갔는지, 아무것도 말하지 않고 도망간 그를 붙잡아 그 잘난 가면을 뜯고 진짜 표정을 보고 싶었다. 젠틀하게 웃는 척, 그림 같은 미소는 접어 두고 멱살을 잡아 흔들어서라도 대답을 듣고 싶었다.

하지만 나는 그렇게 하지 못한다.

절대 저 2층에 올라가지 못한다.

"……."

비틀비틀 방으로 걸어 들어오는 길이 세상 그 어느 때보다 멀었다.

간신히 문을 닫고 침대 위에 쓰러져서 눈을 감았다. 그에게 외치던 내 목소리가 아직도 귓전에 쟁쟁 울리고 있었다.

*"오빠 아니잖아요."*

*"나한텐 오빠 아니에요. 그냥 어머니 아들일 뿐이지. 끝까지 오빠는 안 돼요. 될 수가 없어, 당신."*

그때 그의 얼굴에 비친, 무력한 당혹감.

불순하게도, 나는 그런 그의 표정을 보고 희열을 느꼈다. 철벽처럼 늘 미소만 짓고 있던 그의 가면에 간 한 줄기 금으로부터 나온 희열이었다. 오로지 나만 생각하고 배려해 준 그를 당혹스럽게 만들었다는 죄책감보다는, 그렇게라도 그의 머릿속에 박혀 있는 내 모습을 바꾸고 싶었다.

동생이 아닌 다른 거라면 무엇이든.

"그래, 내일 얘기해."

기쁨인지 슬픔인지, 마구잡이로 두방망이질 치는 가슴을 끌어안고 눈을 감았다. 아무리 그라도, 오늘 같은 일이 있었는데도 아무렇지 않은 척 내게 상냥하게 말을 걸진 못할 것으로 생각했기 때문이었다.


그러나 그런 내 기대는 산산조각으로 부서졌다.

"나경이 안녕. 오랜만이네."

이른 아침 일어났을 때, 거실에서 나를 맞이한 이는 다름 아닌 혜정 언니였다.

커다란 소파에 기대앉아 태연히도 커피를 마시는 언니를 보자 머리가 텅 비어 말도 나오지 않았다.

"아, 어, 언니, 안녕하세요. 오랜만이에요."

"응, 그러게. 내가 한동안 뜸했지? 상우가 오늘 일찍 나가봐야 한다고, 나더러 너 좀 데려다주래서."

"단상우…… 씨가요?"

황당했다. 웃겼다. 저절로 헛웃음이 나왔다.

과연 그가 정말 오늘 아침 일찍 일이 있어서 자리를 비운 걸까. 아무리 생각해도 그건 아닌 것 같았다.

혜정 언니를 바라보자 그녀는 헛기침을 하며 고개를 돌렸다. 역시 그녀도 그렇게 생각하진 않는 모양이었다.

"아무튼, 오늘은 나랑 같이 가자. 내가 데려다줄게."

아무리 그래 봤자 언니에게 모든 걸 말할 수는 없었다. 나는 단념하고 그녀를 따라나섰다.

다음 날도, 그 다음 날도 마찬가지였다.

코빼기도 보이지 않는 그를 찾다가 단념하고 혜정 언니를 따르는 내 기다림도 점점 짧아져 갔다.

"무슨 일이 그렇게 많은데요? 회사에서 잘 만큼 급한 일이에요?"

그래도 혹시나, 하고 묻는 말에 언니는 멋쩍은 미소만 되돌려주었다. 그 이후론 나도 그냥 체념했다. 더 이상 오지 않아도 된다고 그녀를 돌려보낸 뒤, 혼자 일어나서 간단히 아침을 먹고 학원을 갔다. 그 며칠 동안 그는 정말 코빼기도 보이지 않았다. 아예 집에 들어오지 않는 것이다. 혹은 내가 학원에 가 있는 동안 들어오든가.

학원에 가서 책상 앞에 앉아 있어도 책이 눈에 들어오지 않았다. 초조하게 샤프 뒤꽁무니만 씹고 있는 내게 권이준 씨가 넌지시 물었다.

"나경 씨, 혹시 오빠분이 많이 화나셨어요?"

"……."

"제가 언제 한번 뵙고 죄송하다고 말씀드려도 될까요?"

"아뇨, 그러실 필요 없어요. 요새 많이 바쁘시…… 바쁘거든요."

신경질적인 대꾸에 멋쩍게 입을 다무는 그였지만, 채 미안하다는 생각도 들지 않았다. 그럴 만큼 내 신경은 오로지 단상우 씨를 향해서만 예민하게 곤두서 있었다. 밤에 잠이 들어도, 바람에 창문 부딪히는 소리에 저절로 눈이 떠질 만큼.

하지만 그는 내 앞에 나타나지 않았다.

다음 날도, 또 그 다음 날도.


그가 다시 내 앞에 모습을 드러낸 건 일주일하고도 사흘이 지나서였다.

"너희 둘한테 맡기면 천년만년 이러고 있을 것 같아서 그냥 내가 불렀다. 인제 그만 좀 화해하라고."

애피타이저를 집어 먹던 언니가 혀를 끌끌 차며 우리 둘을 좌우로 돌아보았다. 단상우 씨나 나나, 약속이나 한 듯 테이블에 고개를 처박고 말이 없었다.

혜정 언니가 소집한 레스토랑은 고급스러운 곳이었다.

식당 한가운데 무대가 있고 거기서 바이올린과 피아노를 연주하는 속에서, 곱게 차려입은 사람들이 제각기 우아하게 칼질을 하며 담소를 나누었다.

오로지 학원에서 공부하다가 급하게 튀어나온 나만 이질적이었다.

나는 그게 신경 쓰여서 제대로 밥도 못 먹고 두리번거리는데, 그러거나 말거나 맨손으로 열심히 크래커에 크림과 올리브를 올리고 아작아작 씹던 언니가 문득 단상우 씨의 등짝을 찰싹 때렸다.

"네 오빠도 참 솔직하지가 못해. 동생한테 섭섭한 게 있으면 그 자리에서 바로 말을 하면 되는데 그걸 또 말을 못 해서 이리 죽상, 저리 죽상, 오죽했으면 내가 여기까지 끌고 나왔을까."

그 말을 들으며 나는 몰래 그의 안색을 살폈다. 며칠 못 본 사이에 그는 훌쩍 야위어 있었다. 새카맣게 내려간 눈밑, 오목하게 팬 볼, 전보다 더 날카로워진 턱 선이 그걸 증명했다.

내 시선을 따라 그를 살펴보던 언니가 손을 내저었다.

"보이지? 마음고생한 거? 봐 봐, 너희 오빠가 그런 사람이야. 너한텐 퍽이나 마음 넓은 척, 자비로운 척, 했을지 몰라도 사실은 애 완전 맹꽁이라고. 그러니까 빨리 사과해야 돼. 안 그러면 큰일 나."

언니가 까랑까랑한 목소리로 말했다. 바이올린과 피아노 소리에도 묻히지 않는 큰 소리였다. 그 바람에 주변의 테이블에서 다 이쪽을 돌아보았지만.

나는 언니를 보다가 다시 그를 바라보았다. 그는 무덤덤하게 접시 위에 놓인 스테이크를 잘게 썰고 있었다. 썰고만 있지 실은 하나도 먹고 있진 않았지만.

그걸 보자 마음이 약해졌다. 나는 포크를 내려놓고 입술을 달싹거렸다. 그러나 그뿐,

"응? 뭐라고, 나경아?"

채근하듯 나를 보는 언니의 시선에도 차마 죄송하다는 말이 입에서 나오지 않았다. 나는 입술만 달싹거리다 결국 애꿎은 물만 벌컥벌컥 들이켰다. 단상우 씨는 아까부터 아무런 미동도 없었다.

"어휴, 이 청맹과니들. 내가 앓느니 죽지."

결국 참다못한 혜정 언니가 길게 한숨을 쉬고 침묵을 지킬 만큼.

나는 입술을 세게 짓씹었다. 언니가 무엇을 바라고 나를 여기에 불렀는지 안다. 내가 먼저 그에게 사과하기를 바라는 것이다. 그게 보기도 좋고, 그에게 도움받는 입장으로서 내가 마땅히 해야 할 도리니까.

하지만 그렇게 하면 나는 영원히 그에게 오빠라고 부르지 않으면 안 된다.

그게 싫었다.

참 뻔뻔하지, 그에게 도움받지 않으면 안 되는 주제에 그와 가족으로도 엮이고 싶지 않다는 게.

"상우야, 뭐 해? 무슨 말이라도 한마디 해 봐, 빨리."

가만히 앉아 있던 언니가 그를 채근했다. 그때까지도 스테

이크를 한 입 크기로 조각내고만 있던 그가 흘낏 고개를 들더니 포크와 나이프를 내려놓았다. 곧이어 그의 입에서 나온 말은 그저 차분하고 고아했다.

"내가 무슨 할 말이 있겠어. 다 내가 나경 씨한테 잘못한 건데."

"아 또! 이 병신 또 자학하네!"

대번 언니가 그의 등을 짝, 소리가 나게 때렸다. 나도 모르게 움찔했다.

"그냥 서운하면 서운했다고 해라! 네가 무슨 녹음기야? 스피커야? 툭하면 잘못했다 미안하다 소리부터 하게? AI 스피커도 너처럼 똑같은 말만 반복하진 않겠다! 하여간에 이 멍청이들 같으니."

언니는 우리 둘을 번갈아 보며 혀를 끌끌 찼고 그는 언니에게 맞은 곳을 긁으면서도 끝내 말을 보태지 않았다. 언니는 계속 말했다.

"너는 네가 그러면 나경이가 편할 거 같지? 아니야, 오히려 불편해해. 네가 무조건 잘해 주고 위해 주면 당연히 너를 오빠로 받아 줄 줄 알았어? 그럴 리가 없잖아! 20년 만에 처음 만난 사람인데!"

"……."

"평생 동안 서로 모르고 지낸 사이에 그럼 같이 살면서 한 번도 안 부딪치고 살 수 있을 줄 알았냐? 당연히 불편하고

236  마른 갈망

거북하지? 그럴수록 서로 말하고 풀어야 되는 거야. 안 그러
고 쌓이면 나중엔 더 남보다 못한 사이가 된다고. 우리 언니
도 그랬어. 그때 시집가기 전에…….”

그 뒤로 길게 언니의 가족 얘기가 이어졌지만 귀담아듣지
않았다. 나는 계속 단상우 씨만 바라보았다. 내 시선이 거북
한 듯, 이리저리 시선을 피해 고개를 돌리던 그도 결국엔 마
지못한 듯 눈을 마주했다.

맑고 선량한 눈이었다.

티끌 하나 없이 투명한.

“하나만 물어볼게요.”

가만히 이쪽을 보던 그가 마침내 입을 뗐다.

“정말 날 오빠로 생각한 적 없어요?”

“…….”

“단 한 번도?”

그 말에 주변이 조용해졌다.

우아한 바이올린 소리나 피아노 소리도 하나도 들리지 않
았다. 심지어 쉴 새 없이 재잘대던 혜정 언니마저도 말을 멈
췄다.

나는 입술을 세게 짓씹었다. 어떻게 말해야 할지, 너무나
도 난감했다.

“야, 넌 애한테 무슨 그런 말을…….”

내 눈치를 보며 어색하게 분위기를 저지하려던 언니의 말

에도 그는 아랑곳하지 않았다. 오히려 기다렸다는 듯 뚫어지게 내 얼굴에 시선을 고정하며 턱까지 괴었다. 아주 내게서 대답을 듣겠다는 듯 작정한 태도였다.

숨 막히는 정적.

그러자 울컥, 안에서 무언가가 치밀어 올랐다.

"무슨 대답을 원하세요?"

"나경아!"

언니가 당황해서 외쳤다. 나는 아랑곳하지 않고 말했다. 사실은 그게 진짜 하고 싶었던 말이었는지도 모르겠다.

"저는 모르겠어요. 단상우 씨가 정말 제가 오빠라고 대하는 걸 원하기는 하시는지."

"그게 무슨……."

"단상우 씨도 저를 동생이라고 안 하잖아요. 한 번도 저한테 나경이라고 부른 적 없잖아요."

그의 표정이 조금 굳어졌다. 언니는 이쪽저쪽으로 눈치를 살피다가 자리를 떴다. 사람들은 아무렇지도 않게 이야기를 나누고 음악 소리는 다시 끊기지 않고 이어졌다. 그러나 나는 여전히 할 말이 많았다.

"정작 단상우 씨야말로 친해지면 그렇게 하겠다면서, 가족으로 받아들여지면 그렇게 불러 주겠다면서 먼저 나를 가족으로 받아들여 준 적 없잖아요. 세상에 어떤 오빠가 어린 동생한테 나경 씨라고 부르면서 존칭해요? 어떤 오빠가 동생이 공부하는데 남자 친구 만들지 말라고 질투하냐고요. 어떤 오빠가 동생 보는데 얼굴이 빨개지고, 또⋯⋯."

"그만."

그가 나직한 목소리로 말 중간을 끊었다. 나는 엉겁결에 입을 다물었지만, 사실은 그러고 싶지 않고 내내 떠들고만 싶었다. 내게는 그가 나처럼 마음 심란할 거라는 증거가 한 트럭은 있었다.

테이블 밑으로 몰래 두 손을 꽉 움켜쥐었다.

그는 한참을 아무 말도 하지 않고 느리게 눈을 감았다 떴다. 그 눈빛에는 차마 형언할 수 없는 여러 감정들이 들어 있었다. 나는 그 안에 나를 향한 감정 한 조각이라도 묻어 있기를 소망했다. 부디, 동생 아닌 단 한 조각의 부스러기라도.

"나경 씨가 무슨 말 하려는지 알아요. 내가 가끔 잘못했었다는 것도, 인정해요. 나는 가족이란 걸 가져 본 적도 없고, 여동생은 더더욱 생각해 본 적도 없으니까. 가끔 내가 나경 씨를 대하는 게 일반적인 동생처럼은 아니었을 거란 것도, 인정할게요."

그러나 그의 입에서 나오는 말은 내 생각과는 전혀 다른 것이었다.

나는 잠시 그를 멍하니 쳐다보았다. 입술을 꽉 물었다 뗀 그가 나지막이 말했다.

"하지만 한사월 씨를 생각해요."

"단상우 씨!"

"한사월 씨를 생각해요. 돌아가신 어머니를 생각해요. 나는 돌아가신 한사월 씨의 친자식이고 나경 씨는 한사월 씨의 딸이에요. 나경 씨는…… 나를 오빠로 생각해야만 돼요."

그건 차라리 간청이었다. 명령이 아니라.

나는 눈물이 나올 것 같았지만, 참았다. 여기서 울어 버리면 그가 나를 보는 시선이 더더욱 차가워져 결국 돌이킬 수조차 없어져 버릴 것이었다. 그의 눈빛 속에 있는 감정이 어떤 것인지는 잘 몰랐다. 하지만 단 하나, 그가 그중에 어느 하나라도 날 위해 내밀어 주지 않았다는 건 알았다.

그는 나를 동생으로만 대했다.

그리고 나도 그를, 오빠 아닌 그 어느 것으로도…….

"나경 씨도 한사월 씨 사랑하잖아요. 그렇죠? 그분이 살아 있었으면 우리 이러지 않았을 거잖아요."

그가 그렇게 하는 말에 입이 콱 다물렸다.

나는 어머니를 사랑했다.

어머니도 나를 사랑했다.

그렇지만 결국 우리는 친모녀는 아니었고, 그건 어머니의 친아들인 그와 나 사이에 미세한 균열을 만들어 냈다.

그는 그걸 모른다.

그가 그걸 안다면 지금 내게 이런 표정을 짓진 않았겠지.

하지만 안다면.

가족으로나마 어설프게 붙어 있는 이 끈이 사라진다면?

"다 끝났어?"

한참을 아무 말도 없이 앉아 있는데 잠시 자리를 비웠던 혜정 언니가 돌아왔다. 언니는 눈치를 살피며 그에게 조심스레 묻고 있었다. 그는 대꾸 대신 테이블 위에 올라와 있던 언니의 손을 꽉 쥐었다. 언니는 물론이고 나도 깜짝 놀랐다.

"안 그래도 나경 씨한테 말할 거 있어요."

메마르고 삭막하게, 건조한 목소리로 그가 말했다.

"우리 결혼해요."

언니가 눈을 크게 뜨고 그를 돌아보았다. 그는 아랑곳없이 말했다.

"사업 확장할 일이 있어서 연말에 프랑스로 가요. 그러니 그 전에 결혼하고 출국할 거예요. 아니면 출국하고 결혼할 수도 있고."

"그……."

그럴 리가 없어.

나는 그렇게 생각했지만, 생각한 말은 늘 그랬듯 딸깍거리며 입 안에서 맴돌기만 하고 나오질 않았다. 언니도 놀란 듯 단상우 씨를 보다가 어색하게 나를 보고 웃었다. 눈동자는 여전히 처음처럼 떨리고 있었지만.

"그래, 나경아. 미리 말 못 해서 미안해. 그래도 축하해 줄 거지?"

그러나 그 목소리조차 귀에서 머무르지 못하고 곧 사라져 버렸다.

집으로 돌아가는 길은 지루하리만큼 길었다.

그는 혜정 언니를 조수석에 앉히고 나를 뒷자리에 앉혔다. 원래는 학원으로 바로 돌아갈 생각이었지만 언니가 지하철을 타고 돌아온다는 소리에 화들짝 놀라서는 무조건 같이 가야 한다고 우겼기 때문이다. 덕분에 나는 원하지도 않는 명당자리에서 그 둘이 얘기하는 것을 들어야만 했다.

정확히 말하면, 결혼에 대한 이야기들.

"그럼 결혼식은 어떻게, 프랑스 가서 할까? 아니면 한국에서?"

"네가 원하는 대로 해. 어차피 난 거기 올 사람도 없어."

"나는 뭐 있겠냐? 음, 그럼 나경이가 편한 대로 하지 뭐. 나경아, 너는 프랑스에서 하는 게 좋아 아니면 한국에서 하는 게 좋아? 그때쯤 되면 나경이 수능 끝나고 한가할 텐데, 그냥 유럽 여행하는 겸 프랑스에서 할까?"

"됐어, 그만해. 나경 씨도 따로 계획이 있겠지."

"흥, 말 돌리기는. 난 그럼 나경이 수능 끝나기만 손꼽아 기다려야겠다. 수능 끝나자마자 바로 데리고 드레스 보러 다녀야지."

언니가 얘기하면 할수록 단어들이 사정없이 배 속을 찔렀다. 나는 눈을 꾹 감고 고개를 모로 떨궜다. 다행히 언니는 내가 자는 줄 알았는지 다시는 나를 부르지 않았다.

잠시 멈춰서 언니를 사무실에 데려다준 자동차는 다시 달려서 이번엔 집 앞에 섰다. 나는 눈을 뜨고, 차가 집 앞에 정지하자마자 문을 박차고 뛰어나갔다.

"나경 씨!"

뒤에서 그가 부르는 소리가 났지만 나는 듣지 않고 뛰어나가 골목 한구석에 고개를 숙이고 처박혔다. 속에서 웩, 웩 소리와 함께 신물이 솟구쳤다. 뒤를 이어 아까 점심에 먹었던 값비싼 요리들이 고스란히 쏟아져 나왔다.

어느새 뒤로 다가온 그가 커다란 손을 들어 내 등을 툭툭 두드리고 있었다.

"이 손 치워요."

다정한 손길을 뿌리치고 나는 팩 쏘아붙였다. 그러나 단상우 씨는 내가 매정히 말하는 데 면역이라도 들었는지 움직일 생각이 없었다. 그 모습이 더 서러웠다. 그 태연한 모습이, 더 비참했다.

눈물 콧물이 범벅이 된 얼굴을 닦고 나는 벌떡 일어섰다.

"처음에 데려올 때부터 그럴 생각이었죠?"

단정한 표정으로 나를 내려다보는 그는 여전히 말이 없었다.

"애초에 처음에 날 데리고 올 때부터 올해 연말까지라는 생각이었죠? 어차피 당신은 결혼해서 프랑스에 가니까? 나는 데려와서 그냥 대학교까지만 보내면 끝이라고? 더 이상은 해 줄 필요도 없고?"

"나경 씨."

"이럴 거면 차라리 더 빨리 말해 주지 그랬어요."

차마 말하기도 싫었는데, 말해야 되는 목소리가 가늘게 떨렸다.

"언니랑 결혼한다는 거."

그의 얼굴이 하얗게 질렸다. 아니, 원래부터 하얀 얼굴이었으니 그를 보는 내 심정이 하얗게 질렸는지도 모르겠다. 그러나 그의 표정에는 변함이 없었다. 내게 말해 주는 목소리도 전과 다름없이 담담했다.

"그럴 필요 없잖아요. 혜정이랑 결혼하는 건 나경 씨랑 아무 상관도 없는데."

그 말에 마음 한구석이 무너져 내렸다. 나는 숨 쉬는 것도 잊고 멍하니 그의 얼굴을 올려다보았다. 애초에 그런 위치에 나를 갖다 둔 적도 없다는 게 실감이 났다. 아니, 애초에 그는 나를 어머니의 딸로만 생각했으니까 그렇게 생각하는 게 더 이상하지만, 그래도 나는, 혹시나 나는, 그의 표정에서 나는, 아주 조금이라도 나는……

"조금 더 빨리 말하지 못해서 미안해요. 나경 씨가 공부하느라 요새 예민해져 있어서 미처 말할 엄두를 못 냈어요. 나도 나경 씨한테 그때 잘못했고, 나경 씨도 나한테 골나 있고. 그때 그렇게 말하고는 제대로 얼굴 마주할 일도 없었으니까. 그렇다 보니 이렇게……."

"됐어요. 무슨 말씀 하시는지 알아요."

내 속도 모르고 차분하게 사과하는 그의 말에 지쳐 나는 그의 말을 끊었다.

이제 됐다.

끝났어.

아무것도 듣고 싶지 않다고.

그는 더 이상 아무 말도 하지 않고 나를 대문 안으로 들여보냈다. 그리고 자기는 더 들어오지 않고, 대문 밖에 섰다.

"들어가요. 저는 오늘 늦을 거예요."

다시 사무실로 들어가려는 모양이었다. 하긴 요새 바쁘니 그럴 만도 했다. 나는 기운 없이 고개를 끄덕이고 등을 돌렸다. 그리고 막 집 안으로 들어가려 할 때, 그가 나를 불렀다.

"나경 씨."

그 말에 거짓말처럼 발이 멈췄다.

그대로 들어가려다 멈칫하고 나는 그를 돌아보았다. 그러나 그는 아무 말도 하지 않았다. 그저 물끄러미, 한참을 내 얼굴만 바라보고 있을 뿐이었다.

결국 초조해진 내가 먼저 말을 걸었다.

"왜 그러세요? 단상우 씨."

솔직히 말하면, 아직도 약간의 기대감이 남아 있었다.

대체 내게 무슨 마음인 건지, 솔직하게 말해 줬으면 하는 바람.

그러면 나도 그에게 말할 것이라고. 내가 당신의 동생이 아니라고 밀할 것이라고. 무릎 꿇고 당신께 사죄할 것이라고. 다 내 잘못이니 부디 나를 용서해 달라고.

그러니 당신은 나를……

"나경 씨가 나 미워하는 거 알아요."

"……"

"싫어도 조금만 참아요. 말 그대로, 얼마 안 남았잖아요. 수능 치는 거."

"……"

"결혼하고 프랑스 간다고 해도, 금전적으로 지원하는 걸 그만두지는 않을 거예요. 그러니까 걱정하지 말아요."

숨이 턱 막히는 것 같았다.

나는 입술을 달싹거렸다. 그렇지 않다는 말을 하고 싶었다. 내가 바라는 건 그런 게 아니라고 말하고 싶었다. 그러나 이상하게도, 입에서는 단 한 마디도 제대로 나오지 않았다.

내가 하는 양을 지그시 지켜보던 그가 다시금 빙긋 웃었다. 마치 내가 하려는 말은 전혀 개의치 않는다는 듯.

그걸 보자 갑자기 화가 치밀었다.

"알겠어요."

나는 달음박질쳐 집 안으로 뛰어 들어갔다. 끝내 입에선 축하한단 말이 나오지 않았다.

*　　*　　*

미워한다고?

그랬으면 좋겠다.

차라리 당신을 마음대로 미워하기라도 할 수 있었으면 좋 겠다고.

그게 맘처럼 되지 않아서, 당신을 그저 오빠로만 생각할 수 없어서 나도 정말 미칠 지경이라고.

하지만 그래 봤자 아무 소용 없는걸.

그렇잖아, 그는 애초에 날 데려올 때부터 이듬해 봄까지만, 이라고 정해 놓고 데려온 것을.

거기에 대고 내가 당신을 싫어한다, 미워하지 않는다, 혹 은 아니라고 전해 봤자 무슨 소용일까.

그는 혜정 언니와 결혼해서 프랑스로 갈 거고 나는 이 집 에 혼자 남겨질 텐데.

그게 그가 오빠로서 보여 주는 최소한의 의리라면, 굳이 거기에 내 진심을 고백해 보았자 큰 의미가 있을까?

"아니."

어차피 성의 없는 대답과 함께 잊혀 버리기만 할걸.

나는 그날 밤 침대에 파묻혀 실컷 울었다. 그리고 다음 날 다시 아무렇지도 않게 학원에 갔다.

아무 일도 없다는 듯 학원에 가고, 열네 시간이 넘게 앉아서 공부를 하고, 그리고 그가 기다리고 있는 차에 타서 함께 집으로 돌아갔다.

바빠서, 사무실에서 나올 틈이 없어서 혜정 언니한테 자주 마중을 맡기던 그도 차츰 예전처럼 나를 데려다주고, 데리러 오게 되었다.

"오늘 별일 없었어요?"

"네, 단상우 씨는요?"

"저도 딱히."

그게 하루 종일 우리가 나누는 대화의 전부였다.

우리는 만나면 상투적인 인사를 건네고, 의례적인 안부를 나누고, 남는 시간에는 으레 침묵했다. 그러는 게 차라리 마음이 편했다. 허울뿐인 친절과 미소에 감싸여 허우적대다가 또다시 얇은 막에 감싸진 그의 벽에 부딪혀 좌절하기보다는.

그게 당신이 말하는 가족이라는 것이라면,

"다행이네요. 단상, 아니 오빠."

나도 그냥, 그렇게 대하기로 했다.

어차피 그가 바라던 게 그다지 어려운 것도 아니고. 고작 오빠라는 호칭으로 자길 불러 주기만을 원했는데, 그것 하나 못 해 주는 내가 갑자기 너무 뻔뻔스럽게 느껴졌다.

그깟 오빠라는 말 따위, 얼마든지 불러 줄 수 있다고, 그렇게 생각했다.

실제로 내 마음이 얼마나 따끔거리든 말든.

"……그래요."

어쩐지 그 말을 들은 그의 얼굴이 씁쓸해지는 것처럼 보이는 건, 내 착각이겠지.

나는 천천히 그를 오빠라고 부르려고 노력했다. 물론 바로 되지는 않고, 세 번에 한 번 정도는 실수가 나왔다. 그때마다 그는 오빠라고 꼭꼭 짚어서 정정해 주었다. 입가에 희미한 미소를 띤 채.

그래서 나는 그가 그 호칭을 반긴다고 생각했다.

내가 할 수 있는 게 그것뿐이라면 그거라도 열심히 해야겠다는 생각과 함께.

착각이었다.


"잘 다녀와요, 나경 씨."

학원 앞에 나를 데려다준 그가 사무적으로 말했다. 나는 꾸벅 고개를 숙이고 학원 건물 안으로 들어왔다. 주변 사람들이 보고 한마디씩 수군거리는 건 이제 익숙했다.

"나경 씨 왔어요?"

이미 자리에 앉아 있던 권이준 씨가 말을 걸었다.

"네."

"지하철로요? 아니면 차 타고?"

"차 타고요."

대답을 들은 그의 얼굴이 시무룩하게 변했지만 모른 척 나는 책을 펼쳤다. 그러자 뒤에서 불쑥 목소리 하나가 끼어들었다.

"언니 데려다주는 그 남자 차요?"

나는 목소리의 주인을 바라보았다. 재수생인 스무 살짜리 여자애였다. 목소리가 크고 활기찼다. 전에 내 자리에 과자를 가져와서 우르르 펼쳐 놓던 그 애였다.

"응."

"언니 진짜 너무하는 거 아니에요?"

그 애의 목소리가 커졌다. 난데없는 고함 소리에 반 사람들 전체의 시선이 다 이쪽으로 몰렸다. 갑작스러운 시선 집중이 곤욕스러웠다.

"그게 무슨 소리야?"

"언니도 참, 알잖아요. 이준 오빠가 언니 진짜 좋아하는 거! 근데도 학원 앞에 다른 남자 차 타고 오는 건 너무한 거 아니에요? 이준 오빠 보라고 일부러 그러는 것도 아니고, 언니 이상한 소문 도는 거 알고는 있냐고요."

여자애는 허리에 손을 얹고 의기양양하게 소리쳤다. 나는 그 애의 살짝 붉어진 얼굴과 권이준 씨를 향해 조금도 돌아보지 않는 걸 보고 멍하니, 저 애가 그를 좋아하고 있나 보다고 짐작했다. 그러나 이제 그것들은 내게 하나도 중요하지 않았다.

솔직히 말하면, 그가 결혼한다고 했던 그 순간부터 내게 중요한 거라곤 단 하나도 남아 있지 않았다.

"오빠 차 타고 오는 게 왜?"

나는 멍청한 표정으로 대꾸했다. 그러자 권이준 씨의 표정이 움찔했다. 반면 여자애의 표정은 묘하게 굳어졌다.

"오빠요? 그게 무슨…… 설마 언니 아침에 데려다주는 사람이 친오빠예요?"

"응. 그게 왜?"

나는 부러 모른 척 되물었다. 이곳에 나에 관해서 난 소문들, 온갖 지저분한 농담들, 수군거리는 행태들이 다 지겹고도 버거웠다.

예상대로 여자애는 무안하면서도 단호한 얼굴로 계속 밀어붙였다.

"말도 안 돼. 그런 거면 왜 진작 말을 안 했어요? 친오빠면 친오빠다, 그렇게 말했으면 이상한 소문까진 안 났어도 되잖아요."

"얘기했어, 권이준 씨한테."

그러자 옆에 앉은 그가 티가 나게 움찔했다. 반 사람들의 시선이 너 나 할 것 없이 그에게로 쏠렸다 다시 풀어졌다.

여전히 미심쩍은 얼굴을 하고 있는 그 애를 두고 나는 쐐기를 박았다.

"전에 권이준 씨가 나 데려다주실 때 봤잖아요, 기억 안 나요?"

"아, 그게, 저……."

그가 우물쭈물했다. 누가 보기에도 수상쩍은 표정이었다.

여자애가 커다란 목소리로 외쳤다.

"아 뭐야 오빠! 오빠도 언니 그 남자에 대해서는 아무것도 모른다며! 왜 아무것도 말 안 했어!"

"아니, 그게, 저…… 그게 진짜인지 아닌지 어떻게 알아."

그가 우물쭈물하며 하는 말에 배 속이 싸늘하게 식었다. 나는 얼굴을 굳히고 그를 쏘아보았다. 그건 여자애도 마찬가지였다.

제가 무슨 소리를 하는지는 아는지, 권이준 씨는 우물거리면서도 거침없이 제 속에 있는 얘기를 쏟아 냈다.

"아니, 그렇잖아. 성인 남자랑 여자가 둘이 같은 집에 살면 무조건 남매야? 아니잖아. 가족 관계 증명서를 본 것도 아닌데 어떻게 믿어. 가족인지는."

"오빠."

"솔직히 그렇잖아. 진짜 오빠라면 소문이 처음 났을 때부터 오빠라고 했으면 되지 왜 지금에 와서야 오빠라고 하는데? 말이 된다고 생각해? 나경 씨, 그게 말이 된다고 생각해요?"

할 말이 없었다. 나는 그를 노려보고 자리를 옮겼다. 그 뒤를 여자애의 커다란 목소리가 채웠다. 그 애는 권이준 씨를 있는 힘껏 비난하고 있었다. 오빠 제정신이에요? 그런 식으로 하니까 언니한테 계속 이상한 소문 났잖아요!

하지만 권이준 씨는 굴하지 않았다. 그 이후에도 계속 끈질기게 제 변명만 해 댔다.

"그러니까 그건 엄밀히 말하면 내 잘못만은 아니라는 거죠."

내가 듣는 둥 마는 둥 귀에 이어폰을 꽂고 공부에만 열중해도 그는 계속 옆자리에 와서 궁금하지도 않은 얘기들을 속 살거렸다.

"나경 씨가 누구인지 제때 말해 줬으면 되는 거였잖아요. 왜 말을 안 하고 숨겨서, 괜히 다른 사람들도 이상하게 만들고. 그냥 오빠라고 하면 되는 걸 굳이 숨겨서 사람들 수상하게 만든 건, 그건 나경 씨도 책임 있는 거 아니에요?"

"……"

"아 물론, 전에 내가 했던 얘기들은 다 농담이에요. 다 그냥 재밌으라고 한 소린데, 그래도, 혹시나 일말의 가능성은 있단 소리죠. 내가 전에 봤던 사람은……."

듣기 싫어 이어폰의 음량을 한껏 높였다. 옆에서 계속 제할 말만 구시렁거리던 그는 무안한 표정으로 자리를 떴다. 그래도 개의치 않았다. 어차피 이제 수능도 얼마 안 남았으

니 다 무시해 버려야겠단 생각뿐이었다. 나는 그냥 공부만
했다. 그날도, 그 다음 날도 마찬가지였다.

그러나 며칠인가 지난 밤, 기어코 무시할 수만은 없는 일
들이 벌어졌다.

수업이 다 끝나고 늦은 저녁의 일이었다.

"나경 씨!"

쿵쿵쿵, 발걸음 소리가 들리더니 급하게 권이준 씨가 따라
붙었다. 더 할 말이 남았나, 고개를 돌려 쳐다보자 그가 벌겋
게 얼굴을 붉혔다.

"집에 가세요? 어떻게 가세요?"

"아, 데리러 오신다고 해서."

누구인지 말하지 않아도 알겠지. 실제로 그는 약간 얼굴을
일그러뜨림으로써 대답을 대신했다. 감정이 상해 있을 것이
다. 그에게 싫은 소리 들은 것도 있고 하니까.

그가 발걸음을 늦춘 사이 나는 잽싸게 건물을 빠져나왔다.
역시나 익숙한 자동차가 익숙한 곳에 주차되어 있었다.

막 그쪽으로 한 발 내뻗으려 하는데 갑자기 손목이 붙들
렸다.

"어?"

반사적으로 고개를 돌렸다. 나를 꽉 붙잡은 권이준 씨가
이쪽을 내려다보고 있었다.

캡 모자에 가려진 그림자 속 얼굴은 보이지 않았다. 그러

나 본능적으로 위협적이라는 건 감지할 수 있었다. 나는 순간 그가 류정환과 닮아 보인다고 생각했다.

저절로 목소리가 떨렸다.

"왜, 왜 그러세요?"

"형님이랑 잠깐 얘기 좀 하려고요."

"무슨 얘기요?"

"둘이서만요. 잠깐이면 돼요."

그러고 싶지 않았다. 그가 원하는 대로 둘만 놔두고 싶지 않았다. 그러나 내가 지체하는 사이, 멀리 있던 긴 그림자는 어느새 성큼성큼 다가와 있었다.

"무슨 일이에요?"

단상우 씨였다.

그 모습을 보자 숨통이 트였다. 나는 살았다는 심정으로 붙잡힌 손목을 뿌리쳤다. 권이준 씨도 조금 당황한 듯 얌전히 놓아주었다. 그런 내 어깨를 익숙하게 감싸 잡아당기며 그가 다시 물었다.

"오랜만에 보네요. 내 동생한테 무슨 볼일이라도 있어요?"

그렇게 말하는 그의 가슴팍이 세차게 뛰는 걸 느낄 수가 있었다. 나는 입을 다물고 침묵을 지켰다. 권이준 씨는 잠시 당황한 듯 말을 잇지 못했다. 주변은 온통 수군거리는 사람들로 가득했다.

"동생이요?"

그 시선들을 의식한 듯, 그가 갑자기 푸웃 비웃음을 내뱉었다.

"동생이라고요? 정말 동생 맞습니까?"

무례하다 못해 경악스러웠다. 나는 입을 딱 벌리고 그가하는 모양을 쳐다보았다. 단상우 씨는 어땠냐면, 한껏 굳어진 얼굴로 권이준 씨가 핸드폰을 뒤적거리는 걸 쳐다보고 있었다.

뭔가를 열심히 찾던 그가 돌연 밝은 표정으로 변하더니 이쪽으로 화면을 내밀었다.

뉴스 기사였다.

단상우 씨의 얼굴이 떠올라 있는.

"오늘 뉴스 보다가 봤어요. 형님 성함이, 단상우 씨라고."

권이준 씨가 의기양양한 얼굴로 그를 쳐다보았다. 단상우씨는 아무 말도 하지 않고 내 어깨를 감싼 손에 힘을 꽉 주었다.

생각보다 반응이 없자 권이준 씨는 아예 주변을 둘러보며외쳤다.

"오빠는 단상우! 동생은 임나경! 저게 저 두 사람 이름이에요. 생각해 봐요! 남매 둘이 성이 다른 게 말이 됩니까? 어쩐지 전에 봤을 때 둘이 너무 안 친해서 이상하다 했었어. 그런데 역시나, 둘이 남매라고요? 가족이라고요? 설명 좀 해 보세요! 이러고도 내가 오해 안 하게 생겼나!"

갑자기 귀에서 웅– 이명이 들렸다.

주변의 웅성거리는 소음들이 다 나를 비난하는 소리로만 들렸다. 다 들켰다고. 주변 사람들이 다들 나만 쳐다보고 비난하고 있다고. 그러자 갑자기 그 자리에 서 있을 자신이 없어졌다.

나는 덜덜 떨면서 그 자리에서 도망치려고 했다. 그러나 단상우 씨가 나를 꽉 잡고 놓질 않았다. 그는 여유롭게 웃었다.

"할 말은 그게 다예요?"

웃는 얼굴과는 다르게 목소리는 가라앉아 있었다.

"우습네, 유치한 게. 고작 안 지 며칠 되지도 않는 어린 여자애 뒤 캐느라 눈이 벌게지고, 소문내고 의기양양하고. 그렇게 해서 얻는 게 대체 뭐지? 저열한 만족감? 음습한 호기심? 혹시 변태예요? 남의 뒷조사 하는 게 취미예요?"

"무슨, 말도 안 되는 말씀을……!"

"보자, 당연히 이런 공개된 장소에서 그런 소리 할 거면 명예 훼손으로 고소당할 각오는 했겠지. 지금 여기 증인이 몇 명이고, 찍고 있는 카메라는 또 몇 대인데. 아, 저기 뒤에, 정면으로 찍고 있는 카메라가 내 블랙박스인데. 저거 그대로 변호사에게 갖다줘도 되겠지?"

"그……!"

그러자 권이준 씨는 완전히 할 말을 잃어버린 것처럼 보였다.

단상우 씨는 마지막으로 경멸하는 표정을 던지고선 나를 데리고 돌아섰다. 어느새 우리를 둘러싸고 있던 사람들의 벽이 멈칫거리며 좌우로 갈라졌다. 우리는 그 사이를 파고들어 빠져나가려고 했다. 뒤에서 악에 받친 소리가 들리기 전까진.

"그럼 둘이서 정말 무슨 사인데! 시원하게 까 보든가! 떳떳하게 말 못 하겠지? 못 할 만한 사이니까 그렇겠지! 안 그래!"

그런 소리까지 들으니까 참을 수가 없었다.

나는 단상우 씨를 뿌리치고 뒤로 돌아섰다. 그리고 붉으락푸르락하고 있는 권이준 씨를 있는 힘껏 가방으로 내리쳤다.

퍽, 하는 소리와 함께 얼굴이 돌아갔다.

삽시간에 조용해진 사람들 사이에서 내 목소리만 유독 크게 들렸다.

"아빠가 달라요."

"……"

"서로가 있는지도 몰랐어요. 20년 만에 그걸 처음 알았고, 그래서 같이 살기 시작한 지 얼마 안 됐어요. 됐어요, 이제? 권이준 씨한테 그런 것까지 설명해 줘야 돼요?"

뺨을 감싸 쥔 그대로 그가 멍하니 내 얼굴을 내려다보았다. 생각지도 못했다는 얼굴이라서 더 싫었다. 대체 이 사람은 날 무엇으로 생각한 것일까.

나는 다시 돌아서서 단상우 씨를 끌어당겼다. 그는 어처구니없을 정도로 쉽게 끌려왔다.

"빨리 가 주세요."

작게 속삭이자 그가 차를 출발시켰다. 나는 집에 도착할 때까지 고개를 숙이고 절대 바깥을 내다보지 않았다.


차에 타고 있는 내내 울었던 것 같다.

그가 달래고, 휴지를 건네고, 방으로 들어가는 내 등을 조용히 도닥거려 주며 건네는 작은 위로에도 불구하고 눈물은 도무지 그칠 생각을 하지 않았다.

그대로 방에 틀어박혀 며칠 동안이나 움직이지 않았다.

책도 안 보고, 공부도 안 하고, 아무것도.

"학원 그만둘래요. 그냥 집에서 공부할래요."

충동적으로 한 그 말에 그는 아무 소리도 없이 고개를 끄덕였지만 정작 나는 집에서 공부하지 못했다.

아니, 공부는 물론이고 방 밖엘 제대로 나가지도 못했다. 어딜 가도 나를 욕하는 것 같은 환청이 들리고 심지어 내가 그와 친남매가 아니라는 사실을 까발리는 소리까지 들었기 때문이다. 나는 방 안에 벌레처럼 칩거했고 꼼짝도 하지 않았다.

그런 나를 걱정해 준 건 역시 그 하나뿐이었다.

그는 얼굴 드러내지 않는 나를 알면서도 채근하거나 조급해하지 않았다. 그냥 아침에 출근하면서 일어났는지, 저녁에 퇴근하면서 밥은 먹었는지, 걱정하기만 했다. 그것도 닫힌 문을 두드리면서.

하루 종일 방 안에 처박혀 있다가 하도 울어 부은 눈으로 방문을 나서자 방문 앞에 곱게 뚜껑 덮인 죽 그릇이 놓여 있었다. 그리고 그 위에 쪽지.

끼니는 거르지 말고 있어요.

급하게 쓴 듯, 그러나 정갈한 글씨체였다.

처음에는 그마저도 본척만척 치워 버렸지만 그는 끈질기게, 며칠 동안이나 그렇게 했다. 내가 먹지도 않을 죽 그릇을 챙겨 놓고, 쪽지를 쓰고, 내가 손도 대지 않은 죽 그릇을 치우고. 다음 날 또 반복.

그러기를 며칠이나 지나서야 서서히 제정신이 들었다.

우습게도 가장 먼저 든 생각은, 수능이 얼마 남지 않았다는 것이었다.

"나왔어요?"

간만에 아침에 일찍 일어나서 식사 준비를 하고 있는데 출근하러 나온 그가 내 얼굴을 보고 놀란 얼굴을 했다. 짐작은 했지만 며칠 새에 까칠해져 있는 피부를 보자 죄스러운 마음이 더욱 커졌다. 그는 급하게 가방을 놓고 달려와서 나를 이리저리 살폈다.

"몸은 괜찮아요? 아픈 데는 없고?"

"괜…… 괜찮아요."

하필이면 양 볼을 붙잡혀 살펴지고 있는지라 빠져나갈 구멍도 없고, 나는 그의 손 안에서 도로록 눈알만 굴리면서 침만 삼켰다. 조금만 더 있으면 얼굴이 걷잡을 수 없이 붉어질 게 뻔했지만, 천만다행히도 그 전에 그가 나를 놓아주었다. 안도의 한숨을 몰아쉬며.

"걱정했어요. 계속 안 나오면 119 불러야 되나 하고."

민망해졌다. 실제로 내가 아예 아무것도 안 먹고 방 안에만 있었던 것도 아니고, 그가 죽도 챙겨 주고 밥도 챙겨 주고, 부엌에는 온갖 초콜릿과 간식들도 그득하게 챙겨 놨으면서. 내가 조금이라도 여위었을까 봐 걱정하는 그의 얼굴을 보니 누가 심장을 꽉 잡는 듯 조여 왔다. 나는 어물거리며 말했다.

"죄송해요……."

"아니에요. 나경 씨가 미안할 게 뭐 있어요."

"그렇지만 권이준 씨가 그렇게 말하면…… 단상우 씨한테도……."

"그만."

그가 부드럽지만 단호한 말투로 내 말을 막았다. 순간 번뜩이는 눈빛에 나도 모르게 움찔했다.

"그 사람은 내가 알아서 처리할게요. 나경 씨가 걱정 안 해도 돼요. 알았죠?"

뭘 어떻게 하려는 걸까. 불안해서 올려다봤지만 그의 표정
엔 아까 지나쳤던 번뜩거림은 없고 한없는 다정함만 있었다.
나는 어영부영 고개를 끄덕였다. 그러자 그가 함박웃음을 하
고 나를 식탁맡에 앉혔다.

"배고프겠다. 얼른 밥 먹읍시다."

같이 먹자고 했지만 실은 그는 내내 내가 밥 먹는 것만 살
피고 자기는 한 술도 제대로 뜨지 않았다. 어미 새가 아기 새
를 살피는 듯한 모양새였다. 내가 그만하고 그쪽도 밥 먹으
라고 채근하자 그제야 한술 뜨는 둥 마는 둥 하고, 제대로 식
사를 끝마치지도 않고 자리를 싹 다 정리한 끝에 출근도 하
지 않고 뜬금없이 그렇게 물었다.

"우리 드라이브하러 갈까요?"

굳이 기분 전환할 것까진 없다고, 그 정도는 아니라고 애
써 고개를 저었지만 그는 막무가내였다. 하는 수 없이 차에
올라타자마자 문을 쾅 닫고 그는 아무렇게나 출발했다. 어디
로 가는지 무엇을 할지, 아무것도 말하지 않고.

"우리 어디 가는 거예요?"

"글쎄요, 어디 가지?"

말하는 걸 보니 그도 딱히 어딜 정해 두고 출발한 건 아닌
모양이었다.

나는 입술을 달싹였다. 입 속에서는 어머니가 보고 싶단

말이 맴돌았지만 왠지 그렇게 말하면 안 될 것 같았다.

침묵을 지키고 있는데 그가 갑자기 제안했다.

"간만에 제천 한번 가 볼래요?"

"제천이요?"

나는 진심으로 깜짝 놀랐다. 혹시라도 내가 소리 내서 어머니를 입에 담았나 하고 그를 뚫어지게 살펴보았지만, 그런 건 아닌 것 같았다. 그는 언제나 그렇듯이 사려 깊은 눈으로 나를 바라보고 있었고 다른 뜻은 없어 보였으니까.

한편으로는 혹시라도 류정환을 비롯한 반갑지 않은 얼굴들을 마주할까 좀 저어되기도 했다. 하지만 다시 생각해 보면 내가 잘못한 것도 아닌데 괜히 몸 사리다가 겁먹는 것도 억울하고, 어머니 보고 싶은데 못 보는 것도 억울하고, 그 사람들 피하는 것도 억울하고.

입술을 잘근잘근 씹다가 여전히 날 다정하게 바라보는 그와 눈이 마주치자 순간 마음이 놓였다.

그래, 지금 내 옆에는 그가 있으니까.

"……좋아요."

잠시 망설이다가 고개를 끄덕였다. 그러자 그는 기다렸다는 듯 바로 속도를 높였다. 커다란 자동차가 쭉쭉 매끄러운 도로 위를 미끄러졌다.


그래도 혹시 누구라도 마주칠까 걱정했지만 다행히도 그

런 일은 없었다. 우리는 차를 집 앞에 세워 두고 먼지가 뽀얗게 앉은 집 안을 법석대며 치운 다음, 간단한 과일들을 깎아 챙겨서 뒷산을 올라갔다. 몇 달 동안 사람 발길 하나 닿지 않은 오솔길엔 어느새 풀들이 무성했고, 발자국과 손길에 밟혀 만들어진 산길들은 이미 그 흔적을 잃어 가고 있었다.

그는 나뭇가지를 하나 꺾어 무성히 자란 풀들을 헤치며 앞장섰다. 나는 묵묵히 그 뒤를 따랐다.

"여기네요, 그렇죠?"

한참을 말없이 올라가던 그가 나를 돌아보며 물었다. 나는 대답 대신 성큼성큼 그를 앞장섰다. 그리고 어느새 눈앞에 확 트인 허공과 그 밑에 펼쳐진 끝없는 수평선을 마주했다.

생각하기도 전에 울음이 터졌다.

"어머니……."

나는 차디찬 흙바닥에 쓰러져서 울부짖었다. 울부짖었다는 말밖에 어울리지 않을 것 같은 짐승의 소리였다. 무엇이 그리도 서러웠는지 배 속에선 끊임없이 바닥을 긁는 오열이 터져 나왔고 귀가 쩡하고 울릴 만큼 눈물이 쉴 새 없이 쏟아져 나왔지만, 그걸 막을 수가 없었다. 내가 얼마나 추해 보일지 알면서도 멈출 수가 없었다.

모든 게 다 서러웠다.

그가 오빠인 것도, 그가 찾아오기 한 달 전에 어머니가 돌아가신 것도, 그가 결혼하는 것도.

"어머니, 어머니, 엄마, 엄마, 엄마……."

어머니를 엄마라고 부른 게 대체 얼마 만의 일일까. 기억조차 나지 않는 어린 시절, 우연히 길거리에서 사람들이 쑥덕거리는 걸 듣고 집에 돌아가 그대로 앓아누웠다가 일어난 날, 뜬금없이 엄마를 어머니라고 부르기 시작한 날 보고도 어머니는 왜 그러냐는 질문 한마디 없었던 걸 보면 어머니는 알고 있었을까, 내가 고아인 걸 알았다는 걸.

그걸 알면서도 아무 말도 하지 않았다는 건 내가 끝까지 모르길 바라서였을까, 아니면 어떻게 되든 아무 상관도 없어서였을까.

왜 그랬을까.

나 같은 입양아 따위는 어떻게 되든 상관없어서?

"일어나요, 나경 씨. 바닥이 차요."

바닥을 구르면서 울고불고하다가 지쳐 웅크린 위에 다정한 목소리가 들렸다.

그의 것이었다.

내가 꼴불견으로 온갖 난리 법석을 다 부린 걸 다 봤으면서도 그 목소리는 끝까지 다정했다.

"잘못하면 감기 걸려요. 응? 맨바닥에서 그러고 있으면 안돼요. 일어나서 앉아요. 아니면 나한테 업히든가."

뭐가 됐든 싫었다. 나는 그에게 뒤통수를 보인 채로 고개를 저었다. 하지만 그도 끈질겼다. 악착같이 나를 일으킨 다음에 양팔을 잡아당겨 억지로 그의 어깨에 걸쳤다. 싫다고 발버둥 치는데도 끄떡없이 몸을 번쩍 들어 일으키니, 별 도리가 없었다. 나는 고목나무의 매미처럼 그에게 찰싹 달라붙었다. 불안정한 자세로도 아무렇지도 않게 내 몸을 받쳐 주던 그는 내가 포기하고 등에 매달리자 마치 가방 하나 짊어진 것처럼 아무렇지도 않게 걸었다.

혼자 왔을 때는 넓다고 생각했던 공터가, 그에게 업힌 채로 위에서 내려다보니 터무니없이 좁았다.

"뭐가 그렇게 서러웠어, 임나경 씨. 그렇게 울면 한사월 씨 앞에서 내가 뭐가 돼. 기껏 딸내미 서울 데려가 놓고 온갖 고생 시켰다고 생각할 거 아니야. 응?"

목덜미에 푹 파묻혀서 듣는 그의 목소리엔 약간의 웃음기가 배어 있었다.

"그렇게 아무렇지도 않게 씩씩한 척, 괜찮은 척, 그러다가 정작 한사월 씨 앞에 오니까 엉엉 통곡하고. 그러면 그분이 어떻게 생각하시겠어요? 저 알지도 못하는 자식이 뭔데 내 자식 괴롭힌다고 생각하시지 않을까?"

"그게, 킁, 무슨 말이에요……."

"어이구, 콧물 나온다. 콧물 닦아요. 흥."

나는 그가 건네주는 손수건을 받아서 젖은 얼굴을 닦았다. 조금 얄미운 마음에 코도 팽 풀었다. 그는 그러거나 말거나 연신 빙글빙글 웃고 있었다. 거대한 수평선 너머, 아무것도 들리지 않는 산 속에서, 우습지도 않은 농담이나 하고 그게 웃기다고 스스로 웃고.

어머니의 친자식은 자신이면서 정작 입양아인 나에게 어머니를 한사월 씨라고 지칭하는 그 자신은.

그렇게 말해야 할 때까지 얼마나 많은 눈물을 삼켜야 했을까.

평생 고아로 살다가 어머니의 존재를 알고 보러 올 때까지의 그 마음은 또 어떻고.

그걸 생각하자 저절로 입술이 열렸다.

"우리 어머니가 어떻게 돌아가셨는지 아직 말씀 안 드렸었죠, 제가."

"······."

"목을 맸어요. 자살이었죠."

저벅저벅 공터를 걷던 그의 발걸음이 뚝, 멈췄다.

그러거나 말거나 나는 계속 말했다. 실은, 벌써 말했어도 이상하지 않은 것들이었다.

"아버지가 나한테 못된 짓을 하려고 하는 걸 어머니가 봐 버렸거든요. 어머니가 그걸 뜯어말리려고 하다가 아버지를 뒤로 밀친 게 잘못돼서······ 그 자리에서 죽었어요."

"······."

"어머니는 경찰에 자수하려고 했는데, 내가 울며불며 말렸어요. 하지 말라고, 어머니가 감옥 가는 건 못 보겠다고, 그

267

냥 우리 둘이 치우고 끝내자고. 그러니까 알겠다고, 자기가 그럼 시체를 치우겠다고 하고 방 안에 들어가 버렸는데, 한참이 지나도 안 나와서 보니까……."

문득 눈앞에 떠오르는 풍경에 질끈 눈을 감았다. 아무리 눈 감아도 머릿속에 선명히 떠오르는 그날의 광경은 나를 아직도 몸서리치게 만든다.

붉게 물든 방바닥, 코를 찌르는 피 냄새와 오물 냄새, 그리고 공중에 축 늘어져 흔들거리는 발가락 끝의 패디큐어.

"그러니까 결국 어머니를 죽게 한 건 나란 말이에요."

독을 토해 내듯 나는 결국엔 그 말을 했다. 어머니가 가고 난 다음부터 계속 내 마음속 한편에 자리 잡고 있던 그 말을.

"나경 씨."

"그렇잖아요. 내가 어머니한테 그런 모습만 들키지 않았다면 어머니는 그럴 일 없었을 거예요. 평생 아버지한테 순응하고 체념하고 살았으니까, 그렇게 한 달만 기다렸으면 단상우 씨를 만났을 거고, 그러면 어머니는 엄청나게 좋아하셨을 거 아니에요. 단상우 씨는 나한테 하는 것처럼 어머니한테 잘했을 거고, 그러면 나는, 어머니랑 나는, 그러면……."

목이 메어 그 다음 말이 잘 나오지 않았다.

어머니는 나를 사랑했다. 입양아인 나를 세상에 두 번 없을 것처럼 사랑했다. 그리고 나는 그런 어머니를 죽게 만들었다. 그리고 어머니의 유일한 친자식도 보지 못하게 만들었다.

어머니가 살아 있었으면 애초에 그에게 헛된 희망 따위 품을 일도 없었는데.

그랬으면 아예 돌이킬 수 없는 남매로 체념하고 살았을 테니까.

하지만 실상은 전혀 달라서, 어머니는 죽고 우리는 불완전한 관계로 남아 서로에게 계속 채워 줄 수 없는 감정만 요구하고 있었다.

그는 나에게 가족을.

나는 그에게······.

"바보 같은 소리."

그가 딱 잘라서 말했다. 뜻밖의 말에 나는 멍하니 그의 얼굴만 쳐다보았다.

"그게 왜 나경 씨 탓이에요? 아버지한테 그런 일 당하는 걸 지켜 주려고 한 게 왜 한사월 씨가 잘못된 탓이에요? 그냥 어쩌다가 일어난 사고지. 사고를 저지른 사람의 책임이고. 그러니까······ 그건 나경 씨 탓이 아니에요. 나경 씨 잘못이라고 생각하지 말아요. 나경 씨가 잘못한 건 아무것도 없어. 그냥 불운했던 탓이야. 거기엔 그저 어른들이 잘못한 것만 있지."

그의 목소리엔 감출 수 없는 격렬한 감정이 묻어나 있었다.

멍해져 있는 나를 추켜 업고 그는 계속 공터를 돌았다. 찬 바닥에 엎드려 있느라 식었던 내 몸은 이미 데워졌고 그의

269

이마에선 땀방울이 솟아나고 있었지만 그는 나를 내려놓을 생각도 하지 않았다. 그저 빙글빙글 돌고 있을 뿐.

걷다가 우뚝 멈춰 선 그가 문득 저 멀리 펼쳐진 수평선을 노려보며 중얼거렸다.

아주 작은 소리였지만, 나는 똑똑히 들을 수 있었다.

"애초에 이럴 거면 데려가지를 말았어야지."

슬픔과 원망이 가득 묻어 있는 목소리.

나는 말없이 그의 목을 끌어안았다. 어머니를 어머니라고 제대로 부르지도 못하는 그에게 어머니를 어머니로밖에 부르지 못하는 나는 비슷한 동질감을 느꼈다. 하지만 그에게 말했다가는 코웃음 치겠지. 어찌 됐든 나는 어머니의 자식으로 자랐으니까. 그는 어머니의 얼굴 한 번 제대로 보지 못했으니까.

그 생각을 하자 그에게 사실을 고백하려던 용기가 싹 사라졌다.

그는 알까.

내가 서러워 울던 이유가 만인의 앞에서 그를 오빠로밖에 부를 수 없었기 때문이라는 걸.

"미안해요, 나경 씨."

그리고 그는 오히려 내게 사과하려 하고 있었다.

"학원에 소문이 그렇게까지 이상하게 퍼진 줄 몰랐어요. 나경 씨가 굳이 입 다물고 있는 이유가 그런 이유라고는 상상도 못 했고. 나는 그냥…… 나경 씨는 내가 오빠라는 게 싫어서 그런 줄 알았어요. 나하고는 가족으로라도 엮이기 싫어서 그런 줄 알고."

그럴 리가 없잖아. 나는 속으로 외쳤다.

당신하고 어떻게 엮여도 가족으로만은 엮이고 싶지 않았는데.

당신은 그걸 모르니까, 그렇게밖에 모르니까.

"생각해 보면 같이 산 지 몇 달 되지도 않은 남이 바로 가족으로 느껴질 리도 없는데, 나 혼자 안달 나서 나경 씨한테 강요하고, 밀어붙이고, 억지로 오빠라고 부르게 한 것 같아요. 미안해요, 나 혼자 마음만 앞서서. 나경 씨가 그렇게 곤란한지도 모르고. 남들한테도 못 볼 꼴 보여 주고."

그가 씁쓸하게 웃었다.

"오빠라고 나이만 먹었지, 순 헛거였네, 나는."

그걸 듣자 마음이 깊숙이 가라앉았다.

그에게 미움받고 싶었다. 어떻게 해도 마음이 접히지가 않으니 그에게 미움받고 경멸받으면서 내쳐지면 마음이 접힐까 싶었다. 하지만 그는 나를 그리도 쉬이 용서했고, 오히려 오빠로서 동생을 챙기지 못했던 자신을 자책하니, 어떻게든 아등바등 그에게 미움받아 보고자 발버둥 쳤던 의지가 쑥 빠져나가는 느낌이었다.

그는 나를 사랑한다.

가족으로서 아낀다.

그러니 나로서는 이제 별 도리가······.

"단상우 씨는 저····· 제가 밉지도 않아요?"

어느새 목이 메었다. 그는 나를 흘낏 돌아보더니 빙그레 웃음 지었다. 더없이 자비로운 미소였다. 정말로 동생을 대하는 듯한 그런 얼굴.

"안 미워요. 어떻게 미울 수가 있겠어, 나경 씨가."

"······."

"내 동생인데."

그러니 이제 나로서는 별 도리가 없었다.

도망갈밖에.

## Ch 4.


그럴 수밖에 없다고 생각했다.

이대로 가면 그는 프랑스에 가고 혜정 언니와 결혼하고 나를 사이좋은 오누이라고만 생각할 테니까, 나는 입이 찢어져도 절대 사실을 고백하지 못하고 하하호호 웃으며 그와 얼굴을 마주하며 죽어 갈 테니까, 얼굴을 보지 못하는 먼 곳에 있어도 그를 그리워하는 한편 그에게 다가가지 못해 흙바닥만 긁다 죽어 버릴 테니까.

무조건 그렇게 되기 전에 내가 그를 먼저 버려야 한다고.

하지만 어떻게?

나는 이제 학원도 나가지 않고 집에서 홀로 공부했다. 아침에 일어나서 그가 차려 준 아침을 먹고 그가 만들어 준 책상에서 공부하다가 그가 만들어 준 옷장에서 옷을 꺼내 입고 산책을 나갔다. 이따금씩 필요한 문제집을 사거나, 모자란 펜을 사거나, 아니면 커피 한 잔씩 물고 돌아오면서 그를 위한 간식도 하나씩 샀다. 그리고 저녁에 집으로 그가 돌아오면 함께 저녁을 먹고 간식을 입에 물었다. 그게 아이스크림이든 과자든 뭐든 간에.

"나경 씨가 자꾸 맛있는 거 사다 줘서 큰일 났네. 나경 씨 수능 치면 우리 같이 운동해야겠다. 그렇죠?"

"운동이요? 안 하면 안 돼요?"

"왜요, 공부하려면 해야지. 나는 안 해 봐서 모르지만, 공부하려면 체력이 필수라던데."

"에이……."

그는 이제 더 이상 내게 오빠라고 부르라고 하지도 않았고, 어색하게 벽을 치고 돌아서지도 않았다. 이제 우리 사이에 남아 있는 어색함은 고작해야 어색한 호칭과 존댓말뿐이었다. 어쩌면 스스로 의식해서 더 고치지 않는 듯도 한.

그는 나에게 절대 강요도, 요구도 하지 않고 늘 나만 먼저 배려하는, 세상에 둘도 없는 좋은 오빠였다.

"잘 자요, 나경 씨."

"안녕히 주무세요, 단상우 씨."

우리는 절대 존댓말을 고치지 않았고, 서로를 동생이나 오빠라고 부르지도 않았으며, 그렇다고 아예 남인 것처럼 서로에게 무관심하지도 않았다. 가족처럼 허물없진 않았지만 남처럼 무심하지도 않았다. 대체 이런 걸 뭐라고 부를까.

우리 사이에 있는 얇은 막이란.

"나경 씨, 일어나요. 자요?"

이따금씩 나는 늦게까지 공부하다 책상에서 잠이 들었다. 그러면 늦게서야 돌아온 그가 나를 발견하고 조심스레 어깨를 흔들어 깨우는데, 그러면 어렴풋이 잠에서 깨긴 하지만 절대로 일어나진 않았다. 오히려 덜 깬 잠에 혼곤히 잠겨, 그가 부르는 것이 아스라이 멀리서 들리는 듯한 그 상태가 좋았다. 이상하지, 다른 사람들이 그랬다면 대번 신경이 날카롭게 곤두서서 미친 듯이 빨리 잠에서 깨어났을 텐데.

나를 그렇게 흔들어 깨우다가 안 되면 그는 나를 조심스레 들쳐 안고 방으로 향했다. 그러고는 낮은 침대에 내려놓았다.

"웃짜."

가뿐하게 나를 안고 침대에 내려놓는 그의 힘이 좋았다. 넓은 품이 좋았다. 잠이 든 채 모른 척 그의 가슴팍에 얼굴을 기대면 그가 웃는 소리를 내며 가만히 내 머리를 베개에 내려놓고 늘어진 머리카락을 거둬 베개 위에 올려 두었다.

그런 손길은 대체 뭐라고 할까.

나를 바라보는 눈빛은 또 무엇이고.

"⋯⋯."

그가 그러는 걸 보고 겪을 때마다 좋으면서도 한 번씩은 깊게 우울해졌다.

그는 어차피 내 어머니의 아들 되는 사람이다.

내 오빠이고자 하는 사람이다.

어차피 그는 나를 동생으로밖에 보고 있지 않고 나를 어머니의 친딸이라고 굳게 믿고 있으니, 그가 내게 하는 짓들은 다 친오빠가 친동생에게 할 법한 친밀한 짓이고 내가 두근거리는 건 다 혼자만의 착각일지도 모른다.

그러니 하루라도 빨리 사실을 고백하고 그를 떠나는 게 좋을지도 모르지만⋯⋯.

"아냐."

아직도 희망을 버리지 못한 내 마음의 한구석에서 계속 은밀하게 속삭였다.

그래도 혹시 모른다고.

혹은 어떻게 될지 모른다고.

그가 변하든 내 마음이 식든 결국 하나만 변하면 평생 편하게 그를 등쳐 먹으며 살 수 있는데.

왜 굳이 편한 그의 품을 박차고 벗어나 스스로 가시밭길로 걸어 들어가냐는 악마의 목소리가 나를 부르면 나는 귀를 막고 눈앞에 있는 수학 공식만 달달 외웠다. 그러다 지치고 질리면 가끔 집 밖에 나가서 문제집을 사 올 겸 바람이나 쐬고.

살얼음 낀 위를 걷는 것처럼 불안정한 평온의 나날이 계속 이어졌다.

그가 나를 떠나기 전에 내가 그를 버려야 한다고.

하지만 어떻게?

머릿속에 그런 생각들만 빙빙 돌고 아무것도 못 하고 있던 그때.

나는 뜻밖에 장애물을 하나 만나게 되었다.

혹은 계기인지.


어느 날 나는 공부를 하다 잠깐 외출했다. 샤프심 좀 사고 커피 한 잔 물고, 돌아오는 길에 익숙한 얼굴이 보였다. 집 앞 담벼락에 서 있는 사람은 바로 권이준 씨였다.

얼굴을 보자마자 심장이 사정없이 뛰었다. 바로 뒤돌아 도망치려고 했지만 이미 늦었다. 초조하게 골목을 살피고 있던 그가 나를 발견한 것이다.

어쩔 수 없이 나는 천천히 그쪽으로 향했다. 그리고 몇 발자국 걷지도 않아 헐레벌떡 뛰어온 그와 마주했다.

"나경 씨, 잠시만요. 저랑 잠깐 얘기 좀 해요."

다급한 얼굴로 그가 말했다. 왜 그렇게 급한지 알 수가 없었다.

"저는 할 말 없어요."

"잠시만요. 아주 잠깐이면 돼요. 이 근처의 카페라도 가서……."

"그럴 시간 없어요. 바빠요. 권이준 씨도 공부하시느라 바쁠 거 아니에요."

실제로 수능 날이 한 달도 안 남은 상황이었다.

내 말에 그가 질끈 입술을 깨물었다. 뭔가 할 말이 많은 표정이었다. 생각지도 못한 얼굴에 의아해서 뭐라고 물어보려는데, 그가 먼저 선수 쳤다.

"네, 공부해야죠. 그러니까 나경 씨도 저한테 고소 건 거 취하해 주시면 안 돼요?"

"네?"

나도 모르게 큰 소리가 나왔다.

생각지도 못한 말이었다. 고소라니? 애초에 학원 관둔 이후로는 다 잊고 공부에만 몰두하고 있는 와중에 이게 무슨 황당한 소리인지.

그도 내가 모른다는 건 생각도 못 했단 얼굴이었다. 눈을 크게 뜬 그가 잠시 내 말이 진실인지 아닌지 가늠해 보려는 듯 눈치를 살폈다.

"며칠 전에 법원에서 우편물 받았어요. 나경 씨가 저 명예훼손으로 고소했다고…… 법원 출두하라고……."

그리고 그가 하는 말 한 마디, 한 마디는 경악 그 자체였다.

"저는 당연히 나경 씨도 아시는 줄 알았어요. 그래서 여기

까지 직접 온 거예요. 나경 씨는 전화도 안 받고 형님은 연락
처도 모르고……."

당연하지, 진작 다 차단했으니까.

그러거나 말거나 그는 계속 하소연했다.

"지금 저희 집안 다 난리가 났거든요? 학원에서 대체 무슨
짓을 했길래 고소를 당하냐고, 수능은 무슨 수능이냐고, 다
때려치우고 군대나 가라고요."

"……."

"나경 씨가 직접 안 그러셨다니 참 다행이에요. 그러면 혹
시 형님께 말씀 좀 드려 주실 수 없을까요? 고소 좀 취하해
달라고……."

눈치 보며 말하는 그가 순간 말할 수 없이 초라해 보였다.

나는 말없이 그를 올려다보았다. 그런 나를 보며 무슨 생
각을 했는지, 그는 안심한 표정으로 비굴하게 웃었다.

그런 그에게 나는 천천히 말했다.

"저한테 미안하단 말씀은 없으시네요."

"아, 그건……."

"저는 그것 때문에 학원도 그만두고 혼자 공부하고 있는
데, 제가 그 다음 날부터 안 나가도 아무 연락도 없으시다가
갑자기 찾아와서 하는 말이 고소를 취하해 달라니, 진짜 너
무하시네요. 하실 말씀은 그게 다예요?"

"나경 씨, 그건 제가 진심으로……."

"일단 오빠한테 말씀은 드려 볼게요. 그런데 너무 기대는 하지 마세요. 애초에 그분은 저한테 말한 적이 없었으니까."

무어라 말하려는 권이준 씨를 싹둑 자르고 나는 냉정하게 돌아섰다. 그 후로도 몇 차례 더 벨 울리는 소리가 들렸지만 무시하고 나는 공부에 집중했다.

그게 그 이후의 불행의 시작이었을까.

그건 잘 모르겠지만.

"사실이에요."

퇴근하고 돌아온 그에게 넌지시 운을 떼자 그가 선뜻 인정했다. 그리고 덧붙였다.

"나경 씨는 걱정할 필요 없어요. 내가 알아서 할 테니까."

"하지만……."

"그런 자식은 한번 혼 좀 나 봐야 정신 차려요. 그 나이 먹도록 할 말 못 할 말 구분 못 하고 살면 고소당해도 싸고. 적당히 하다가 합의하는 한이 있어도 일단 지금은 취하할 생각 없으니까, 나경 씨도 상대하지 말아요. 시간 낭비야."

"그래도……."

"나경 씨는 공부만 열심히 해요. 이제 수능도 얼마 안 남지 않았어요?"

그가 웃으며 쿡 찔렀다. 어딘지 찜찜한 기분이 들었지만 나는 그냥 입을 다물었다.

그러나 권이준 씨는 다음 날도, 그 다음 날도 찾아왔다.

"혹시 오빠분께 말씀드리셨어요?"

"그게……."

"취하하신대요? 하신대죠? 그렇죠?"

"그게…… 저도 잘은……."

"왜요? 왜 대답을 안 하시는데요?"

처음에는 간절하게 부탁하는 것 같았던 그의 말투는 점점 성난 것처럼 변했다.

"내가 이대로 재판받으면 나경 씨도 무사할 것 같아요? 네?"

끝내는 협박이 동반됐다.

"나경 씨 집이 제천이랬죠? 내가 그쪽 한번 확인해 볼 거야. 털어서 먼지 안 나는 사람 하나 있을 것 같아요?"

그런 말까지 들었을 땐 정말이지 심장이 덜컹 떨어졌다. 나는 고소를 취하하는 게 어떤지 그에게 넌지시 권했다. 하지만 그는 단호했다.

"안 돼요. 딴 건 몰라도 수능 전까지는 유지할 거예요. 게다가 나경 씨 명예 훼손만 걸린 게 아니고 나도 걸려 있어요. 회사 변호사까지 쓴 거라서 어떻게든 끝을 봐야 돼요."

그렇게 말하자 나도 할 말이 없었다. 그가 무슨 생각으로 그런 일까지 했는지 이해가 안 가는 것도 아니었기 때문에 그냥 기다리는 수밖에 없었다. 애초에 나도 그가 먼저 사과

해 주길 바랐는데 그런 말이 전혀 없어서 마음 상한 상태였
으니까.

그러나 그 후로 그런 일이 있을 줄은 몰랐다.

정말 몰랐다.


그날은 하루 종일 비가 내렸다.

어두컴컴한 방 안에서 내내 공부만 하다가 그가 퇴근할 때
쯤 돼서야 느지막이 외출하러 나갔다. 그를 마중하러 나갈
겸, 동네 한 바퀴 산책하러 나가는 겸 해서였다.

커다란 우산 하나를 쓰고 찰박찰박 비가 고인 골목을 걸어
갔다. 늘 차만 왔다 갔다 하는 이 거리엔 지나가는 사람도 별
로 없었다.

그때쯤엔 권이준 씨도 찾아오는 게 뜸해져 있었기 때문에
어느 정도 방심한 것도 있었지만, 그보다는 점점 다가오는
수능에 온통 정신이 팔린 탓이 컸다. 머릿속에 온종일 공부
한 것들을 떠올려 보면서 나는 정처 없이 발 닿는 대로 걷고
있었다.

그때였다.

"읍……!"

갑자기 어딘가에서 나타난 손이 내 입을 막고 질질 끌고
간 건.

"읍……! 우읍……!"

"조용히 해! 너 이러는 꼴 네 오빠한테 들키고 싶지 않으면."

필사적으로 반항하는 도중에 익숙한 목소리가 들려왔다. 순간 등줄기에 소름이 쫙 돋았다.

그들은 얼어붙은 나를 질질 끌고 어딘지 모를 구석으로 처박았다. 정신없이 눈을 깜빡이는 와중에 남자들이 일제히 마스크를 벗었다. 한 명은 권이준 씨, 그리고 다른 한 명은,

"너……!"

"내가 말했지?"

류정환이었다.

오랜만에 보는데도 순식간에 어젯밤에 있었던 일처럼 그때의 기억들이 머릿속에 떠올랐다. 저절로 몸이 부들부들 떨리기 시작해서 주체가 안 됐다. 그런 나를 그들이 신기하게 쳐다보며 비웃었다.

"나 애 안다니까. 애도 나 안다니까. 봐 봐, 지금 얼굴 새파래진 거. 임나경, 그렇지?"

녀석이 손가락을 내밀어 내 볼을 튕겼다.

"그날 밤에 어디로 튀었나 했더니 서울에를 다 와 있었어? 가증스러운 년."

툭, 툭 건드리는 손길은 점점 세져서 나중엔 턱이 돌아갈 지경이었다. 권이준 씨는 당황한 눈으로, 그 모든 것들을 그저 지켜보기만 했다. 듣지 않아도 상황이 어떻게 돌아갔는

지는 알 만했다.

나는 이를 악물었다.

"손 치워."

"말투가 건방져, 이 고아 년이."

대번 손이 날아왔다. 나는 아픈 뺨을 감싸 쥐고 피 섞인 침을 뱉었다.

"고아?"

"이년 고아야. 제 엄마가 길거리에서 주워 온 애라고. 그런 주제에 오빠는 무슨 오빠, 분명 사기 쳐서 얹혀사는 거야. 그게 아니면 기둥서방인데 남들한테는 오빠라고 했든지. 뭐가 됐든 이년은 그럴 만하지. 양아빠하고도 배 맞은 년인데."

잠깐 사이에 흠뻑 젖은 티셔츠 사이로 뱀 같은 손이 미끄러져 들어왔다. 정신없는 와중에도 무의식적으로 악 비명을 지르며 몸을 비틀자 다시금 매운 손이 날아왔다.

권이준 씨가 깜짝 놀라는 표정을 지었다.

"뭐 하는 짓이야, 이런 데서?"

"조용히 해. 어디서 내숭이야, 이 계집애한테 이러고 싶어서 제천까지 내려온 새끼가. 아냐?"

류정환이 느물거리는 소리에 그는 아무 소리도 못 했다. 비에 젖어 차가워진 피부를 녀석이 징그러운 눈으로 훑었다.

소름이 끼쳤다.

"너 그거 알아? 이 새끼가 너 뒷조사하려고 심부름센터까지 고용한 거? 다행히도 딱 내가 아는 사람이 하고 있었으니까 망정이지, 아니었음 넌 그냥 돈만 털리고 끝났어, 새끼야. 하긴 나도 저 계집애 찾고 있었으니까 다행이었지. 딱 이해 관계가 잘 맞아떨어졌어. 안 그래?"

"……개소리 집어치워."

"개소리는 무슨, 이제부터가 시작인데."

녀석이 순식간에 사나워진 눈을 하고 내 뺨을 움켜잡았다. 억센 힘에 턱과 치아가 쪼개질 듯 아파 왔다.

"솔직히 말해. 너 그 새끼한테 뺑졌지? 동생도 아닌데 동생 이라고, 그 새끼는 너 고아인 것도 모르지?"

나는 아무 말도 하지 않았다. 점점 배 속이 차가워졌다. 그건 가을비를 맞았기 때문은 아니다.

"내 말이 맞지? 그렇지? 그런 게 아니라면 너 같은 걸 동생 이라고 해 줄 리가 없어. 나도 그 새끼 알아봤거든. 꽤 유명 한 사람이더라? 돈도 많고. 그런데 그런 사람이 뭐가 아쉬워 서 너 같은 걸 거둬들여. 뻔하지. 네가 거짓말한 거지? 수 쓴 거지?"

"……."

"난 다 알아."

녀석이 노려보았다. 나는 눈을 부릅뜨고 최대한 아무렇지 않게 녀석을 마주 쏘아보려 노력했지만, 무리였다. 애써 크게 뜬 눈은 따끔거리기 시작하고 가라앉히려는 호흡은 오히

려 불안정하게 흔들렸다. 그런 내 꼴을 보던 녀석이 별안간
씩 웃었다.

"그럴 줄 알았어, 미친년."

그 말과 동시에 녀석이 거칠게 손을 놓았다. 나는 맥없이
바닥에 쓰러졌다. 머리가 어질어질, 눈잎이 빙글빙글 돌았다.
정신을 못 차리고 쓰러져 있는 와중에 권이준 씨의 당혹한
목소리가 들렸다.

"이제 어떡하죠?"

"어떡하긴 뭘 어떡해, 이년 오빠라는 새끼한테 다 말해야
지."

"하지만……."

"잠깐만."

목소리를 억지로 쥐어짜 내어 끼어들었다. 기다렸다는 듯
둘의 시선이 내게로 따라붙었다.

"그러지 마. 어차피 네가 진짜 바라는 건 그거 아니잖아."

"내가?"

그렇게 말하는 녀석의 미소가 더더욱 커졌다. 나는 못 본
척 말을 이었다.

"그 사람한텐 아무 말도 하지 마. 내가 어떻게든 할 테니
까. 그러니까 그 전까지는, 그 전까지만이라도, 제발……."

"그러면 넌 나한테 뭐 해 줄 건데?"

중간에 말을 끊은 녀석이 얼굴을 쑥 들이밀었다. 비와 욕

망에 젖은 눈알이 번들번들 빛났다.

"뭘 원하는데?"

"뭘 바랄 것 같아?"

되묻는 녀석의 눈이 내 몸을 죽 훑었다. 그건 옆에 있는 권이준 씨도 마찬가지였다. 내리는 비에 푹 젖은 내 몸의 굴곡이 가감 없이 그들의 눈에 비쳤을 것은 뻔한 일이었다.

구역질이 치밀었다.

그러나 그럴 걸 몰랐던 것도 아니었다.

"……시간을 줘."

"무슨 시간?"

"수능이 얼마 안 남았어."

그 말에 둘 다 어처구니없단 표정을 지었다. 그러나 나는 필사적으로 말했다.

"그것만 끝나면 돼. 그러면 도망가려고 하지 않을게. 거짓말도 하지 않을게. 원하는 거면 뭐든지 할게. 그러니까……."

"잠깐만, 지금 우리더러 그 말을 믿으라고?"

냉큼 대꾸하려는 권이준 씨를 막고 류정환이 비죽거리며 비웃었다. 그러나 나도 그들이 순순히 믿으리라고 생각한 건 아니었다.

"싫으면 지금 당장 가서 그 사람한테 다 불어 버리든가. 그래 봤자 너희한테 남는 건 아무것도 없는 거 알잖아? 특히 너, 너한테야말로 정말 아무것도 득 될 거 없을 텐데. 그 새

287

끼 말 들어 봤자."

권이준 씨가 뜨끔하는 표정을 지었다. 류정환이 그를 사납게 흘기다가 얼굴을 구겼다.

"야, 센 척하지 마. 지금 말하나 나중에 말하나, 결국 너한테나 좋은 일이잖아. 게다기 네가 도망가기라도 하면 우린 어떡하라고? 닭 쫓던 개새끼야 우리가?"

"얼마 필요해?"

"뭐?"

뜻밖의 말에 녀석이 멍한 표정을 지었다. 나는 계속 말했다.

"기다리고 있을 동안 체류 비용 대 주면 되잖아. 나, 그 사람한테서 용돈 많이 받아. 동생이라고. 너희가 순순히 입 다물고 있으면 황금 알을 낳는 거위를 갖게 되는데, 그래도 그 사람한테 가서 말할래? 아니면 배 가를래?"

녀석은 아무 말도 하지 않고 눈을 굴렸다. 혼란스러운 표정이었다. 그런 녀석을 내버려 두고 나는 품에 있던 지갑을 꺼내 지폐 한 뭉텅이를 건넸다. 삽시간에 녀석의 눈이 커졌다.

"뭐야, 이게 다 네 거야?"

"그래. 그리고 기다리면 더 있어."

"참 나……."

"어떡할래. 기다릴래? 아니면 가서 말할래?"

그렇게만 말하고 나는 입을 다물었다. 그들은 선불리 말을 꺼내지 않고 서로 눈치만 살폈다. 우스운 꼬락서니였으나,

자꾸만 거세지는 빗물에 눈꺼풀이 무거워져 똑바로 보고 있을 수가 없었다.

갑자기 뒤에서 밝은 헤드라이트 불빛이 비쳤다.

류정환이 펄쩍 뛰며, 동시에 무의식적으로 움켜쥐고 있던 지폐 다발을 품속으로 쑤셔 넣었다.

"다음에 보자."

허둥지둥 자리에서 일어난 그들은 왔던 것처럼 순식간에 사라졌다. 나는 끙끙거리며 쓰러져 있던 구석 자리에서 일어났다. 맨바닥에 부딪혔던 머리가 아직도 윙윙거리며 울렸다. 그사이 헤드라이트가 천천히 멈추고 문이 닫히는 소리가 났다. 아마 운전자가 내린 모양이었다.

"나경 씨?"

그리고 들려온 목소리는 단상우 씨의 것이었다.

당황해서 서둘러 일어나려다가 다시 무릎을 바닥에 부딪쳤다. 간신히 손에 들었던 우산이 미끄러져 바닥에 구르고 수능 대비용으로 만들어 두었던 요약 노트가 찢어져 바닥에 젖었다. 그러나 그런 것들을 생각할 겨를도 없었다.

"나경 씨! 여기서 왜 이러고 있어요!"

서둘러 다가온 발소리와 함께 억센 힘이 나를 일으켜 세웠다. 나는 흐릿한 눈을 깜빡이며, 억지로 시야를 밝히려고 애썼다. 금방 차에서 뛰어나온 듯, 정장 차림의 단상우 씨가 나를 당황스레 내려다보고 있었다.

"잠깐 나왔다가…… 어지러워서 넘어졌어요. 지금은 괜찮아요."

"쓰러져요? 어지러워서? 지금은 괜찮아요?"

"네, 괜찮아요."

"아닌 것 같은데…… 병원 갑시다. 눈 초점이 제대로 안 돌아오는 거 같은데."

"아니에요. 괜찮아요."

"괜찮기는 뭐가 괜찮아요!"

한사코 괜찮다는데도 그는 버럭 화를 내면서까지 나를 차로 끌고 갔다. 아니, 끌고 갔다고 하기에는 나를 붙든 손이 지나치게 친절했다. 그는 나를 거의 안다시피 데려가고 있었다.

그는 왜 이다지도 나를 염려할까.

굴러온 돌에 애물단지에 불과한 나를.

"괜찮아요."

비에 흠뻑 젖은 손으로 그의 마른 옷을 움켜잡았다. 그가 흠칫 놀라며 고개를 돌렸다.

"저 진짜 괜찮아요. 그냥 집에 가요."

"나경 씨……."

"그냥 집에 가요……."

말끝에 흐느낌이 섞였다. 그러나 그건 억울하거나 분해서 흐르는 건 아니었다. 안도의 눈물이었다. 그가 눈앞에 나타났을 때, 나를 보고 놀라며 걱정할 때에, 비로소 그들에게서 풀려났다는 안도감, 그리고 그가 나를 지켜 줄 수 있을 거라는 믿음.

놀란 표정을 지은 그가 서둘러 나를 차에 태웠다. 그리고 시동을 걸었다.

분명 얼마 걸리지도 않은 것 같은데 집 앞에 도착했다.

"잠시만요."

안으로 뛰어 들어간 그가 커다란 타월을 들고 와 내게 덮어씌웠다. 머리부터 발끝까지 덮이는 폭신한 수건을 덮자 그제야 몸이 와들와들 떨렸다.

최대한 빨리 들어가서 몸을 씻고, 옷을 갈아입고, 머리를 말리고, 따뜻한 코코아를 마실 때까지도 말 한 마디 없이 묵묵히 시중을 들던 그가 드디어 입을 뗐다.

"말해 봐요. 대체 무슨 일이 있었던 거예요?"

그렇게 말하는 그의 눈은 쉴 새 없이 내 부은 눈두덩이와 두 뺨, 터진 입술을 오가고 있었다.

"그냥 넘어졌어요."

나는 거짓말했다. 그의 눈꼬리가 뾰족하게 솟았다.

"넘어졌다고, 그런 사람이 얼굴이 이 모양이 돼요?"

"진짜예요. 저…… 걷다가 현기증이 나서 잠깐 넘어졌어요. 그래서 미처 피하지를 못했고요. 그래서……."

"그럼 아까 내가 봤을 때 나경 씨 주변에 있던 사람들은 누구예요?"

"저도…… 저도 모르겠어요. 아마 도와주러 온 사람 아닐까요. 아니면 소매치기라든지."

"소매치기라고요."

"네……."

그의 눈이 바쁘게 내 몸을 훑었다. 나는 애써 태연한 척, 파르르 떨리는 입술을 물었다.

그가 수상쩍게 여길 거라는 건 알았다. 아니, 아마 내가 한 말은 단 하나도 믿지 않을 것이다. 그래도 그냥 우겼다. 그렇게 해야 했다. 그 이유는…….

"저 들어가 볼게요. 공부해야 돼요."

"공부요? 지금 그 몸 상태로요? 차라리 병원에 갔다가……."

"……."

"……그래요, 그럼."

공부라는 말에 살짝 느슨해지는 끈을 나는 놓치지 않고 잡아당겼다. 그는 잠시 망설였지만, 결국 고개를 끄덕이고 한 발짝 물러섰다. 그날 이후로 그는 절대 나에게 무언가를 강요하지 않았다. 내가 이상한 고집을 부려도 웬만하면 참고 넘어가는 것이다.

나는 자리에서 벌떡 일어났다. 그리고 방으로 들어가려는 찰나였다.

"나경 씨."

"네?"

그가 뒤에서 부르는 소리가 들렸다.

어찌나 당황했는지, 대꾸하는 목소리가 내 생각보다 훨씬 커서 놀랄 지경이었다. 불안한 목소리가 내가 듣기에도 덜덜 떨렸다.

그가 천천히 말했다.

"혹시 무슨 일 있으면 바로 말해야 돼요. 알죠? 나는 나경 씨 편인 거."

"……네."

"그래요, 들어가서 쉬어요. 무리하지 말고."

대답하는 심장이 따끔따끔거렸다.

그는 부드럽게 웃으며 부엌으로 향했다. 손에는 내가 쓴 컵, 내가 쓴 수건들을 가득 든 채였다. 내가 치웠어야 하는데, 뒤늦은 후회가 들었지만 이미 늦었다. 나는 소리 없이 방문을 닫고 자리에 털썩 주저앉았다.

근처에 있는 가방을 잡아당겨 통장을 살폈다.

그가 넣어 준 숫자 그대로, 딱 3천.

"무조건 이 안에 다 해야 돼."

나는 혼잣말하며, 통장을 깊숙이 쑤셔 넣었다.


류정환에게 한 말은 다 거짓말이었다.

그는 내게 용돈을 준 적이 없었다. 물론 필요한 게 있으면 사라고 카드를 주긴 했지만, 그걸로 뭘 산 적은 한 번도 없었다. 내가 소비하는 것들은 다 그가 집 판 값이라며 주었던 3천 안에서 이루어졌다. 문제집, 용돈, 커피 등등. 류정환에게 건네준 돈도 다 그 돈이었다. 그러니 그토록 일말의 망설임 없이 건네줄 수 있던 것이었다.

그러나 류정환의 요구가 언제까지 이어질지는 모르는 일이었다. 탐욕스러운 녀석은 분명 내 돈을 다 바닥내 버리고도 모자라 더 요구할 게 뻔하고.

나는 결심했다.

이 집을 나가야 한다.

물론 단상우 씨도 모르게.

"그 사람은 모르니까."

그는 내가 무슨 대학교에 원서를 썼는지까지는 모른다. 대충 어디어디에 넣었는지는 알지만 1순위가 어딘지, 정확히 몇 개나 넣었는지는 모른다. 수능 결과가 나오면 나는 서울에서 가장 멀리 떨어진 도시에 있는 학교에 입학할 생각이었다. 아마 그는 내가 거기까지 갈 생각인 건 짐작하지 못할 것이다.

나는 그 다음 날 통장에서 3백만 원을 인출해서 집 앞까지 찾아온 류정환에게 건네주었다.

"뭐야, 진짜 있네?"

그때까지도 의심스럽다는 눈으로 날 보던 녀석은 봉투를 열어 보더니 이내 표정이 활짝 폈다.

"말했잖아, 거짓말 아니라고. 그러니까 이제 수능 날까지는 얼씬도 하지 마."

"흠…… 그래, 하긴 너도 부자 오빠가 있는 게 앞으로 일생에 좋겠지. 나도 그런 놈한테 들러붙는 게 낫고."

녀석이 느물거리며 내 볼에 손가락을 갖다 댔다. 정색하며 손가락을 찰싹 치자 녀석은 기분 나쁜 기색도 없이 낄낄거렸다.

"그럼 수능 끝나고 보자고."

류정환은 그렇게 돌려보내고 끝났다.

문제는 권이준 씨였다. 그는 하루가 멀다 하고 나를 찾아왔다. 처음에는 고소 취하 때문에 그러는 줄 알았는데 아니었다. 그는 나를 설득하려 들었다. 그것도 생전 처음 들어 보는 괴상망측한 논리로.

"나경 씨가 얼마나 힘들었을지 알아요."

그 다음 날 찾아온 그는 촉촉한 눈을 하고 다짜고짜 내 손을 덥석 잡았다.

"내가 도와줄게요. 나한테 와요. 우리 부모님께 말씀드려서 나경 씨 대학 보내 줄게요."

"권이준 씨가 왜요?"

어처구니가 없어 되물었다. 그의 얼굴이 벌겋게 물들었다.

"그거야…… 나경 씨가 불쌍하니까요. 오죽했으면 그런 거짓말까지 했겠어요. 오빠가 아닌 사람한테 오빠라고 거짓말하고, 도망쳐 오고. 그렇게 하는 게 얼마나 힘들었을지, 생각하면 눈물이……."

"그렇게 절 생각하시는 분이 정작 학원에서는 거짓말한다고 몰아붙였어요?"

참다못해 덧붙인 말에 그는 아무 대꾸도 없이 그저 얼굴만 붉혔다. 그 담담한 얼굴에 오히려 배 속이 싸늘히 식어 갔다.

"저도 권이준 씨가 무슨 생각 하시는지 알아요."

"……."

"제가 불쌍하겠죠. 가련하겠죠. 그러니 적당히 불쌍해해 주고 동정심 보여 주면 알아서 그쪽에게 마음 열고 좋아하겠거니 생각한 거겠죠?"

말을 하면 할수록 말끝에 열이 붙었다. 권이준 씨는 가타부타 말도 안 하고 아련한 표정으로 나를 내려다보고 있었다. 그 얼굴이 더 싫었다. 마치 나를, 정말이지 생각이나 한 것처럼 보고 있는 게.

나는 이를 악물고 말했다.

"권이준 씨가 저 좋아해 주신 거 알아요. 감사하게 생각해요. 하지만 그 방법이 틀렸어요. 저는 권이준 씨의 마음을 받아들일 수가 없어요."

각오하고 한 말이었다. 그가 난폭하게 굴 것도, 혹은 폭력을 휘두를지도 모른다는 것도. 그럼에도 불구하고 말한 건, 어차피 다 겪을 일이라고 생각했기 때문이었다. 그전에도 그랬으니까. 중학교 때도, 고등학교 때도, 심지어 류정환까지도.

물기 어린 눈으로 권이준 씨가 나를 보았다.

"나경 씨, 혹시 그분 좋아해요?"

뜻밖의 말에 나는 멈칫했다. 그 찰나를 그는 잡아챘다.

"맞나 봐요. 그냥 오빠가 아니라고는 생각했었는데, 나경 씨는 내가 왜 둘 사이를 의심했는지 모르죠?"

그러면 안 된다는 걸 알면서도 나는 그에게 시선을 주었다. 그는 서글픈 얼굴로 픽 웃었다.

"나경 씨가 그 오빠분을 너무 열렬히 쳐다봐서요. 항상 만사에 관심 없는 것처럼 구는 사람이 그렇게 오빠만 보면 환하게 웃으니까, 그게 이상해서……."

그는 말꼬리를 흐렸다. 나는 쓸데없다는 걸 알면서도 고개를 가로저었다.

"그런 거 아니에요. 권이준 씨가 잘못 생각한 거예요. 저는 그분을, 그러니까, 그게……."

"그러니까 나한테 와요. 내가 잘해 줄게요."

필사적인 부인은 그가 하는 말에 뚝 끊겼다.

"나경 씨가 날 좋아해 주지 않아도 괜찮아요. 지금 당장은 아니더라도 언젠가는 내 마음 알아줄 때까지 기다릴게요. 그러니까 나한테 와요. 내가 그전에 했던 말들은, 나경 씨가 너무 좋아서, 나도 모르게 그만, 그게 나경 씨한테 상처를 줬다면 정말 미안하고……."

웅얼거리는 말에 더 이상 하고 싶은 말도 뚝 떨어졌다. 나는 제대로 말도 못 하고 변명하는 그를 쳐다보다가 그냥 등을 돌려 집 안으로 들어왔다. 그 이후부터 그는 다시 오는 일이 없었다. 참 이상하다고, 생각은 했지만 더 이상 궁금해하지 않았다. 수능도 코앞이거니와 그 말고도 신경 쓸 일이 태산이었기 때문이다.

그중 가장 큰 게, 단상우 씨였다.

"나경 씨, 밥 먹었어요?"

그는 수능 날이 다가오면 다가올수록 더더욱 조심스럽고 친절해졌다. 출근할 때, 퇴근할 때마다 내 식사를 챙기고 집을 나섰다. 가끔씩 내 방에 들를 때는 반드시 노크를 하고 조심스레 챙겨 줄 게 없는지 물었다. 그럴 때마다 나는 고개를 저었지만, 그는 고집스럽게도 집에 돌아올 때마다 무언가를 챙겨 내 앞에 놓아 주었다. 체리, 오렌지, 포도같이 공부할 때 하나씩 먹을 수 있으면서도 맛있는 간식 같은 것들. 제철 과일도 아닌 것들.

그런 걸 볼 때마다 가끔 참을 수 없이 마음이 벅차 와서 나는 그를 보러 나갔다. 방문을 열고 한 발짝만 나서면 그가 있었다. 꾸벅꾸벅 졸면서도 한사코 손에서 책을 놓지 못하고 기다리고 있는 그가.

"아, 나경 씨. 뭐 필요한 거 있어요?"

그날도 소파에 기대어 꾸벅꾸벅 졸고 있던 그는 내가 살그머니 옆에 앉자 화들짝 깨며 그렇게 물었다. 나는 대답 대신 그의 옆에 앉아 쥐고 있던 책을 치웠다.

"올라가서 주무세요. 내일 주말인데."

간만에 쉬는 휴일이면서도 그는 나를 배려한답시고 쭉 그렇게 불편한 쪽잠을 자고 있었다.

"아니에요, 괜찮아요. 나경 씨는 잠도 못 자고 공부하는데 나만 편히 잘 수야 없지."

"저 진짜 괜찮은데……."

"괜찮기는, 얼굴이 말이 아닌데. 그래도 며칠 안 남았으니까 조금만 참아요. 혹시 먹고 싶은 거 있어요? 뭐 좀 사 올까요?"

아무 말도 안 하고 있는데도 그는 어느새 허둥지둥 겉옷을 챙겨 입었다. 그런 모습을 보고 있자니 저절로 눈물이 고였다.

나는 나도 모르게 말했다.

"바다……."

"응?"

"바다 보고 싶어요."

수능이 일주일도 남지 않은 날이었다.

그러나 그는 두 번 말도 않고 차 키를 챙겼다. 그리고 나를 조수석에 앉힌 다음 말도 없이 운전을 시작했다. 어디로 가는지, 얼마나 걸릴지도 몰랐다. 그냥 얌전히 앉아만 있었다. 그가 나를 이상한 데로 데려가지는 않을 거라는 믿음이 있었다.

몇 시간이나 달린 끝에 차는 서해 바다에 도착했다.

"바람이 차네."

중얼거리며 그는 바다를 쳐다보고 서 있는 내 머리 위로 담요를 덮어씌웠다. 시키는 대로 담요를 뒤집어쓰고 우리는 바다가 보이는 벤치에 나란히 앉았다.

그가 말했다.

"수능 끝나면 우리, 제주도 갈까요?"

말문이 턱 막혔다. 나는 차마 대답하지 못하고 멀리서 치는 파도만 망연히 쳐다보다가 간신히 말했다.

"제…… 주도요?"

"네, 우리나라에서 바다가 제일 예쁜 곳은 제주도인 것 같거든요. 서해도 좋지만 약간 지저분하니까. 수능 결과 나올 때까지 제주도에서 한 달만 지내 볼까요? 어때요?"

"그럼…… 단상우 씨가 출근을 못 하실 텐데."

"뭐 어때요. 자택 근무 하는 것처럼 하면 되고, 급한 건 혜정이가 하겠지."

그가 환하게 웃었다. 나도 애써 그를 따라 웃었지만, 순간 눈앞이 흐려지는 바람에 그의 모습을 잘 볼 수가 없었다.

놀란 그가 허둥지둥 손수건을 꺼내어 내 눈 밑을 눌렀다. 나도 모르게 그런 그의 손을 잡았다.

"단상우 씨는……."

손수건 밑의 커다란 손가락이, 까닭 모르게 잘게 떨리고 있었다.

"제가 동생이니까 이렇게 잘해 주시는 거죠? 어머니의 자식이니까?"

그렇게 물어보면서도 마지막으로 이상한 희망을 가졌다. 혹시라도 그게 아니라고 한다면, 그냥 내가 좋다고 한다면, 내가 어머니의 자식 아닌 나로서 좋다고 한다면, 지금 당장에라도 무릎 꿇고 사실은 거짓말이었다고 고백하고, 내가 어머니의 친자식이 아니라는 것도 고백하고, 내가 잘못했다는 것도 고백하고, 당신이 너무 좋다는 것도 고백하고, 다 고백하고…….

"그럼요."

어색하게 굳어진 얼굴로 그가 내 눈물을 닦으며 미소 지었다.

"내 동생이니까, 당연히."

그러지 않을 리가 없다고 생각했지만.

당연히 그러리라고 생각했지만.

우리는 몇 시간 동안 바다를 바라보다가 돌아왔다. 점심으로 조개구이를 먹고, 후식으로 커피를 마시고, 파도치는 해변을 걸으며 장난도 치고. 겨울 바다에 발목까지만 담가 보고 싶다고 우기다가 감기 걸릴까 봐 염려하는 그와 조금 실랑이를 벌이기도 하고.

즐거웠다, 너무나도.

집으로 돌아왔을 때는 이미 어두워져 있었다. 나는 조수석에서 곯아떨어져 있다가 그가 흔들어 깨우는 바람에 잠에서 깨어났다. 어둑한 조명 탓에 그의 얼굴이 보이지 않았다.

"들어가서 자요, 나경 씨."

기분 탓일까, 그의 목소리가 조금 잠겨 있었다.

나는 얌전히 고개를 끄덕이고 차에서 내렸다. 신발에 묻은 모래를 털고 온몸에 찐득하게 달라붙은 소금기를 털어 내는 동안 시동을 끈 그가 현관으로 따라 들어왔다. 훌쩍 큰 그림자가 내 그림자 위로 드리워졌다.

"재밌었어요, 오늘?"

여전히 잠긴 목소리로 그가 물었다. 나는 그가 피로한데 장거리 운전까지 하느라 무리해서 감기에 걸린 거라고 생각했다.

"네, 즐거웠어요. 정말 감사합니다."

나는 깍듯이 고개를 숙였다. 부러 그의 얼굴을 보지 않으려 더 고개 숙인 것도 있었다.

한참을 동상처럼 서 있던 그가 나지막이 말했다.

"들어가서 자요. 오늘은 푹 쉬고."

"네…… 안녕히 주무세요."

뒤에 오빠, 라고 덧붙이려 했지만, 이상하게도 목이 메어 말이 나오질 않았다. 오빠라고 부르기 싫었다. 애초에 그는 내 오빠가 아니질 않는가. 고아인 날 주워 기른 어머니의 친자식일 뿐, 나와는 생판 남인데.

무언가를 기다리는 듯 한참을 움직이지 않던 그가 천천히 손을 내밀어 내 머리를 쓰다듬었다.

"잘 자요."

그도 날 한 번도 동생이라 편히 부르지 않았다. 그도 알고 있을 것이다.

나는 2층으로 올라가는 그의 뒷모습을 빤히 바라보다가 내 방으로 들어왔다. 그리고 들어오자마자 가장 커다란 가방을 챙겨서 그 안에 내 짐을 모조리 다 집어넣기 시작했다.

천천히, 그러나 신중하게 만반의 준비를 했다.

일단 수능이 끝나자마자 집을 나가는 방향으로 정했다. 그러지 않으면 류정환이나 권이준 씨가 또 언제 찾아와서 이제 야말로 저들이 원하는 대로 할지 모르니까. 가는 곳은 최대한 서울에서 멀고 또 아는 사람이 없는 동네로, 하지만 학교 근처에 있어서 통학하기 쉬운 곳으로. 인터넷으로 신중히 고른 끝에 일단 학교 근처의 고시원에서 몇 달 살다가 그 근처에 있는 원룸으로 이사 가기로 했다. 예전에 가출했다가 걸렸을 땐 돈도 없고 아는 것도 없으니 금방 걸려서 끌려 들어왔는데, 이번에는 어떨까. 돈도 있고 준비할 시간도 있고 여유도 있다. 게다가 그는 곧 프랑스로 갈 예정이니 나 따위를 뒤쫓을 시간도 없을 것이다.

그렇게 생각하는 것만으로도 마음 한구석이 따끔따끔해져
왔지만.

나는 쥐가 쏠아 먹듯 야금야금 현금을 인출해 가방 한구석
에 쑤셔 박았다. 큰 가방뿐만 아니라 옷 주머니, 지갑, 더 작
은 가방 같은 곳에 나누어서. 그러면 소매치기를 당하거나
깜빡 잊고 물건을 잃어버려도 완전 낭패가 되는 일은 없을
것이다. 그리고 혹시나, 류정환이나 권이준 씨 같은 사람들
이 내 뒤를 쫓는 것도 어려워지겠지.

마지막으로 단상우 씨를 향해 편지를 썼다.

"……."

빈 종이를 앞에 펼쳐 놓고 있자니 아무것도 보이지 않고
막막해서 머리를 감싸 쥐었다. 무엇부터 말해야 할지 몰랐
다. 당신을 속여서 미안하다고 해야 하는지, 그럴 의도는 아
니었다고 변명부터 해야 하는지, 혹은 당신을 여전히 가족처
럼 볼 수 없어 간다고 해야 하는지.

눈물만 뚝뚝 떨구다가 간신히 펜을 들어 서두를 썼다.


죄송합니다.


밑도 끝도 없이 죄송하다는 말부터 나오다니 어처구니가
없었다. 그러나 그것밖에는 할 말이 없었다. 죄송하고, 죄송
하고, 또 죄송하다고. 이렇게밖에 하지 못하는 저를 이해해

달라고. 언젠가 꼭 이 빚을 갚겠다고. 그때까지 잘 계시라고.

구구절절 쓰니 처음에 막막했던 게 거짓말처럼 꽉 채운 편지지가 세 장이나 나왔다.

나는 그것들을 곱게 접어 봉투에 넣은 뒤 서랍 안쪽에 깊숙이 밀어 넣었다.

"……"

내가 없어지면 단상우 씨는 나를 찾으려 하겠지. 그러면 분명 이 방 안에도 들어와 내 흔적을 찾아보겠지. 분명 이 편지를 읽게 될 거고, 그러면 나를 찾겠다는 헛된 노력을 단념하지 않을까? 어차피 그에게는 시간이 없다. 챙겨야 할 혜정 언니도 있다. 그러니 아마 그가 포기하는 데는 오래 걸리지 않을 것이다. 그 배신감과 치욕감을 견딜 수만 있다면.

제발 그것조차도 오래가지 않을 정도로, 나를 아끼지만은 않았길.

기도하며 나는 편지를 밀어 넣고 다시 공부를 시작했다.

하루, 또 이틀. 그리고 사흘.

시간이 가기를 바라는지 멈추기를 바라는지도 알지 못한 채.

그리고 수능 날 아침이 되었다.


나는 아침 일찍 일어나 미리 준비해 둔 가방을 챙겼다. 책뿐만 아니라 양말, 속옷, 일주일 치 입을 옷을 챙겨 둔 가방은 엄청나게 빵빵하고 무거웠다.

"가방이 왜 이렇게 무거워요? 어디 피난 가요?"

아침에 가방을 실어다 주며 그가 핀잔을 주었다. 그저 농담이라는 걸 알면서도 심장이 덜컥거렸다.

가까스로 미소 짓고 있는 내게 그가 웃었다.

"농담이에요, 농담. 기분 풀어요. 많이 긴장돼요?"

"아뇨, 괜찮아요."

심장이 두근거리고 있었지만, 터질 것 같진 않았다. 여태껏 모의고사에서 한 번도 최소등급을 맞추지 못한 적이 없었고, 어제까지 만들었던 오답 노트니 요약본들도 모두 달달 외웠다. 시험을 망칠 거란 생각은 한 번도 한 적 없었다. 3년 전에도 그러지 않았거니와, 이번에도 분명 컨디션 자체는 최상이었다.

단지 마음에 하나 걸리는 건.

"잘됐네. 얼른 아침 먹어요. 국 식겠다."

환하게 웃으며 나를 부엌으로 밀고 가는 그 사람.

아침이라고는 믿을 수 없을 정도로 식탁 위는 진수성찬이었고, 쌀밥의 윤기는 반질반질했다. 나는 소복이 담긴 밥과 국을 보다가 한 숟갈씩 떠먹었다. 유독 맛이 좋았다.

"……맛있어요."

눈을 반짝거리는 그에게 말하자 그의 얼굴이 활짝 펴졌다.

"정말요? 다행이다. 오늘 아침 때문에 엄청 신경 썼거든요. 혜정이네 본가 가정부 선생님까지 불러왔지 뭐예요. 많이 먹고 가요. 도시락도 싸 놨으니까 갖고 가고."

"네."

"얼른 먹어요, 국 식겠다."

그는 내 앞에 국그릇과 밥그릇을 밀어 주고 맞은편에 앉았다. 눈물이 나올 것 같은 것을 참고 나는 꾸역꾸역 밥그릇을 비웠다. 간간이 그가 챙겨 주는 반찬들과, 영문 모르게 목을 넘어오는 서러움과 분노도 함께 삼키면서.

"잘 먹네. 보기 좋다."

그 속을 아는지 모르는지 기분 좋게 미소 짓는 그는 오늘이 우리의 마지막인 걸 아시는지.

"이제 못 먹겠어요. 배불러요."

"아, 그렇지. 무리하지 말아요. 그럼 이제 출발할까요? 시험 장소로?"

"잠깐만요, 양치질만 하고요."

그는 고개를 끄덕이고 나는 재빨리 방으로 돌아와서 방문을 닫았다.

방에는 이제 남은 것이 거의 없었다. 기껏해야 책, 문제집, 혜정 언니가 사 줬던 옷들 정도뿐일까, 그마저도 이제 오늘이 끝나면 필요 없을 것들이었다. 아마 그가 분노해서 내 흔적 따윌 모두 지우려고 해도 지울 수가 없을 것이다. 남아 있지 않을 테니까.

서랍 안쪽에 넣어 두었던 편지 봉투를 확인하고 마지막으로 문을 닫았다.

변명이라고 해도 좋다. 이기적이라고 해도 상관없었다. 단지 나는, 내 마지막 변명을 그가 최대한 늦게 알아주기만을 바랐다. 내가 질리고 질릴 만큼 나를 미워하고 나서야 이 말을 알아주기를. 그래서 잠깐 머물렀던 한낱 계집애 따위는 바로 기억 저편으로 넘겨 주기를.

나는 심호흡을 하고 방을 나섰다.

기다리고 있던 그가 활짝 웃으며 손을 내밀었다.

"갈까요, 그럼?"

잠시 망설이던 나는 그의 손을 잡았다.

커다란 손은 놀랄 만큼이나 차가웠다.

"가요."

혹시라도 심장이 쿵쿵거리는 걸 들킬까 그의 손을 더 세게 쥐었다.

그가 나보다 더 빨리 심장이 뛰고 있었으니까.


수능 날의 이른 아침은 유독 신경을 잔뜩 곤추세우는 예민함이 넘쳐흐른다.

다들 웃고는 있지만 날카롭고, 여유로운 척하지만 조급하고, 아무렇지 않은 척 몇 시간 후의 일을 이야기하지만 실은 단 5분 후의 일도 예측하지 못해 초조해한다.

차는 해가 아직 뜨지 않은 어두운 거리를 달렸다. 나는 무거운 가방을 꼭 끌어안고 창문 밖을 주시했다. 시험장 앞으로 가면 갈수록 사람들이 늘어나고 있었다. 대부분 교복을 입고 있었지만, 아닌 사람도 있었다. 그게 나 하나만은 아니라는 사실에 조금 위안이 되었다. 그리고 청바지와 레깅스 사이에 후자를 골랐다는 사실에 조금 더 위안을 가지며, 땀이 배어나고 있는 손바닥을 남몰래 바지에 문질렀다.

그는 차가 잔뜩 밀려 있는 골목길을 솜씨 좋게 운전해서 빠져나와 교문 앞에 차를 세웠다. 막 차에서 내리려는데 그가 외쳤다.

"시험 잘 봐요. 끝나면 데리러 올게요."

그 말에 나는 멈칫해서 돌아보았다. 그는 아무렇지 않게 환하게 웃고 있었지만 나는 그럴 수가 없었다.

"안 그러셔도 돼요."

"네? 왜요? 끝나면 너무 늦잖아요. 데리러 올게요. 그랬으면 좋겠는데."

"괜찮아요. 끝날 때 되면 사람 더 많을 텐데. ……집으로 갈게요. 집에서 봬요."

거짓말을 하는 혀가 까끌거렸다. 고개를 갸웃거리던 그는, 개운치 못하단 표정이었지만, 결국 고개를 끄덕였다. 나는 최대한 아무렇지 않게 차에서 내리고 등을 돌렸다. 그리고 몇 발자국 걸어가는데 뒤에서 큰 소리가 들렸다.

"시험 잘 봐요, 임나경 파이팅!"

그 말에 나는 고개를 돌렸다. 어느새 차에서 내린 그가 입에 손을 모으고 큰 소리로 외치고 있었다. 학교로 들어가는 사람들이 한 번씩 고개를 돌려 돌아볼 정도로, 그러나 그들이 다들 입가에 미소 한 번씩을 머금고 갈 정도로 그는 개의치 않고 씩씩했다. 여태껏 다른 사람들의 시선에 움츠러들었던 내가 바보 같았다.

너무 바보 같아서, 참을 수가 없었다.

나는 다시 한달음에 그에게로 뛰어갔다. 그리고 펄쩍 뛰어안겼다.

"나경 씨?"

머리 위로 당황한 목소리가 들렸다. 그러나 나는 고개를 들지 않고 더더욱 머리를 그의 가슴팍에 파묻었다. 단단하고 넓은 품에서는 기분 좋은 향기가 났다. 절대로 놓치고 싶지 않은 그런 품이었다.

조금 머뭇거리던 그가 두 팔로 나를 꽉 감싸 안았다. 그 팔과 손도, 어깨도, 모두가 하나같이 단단하고 듬직했다.

"괜찮아요. 다 잘될 거야."

아냐, 괜찮지 않아. 난 오늘부터 당신을 떠날 거야. 연락도 받지 않고, 모습도 드러내지 않을 거예요. 오늘이 당신을 보는 마지막 날이 될 거야. 당신은 내게 실망하고 날 경멸하게 될 거야.

하지만 그래도 나는 당신을 좋아해.

당신이 있어 줬으니까.

나한테 새 생명을 줬으니까.

"울지 말아요. 내가 여기 있을 테니까, 너무 긴장하지 말고. 응? 아무 일도 없을 테니까. 다 잘될 테니까."

나는 아무 말도 못 하고 숨을 헐떡였다. 그러자 커다란 그의 손이 가만가만 내 등을 쓸어내렸다. 두꺼운 천 너머로 거대한 손바닥이 느껴지자 신기하게도 안정감이 들었다.

"고마워요…… 고맙고, 너무 미안…… 미안하고……."

"에이, 미안하긴. 뭐가 그렇게 미안해요. 시험 앞두고 그런 소리 하는 거 아니에요. 그냥 긍정적인 생각만 해요. 응? 시험 잘 보고."

머리 위로 그가 가만가만 말해 주며 등을 쓸어내렸다. 조금의 틈도 없이 단단히 부둥켜안은 팔이 온몸을 숨 막히게 조여왔다. 이상하게도, 그 압박감이 너무나도 좋다고 생각했다. 나를 옴짝달싹하지 못하게 하는 이 숨 막힘이 너무 좋다고.

그가 나를, 가게 내버려 두지 않았으면 좋겠다고.

나는 팔을 한껏 뻗어 그의 등 뒤로 깍지를 꼈다. 그리고 내머리를 그의 가슴팍에 더욱 깊숙이 묻었다.

"자, 이제 들어가 봐야지. 나경 씨."

몇 번이고 등을 쓰다듬던 손길이 점점 느려지고 작아졌다. 나를 억지로 떼어 놓으며 그가 눈 맞추고 미소 지었다.

등 뒤로 비치는 햇살에 현기증이 났다.

이제 그를 떠나보내야 하는 시간이 아쉬워서.

"네…… 이제 갈게요."

떨어지는 체온의 아쉬움을 무릅쓰고 나도 그에게서 한 발자국 물러섰다. 이게 작별 인사인 줄은, 그는 아직 꿈에도 모르겠지. 그는 내 어깨에 손을 얹고 나를 내려다보며 환하게 웃고 있었다.

"어서 들어가요. 잘못하면 늦겠다."

학교 정문에 모여 있는 사람들이 점점 흩어지기 시작할 무렵이었다.

나는 고개를 끄덕이고 등을 돌렸다. 접착제를 붙여 놓은 것처럼 떨어지지 않던 발걸음은 그에게서 멀어질수록 점점 더 가벼워지고 날렵해졌다. 날듯이 뛰어가다 문득 고개를 돌렸다. 그는 여전히, 그 자리에 멈춰 선 채로 빙긋이 웃고 있었다.

귀가 터질 듯 멍멍한 함성 속에서 나는 잠시 멈춰 서서 그를 보았다.

아마 영원히 잊히지 않을 그의 얼굴을.

"30분 전입니다! 빨리 들어가세요!"

교문 밖에서 커다란 목소리로 외치며 등을 밀어내는 사람들에 못 이겨 한 발 한 발 옮기면서도 나는 끝끝내 그의 얼굴을 쳐다보는 걸 잊지 않았다.

저 멀리, 손톱만큼 작아지면서도 끝내 미소를 잃지 않고 나를 보는 그의 얼굴을.

교실로 들어오자 순식간에 마음이 차분해졌다.

나는 가방을 내려놓고 자리에 앉아 눈을 감았다. 곧 사인
펜과 샤프가 나누어지고 시험이 시작됐다. 국어부터 시작되
는 시험은 어렵지 않았다. 눈을 감아도 풀 수 있을 것만 같은
기분이 들었다.

1교시가 끝나고 나는 어렴풋이 확신했다. 아마 이번 수능
에서 여태 받은 것 중에 제일 높은 점수가 나오리라고.

첫 스타트가 괜찮게 끊기니 뒤에도 수월했다. 수학, 점심
시간이 끝나고 영어, 사회 탐구, 그리고 제2외국어였다. 뻑뻑
해진 눈을 들자 어느새 새카매진 하늘이 나를 반겼다.

시험 종료를 마치는 종이 울리고 사람들이 우르르 일어나
교실을 빠져나갔다. 나도 비틀비틀 일어나 가방을 챙겼다.
묵직한 가방의 무게감에 순간 현실감이 들었다.

아, 그렇지. 나 이제 딴 데 가야 하지?

"어디로 가지……."

막막했다. 현기증이 났다. 물론 집을 나서서 며칠간 묵겠
다고 생각해 놓은 숙소가 몇 있긴 했지만 진짜로 그곳으로
향해야 한다니 눈앞이 캄캄해졌다. 문득 시험이 끝나면 그가
기다리고 있겠다는 말이 생각났다. 모른 척하고 그냥 그에게
로 갈까, 하는 생각도 들었다. 그런다면 언젠가는 류정환이

찾아와 그에게 사실대로 불겠지.

알 게 뭐야, 내 안의 무언가가 속삭였다.

나는 일개 고아고, 시험 때문에 지칠 대로 지쳐 있었다. 그는 어쨌든 나를 좋아한다. 결코 동생으로서 원하지는 않는 애정이지만, 어쨌든 내게 정이 들었다. 그렇다면 류정환에게 그런 소리를 듣고도 내게 정 떨어지지 않을 일말의 가능성이라도 있지 않을까?

달콤한 착각인 걸 알면서, 스스로 그럴지도 모른다고 생각하고 계단을 내려왔다.

남들보다 한발 늦게 내려온 탓에 교문 앞은 이미 사람들로 버글버글했다.

"어······."

아무리 멀리 있어도 한눈에 알아볼 수 있었다. 당연하다, 그는 눈에 띄는 사람이니까.

그는 커다란 목도리를 둘둘 감고 가로등 밑에 서 있었다. 커다란 눈을 감고 가만히 서 있는 게, 어딘지 지쳐 보이기도 했다. 아마 퇴근하고 급하게 온 거겠지. 집에서 보자고 했는데도 기어코 나와서 기다리고 있는 게 귀엽기도 하고 웃음도 나왔다. 나는 무심결에 그쪽으로 걸어갔다. 아니, 걸어가려고 했다.

근처에서 뜻밖의 얼굴을 보기 전까진.

"······!"

류정환이 그 근처에 있었다. 권이준 씨도.

아마 내가 수능 보는 장소가 어딘지 안 것 같았다. 하긴 권이준 씨가 있으니까, 그걸 아는 것 자체는 어렵지 않았을 거다. 하지만 그 둘이 단상우 씨 근처에 있다는 건 위험 신호였다. 그건 내가 나타나면 그 둘이 바로 마음먹은 행동을 실천에 옮길 거라는 뜻이었으니까.

"……."

나른하고 먹먹한 기분이 싹 가시고 온몸에 냉기가 돌았다.

나는 외투를 여미고 후드를 깊게 눌러썼다. 그리고 그 둘이 두리번거리는 시선을 피해 몸을 낮추었다. 최대한 조명이 비추지 않는 곳을 향해 발걸음 속도를 빨리했다. 그 와중에도 수능 때문에 껐던 핸드폰은 한 번도 켜지 않았다.

가장 가까운 곳에 있는 버스 정류장에서 가장 먼저 오는 버스를 아무거나 탔다. 어디로 향하는지는 중요하지 않고 그저 그들에게서 멀어지기 위한 버스를.

"……."

버스는 아슬아슬하게 그들이 모여 있는 곳을 스쳐 지나갔다. 교문 앞은 시험 치고 나온 사람들과 그들을 마중 나온 부모들, 그리고 기다리고 있는 사람들로 버글거렸다. 그 와중에도 나는 홀로 외로이 서 있는 단상우 씨를 똑똑히 볼 수 있었다. 피로에 질리고 지친 얼굴을 하고 있는 그를.

문득 눈을 뜬 그가 주머니에 손을 넣더니 핸드폰을 꺼내어 단축 번호를 길게 눌렀다.

"……."

전원이 꺼져 울리지 않는 핸드폰을 모른 척 꽉 쥐었다.

"……."

전화기가 꺼져 있어 소리샘으로 연결된다는, 안 들어도 뻔한 멘트를 들은 그의 얼굴이 살짝 일그러졌다. 아마 지금쯤은 걱정하고 있겠지. 어디선지 엇갈렸다고 생각할지도 모르고. 차라리 그렇게 생각하며 발길을 돌려 줬으면 좋겠다고 생각한 그때, 류정환과 권이준 씨가 그에게 다가오는 것이 보였다. 아마 내가 보이지 않으니 그에게 먼저 다가가기로 생각했겠지.

단상우 씨가 의아한 얼굴로 고개를 드는 것을 보고 참담함에 눈을 감았다.

그가 나를 경멸할 시간이 얼마 남지 않은 것을 알고도, 모른 척 도망치고 싶었다.

그렇게 나는 그에게서 도망쳤다. 최대한, 그가 나를 미워하는 걸 알지 못할 곳으로.


한 달이 지났다.

수능 결과가 나오고 나는 수시에 합격했다.

두 달이 지났다.

수시에 합격한 대학교 중 서울에서 가장 멀고 전액 장학금을 준다는 학교를 들어갔다. 근처 고시원에 방을 잡고 아르바이트를 구했다. 아침 일찍부터 저녁까지 불판을 닦는 식당이었다. 그런 걸 하고 있으면 머릿속이 텅 비고 온몸이 녹초가 돼서, 저녁이 되면 되도록 빨리 자고 싶다는 생각밖에 안 들었다.

봄이 되었다.

아무도 오지 않는 입학식에 참석했다. 꽃다발도, 축하도 없는 입학식에 오도카니 서서 올 리 없는 누군가를 기다렸다.

여름이 되었다.

첫 학기가 끝나고 학점 4.5점을 받았다. 기쁘다는 생각보다는 전액 장학금이 유지된다는 안도의 한숨이 나왔다. 방학에는 근처에 있는 보습 학원의 보조 선생님으로 일했다.

길었던 방학이 지나고 2학기가 시작되고, 다시 겨울이 시작되었다. 새 학기가 시작되고 신입생들이 들어왔다. 선배라고 인사하며 눈을 초롱초롱 빛내는 그들이 낯설었다.

1년이 지나고.

또 2년이 지나고.

눈코 뜰 새 없이 바쁘게 공부하다 간신히 졸업 전에 임용시험에 합격했다.

그해 겨울, 대학교에 들어와서 처음으로 맞이하는 여유 시간에 나는 바다를 한 번 갔다 왔다. 물이 파랗지도 않고, 약간 지저분한 서해 바다였지만, 참 좋았다. 별것도 아닌 그 바다가 뭐라고 나는 아침에 눈을 뜨면 해변을 거닐고 혼자 조 개구이를 사 먹고 카페에 가서 하염없이 앉아 있는, 그런 짓 을 일주일이나 했다. 숙소 아줌마가 혹시 나쁜 맘 먹지 않았 는지 걱정할 정도로.

임용 시험 성적이 나쁘지 않아서 원하면 도회지에서 첫 발 령지가 날 수도 있었지만 일부러 바닷가 근처 학교를 신청한 건, 어쩌면 그래서였는지도 모른다.

그 지저분한 바다가 보고 싶어서.

대학교 내내 아르바이트해서 모은 돈과 전 재산을 탈탈 털 어 첫 발령 받은 학교 근처에 전세방을 얻었다. 그러고도 몇 달간은 계속 눈코 뜰 새 없이 바빴다. 수업 준비하고 아이들 을 돌보고 학교 시스템을 외우고, 간신히 일이 손에 익었다 싶으니 어느새 몇 달이 훌쩍 지나 있었다. 그제야 간신히 자 리에서 눈을 들고 주변을 둘러볼 여유가 생겼다. 그리고 간 신히 체면치레를 할 돈도.

그러고도 한참을 엄두가 나지 않아 망설이다 어렵사리 흰 봉투 안에 수표를 넣고 부쳤다. 고작해야 3백만 원, 그것도 등기까지 붙여서였다. 몇 년이나 지났는데 고작 몇 달 지낸 집 주소가 잊히지도 않는 게 신기했다.

"보내는 사람 주소도 쓰셔야 하는데요."

원래 받는 사람 주소만 쓰려다가 우체국 직원의 말에 결국 내 집 주소를 적었다. 그것도 구체적으로 쓸지 모호하게 쓸지, 한참을 고민한 끝에 겨우 알아볼 정도로만 흐릿하게였다. 우습지도 않다고 생각했다. 그는 이제 나를 잊었을 텐데, 이제 미움마저 흐려질 정도로 오랜 시간이 지났는데 아직도 그가 나를 미워할지, 혹은 보고 싶어 할지 갈피를 잡지 못하는 내가.

수표를 등기로 부치고 설레는 마음으로 일주일을 보냈다.

놀랄 만큼이나 아무 일도 일어나지 않았다.

그게 당연한 일인데도 자못 서운한 마음이 드는 게 신기했다.

"임 선생, 무슨 안 좋은 일이라도 있어? 요새 표정이 안 좋네."

점심을 먹는데 다른 선생님들이 한마디씩 할 정도로 가라앉았나 보다. 애써 웃으며 나는 요새 피로한가 보다고, 눙치고 말았다. 그러자 다들 한마디씩 거들며, 그래도 방학이 얼마 남지 않았으니 다들 힘내 보자고 말했다. 곧이어 각자 방학 때 가족들과 어디를 가는지, 무엇을 할지 떠들썩하게 목소리를 높여 말했다.

나만 할 말이 없었다.

나만 외톨이였다.

그러나 그 고독도 내가 자초한 것이기에 나는 아무 말도 할 수 없었다. 애써 웃음 지으며 자리를 파하고 텅 빈 교실로 돌아가 짐을 챙기다가 왈칵, 밀려 나오는 울음에 문득 현기증이 났다. 잠시 자리에 주저앉아 숨을 골랐다. 마른 교탁 위로 눈물 몇 방울이 툭툭 떨어졌다.

나는 울 자격도 없다고 생각했다.

그러나 그럼에도 눈물이 나오는 건 어찌 된 영문일까.

스스로 그를 버렸으면서, 가족이 되어 주겠다고 다가온 사람을 피해 달아나 버렸으면서 나는 아직도 그의 손길을 기대한다. 어쩌면 그가 다시 다가와 줄지도 모른다고 고대한다. 이 무슨 못된 말장난이란 말인가. 이제 나이도 먹을 만큼 먹은 성인인데. 스스로의 잘못을 책임져 보겠다고 수표도 부쳤으면서.

잠시 멍하니 눈물을 삭이다가 불현듯 자리에서 일어나 교실을 나섰다. 다른 선생님들은 이미 다 하교하고 없었다.

터덜터덜 홀로 운동장을 가로지를 때였다.

"……."

나는 문득 어디선가 보았던 것 같은 풍경을 보게 된다.

아이들도 모두 하교하고 텅 빈 운동장 너머 교문 밖으로 검은색 자동차가 미끄러지듯 섰다. 어디선가 본 것 같은 기시감에 저절로 발걸음이 멈추어 섰다. 나는 마치 홀린 듯, 뚫어지게 커다란 자동차가 멈추는 것을 바라보았다. 그때와 자동차도 다르고 주변 풍경도 달랐지만, 알 수 있었다. 앞으로 똑같은 일이 벌어지리라는 걸.

차가 멈추고 잠시 뒤에 차 문이 열렸다.

그리고 홀쩍 큰 키의 남자가 단단히 버티어 섰다.

"어……."

소리 내어 부르려고 했지만, 목소리가 나오질 않았다. 나는 입을 틀어막고 멍하니, 그가 천천히 고개를 돌려 이쪽을 바라보는 모습을 지켜보았다.

천천히 걸어오는 그는, 마치 기억 속의 그 언젠가처럼 똑같았다.

"나경 씨."

천천히 그러나 한달음에, 이쪽까지 걸어온 그가 내 이름을 불렀다.

더없이 진중하고 사려 깊고 다정한 목소리로.

"나경 씨."

그 말에 누군가 탁, 터뜨린 듯 눈물이 줄줄 쏟아졌다.

"왜 울어요, 나경 씨."

말도 잇지 못하고 펑펑 울고 있는데 그가 난감한 얼굴로 웃으며 손을 뻗었다. 커다란 손바닥으로 두 뺨을 감싸고 눈물을 닦아 주는데, 마치 어제처럼 기억이 났다. 그가 울던 나를 달래 주던 기억이.

마치 둑이 터진 것처럼 하염없이 눈물이 터졌다. 나는 흐느끼며 그를 당겨 안았다. 멈칫하던 그는, 그러나 곧 등을 토닥거리며 나를 마주 안아 주었다. 머리부터 발끝까지 이불로 감싸인 듯 포근했다. 마치 어젯밤 일어나 개켜 놓은 이불처럼 떨어지기 싫었다.

"나경 씨, 나경 씨……."

그는 노래를 부르듯 내 이름을 되뇌었다. 나는 줄곧 그런 그를 껴안고 그 자리에 서 있었다.


"많이 컸네요."

어색하게 모래사장에 앉아 있다가 그가 불쑥 말했다.

그 말에 나는 대꾸 대신 모래만 한 움큼 쥐어 내던졌다. 어렸을 때도 한 번도 안 한 짓이었다. 그러나 불통한 내 심정으로는 그런 짓밖에 할 수 있는 게 없기도 했다.

"전 단상우 씨랑 처음 만났을 때도 어른이었어요."

"아 참, 그렇지."

"그리고, 저는 그때나 지금이나 똑같아요. 오히려 늙었다는 말이 맞다고요. 그리고 그러면 단상우 씨는요, 단상우 씨는 안 늙었는 줄 아세요? 똑같아요, 저랑요."

"하하하하하하……."

복수하듯 내뱉은 내 말에 그는 불쾌해하지 않고 호탕하게 웃었다. 나는 단상우 씨를 흘끗 쳐다보다가 다시 고개를 돌렸다.

실은 그는 하나도 늙지 않았다. 오히려 더 잘생기고 멋있어졌다. 어쩌면 입가에 주름은 한두 줄 늘었을지도 모르지만, 그때나 다름없는 입가의 미소나 표정 때문에 하나도 변하지 않은 것처럼 느껴지는 걸 수도.

어쨌든 그는 그 모습 그대로였다. 마치 어제 본 것처럼.

그리고 그를 보는 내 심장도 마구잡이로 뛰고 있었다. 마치 어제처럼.

"혜정 언니는 잘 있어요?"

"혜정이요? 혜정이라, 글쎄……."

부러 그 마음을 진정시키려 그의 부인 얘기를 꺼내자 그는 곧바로 대답하지 않고 깊은 생각에 잠겼다. 나는 그가 옆을 짚은 왼손을 몰래 살폈다. 당연히 반지가 끼워져 있을 거라고 생각했던 손가락은 텅 비어 있었다.

그걸 본 순간, 심장이 철렁 가라앉을 만큼 놀랐다.

혹은 솟구쳐 오를 만큼 세차게 뛰었든가.

"모르겠네. 안 본 지 한참 돼서. 아마 프랑스에 있지 않을까?"

"아……."

"왜요, 우리 둘이 어떻게 된 건지가 궁금해요?"

그가 정곡을 콕 찔렀다. 엉겁결에 아니라고 고개를 저을 뻔했다가 그가 빤히 보는 시선에 힘주어 고개를 끄덕였다. 그러자 그가 희미하게 웃었다. 고통인지 무엇인지 모를 것이 입가에 언뜻 스쳤다.

"안 했어요, 그 결혼."

"왜…… 왜요?"

"모르겠어요. 왜 그랬을까."

쏴아아, 그가 앉아 있는 발끝까지 파도가 밀려왔다가 다시 쓸려 내려갔다. 그러나 그는 꼼짝도 하지 않고 있었다. 그저 고통스러운 얼굴을 하고 거기에 그냥 앉아 있었다.

"내가 나경 씨 찾겠다고 고집부리니까 혜정이가 그냥 가 버렸던가?"

쏴아아, 파도에 섞여 들리지도 않을 아주 작은 혼잣말로 그가 말했다. 그러나 내게는 그렇지 않았다.

"저를 찾으셨어요?"

"그걸 말이라고 해요, 지금?"

먼 곳만 보고 있던 그의 시선이 처음으로 이쪽을 향했다.

"생각해 봐요. 어린 여자애가 편지 하나 달랑 남겨 두고 사라졌는데 안 찾을 사람이 있나. 나경 씨도 그 나이쯤 먹었으면 그때 자기가 얼마나 어렸는지 알 텐데."

어투는 가벼웠지만 신랄했다. 나는 말을 이어 갈수록 형형해지는 그의 눈빛에 움츠러들었다. 나이를 먹은 지금에서야 그때의 그의 심정을 알 것 같았다.

지금 그랬더라도 아마 그때처럼 했을 테지만.

"죄송해요. 그땐 그게 최선이라고 생각했어요."

"최선이요? 어린 여자애가 돈도 없이 달랑 지갑 하나 들고 연락도 안 받는 게 최선이요? 하!"

스스로 말하면서도 기가 막혔으니 그는 오죽했을까. 자리에서 벌떡 일어난 그는 그 자리에서 몇 바퀴나 빙글빙글 돌았다. 속이 터질 것 같은 걸 억지로 그렇게 참는 것만 같았다. 나는 아무 소리도 못 하고 그가 그렇게 혼자 속으로 삭이는 걸 보고만 있었다.

"수능 치겠다고 들어간 사람이 그날 밤이 지날 때까지도 안 들어오면 그 심정이 어떤 줄 알아요? 나는 그날 그 학교 주변 응급실이란 응급실은 다 뒤졌어요. 혹시라도 당신이 시험 치다가 쓰러지고 실려 갔을까 봐. 그러고도 없어서 서울 119에 신고 들어온 건 없는지 그것도 다 확인하고. 그래도 당신은 없고, 연락은 해도 핸드폰은 안 받고, 뜬눈으로 밤을 지새우다 집에 들어갔는데, 당신 방엔 아무것도 없고 편지 하나만 딸랑……."

거기까지 말한 그가 숨을 혹 들이켰다. 나는 그가 편지 내용을 떠올리는 걸 알고 몸을 굳혔다. 금세라도 화를 낼 것처럼 얼굴에 핏줄이 선 그는 그러나 결국 내게는 고성 한 번 지르지 않고 숨을 삼켰다. 그리고 무너지듯 자리에 주저앉았다.

어깨를 들썩거리며 숨을 몰아쉬던 그가 그러고도 모자란 지 손으로 모래를 한 움큼 쥐어 던졌다. 조각조각 날아간 모래들은 우스스 부서지는 파도의 포말에 섞여 사라졌다.

"미워서 볼 수가 없었어요. 너무 미워서."

고개 숙인 채 그가 웅얼거리듯 읊조린 말도 그렇게 파도에 섞여 사라졌다.

나는 한참이나 그가 고개 숙인 채 어깨를 들썩거리는 모습을 지켜보았다. 무어라고 해야 할지를 몰랐다. 내가 그에게 상처 준 것은 알았다. 그러나 그 상흔이 이토록 깊고 선명하게 새겨져 있는 것은 몰랐다.

문득 가슴이 두근거리기 시작했다.

당신은 알까, 그때 지냈던 몇 달만이 내 흑백 인생의 유일한 색채였다는 걸.

"축하네요. 이러려고 여기 온 건 아닌데."

벌게진 눈가를 황급히 감추며 그가 말했다. 그러면서 그가 품속에서 무언가를 꺼냈는데, 바로 내가 보냈던 봉투였다. 벌어졌다 다시 붙은 자국이 역력한 그것은 어찌나 만지작거렸는지, 본래의 빳빳함을 잃고 엉망으로 구겨져 있었다.

"여기 온 건 나경 씨한테 이거 돌려주려고 그런 거예요."

그 안에 무엇이 들었는지 뻔히 아니까, 안 받으려고 손사래를 쳤다. 그러나 그는 한사코 내 팔을 끌어당겨 손에 봉투를 쥐여 주었다.

"나경 씨한테 돈 받고 싶지 않아요. 이 돈 받으려고 여태까지 속 새까맣게 태웠던 것도 아니고."

"아니에요. 하지만……."

"나경 씨한테 해 준 건 그냥 동생이라서, 내 어머니의 자식이라 해 준 거니까 돈으로 갚을 필요 없어요. 나경 씨 원하는 대로 살아요. 그게 내가 바라는 거예요."

그가 하는 말 한 마디 한 마디가 마음을 후벼 팠다. 한순간 희망으로 확 달아올랐던 마음이 싸늘하게 식었다. 그러나 동시에 나는 그가 나를 보지 않고 말한다는 것도 알아차렸다. 그의 턱은 스스로도 알아채지 못할 정도로 아주 미세하게 떨리고 있었다.

나는 나도 모르게 말했다.

"저는 단상우 씨 동생이 아니에요."

"……."

"편지에도 다 써 놓고 나왔어요. 아시잖아요, 제가 당신 속였던 거."

그랬다. 그날, 수능을 보러 도망치던 날 나는 그에게 내 잘못을 고백하는 편지를 썼다. 거기에는 내가 사실은 고아였고 어머니가 나를 주워다 길렀으며, 당신과 피가 이어진 친남매가 아니라는 내용이 적혀 있었다. 내가 그 사실을 다 알고도 모른 척 함구하고 그를 따라나섰다는 사실까지 함께였다.

그는 나를 계속 찾았고, 찾으려 노력했으니 분명 그가 만들어 준 내 책상을 샅샅이 뒤지고 내가 숨겨 놓은 편지도 찾아 읽었을 것이다.

그런데도 아직까지 동생이라니, 어머니의 자식이라니, 그런 말을 읊조리는 그는 분명 내가 그와 가족이고 싶지 않아 벌인 이 모든 일들을 다 무시하고 있는 게 분명하다.

"알았어요."

자리에서 벌떡 일어나 시근덕거리고 있는 나를 빤히 올려다보던 그가 말했다.

"이미 알고 있었어요. 처음 나경 씨 데리러 갈 때부터 당신이 입양아인 건."

"뭐라고요……?"

순간 내가 들은 게 맞는지 헷갈렸다.

그러나 그는 처음처럼 무심한 얼굴로 나를 바라보고 있었고, 파도는 아무렇지 않게 철썩거리며 모래사장을 치고 있었다. 모든 게 아무렇지도 않게 돌아가는 와중에 나만 혼자 얼떨떨하게 있다가 천천히, 아주 천천히 모든 상황을 이해했다.

그러니까 그는, 처음부터 이 모든 걸, 알고 있었다고?

"모를 리가 없잖아요. 당신이 처음 고아원에 도착했을 때 돌봤던 사람이 나인걸. 당신이 아무것도 기억 못 하던 때부터 나는 당신을 알았어요. 내 어머니라는 사람이 나 대신 당신을 데려가는 것도 봤죠. 그러니까, 다 알고 있었어요."

"……."

"당신 얼굴에 있는 흉터를 만든 사람이 나니까."

그 말을 듣고서야 정신이 번쩍 들었다.

반사적으로 눈 밑에 있는 흉터를 움켜쥐고 나는 주저앉았다. 그가 얼른 부축했다. 그러나 나는 뿌리치고 뒤로 물러섰다. 심한 배신감에 입술이 바르르 떨렸다.

"알았다고요? 다 알았다고?"

"……."

"그런데 왜 말 안 했어요? 왜 알면서도 모른 척했어요? 당신이 그렇게 말하면 내가 너무 멍청이 같잖아. 오빠 아닌 걸 알면서도 맞는 척 전전긍긍했던 내가 이상해지잖아. 왜 나를 그렇게 바보로 만들었어요, 도대체 왜!"

"당신이 알고 있는 줄 몰랐으니까!"

바락바락 지르던 비명 같던 고함은 그의 외침에 까드득 뜯겨져 나갔다. 벌떡 일어나서 마주 고함지른 그가 거친 숨을 몰아쉬었다. 꽉 쥔 주먹이 덜덜 떨렸다.

"당신이 고아인 걸 알고 있는 줄은 몰랐으니까. 그게 아니라면 그 어린애를 데려갈 리가 없잖아. 친자식이 눈앞에 있는데도 굳이 어린애를 데려갈 정도라면 당연히 고아였던 건 모르게 할 거라고, 그렇게 생각했었는데."

"……."

"물론 그 여자가 그렇게 생각 있는 사람이 아니란 건, 이미 알고 있었지만."

이미 죽고 없는 어머니를 비난하는 그의 목소리가 가늘게 떨렸다. 나는 반사적으로 그의 얼굴을 살폈다. 커다란 눈에 눈물이 고여 있었다. 마치 어렸을 때 처음 버림받던 그 소년처럼.

"다 알고 있었어요. 처음부터 다 알고 있었어요. 당신이 아주 갓난아기 때 고아원에 들어와서 일주일 후에 그 사람들이 당신을 데리고 갔죠. 나는 그 여자가 내 친모인 걸 이미 알고 있었고요. 당연히 나는 나를 데리고 갈 줄 알았어요. 내가 그 사람의 자식이니까. 하지만 그 사람은 당신을 데리고 갔어요. 가장 어리고 고아원에 들어온 지 얼마 안 됐다는 이유 때문이었어요. 그러니 당연히 생각했죠. 아, 그 애를 아예 입양했단 것도 숨기고 친자식처럼 키우고 싶어 하나 보다. 그렇게."

"……."

"설마하니 당신이 입양됐단 걸 알고 있을 줄은 몰랐어요. 그럴 줄은 생각도 못 했어요."

나는 멍하니 그를 올려다보았다. 나를 내려다보는 그의 얼굴에는 아주 오래된 고통이 서려 있었다. 친모가 자신을 모른 척하고 다른 아이를 데려갈 때의 그 고통이란, 나 같은 건 아마 상상도 못 할 것이었다. 그러나 어머니는 그럴 사람이 아니었다. 내가 아는 어머니는 제 자식의 고통을 외면하고 저 하나만을 위할 사람이 아니었다.

그걸 알아채자 내 변명은 저절로 어머니를 위한 변명 비슷하게 되었다.

"아니에요. 어머니가 말해 준 게 아니에요. 그건 그냥…… 스스로 안 거예요. 동네 사람들도 다 알고 있었으니까, 제가 고아라는 건."

"……."

"하지만 어머니는 끝까지 저한테 고아라고 하신 적 없어

요. 어머니는 그냥 저를 친자식처럼 사랑해 주셨어요. 한 번
도 제가 고아라는 의심 들게끔 대해 주신 적 없어요."

"……."

"아마 그건 단상우 씨한테도…… 그랬을 거예요."

그 말에 그가 고개를 들었다. 젖어 있는 속눈썹이 반짝거
렸지만 모른 척, 나는 말을 이었다.

"어머니한테도 분명 사정이 있었을 거예요. 그렇게 고아원
에서 데려온 고아도 사랑해 준 사람인데, 친자식을 그냥 버
리고 싶었을 리가 없어요. 분명…… 뭔가 사정이 있었을 거예
요."

그리고 그 사정은 십중팔구 아버지란 작자였겠지만.

보지 않아도 알 수 있었다. 어머니는 아버지를 사랑하지
않았다. 그러기는커녕 오히려 경멸하고 혐오했다. 아버지도
그런 어머니를 알고 있었지만, 개의치 않았다. 오히려 어머
니를 물건처럼 굴려 대고 학대했다. 그리고 어머니가 그에
눌려 증오심 어린 눈으로 저를 쳐다보는 걸 즐거워했다. 그
인간은 그런 작자였다. 다른 이들이 저를 피하고 혐오하는
걸 굴종하는 줄 알고 즐거워하는 자. 남들의 의지를 모욕하
고 꺾으면서 그들의 위에 서려고 애쓰는 자.

그런 한심한 작자가 어머니의 남편이었다. 그리고 그런 자
니 분명 제 아들을 데려가려는 어머니의 뜻을 억지로라도 꺾
으며 즐거워했을 것이다.

보지 않아도 훤히 알 것 같은 광경에 나는 눈을 감았다. 그리고, 그가 이 광경을 모른다는 사실에 그나마 감사해했다.

"그러면 그때 왜 날 데리러 왔어요? 대체 왜요?"

그가 대꾸 대신 우울한 눈으로 나를 쳐다보았다. 나는 움찔했지만, 용기 내어 계속 말했다. 늘 마음속에 짐짝처럼 얹혀 있던 말을.

"왜 친동생도 아닌 나를 데려가서 그랬어요? 먹여 주고 재워 주고, 대학교까지 가라고 부추기고, 결국엔 여기까지 찾아오고, 왜 당신하고는 아무 상관도 없는 못된 계집애 따위를, 도대체, 당신은 왜……."

말문이 턱턱 막혔다.

나는 그를 속였다. 그를 기만하고 등쳐 먹었다. 물론 그로 인해 나는 인생이 바뀌었지만 그는 아니었다. 그는 내가 사라진 4년 동안 배신감에 치를 떨어야 했을 것이다. 하지만 그가 애초에 내가 친동생이 아니란 걸 알았다면 얘기가 달라진다. 그는 왜 애초에 보답받지도 못할 짓을 했을까?

그가 무거운 입을 열었다.

"그럴 생각까진 없었어요. 나경 씨를 데려오려는 생각은."

"……."

"처음에는 그냥 궁금했어요. 그 여자가 나 대신 데려간 여자애가 궁금했었죠. 그런데 이상하게도 입양된 딸이 어머니와 닮아 있더라고요. 그게 신기했어요. 그리고 궁금했죠. 대체 그 여자는 어땠을까. 그 딸은 어디가 닮아 있을까. 그 둘은 대체 어떻게 살고 있을까. 그러다가 어쩌다 그 딸이 빚에 시달리는 것을 알고……."

그의 목울대가 무겁게 움직였다.

"불쌍해서."

파도가 철썩거리는 소리에 섞여 들렸다. 나는 옴짝달싹할 수가 없었다.

"그래서 그랬어요. 거기에 내버려 두기엔 그 어린애가 너무 불쌍해서. 데려오면 알아서 먹고살겠거니 했죠. 실제로 도망 나간다고 해도 어쩔 수 없다고 생각했어요. 하지만 하루가 지나고, 이틀이 지나고, 계속 며칠이 지나고, 그러고 났더니 그 애가 계속……."

거기까지 말한 그가 다시금 침을 꿀꺽 삼켰다. 나는 무심결에 그가 가슴팍에 손을 얹고 매만지는 걸 볼 수가 있었다. 그 안에 무엇이 있는지는, 모르겠다. 알 수가 없었다. 그러나 심장이 마구 뛰었다.

"좋았어요?"

나는 나도 모르게 말했다. 그가 이쪽을 흘끗 돌아보았다. 순식간에 엄격하던 얼굴이 무너져 내렸다.

"나경 씨."

"나 좋아했죠? 난 알아."

나는 한 발 나서서 가슴을 폈다. 그는 무심결에 한 발자국 물러섰다. 그러나 나는 그의 얼굴이 어느새 붉게 물들어 있는 것을 알 수 있었다.

"나는 당신 좋아했어요. 알고 있었잖아요. 내가 애초에 단상우 씨 오빠로 보지 않았던 거. 처음부터 끝까지 남자로 보고 있었다는 거요."

"나경 씨."

"지금도 그렇다는 건 알아요?"

저절로 얼굴이 붉어졌지만 나는 꿋꿋하게 말했다. 실은 터져 나온 것에 가까웠다. 아주 오래전부터 꾹꾹 눌러 놓은 마음이, 진공 상태에 가깝도록 꽁꽁 감춰 두었던 마음이 갑작스레 펑- 스위치가 눌린 것처럼.

그리고 그 상대는 바로 내 앞에 있는 그 사람.

"좋아해요."

석양을 등지고 선 그의 실루엣이 뻣뻣하게 굳어졌다.

"단상우 씨 좋아해요. 처음부터 지금까지 계속 좋아했어요. 오빠라고 부르고 싶지 않았던 건 다 좋아해서 그런 거였어요. 가족이고 싶지 않은데, 당신은 나를 가족으로만 보니까. 그게 너무 싫어서 도망쳐 나온 거였어요. 그리고 앞으로도 그러고 싶지 않아요. 동생이고 싶지 않아."

"나경 씨."

"단상우 씨도 나 좋아하잖아요. 아니에요?"

그 말에 그는 헉, 숨을 멈췄다. 말문이 막힌 듯 입만 뻐끔거리는 모양만 보아도 기분이 좋았다. 아니, 사실은 그를 본 그 순간부터 그가 좋았다. 머리부터 발끝까지 안 좋았던 적이 없었다.

나는 그를 원했고, 처음부터 마지막 순간까지 내 남자였으면 했다.

"……한때예요."

동상처럼 굳어진 그의 입술이 열렸다.

"한때라고 생각했어요. 나경 씨는 아직 어리고 잘 모르니까. 세상에 또래의 좋은 남자들이 얼마든지 있는데 아직 잘 몰라서 나한테 기대는 거라고, 분명 머리가 굵어지고 철이 들면 한때 품었던 풋사랑 같은 건 지나가고 나를 잊을 거라고. 그렇게 생각했었어요. 그리고 지금도……."

"아니에요."

아직도 어린애를 보는 듯 나를 설득하려는 그를 가로막았다. 그의 말은 틀렸다. 나는 그때나 지금이나 어린애가 아니었다. 성인이었다.

그리고 그때보다 훨씬 더 나이 먹은 지금에 와서도 그를 향한 마음은 아직 사라지지 않고 있었다.

"기억나요? 단상우 씨가 나한테 오래가지 않을 거라고 했던 거. 틀렸어요. 저는 단상우 씨 단 한 번도 잊은 적 없어요. 비록 당신에게 끝까지 거짓말할 자신 없으니까 도망 나오기는 했지만, 그런 적 없어요. 당신처럼 좋아할 남자 만난 적도 없어요. 앞으로도 없어요. 계속 없을 거예요."

"나경 씨."

"내 마음이 그렇게 가벼울 거라고 마음대로 치부하지 말아요. 당신도 안 그렇잖아."

내 마지막 말은 그 간절함 때문에 마구잡이로 흐려져서 나왔다.

"당신도 아직 나 좋아하잖아요. 그러니까 여기까지 온 거잖아요. 그냥 반송해도 되는 수표까지 들고 나 보러 여기까지. 내 눈 못 마주치고. 나 안 좋아한단 거짓말도 못 하면서. 계속 얼굴 붉어지면서, 말도 제대로 못 하면서, 결국 가족이라고 거짓말하고 등쳐 먹은 계집애를, 제대로 쫓아내지도 못하고 여기까지 온 주제에."

"……."

"이게 풋사랑이라고, 그러면 당신에게 나는 뭔데요. 가족애? 동정심? 거짓말, 동정심 때문에 그렇게 잘해 주는 사람이 어디 있어……."

끝내 나는 제대로 말을 맺지 못하고 흐느꼈다. 난감한 표정의 그가 이쪽으로 손을 뻗었지만, 닿지 않았다. 닿지 못했다. 내가 그의 손길을 피해 뒤로 몇 발자국이나 물러섰기 때문이다. 서럽고 또 서러웠다. 간신히 내보인 마음이 이토록 간단히 내던져지는 게 무서웠다. 아니 실은, 말하면서도 반쯤은 체념해 버린 내 자신이……

"후회할 거예요."

억눌린 목소리가 들렸다.

귀가 번쩍 뜨였다.

"나경 씨가 후회할 거예요. 날 봐요. 그때, 나경 씨가 아무데도 의지할 데 없는 줄 알고 데려온 사람이 나예요. 남인 걸뻔히 알면서도, 나경 씨가 날 오빠라고 생각할 줄 알면서도굳이 데려온 사람이 나라고요. 심지어 친동생도 아닌데, 내가 무슨 생각을 했을 줄 알고, 어떤 더러운 생각을 했는 줄알고 나를 남자로 좋아해요. 네? 다시 생각해 봐요."

"……."

"나경 씨는 그걸 생각해야 돼요……."

흡사 마음 돌리라고 애원하는 말투였지만, 들리지 않았다.내게 들린 건 내가 후회할 거라고 말하는 그의 태도였다. 정작 내가 그의 침실까지 찾아갔을 땐 혹시나 닿을까 이불 덮어씌우고 조바심쳤으면서. 누가 나한테 그런 짓 했냐고 울었으면서.

그렇게 말하는 게 실은 내 마음 돌리려는 거라면, 그게 실은 단상우 씨가 제 마음 억누르려는 거라면, 혜정 언니 포기하듯 나 또한 포기하려는 거라면, 그렇다면…….

"상관없어요."

"나경 씨!"

"머릿속으로 어떤 생각을 했든 상관없어요. 단상우 씨는 안 그랬잖아요. 다른 사람들이 다 하고 싶은 대로 날 하려고 들었는데 단상우 씨는 안 그랬잖아요. 뭐가 됐든 상관없어요. 나한테, 무슨 이상한 생각을 했든 나는 괜찮아요."

"그러지 말아요, 나경 씨. 나경 씨는 나보다 더 좋은 사람 만날 수 있어요. 나이도 비슷하고 고아도 아닌 그런 사람. 나는 나경 씨보다 나이도 많고, 고아에, 주변머리도 변변치 않고……."

"그리고 나도 이제 나이 많잖아요. 그렇죠?"

나는 그의 말허리를 자르고 허리를 곧게 죽 폈다. 조금이나마 키 큰 그의 얼굴과 가까워졌다.

"나이 많은 거, 고아인 거, 다 상관없어요. 나도 이제 나이를 먹은걸요. 게다가 성격은 내가 훨씬 더 나쁘니까 상관없어요. 단상우 씨도 감당 못 할 만큼."

"나경 씨……."

"아니면 아직도 내가 어린애로 보여요? 그때보다 훨씬 더 크고, 많이 배우고, 이제 직업까지 있는 내가?"

자못 당당하게 말하지만 실은 그가 그렇다고 고개 끄덕일까 봐 심장이 두근거렸다. 겁먹은 얼굴로 나를 내려다보던 그가 천천히 고개를 흔들었다.

안도의 한숨이 튀어나왔다.

"다행이다, 그래도 이제 동생이라고 거절하지는 않아 줘서."

"나경 씨……."

눈물 젖은 얼굴로 나는 활짝 웃었다. 그는 이제 거의 울 것 같은 얼굴로 나를 바라보고 있었다.

"좋아해요."

어쩔 수 없이, 호흡처럼 그 말이 나왔다.

"정말 좋아해요. 하루도 빠짐없이 당신을 생각했어요. 아무리 힘들어도, 꼭 당신이 바라던 대로 좋은 사람이 돼서 당신에게 용서를 빌겠다는 마음으로 버텼어요. 그런데 그게 실은 그냥 당신을 보고 싶다는 마음이었나 봐. 당신이 너무 좋은데 마음대로 좋아하기 어려우니까. 그러니까……."

"……."

"당신에게 더 이상 거짓말하지 않아도 돼서 너무 기뻐요. 오빠라고 부르지 않아도 돼서 너무 좋아."

처음부터 당신을 남자로 사랑했던 나니까.

기어코 그의 눈에서 눈물이 떨어졌다. 그 눈물이 어떤 의미인지 나는 알 수가 없었다. 끝내 나를 동생으로 거두지 못했던 아쉬움인지 혹은 그가 꿈꾸던 가족이 실은 아예 없었던 회한인지. 뭐가 됐든 할 수 없었다. 내가 결코 이뤄 줄 수 없던 그의 희망이기에.

그는 울면서 말했다.

"후회할 거야."

"……."

"분명히 후회할 거야. 나 같은 사람한테 먼저 손 내민 일 따윈 바로. 하지만 어쩔 수 없어. 당신이 자초한 일이야. 난 이제 놔줄 수가 없어. 다시는 놓치지 않을 거야."

그 말과 동시에 그가 손을 뻗어 나를 잡았다.

우리는 서로를 꽉 끌어안았다. 어찌나 세게 안았는지 한동안 숨도 쉴 수가 없었다. 그러나 그런 속박마저도 내겐 선물 같았다. 그 압박감이 내겐 이게 꿈이 아니라는 기분 좋은 현실감만을 가져다주었다. 이건 꿈이 아니었다.

현실이었다.

fin.

## 외전 1. 모른 갈망

그러니까, 이건 아주 오래된 얘기다.

눈뜨면서부터 고아원에 있었다고 한 상우였지만, 이상하게도 그는 제 엄마가 누구인지 알고 있었다.

비록 제가 엄마라고 인정하지도, 그녀를 엄마라고 불러 본 적도 한 번도 없었지만.

"상우야."

이따금 와서 환하게 웃으며 고아들에게 먹을 것들을 나누어 주던 그녀였지만, 그럴 때마다 노상 그를 따로 불러 양손에 빠듯하게 약과를 쥐여 주거나, 머리를 쓰다듬거나, 트고 부르튼 양 볼에 로션을 발라 주고 문질러 주거나 했다.

그게 사랑이 아니면 무엇이었을까.

혹은 그녀가 엄마가 아니라면.

"아줌마."

"그래, 우리 상우. 아줌마가 다시 올 때까지 밥 잘 먹고, 공부 열심히 하고 있어야 돼?"

"네."

애정에 낯선 그가 쩔쩔매며 대답하면 그녀는 눈물이 가득 고인 눈으로 다시금 거칠거칠한 볼에 입을 맞춰 주고는 했다. 다른 봉사 활동 하러 온 아줌마들이나 후원자로 온 사람들도 머리를 쓰다듬거나 옷매무새를 다듬어 주기는 해도 결코 입 맞춰 주는 일만은 없었는데.

그는 그게 사랑이라고 생각했다.

혹은 그게 어머니라고.

"야, 저기 네 엄마 왔다."

다른 고아원 애들이 유독 그 여자를 콕 집어서 상우의 엄마라고 지칭하지 않아도 혼자 그렇게 여겼다.

아무튼, 보육방에서 갓난아기들을 돌보고 있던 상우는 친구들이 와서 쿡쿡 찌르자 벌떡 일어나 창문 밖을 바라보았다.

과연 그녀가 거기에 있었다.

단지, 언제나와 같이 두 팔에 고무장갑을 낀 편한 옷차림이 아니라 머리를 세련되게 틀어 묶고, 위아래로 정장을 입고 있는 것이 달랐다.

"아줌마 오늘 옷차림이 다르신데?"

"원장 수녀님이 그러시는데, 오늘 아줌마 입양하러 오신 거래."

"입양?"

"그래. 혹시 너 데리러 온 거 아냐? 네가 아들이잖아."

친구가 그렇게 말하는 소리를 듣자 그의 마음은 풍선처럼 부풀었다.

아줌마가 여기 맡겨 둔 자식이 있다고 하는 건 그만이 알고 있는 사실은 아니었다.

다른 원아들도, 식구들도, 심지어 원장 수녀님마저도 그가 그녀의 자식인 걸 암암리에 인정하고 그녀가 올 때마다 은근슬쩍 둘만의 자리를 만들어 주려고 피해 있고는 했으니까.

오늘이야말로 진짜 나를 데리고 가려고 오신 게 아닐까?

그는 애써 침착하려고 했지만 쉽지 않았다. 늘 그렇듯, 칭얼거리는 갓난아기들을 돌보고 있는 와중에도 정신은 온통 바깥에 있는 아줌마에게 쏠려 있었다.

과연, 머지않아 그들을 부르는 소리가 났다.

"모든 원아들은 다들 강당에 모이세요."

"원장 수녀님이 부르신다!"

상우의 옆에 앉아 종알종알 떠들고 있던 친구가 벌떡 일어났다. 상우는 친구와 함께 갓난아기를 하나씩 끌어안고 강당으로 나섰다. 열대여섯 명 되는 원아들이 거기에 쭉 늘어서 있었다. 미리 서 있던 원장 수녀님이, 강당 안으로 들어오는 상우를 보고 뿌듯하게 웃었다.

그것만으로도 이미 여실히 증명됐다.

오늘 아줌마는 그를 데리러 온 것이었다.

설레다 못해 떨리는 마음에 하마터면 갓난아기를 떨어뜨릴 뻔했다.

"오늘 데리고 가려고요."

볼이 발그레하게 물든 아줌마가 원장 수녀님에게 수줍게 말하다가 들어오는 그와 눈이 마주쳤다. 아줌마는 눈을 피하지 않고 싱긋이 웃었다. 그는 됐다고 생각했다. 공연히 품에 끌어안고 있는 어린아이에게 힘을 주었다.

"얘들아, 여태까지 많이 도와주신 아줌마에게 인사 한번 드릴까?"

아이들이 다 모이자, 원장 수녀님은 모른 척 그 옆에 서 있는 아줌마와 아줌마의 남편을 소개하고 박수를 치게 했다. 아이들도 모른 척 고개를 숙이고 박수를 쳤지만, 실은 뻔했다. 아이들을 한데 모이게 하는 건 입양하러 온 부모들에게 아이들을 선보이게끔 하는 원장 수녀님의 꼼수였다. 물론 겉으로는 이렇게 후원자나 봉사 활동 하러 오신 분들에게 인사하는 거라느니 하는 얕은 수를 썼지만, 실상은 그랬다.

"그래요, 고마워요. 다들 앞으로도 잘 지내길 바라요."

복숭앗빛으로 얼굴이 발그레한 아줌마가 아이들에게 말했다. 동시에 아이들의 시선이 상우에게로 쏠렸다. 그는 쑥스럽게 웃었다.

그런데, 아무래도 남편의 생각은 달랐던 모양이다.

"뭐야, 너무 크잖아?"

매끈한 턱을 만지작거리고 있던 그가 상우를 보자마자 툭 내뱉었다. 상우는 자기도 모르게 그와 시선을 마주쳤다.

키가 크고 험악하게 생긴 남자였다. 수틀리면 뭐든 제멋대로 굴지 않고는 직성이 풀리지 않을 것 같은, 그런 부류의 남자였다.

"뭘 봐? 건방지게, 어린놈의 고아 새끼가 버르장머리가 없어. 돌았냐?"

욕설을 지껄이며 성큼성큼 다가온 그가 검지 끝으로 이마를 꾹꾹 눌렀다. 상우는 눈을 똑바로 치켜뜨고 그걸 버텼다. 옆에 서 있는 아줌마를 의식해 일부러 더 그랬다. 여기서 아저씨에게 눌리면 아줌마가 제게 실망할 것 같았다.

생각 외로 그가 수그러들지 않자 남자가 왈칵 짜증을 냈다.

"이런 싸가지 없는 새끼가!"

"여보, 참아요…… 제발 참아요……."

대번 옆에 있던 아줌마가 그를 말렸다. 곱고 예쁘지만 어딘지 모르게 지친 안색. 그는 아줌마와 눈을 마주치려고 애썼지만, 그녀는 지친 얼굴로 그를 흘끗 보더니 미세하게 고개를 젓고 그냥 시선을 돌려 버렸다.

이런 사람하고 같이 살고 있으니 여태껏 날 데려가지 못했구나, 그런 생각이 들었다.

"저 새끼가 네년이 말한 개야? 저딴 새끼를 집에 데려가겠다는 거야 지금? 너 지금 내가 씨 없는 수박이라고 무시하는 거냐고! 이 개 같은 년아!"

"여보…… 애들 앞에서 그런 소리 하지 말아요……. 제발 참아요……."

"아버님, 자중하십시오. 그러지 마세요."

욕설을 내뱉고도 분이 안 풀리는지 상우에게 달려들려고 하는 남자를 아줌마와 원장 수녀님이 붙잡았다. 아이들은 심상치 않은 분위기에 수군거리며 상우와 아줌마만 번갈아 보고 있었다. 그는 아무렇지 않은 척, 갓난아기를 끌어안은 손에만 힘을 주었다.

아무것도 모르고 쌔근쌔근 잠든 아이가 왠지 부럽다는 생각이 들었다.

"씨팔, 짜증나게. 나 저 새끼로 안 해. 더 어린 애 없어?"

"여보!"

아줌마가 경악해서 소리쳤다. 상우도 놀라서 둥그렇게 떠진 눈으로 남자를 쳐다보았다. 강당에 모인 사람들의 경악과 한심에 찬 눈길에 그는 더 기세등등해진 모양이었다. 아예 손가락으로 상우의 품에 있던 아기를 가리켰다.

"그래, 쟤가 제일 어려 보이네. 저 애로 줘. 쟨 여자애야?"

"여자애…… 이긴 합니다만……."

원장 수녀님이 떨떠름하게 대꾸했다. 졸지에 입양 대상자에서 입양 대상자를 안고 있는 보모로 전락해 버린 상우가 고개를 숙여 제가 안고 있는 아기를 보았다. 아기는 아무것도 모른 채 새근새근 잠들어 있었다.

이틀 전 고아원 앞에 버려져 있던 아기였다. 태어난 지 3개월 정도밖에 안 된 어린애였다.

초등학교 3학년인 상우에서, 고작 3개월도 안 된 어린애로 입양 대상자를 바꿀 정도로 남자는 무모하고 난폭했다.

"여보……."

그리고 아줌마는 힘이 없었다.

남자는 애달프게 애원하는 아줌마를 본체만체 턱을 까닥였다. 원장 수녀님이 황급히 상우를 데리고 강당을 빠져나갔다. 등 뒤에서 격한 말소리와 함께 퍽, 사람을 때리는 소리가 들렸다. 금세라도 아이를 내동댕이치고 달려가고 싶을 정도로 큰 소리였다.

눈물이 날 것 같은 것을 꾹 참고 상우는 수녀님을 따라 고아원 안으로 들어섰다. 0세 전용 보육실에 들어선 수녀님이 황급히 손을 내저었다.

"너는 그냥 거기 앉아 있어라. 내가 짐을 챙길게."

우두커니 서 있는 상우를 억지로 끌어다 앉히고 수녀님은 주저앉아 짐을 챙겼다. 고작해야 온 지 이틀밖에 안 되는 아이인데, 기저귀니 배냇저고리니, 챙길 짐도 많았다. 아이가 고아원에 왔을 때 들어 있던 바구니며 옷이며, 짐을 챙긴다고 난리인 수녀님의 뒷모습을 가만히 쳐다보다가 그는 다시 품에 안겨 있는 아기에게로 시선을 돌렸다.

이 아이가 자기 대신 어머니의 자식이 된다는 생각에 문득 화가 치밀었다.

"어머, 얘!"

갑자기 자지러지는 아이의 울음소리와 함께 수녀님이 화들짝 놀라 소리 지르는 게 들렸다. 그는 황급히 시선을 돌렸다. 아이의 머리를 감싸고 있던 손에 힘이 너무 많이 들어갔나 보다. 얼굴에 얹힌 손가락의 손톱이 연약한 피부를 파고 들어가 어느새 피가 줄줄 흐르고 있었다.

놀라 멍하니 있는 그의 품에서 아이를 뺏은 수녀님이 가제 수건으로 살살 피를 닦았다.

아이의 뽀얀 얼굴에 생채기처럼 그의 손톱자국이 남았다.

"세상에, 흉터 지게 생겼네. 아무리 아이에게 화가 나도 그렇지, 여자애 얼굴을 이렇게 만들어 놓으면……."

그에게 화를 내려는 듯 언성을 높이던 수녀님이 문득 입을 다물고 화를 참았다. 그는 그게 그가 잘못하지 않아서가 아니라, 수녀님이 참아 준 것임을 알았다. 거의 입양될 뻔했다가 변덕으로 파양된 그가 불쌍해서.

"방에 가 있으럼. 아이는 내가 데리고 갈 테니."

수녀님은 아이를 안고 방을 떠났다. 그는 바닥에 털썩 주저앉았다. 장난감이 곳곳에 널브러져 있고 우유 냄새가 진동하는 보육실에서, 창밖으로 아줌마가 타고 온 자동차 소리가 점점 멀어질 때까지, 그는 한참을 그 자리에서 일어나지 못했다.

아줌마는 그 다음부터 오지 않았다.

아마 미안해서였을 것이다. 혹은 어린애를 키우느라 고아원에 발걸음 할 여력이 없어서였을 수도 있고.

뭐가 됐든 그는 무기력하게 그녀를 기다렸다. 아이를 데려가고 처음 며칠 동안은, 자기가 잘못 생각했다며 다시 아이를 데리고 오는 꿈을 꾸었다. 다시 아이를 놓고 상우를 데려가기로 했다며, 복숭앗빛으로 물든 얼굴을 한 아줌마가 차에서 내려 그를 부르고.

헛된 망상이라는 건 며칠 지나지 않아 깨달았지만, 그럼에도 불구하고.

스탠드에 앉아서 멍하니 고아원 입구를 바라보고 있으면 온갖 상념들이 텅 빈 머릿속을 스치다 사라졌다.

마지막으로 눈물 흘리며 남편에게 매달리던 아줌마에 대한 안쓰러움.

아줌마의 남편에게 그렇게 굴면 안 됐었나 하는 자책감.

등 돌렸을 때 남편이 아줌마에게 냈던 큰 소리에 대한 의문.

그리고 마지막으로, 그 집에 간 어린애에 대한 걱정.

"괜찮을까……."

특히 그 어린애의 얼굴에 났던 손톱자국.

그걸 생각하면 배 속이 울렁거렸다. 일부러 그런 것은 아니었지만 그래도 제가 못 할 짓을 했다는 생각에.

그는 시시때때로 그 어린애를 걱정했다. 사실 그러지 않으면 질투와 부러움에 속이 뒤집힐 것 같아서 그러기도 했다.

그 자리는 내 자리였는데.

그 어린애가 왜.

기껏해야 고아원에 온 지 사흘밖에 안 된 주제에 가장 어리다는 이유 하나만으로 내 자리를 차지하다니, 대체 왜!

"……."

고개 숙인 아래로 눈물이 툭툭 떨어져 번졌다. 멍하니 그걸 보면서, 그는 스스로를 달래려고 애썼다. 그래야만 했다.

어쩌면 그 아줌마가 제 어머니가 아니었을지도 모른다고. 그냥 속 좋은 사람이 고아원에 봉사 활동 하러 왔다가 어린애를 보고 동정해 줬다고. 입양하러 온 사람이 막판에 마음 바꾸는 건 그다지 없는 일도 아니니까. 그냥 애초부터 내 것이 아니었던 일이라고.

차라리 그랬으면 마음이 편했을 텐데.


"맞잖아."

한참이나 손바닥만 한 사진을 들여다보고 있던 그가 툭, 내던지며 불퉁하게 말했다.

그러자 옆에 서 있던 혜정이 얼른 사진을 집어 들어 한참이나 들여다보았다.

"맞아?"

"어."

"헐…… 진짜네. 너랑 똑같이 생겼다, 야."

혜정이 사진을 그의 얼굴 옆에 나란히 놓고 감탄했다. 그러거나 말거나 그는 입술을 꾹 다물고 기억 속 그녀의 얼굴을 떠올리고 있었다.

고아원에서부터 누구나 그런 말을 했었다.

아줌마와 너는 똑같이 생겼다고.

그리고 이제 그의 동업자까지 그런 소리를 하고 있었다.

"주소가 충북 제천? 이라는데…… 안 찾아가 봐? 여기서 별로 멀지도 않은데."

"안 가."

"안 가? 안 갈 거면 뭐 하러 찾아?"

혜정의 기막히단 말에 그는 대꾸하지 않았다. 그저 긴 의자에 느긋하게 기댄 채, 책상 위에 아무렇게나 널브러진 사진을 뚫어지게 응시하고 있을 따름이었다.

그동안 그는 바쁘게 살았다.

계속 고아원에서 지내며 고등학교까지 졸업하고, 공방에

들어가며 고아원을 나왔다. 하루에 열여덟 시간씩 대팻밥을 먹고 가구를 만들다가 우연히 혜정을 만나고, 사업을 시작하고, 몇 년 동안 눈 한 번 제대로 붙이지 못하고 일했다. 그리고 간신히 사업이 어느 정도 궤도에 올랐을 무렵 충동적으로 심부름센터를 찾았다. 그동안 애써 눈을 돌리며 모른 척했던 게 무색하게 그녀가 저를 버렸다는 증거가 속속들이 손에 들어왔다. 사진, 출생증명서, 신상명세서, 고아원에 애를 맡기면서 썼던 포기 각서까지.

군이 이제라도 그녀를 만나 가족으로 지내고 싶다는 뜻은 아니었다. 그냥, 확인해 보고 싶었다. 그 사람이 어머니가 맞았는지.

그리고 결과는 역시나.

"참 이상한 애야, 너도. 가끔 이해가 안 된다니까."

혜정의 말을 귓등으로 들으며 그는 그저 테이블에 놓인 사진만 만지작거렸다.

거기엔 제 기억보다 훨씬 늙고 초라하지만 밝게 웃는 아줌마와, 그리고 그 옆에 바짝 달라붙어 애교 떠는 어린 여자애가 있었다.

그는 한참 동안 그 사진을 노려보다 문득 서랍을 열어 깊숙이 집어넣어 버렸다.

누가 보아도 그 둘이 모녀 관계인 것은 자명했다.

'이제 와서 원망하고 싶은 건 아니지만……'

배 속이 울렁거렸다.

바쁘다곤 했지만 굳이 찾아가지 못할 정도는 아니었다. 제천은 가까웠고, 서울에서 두 시간 정도만 달리면 될 거리에 있었다. 그러나 그는 한사코 회피했다. 오히려 넌지시 권유하는 주변인들에게 벌컥 화를 내기까지 했다.

"내버려 둬. 막상 만나려니 마음이 이상한가 보지."

사정을 알고 있는 혜정은 그렇게 말하며 주변을 안심시켰지만, 사실 그도 알고 있었다. 이게 얼마나 말도 안 되는 짓인지는.

먹고살 만해지자마자 바로 어머니를 찾았다. 사진을 보자마자 한눈에 어머니인 걸 알아차렸다. 그 정도면 바로 찾아가서 만나 봐야 하는 것 아닌가?

그랬지만, 그는 애써 그 마음을 누르고 있었다.

저도 제 마음을 알 수가 없었다. 금세라도 그쪽으로 달려가고 싶기도 했고, 혹은 사진이란 사진은 박박 찢고 다시는 그쪽으로 고개도 돌리지 않고 싶기도 했다. 갈팡질팡하는 제 마음을 알 수가 없어서, 그럴 때마다 그는 홀로 제 개인 공방에 처박혀 애꿎은 나뭇결만 대패로 문질렀다. 그렇게 머리부터 발끝까지 톱밥으로 뒤집어쓰면, 마음이 조금 나아지는 것 같다가도, 혹은 다시 머리까지 열이 차오르는 것 같기도 했다.

나를 그렇게 버려두고 갔으면서.

기껏 살고 있는 게 그 모양이야?

원망인지 무엇인지 모를 감정에 그는 몇 번이나 쥐고 있던 대패를 내팽개치고 구석에 쪼그려 앉아 울었다.

그만큼 나이가 먹고 키가 자랐음에도 불구하고 버려졌다는 자괴감은 버리기 힘들었다.

"그 정도 했으면 됐어. 이제 그만 지질하게 굴고 좀 보러 가라고!"

그 말마따나 지질하게 굴고 있던 그는 혜정의 등 떠밈에 못 이겨 결국 길을 나섰다.

그러지 않았더라면 아마 평생을 보러 가야 할지, 말아야 할지 갈피를 잡지 못했을 것이다.

"……."

제천으로 가는 길은 그동안 망설인 게 멍청하다고 생각될 만큼 가까웠다. 기껏해야 두 시간쯤 걸리나. 그런데도 그 길이 어찌나 길게 느껴지는지, 가면서도 그는 몇 번이나 차를 멈추고 심호흡을 해야 했다.

내비게이션이 가리키는 도착지에 도착하고 나서도 한참이나 차에서 내릴 엄두가 안 났다.

짹짹짹짹짹짹.

한두 마리씩 지나가던 참새들이 한데 몰려들어 전신주에 주르륵 늘어설 때쯤에야 그는 차에서 내리고 옷매무새를 가다듬었다.

도착한 지 몇 시간이 흐른 지금, 해는 이미 기울어져 긴 그림자를 드리우고 있었다.

"계십니까."

몇 번이나 목을 큼큼거린 후에야 간신히 들을 만한 목소리가 나왔다.

"누구세요?"

안에서 가느다란 목소리와 함께 누군가 불쑥 고개를 내밀었다.

차라리 아무도 없기를 바랐는데.

"실례지만 여기가 한사월 님 댁이 맞습니까?"

"한사월 님 댁은 맞는데…… 누구세요?"

제 말에 되묻는 여자는 '그녀'는 아니었다. 그가 기대했던 사람보다 나이는 훨씬 어리고 작았다.

무엇보다도 그 표정.

마치 독사처럼 고개를 쳐들고 경계하는 그 눈빛에 그는 당황스레 침묵을 지켰다.

"혹시 한사월 님을 잠깐 뵐 수 있겠습니까."

고작해야 아까 한 말을 되풀이하는 말에 그녀는 더 이상 대답하지 않기로 한 듯 고개를 숙이고 손에 들고 있던 걸레만 저만치 내던졌다. 그 하릴없는 모양에 약간 발끈하기도 했지만 스스로에 대한 한심함이 더 컸다.

바보 같기도 하지.

이런 상황이 오면 무슨 말을 해야 할지 머릿속에서는 수백 번도 넘게 연습했는데.

"그건 좀 어렵겠는데요."

"잠깐이면 됩니다. 전 나쁜 사람은 아닙니다. 그냥 꼭 드리고 싶은 말씀이 있어서 왔습니다."

불퉁한 말투에 그는 순간 제가 발끈한 것도 잊고 애원했다. 여기 올까 말까 수백 번 고민하고 후회하고, 제발 좀 가 보라고 권유하는 사람들에게는 버럭 화를 내기까지 했으면서.

"잘못 이해하셨어요. 제 말은, 지금 한사월 씨는 여기에 없거든요."

"그래요? 혹시 잠깐 어딜 나가신……."

"아뇨, 그런 건 아니고요."

그 한심한 꼴을 보면서도 여자의 말투는 느긋했다. 느릿느릿 느적느적, 충청도 특유의 말투인가. 점점 그의 조급함이 한계에 치달을 무렵, 그 사람 속 터지게 하는 말투로 그녀는 덤덤하게 내뱉었다.

"한사월 씨 돌아가셨어요. 한 달 전에."

그 말을 들은 순간 그가 어떤 심정이었는지는 굳이 헤아리지 않아도 될 것이다.

순간 눈앞이 번쩍하더니 앞이 하나도 보이지 않는 듯도 하고, 귀에 물이 찬 것처럼 멍멍해 여자가 하는 말이 제대로 들어오지 않기도 하고.

확실한 건, 그가 그 소리를 듣고 여자의 뒤를 따라 집 안에 들어올 때까지의 기억이 거의 없었다는 것이다.

"커피 드세요."

"고맙습니다."

하도 오래되어 이젠 향조차 느껴지지 않는 동결 커피를 마시면서 그는 간신히 정신을 차렸다. 동시에 벽 한쪽에 걸린 사진을 보며 실감했다.

그의 기억 속에 있는 얼굴.

활짝 웃고 있는 그녀의 주변에 둘린 팔 자 모양의 검은 리본.

"그런데, 저희 어머니를 어떻게 아세요?"

그리고 그녀를 어머니라고 부르는 어린 여자.

그는 영정 사진에서 눈을 떼어, 제 앞에 단정히 앉아 있는 여자를 관찰했다. 얼굴을 보니 미인이었지만 어머니라는 사람하고는 전혀 닮지 않았다. 돌아가신 제 모친이 화려하게 피어난 모란이라면 여기 있는 어린애는 마치 샛노란 개나리랄까. 어리고 작고, 그리고 물기에 가득 차 싱그러운.

"한사월 씨가 어머님 되시나요?"

"네, 제 어머니예요."

"혹시 학생 말고 다른 형제분들은 따로 안 계시고요?"

"네, 저 혼자예요."

"그렇군요. 그렇다면 아버지는……?"

"어머니랑 같이 돌아가셨어요."

"그렇군요."

딱딱하게 말하는 여자애의 눈 밑에 아주 조그만, 손톱만한 흉터가 일렁였다. 동시에 그는 그 얼굴이 아주 익숙하다는 걸 깨달았다. 정확히는, 서울에서 보았던 그 사진 속 모녀의 얼굴.

"……아."

그러나 그는 그 자리에서 바로 그녀를 알고 있다고 밝힐 수는 없었다. 일단 이 여자애는 아주 어렸을 때 어머니에게 입양되어 온 것이었다. 그러니 제가 입양됐는지도 모를 공산이 컸다. 더군다나 다른 형제도 없이 혼자만 있다면 더 그랬다.

그는 입술을 짓씹었다. 첫인상에 독사처럼 느꼈던 게 환상인 듯, 눈앞의 그녀는 아주 유순하고 가녀려 보였다.

"실례했습니다. 제 소개가 늦었군요."

그래서 그는 그냥 제 소개만 했다.

"그럴 리가 없어요."

그것만으로도 그 어린애는 믿을 수 없다는 듯 부들부들 떨었지만.

"그럴 리가 없어요. 저희 어머니는, 그럴 사람이, 그러니까."

"이해합니다. 그렇게 말씀하시는 것도."

처음엔 안쓰러웠다면 뒤로 갈수록 그냥 우스웠다. 그는 필사적으로 제 어머니를 변호하는 여자애를 무덤덤하게 내려다보았다. 그녀가 아는 제 모친은 그런 사람이었나 보다. 아버지도 있고 집도 있는데 왜 어린애를 버리는지, 그럴 리가 없는 사람.

하지만 실상은 제 어린애를 고아원에 버려 놓고 제대로 외면하지도 못해 틈만 나면 고아원에 찾아왔으면서, 정작 입양할 때가 되니 친아들 대신 더 어린 여자애를 집어 가는 제 남편을 말리지도 못했다.

제 기억 속에 있는 모친은, 그런 사람이었다.

실상은 어떠할지 몰라도.

"죄송해요. 그렇게 말하려던 건 아니었어요."

"……."

"아마 어머니가 돌아가실 걸 알았다면 제게 미리 말씀해 주셨을 거라고 생각해요. 어머니는 갑작스럽게 돌아가셨거든요, 사고로. 그래서 저한테 자세한 얘기를 해 주실 틈이 없으셨어요. 사실 저도 아무것도 몰랐거든요. 집 재산이나, 빚 얘기나, 가족 비밀 같은, 그런……."

비틀린 속마음은 그 어린애가 더듬더듬 사죄의 말을 꺼내는 걸 듣고 나자 언제 그랬냐는 듯 깨끗하게 사라져 버렸다. 대신 그 자리를 죄악감이 채웠다.

대체 이 어린애가 무슨 죄라고. 이 애한테 죽은 사람에 대한 짜증을 내서는.

"어쩔 수 없죠."

"……."

"어쩔 수 없다고요."

차라리 좀 더 빨리 왔으면, 그래서 살아 있는 사람에게 이 원망들을 다 풀어 놓기라도 했으면 속이라도 시원했을 텐데 그 여자는 이미 죽고 없었다. 그것도 오래전이라면 모를까 한 달 전이란다. 살아 있는 그녀가 여기 있는 걸 알면서도 미적거린 게 몇 달인데. 알자마자 여기 왔더라면 상황은 좀 더 달라졌을지도 모른다.

하지만 시간은 이미 지났고, 여자는 이곳을 떠났다.

여기에 제가 더 원망할 사람은 아무도 없었다.

그는 그녀와 조금도 닮아 있지 않은 여자애의 이목구비를 지켜보다가 자리에서 일어섰다.

"이건 한사월 씨에게 드리려고 제가 가져온 선물입니다. 별건 아니지만, 따님께서 받아 주셨으면 합니다."

오기 전날, 백화점이란 백화점은 모두 돌며 사재기한 물건들을 모조리 그 애에게 떠넘겼다. 어린 여자애가 쓰기에는 그다지 적절하지 않을 거란 생각도 들고, 짐이 너무 많아 도와줘야 한다는 것도 알았지만, 어쩔 수 없었다.

그는 단 한시라도 이곳에 더 머무르고 싶지 않았으니까.

"살펴 가세요."

여자애도 그 심정을 알았는지, 무표정하게 고개를 숙였다.

어정쩡하게 짐을 끌어안고 있는 모양이 아슬아슬했지만 단한 번도 도와 달라거나, 거들어 달라는 소리를 하지 않았다.

그는 제 비겁함을 외면하고 차에 올랐다.

그리고 거울 너머로 그 여자애가 계속 제 뒷모습을 쳐다보며 서 있는 것은 모른 척했다.

그러니까 더 일찍 가지 그랬냐고, 내 말 안 듣더니 꼴좋다고, 그렇게 한마디 할 법도 했던 혜정은 그러나 아무 소리도하지 않고 제 어깨를 다독였다. 주변 사람들도 다 안됐다는 표정을 지으면서 자리를 슬슬 피했다.

그 모습을 보니 더 짜증이 났다. 제가 얼마나 멍청했던 건지 다시금 실감하는 것 같아서.

"거기 있던 여자애는 너한테 뭐래? 아무 말도 안 해?"

책상 건너편에 앉아 답지 않게 눈치 보던 혜정이 물었다. 바로 대답하려던 그는 그러나 잠시 말간 눈망울로 저를 올려다보던 어린 얼굴을 생각했다.

"······미안하다고 하더라."

"제가?"

기막히다는 듯 되묻던 혜정은 잠깐 멍한 얼굴로 생각하더니 물었다.

"왜?"

"나도 몰라."

뭐가 미안했을까.

존재도 몰랐던 어머니의 자식이 자길 찾아왔는데 어머니
가 거기에 없어서? 자기는 어머니 사랑 실컷 받고 자랐는데
오빠는 그러질 못해서?

뭐가 됐든 그리 달갑지 않은 사과였고, 어린애가 하기엔
더더욱 어울리지 않는 사과였다.

그는 입술을 짓씹으며 책상 위에 있던 서류를 펼쳤다. 이
제 더 이상 생각할 필요 없다. 그녀는 죽었고, 그 여자애는
저와 아무 상관도 없으니 이제 볼 일도 없다.

그러나, 애써 대수롭지 않게 넘겨 버리려고 해도, 자꾸만
그 어린 눈동자가 생각나서 견딜 수가 없어졌다.

"젠장."

한참을 잘근잘근 입 안을 씹던 그가 돌연 일어섰다. 그리
고 벽에 걸려 있는 재킷을 거의 찢어 내듯 거머쥐고 방을 나
섰다.

뒤에서 혜정의 숨 막히는 목소리가 들렸다.

"단상우! 너 어디 가!"

그는 돌아보지 않고 말했다.

"잠깐만 바람 좀 쐬고 올게."

그리고 기다릴 틈도 없이 쌩, 하니 길을 나섰다.


처음에는 그냥 아무 데나 가고 싶단 심정이었다. 차에 올

라타서 시동을 걸 때까지만 해도 그랬다. 그러나 길을 나서며 동시에 그의 머릿속에 어떤 생각이 떠올랐고, 그 생각은 그곳으로 향하면 향할수록 구체적으로 변했다.

저 멀리 어제 보았던 파란 대문과 납작한 지붕이 보이자 그는 급하게 차를 세우고 대문을 두드렸다.

"실례합니다. 아무도 안 계세요?"

대문은 굳게 닫혀 있었다. 안에는 아무도 없는 듯 인기척도 없었다. 대문을 두드리면 두드릴수록 그의 의심은 점점 확고하게 굳어지고 있었다.

"안녕하세요?"

문 앞에서 우두커니 생각에 잠겨 있는데 문득 등 뒤에서 귀에 익은 목소리가 들렸다. 그는 서둘러 고개를 돌렸다. 커다란 밀짚모자를 쓰고 목에 수건을 두른, 어딜 보나 밭에서 막 일하고 들어온 티가 역력한 여자애가 그를 올려다보고 있었다.

그는 서둘러 말했다.

"아, 안녕하세요. 갑자기 찾아와서 죄송합니다. 집에 계시는지 몰랐는데 혹시나 해서……"

"여긴 웬일이세요?"

말을 끊는 목소리도 뾰족했다. 그는 여자애가 한껏 가시를 곤두세우고 그를 노려보는 것을 보았다. 어제는 독사 같았다면 오늘은 고슴도치 같았다. 어깨를 한껏 웅크리고 덜덜 떨면서도 있는 힘껏, 가시를 내밀고 있는 어린 생물.

"아, 저, 그게⋯⋯."

그는 주춤거렸다. 실은 그도 자신이 왜 여기에 다시 왔는 지 그 이유를 또렷하게 설명할 자신이 없었기 때문이다.

머리를 굴리던 그는 한 가지 묘안을 떠올렸다.

"한사월 씨의 묘를 방문하고 싶습니다."

"묘⋯⋯ 요?"

"예. 살아 계실 때 뵙지 못한 건 아쉽지만 뒤늦게라도 찾아 뵙고 싶습니다. 봉분이나 납골당이라도 좋습니다. 어디 계신 지 위치만 알려 주시면 제가 알아서 찾아뵙겠습니다."

그 말에 여자애의 눈 밑이 파르르 떨렸다.

그것을 본 순간 그가 막연하게 품고 있던 의심은 확신으로 변했다. 그는 입술을 꽉 깨물고 조그만 여자애를 있는 힘껏 노려보았다.

그는 어쩌면, 그녀가 살아 있을지도 모른다고 생각했던 것 이다. 어쩌면 그 조그만 여자애가 자기한테 거짓말을 했을지 도 모른다고. 그러니 묘를 보여 달라고 하면, 없는 무덤을 억 지로 만들어 낼 순 없는 노릇이니 움찔할 것이라고.

"정말 죄송해서 어쩌죠."

그래서 그 애가 깊이 허리를 숙인 그때, 그는 당황할 수밖 에 없었다.

"저희 집은 너무 가난해서 부모님 무덤을 씌울 돈도 없었어요. 봉분을 만들 수도, 화장해서 납골당에 모실 수도 없었고요. 그래서 화장한 다음 뼛가루는 그냥 뒷산에다가 뿌렸습니다. 찾아오신 보람도 없게 해 드려서 너무 죄송해요."

그 애가 한 말은 그의 기대와는 전혀 달랐다.

뜻밖의 말에 멍해져 그는 고개 숙인 어린 여자애의 정수리만 바라보았다.

요새 그런 사람이 어디 있단 말인가, 가난해서 제대로 장례도 치르지 못하는 사람이.

그러나 그 사례가 실제로 여기 있었고, 그는 떨리는 마음으로 죄지은 것처럼 고개만 폭 숙이고 있는 어린 여자애의 낡아 빠진 옷차림을 하나하나 살펴보았다.

리본이 빛바랜 밀짚모자, 목이 늘어난 티셔츠, 색이 바래고 너절해진 치마와 흙 묻은 광주리. 그리고 무엇보다도, 양친이 없는 와중에 혼자 남겨진 어린 여자애의 사정.

어느 모로 보나 그 애가 거짓말을 할 이유라곤 하나도 보이지 않았다. 오히려 어머니가 죽고 혼자 남겨졌다는 말이 점점 더 신빙성 있게 느껴지질 않는가.

"그래요……."

그는 자기가 무슨 말을 하는지도 모르는 채 중얼거렸다. 뒤늦은 수치심이 몰려왔다.

"괜찮습니다. 어쩔 수 없죠. 따님이 잘못한 건 아니니까 고개를 드세요. 그렇게 하면 제가 혼낸 것 같잖아요."

제 오해와 불신으로 여자애를 고개 숙이게 해 놓고 그는 뻔뻔하게도 그렇게 말했다. 어느새 눈물범벅이 되어 있는 그 얼굴도 그는 모른 척했다.

"그럼 혹시, 그 뒷산에라도 가 볼 수 있을까요?"

무의미한 짓이었다.

그뿐만 아니라 여자애도 이미 알고 있을 것이었다. 그러나 여자애는 바로 안내해 주겠다며 길을 앞장섰고, 불편한 복장에도 불구하고 험한 산길을 오르며 단 한 마디 불평도 없었다.

"아차."

단 한 마디, 나뭇가지에 치마가 찢어져 외마디 소리를 내지른 게 전부였다.

하얗게 드러난 맨다리를 얼떨결에 목격한 그가 황급히 시선을 돌렸다. 그사이 그녀는 아무렇지 않은 듯 치맛자락을 잡아매고 다시 산을 올랐다. 씩씩한 등이었다. 혹은 외로워 보이기도.

"저쪽이에요."

숨이 턱까지 닿은 것을 들키지 않으려 필사적으로 호흡을 내리누르는 그를 비웃듯, 평안한 목소리가 날아들었다. 그는 부지불식간에 고개를 들었다.

그리고 뜻밖의 풍경에 멍해졌다.

"아······."

야트막하지만 가파른 꼭대기 밑에 펼쳐진 것은 너른 수평선이다. 햇살에 반짝거리는 물결이 끝없이 펼쳐지고, 파도 하나 없이 잔잔한 수면이 거울처럼 산을 비추는 거대한 풍경은 마치 스위스 어딘가에 있는 것처럼 이질적이었다.

그는 순간적으로 할 말을 잃고 그 풍경을 감상했다. 반면 여자애는 익숙한 듯 담담한 얼굴이었다.

"경치가 좋네요."

간신히 한마디 한 그는 제 표현의 멋없음에 얼굴을 붉혔다. 그러나 같이 풍경에 대해 맞장구쳐 줄 줄 알았던 여자애는 뜻밖의 말을 꺼냈다.

"저기 물 밑에는 사실 어머니가 태어난 마을이 있대요."

그건 처음 듣는 소리였다. 심지어 심부름센터 직원도 알아내지 못한 정보.

그 애는 계속 말했다.

"원래는 사람들이 살았던 곳이었는데 댐을 지으면서 물속에 가라앉아 버렸대요. 어머니는 저 밑에 있는 동네에서 태어나고 자라고, 국민학교까지 다 다녔는데, 저 댐이 생겨서 다 가라앉아 버렸다고 되게 애통해하셨었어요."

"그렇군요."

"그게 생각나서 여기에 뿌렸어요. 그러면 어머니도 물 밑으로 가서 고향을 볼 수 있을지도 모르니까."

그렇게 말하던 여자애는 잠시 입을 다물었다. 무슨 생각을 하는지 모를 얼굴이었다. 어쩌면 저 물 밑의 사라져 버린 마을을 상상하는 것일 수도 있고, 혹은 그 밑에 가라앉아 있을 모친을 생각하는 것일 수도 있고.

그는 아무것도 보여 주지 않는, 그저 거울처럼 반짝거리는 수표면을 굽어보았다. 얼마나 많은 마을, 나무, 사람들을 집어삼키고 있는지 모를 거대한 호수를.

"그렇군요."

그는 가까스로 그렇게 말하고는 고개를 돌렸다. 이상하게도, 여기에 와서야 그는 확신할 수 있었다.

한사월 씨는 죽고 이미 이 세상에 없다는 것을.

정말로 이미 한 달 전에 죽어 뼛가루가 되어 이곳에 뿌려졌다는 것을.

그는 생생하게 느낄 수 있었다. 여기에 있는 모든 것들, 새파란 나무, 수면, 그리고 모든 것들이 그렇게 말하고 있었으니까.

당신을 낳은 친모는 이미 죽었다고.

"……."

한 달 전에라도 여기에 왔었으면 어땠을까.

한번 그런 생각이 들자 떨쳐 버릴 수가 없었다. 그는 저도 모르게 그런 생각을 했다. 이상하게도 그 생각은 얕고 힘없긴 했지만, 아주 끈질기게 머릿속에 맴돌아 잊히질 않았다. 한 달 전에 미리 왔으면 어땠을까. 두 달 전이라도. 혹은 석

달 전이라도. 혹은 심부름센터에서 서류를 받았던 그날이라
도 당장……. 

'아냐.'

그는 고개를 저었다. 이상하게도 후회가 들거나 자책감이
생기진 않았다. 그저 그랬으면 어땠을까, 하는 짧은 아쉬움
일 뿐.

지금 드는 회한과 아쉬움은 그저 그녀를 실제로 보지 않아
서 생기는 감정일 뿐이라고, 그는 확신할 수 있었다. 실제로
얼굴을 마주했다면 그녀를 증오해 버리고 말았을지도 모른
다고, 그는 생각했다. 그랬다면 정말 여기엔 다시는 발걸음
하지도 않았을지 모른다고.

그는 곁눈질로 뒤에 서 있는 어린 여자애를 흘끔 쳐다보
았다.

"……."

허름한 옷차림의 여자애는 이미 이곳이 익숙한 듯 담담히
서 있었다. 하늘도 아니고 호수도 아닌 그 어드메를 멍하니
응시하는 시선이 지쳐 보였다. 언뜻 보면 텅 빈 듯 보이는 얼
굴에 실은 바늘 하나 꽂을 자리도 없이 빽빽하게 감정이 들
어차 있다는 걸, 그는 그 애를 한참이나 살펴보고서야 깨달
았다.

그것은 슬픔이었다.

그가 여태껏 한 번도 겪어 본 적 없고, 앞으로도 한 번도

겪어 볼 일 없는 비통한 애상.

"……"

그는 뒤에 얌전히 물러서 있는 여자애의 숙인 얼굴을 보다
가 다시금 호수로 시선을 돌렸다. 그리고 산들거리는 바람을
맞으며 거기에 서 있었다.

아주 오랫동안.

잔잔하던 수표면에 하나둘씩 동심원이 그려지기 전까지.


"……아."

얼마나 거기에 서 있었을까.

그는 갑작스러운 천둥소리에 황급히 고개를 들었다. 밝던
하늘은 어느새 어두워져 있고 짙은 색의 구름이 아주 낮게
깔려 있었다. 금세라도 비가 올 기색이 역력했다.

"비가 올 것 같군요. 이제 내려갑시다."

그의 말에 아이는 고개를 끄덕였다. 둘은 서둘러 좁은 산
길을 내려가기 시작했다. 서두른다고 서둘렀지만 늘 그렇듯
자연은 사람의 발보다 서너 발짝은 빠르다. 어느새 하나둘씩
떨어지기 시작한 빗방울이 금세 후두둑, 시야를 새하얗게 가
리기 시작했다.

"조심하세요."

금세라도 넘어질 것 같은 조그만 몸으로 저까지 걱정하던
어린애는 하마터면 그대로 굴러떨어질 뻔했다. 그가 긴 팔을

뻗어 가까스로 잡아 냈다.

"고맙습니다……."

"천만에요. 따님이야말로 조심해야 할 것 같네요."

민망해하는 어린애에게 일부러 대수롭지 않게 얘기하던 그는 그러다 문득 아이의 이름도 모른다는 사실을 깨달았다.

바보 같으니, 적어도 이름만은 물어봤었어야지.

첫날은 너무 놀라 경황이 없어 그랬다손 치더라도 오늘만이라도 예의를 차렸어야 했다. 뒤늦게 제 무심함에 머리를 치던 그는 그러다 온몸이 흠뻑 젖고 너덜거리는 치마를 움켜잡은 뒷모습에 다시금 민망해졌다.

정말이지 머저리가 따로 없군, 저런 것 정도는 바로 챙겼어야 하는데.

"이거라도 덮으세요."

"아니에요, 괜찮아요. 곧 집에 도착할 테니까……."

"그동안만이라도 입고 계시죠. 보는 제가 민망해서 그럽니다."

한사코 사양하는 어린애에게 억지로 재킷을 둘러 준 그는 한결 가벼워진 기분으로 집으로 향했다.

원래는 여자애를 데려다주고 바로 집에 갈 생각이었는데 뒤늦은 비는 도무지 그칠 생각을 안 했다.

"아니에요, 입으세요. 설마 서울까지 젖은 채로 가시려는 건 아니죠? 여기서 아무리 빨리 가도 두 시간은 걸릴 텐데요. 감기 걸려요."

여자애의 강권에 못 이겨 옷까지 갈아입고 그는 마루에 주저앉았다. 타당타당 슬레이트 지붕을 때리는 요란한 빗소리, 뾰족한 처마 끝에서 시멘트 바닥으로 추락하는 굵은 물줄기, 낡고 빛바랬지만 은은한 섬유 유연제 냄새가 풍기는 가벼운 티셔츠.

그는 어쩐지 조금 유쾌한 기분이 들었다. 저를 버리고 딴 아이를 주워다 기른 모친의 집구석에서, 어울리지 않게도.

제게 옷을 가져다주고도 분주히 집 안을 돌아다니며 쏘삭거리던 여자애가 머뭇거리다 제 옆에 앉았다.

"······그러고 보니 아직 이름도 못 여쭤봤군요."

조금 멀찌감치 떨어져 앉은 여자애에게 그는 내심 벼르던 질문을 했다. 흠칫 놀라며 어깨를 움츠린 아이가 망설이다 입을 열었다.

"임나경입니다."

"임나경 씨, 그래요. 나이는?"

"스물두 살이요."

"스물두 살. 그럼 나와는 아홉 살 차이가 나네요."

나이 차이는 이미 알았다. 그가 초등학생 때 아주 갓난아기였던 어린애였으니까. 까마득한 기억 속, 어린아이이기만 했던 여자애의 몰라볼 만큼 성장한 모습에 그는 새삼 놀라움을 느꼈다. 참 신기한 일이지, 그땐 내가 분명 기저귀도 갈아

줬던 것 같은데.

제 나이를 듣고 깜짝 놀란 듯 멍하니 저를 보던 어린애가 눈이 마주치자마자 화들짝 놀라며 고개를 숙였다.

"죄송합니다."

"아니에요, 괜찮아요."

웃음 섞인 대꾸에 멋쩍은 듯, 고개를 돌린 여자애가 버릇처럼 눈 밑의 흉터를 긁었다. 손톱보다 작은 흉터였다. 자세히 들여다보지 않으면 있는지도 모를 흐릿한 흉터.

그게 어떻게 생긴 것인지 너는 알고 있을까.

네게 그 상처를 입힐 때 나는 어떤 심정이었는지.

"친모가 절 낳았을 때 나이가 열여덟 살이었다는 소리를 들었죠."

그는 자기도 모르게 말했다. 마르고 작은 어깨가 흠칫 떨리는 게 보였지만 개의치 않고.

"그럼 나경 씨를 낳으셨을 때는 스물일곱 살이셨을까요, 한사월 씨는."

굳이 낳았다는 표현을 썼다. 그렇게 한 이유는, 제가 입양아인지도 모르고 이 집을 홀로 지키고 있는 이 어린애에 대한 심술 때문이었다.

이 애한테 확 말해 버릴까. 사실 넌 네가 사랑하는 어머니의 친자식도 아니라고.

"참 어리네요, 나경 씨."

하지만 그녀도 어렸다.

그가 눈앞에 내미는 진실을 이해하기도, 받아들이기도 벅차할 것만 같은 가녀린 어깨. 한 달 전에 죽은 어머니를 회상하며 짓던 그 표정을 보면 그녀가 얼마나 간신히 버티는지, 모르는 사람도 알 수 있을 것 같았다.

그렇다면 그녀도 그랬겠지.

"한사월 씨는 그보다도 더 어렸겠죠."

아무 데도 의지할 데 없이 어린 핏덩이를 고아원에 의탁한 모친의 심정을, 이미 그녀가 자식을 둔 나이가 훌쩍 넘어 버린 단상우는 그제야 이해했다.

"무서워하지 말아요. 화내려는 건 아니니까."

화가 나는 건 아니었다.

그저 슬플 뿐.


그 애는 그가 서울로 돌아갈 때 제 죽은 모친이 만들었다는 반찬들을 바리바리 싸 주었다.

그는 그것들을 가져와 냉장고에 처박아 두었다가 다음 날 돌연 독한 양주를 들고 와 그것들과 함께 씹어 삼켰다.

그녀가 담갔다는 김치는 유독 향도 짙고 쓰고, 그가 들이켜는 양주와는 도무지 어울리지 않았지만 그럼에도 불구하고 그는 끈질기게 양주 한 잔에 반찬 한 접시씩, 달라붙어 그것들을 모두 먹어 치우고야 말았다.

저녁 식사에 그렇게 집착하는 스타일도 아니고, 술안주로
는 도무지 어울리지 않는 반찬들이었는데도 그렇게 꾸역꾸
역 집어 삼킨 건 도무지 알 수 없는 그 자신의 오기였을지도
몰랐다.

도대체 이게 무슨 감정인지 알 수 없는 어리둥절함과 이게
뭔지 알아내고야 말겠다는 어리석은 오기.

"……젠장."

어리석다고 생각하면서도 그는 또 그곳에 갔다.

다음에도, 또 다음에도.

"오셨어요."

마치 호수처럼 고여 있는 그 애는 그가 찾아가도 그다지
놀라지 않았다. 그저 물끄러미 바라보다가 일어서서 자리를
내주고, 그가 필요로 하는 걸 내주었다. 반찬, 젓가락, 앨범,
그런 것들.

그것들이 실은 다 한사월 씨의 손길이 닿아 있는 것이란
걸 그는 뒤늦게 깨달았다.

"이건 뭐예요?"

"아, 그건 예전에 어머니가 만들었던 거. 젓가락이에요. 하
나 드릴까요?"

"그래 주시면 감사하죠. 그런데 숟가락은 없나요?"

"그런 건 만들기 어렵다고, 그냥 젓가락만."

"그렇구나."

짧고 드문드문했지만 그 대화를 통해 그는 그녀가 대충 어떤 사람인지 상상할 수 있었다. 손재주가 좋고 성실하고, 그렇지만 더 어려운 건 아예 도전하지 않을 정도로 나약하고 포기가 빠른 사람.

당신이 그럼 그렇지. 그는 속으로 그렇게 비웃으면서도 겉으로는 선물 받은 젓가락을 섬세하게 어루만졌다. 젓가락 머리맡에 있는 복(福) 자는 꼭 이쑤시개로 파 놓은 것처럼 가늘고 희미하면서도 획이 발랐다.

"겉절이가 맛있어요. 제가 만든 거긴 한데 어머니가 했던 거랑 맛이 똑같아요. 드셔 보세요."

저도 그다지 입이 길어 보이지는 않는데, 굳이 제게 수저를 쥐여 주며 어머니가 만든 맛이라고 강조하는 그 애를 그는 물끄러미 바라보았다.

제천.

시골집.

보관해 둔 젓가락.

똑같은 맛의 김치.

그는 결국 죽고 없는 한사월 씨의 흔적을 좇아 그곳에 내려온 것뿐이고, 그 애는 그녀가 남겨 둔 것들 중 가장 생생하고 선명한 흔적이었다.

결코 흔적이나 유물 아닌 다른 것으로 그에게 더 다가갈 의지가 없는.

"얼굴에 흉터가 있네요?"

"저도 잘 몰라요. 하도 어렸을 때 생긴 거라. 어머니 말로는 완전 갓난아기 때 다친 거 같대요. 깜빡하고 손톱을 안 깎아 줘서. 아기 때는 잘 그런다고 하더라고요."

"나경 씨는 여기 혼자 있으면 뭐 해요?"

"농사지어요."

"농사? 혼자요? 무슨 작물을 짓는데요?"

"그냥 아무거나 지어요. 어머니가 하던 것들. 며칠 전에 고추를 땄어요."

그 애는 한사월 씨가 관련된 질문이 아니면 드문드문 단편적인 정보 외에는 입도 하나 벙긋하지 않았다.

그는 그게 편했고, 또 그렇게만 생각하려고 애썼다.

왜 여기 있냐고.

왜 혼자 사냐고.

왜 아무것도 안 하고 여기에 그냥 묻혀 있냐고.

지금이라도 나가서 뭐든 하고 살라고. 이렇게 멍청하게 혼자 묻혀 있지 말고.

그렇게 타박하거나 걱정하기보다는 그냥 눈 감고 모르는 척, 그 애를 그녀의 흔적들 중 하나로만 대하려고, 애써.


"너 또 제천 갔다 왔어?"

탐탁지 않은 얼굴을 한 혜정이 그에게 으름장을 놓았다.

"이번 주까지만이야. 다음 주부터는 진짜 서울에 있어야
돼."

"알았어."

"장난 아니야. 다음 주에 파리 엑스포 내보낼 물건들 취합
해서 보내야 한단 말이야. 다음 주에도 또 제천 간다고 자리
비우면 진짜 가만 안 있을 거야."

혜정이 으름장을 놓다 못해 최후통첩을 선포했다. 그는 알
았다고 대꾸하고는 그 다음 날, 결국 충동을 참지 못해 또다시
제천에 갔다. 갈 동안에는 그런 생각이 안 들었다. 혜정의 말
을 들어야겠다거나 이제는 정말 그만둬야 되겠다는 생각이.

그런데 유독 그날, 그 애가 이상한 말을 했다.

"그러니까, 더 이상 여기 찾아오셔도 좋을 게 없단 뜻이에
요."

그 애가 말하는 것은 완곡했지만 단호했다. 여기에 더 오
지 말라는 것. 아버지의 빚 때문에 빚쟁이들이 찾아올 거라
는 이유가 있긴 했지만 결국 그 애가 말하는 건 딱 하나였다.

"단상우 씨는 우리 가족이랑 아무런 상관도 없어요."

아, 그래. 그렇단 말이지.

그는 멍한 정신으로 집을 빠져나왔다. 어떻게 차에 올라
운전을 했는지도 몰랐다. 서울로 올라가는 길에 차가 얼마
없어 다행이었다. 만약 돌발 상황이라도 생겼다면 꼼짝없이
정신 못 차리고 죽었으리라. 그럴 정도로 넋이 빠져 있었다.

정신없이 액셀을 밟던 그는 그러다 끽, 차를 세웠다.

운전대에 이마를 박고 한참을 거칠게 숨만 내쉬던 그는 혼잣말로 뇌까렸다.

"무슨 생각이야? 이건 좋은 기회야. 지금이야말로 그 지긋지긋한 집구석을 떨쳐 낼 수 있는 타이밍이라고. 이제 그냥 집에 가면 돼."

그러나 그렇게 말하는 목소리엔 힘이 없었다. 그는 처음으로 생각했다.

그녀, 한사월이 없는 지금 한사월의 흔적이 아닌 임나경 그 애를.

"스물두 살."

그래, 그 애는 아직 어리다.

부모님의 빚을 감당하며 거기에서 혼자 살기에는 아직 턱없이 부족하다.

게다가 그 애는 한사월의 친자식도 아니다. 도대체 그 애가 그 빚을 혼자 감당하게 둘 이유가 뭐란 말인가?

기껏해야 혼자 농사나 짓는 애를.

"젠장."

가만히 있던 그는 문득 욕설을 뇌까리고는 액셀을 밟았다. 요란한 소리를 내며 전진한 자동차는 커다란 반원을 그리며 유턴을 하고는 그대로 마구 달려가기 시작했다.

느릿느릿 서울로 향하던 아까와는 달리 다시 내려가는 길은 엄청나게 급하고 험했다.

그는 정신없이 전진하고 또 전진했다. 무엇이 그를 그토록 몰아붙이고 있었는지는 알 수 없었다.

그러나 집 앞에 차를 멈춰 세웠을 때, 그는 무엇이 그를 그토록 몰아붙였는지 깨달았다.

"나경 씨!"

그는 목이 터져라 외쳤다. 대문이 마구잡이로 덜컹거리고, 창문이 깨져 빗물이 들이닥치는 집 앞에 서서.

그 애는 그런 성격이 아니었다. 극도로 조심스럽고 신중해서, 밤이 되면 문이란 문은 모조리 걸어 잠그고 이중 삼중으로 조심하는 애였다. 그런 애의 집이 다 이 꼴이 되어 있으니, 알 수 없던 불안감은 현실로 변했다. 그는 미친 듯이 달려가 산산조각 난 창문을 붙잡아 열고 안으로 뛰어 들어갔다.

그리고 겁에 질려 흔들리는 눈동자와 마주쳤다.

"나경 씨."

"아, 저기, 이건, 그러니까……."

되먹지 않은 변명을 늘어놓는 놈 뒤에 가녀린 그 애가 벌벌 떨고 있는 게 보였다. 헤쳐진 옷과 흐트러진 머리카락, 이리저리 멍든 얼굴이 그 애가 어떤 상황에 처했는지 말해 주고 있었다.

눈이 뒤집혔다. 그는 아무 말도 없이 짐승 놈을 잡아끌어 마당에 내팽개쳤다.

"상우 씨! 그러지 마세요, 그러지 마요 제발……."

어린애가 울며 팔뚝을 붙잡았지만 뿌리치고, 그는 꿈틀거리는 몸뚱이에 연신 주먹을 꽂아 넣었다. 꽉 쥔 손에 뼈가 부서지고 내장이 터졌다. 더러운 욕정에 눈이 먼 추한 몸뚱이가 살려 달라고 비명을 질렀다.

"겨, 경찰! 경찰에 신고할 거야!"

"신고해."

그는 그 더러운 짐승이 무슨 소리를 지껄이든 개의치 않았다. 어떻게든 그 애를 빼내어 여기서 데려가겠다는 생각만 가득했다.

있는 대로 지갑에서 수표를 꺼내어 내던진 그는 그길로 아이를 붙잡아 차에 실었다.

"조금만 참아요."

추위와 공포에 덜덜 떠는 아이는 그러나 아무 말도 하지 않았다. 파랗게 질린 입술이 꾹 깨물리는 것을 보며 그는 액셀을 밟은 발에 무게를 실었다.

내 탓이야.

그는 깊이 자책했다. 이제껏 그 애와 그는 아무 상관도 없다고 애써 내리긋던 선을. 그 애가 경계하며 그에게 두던 거리를 재 보며 몰래 안도하던 마음을.

"나하고 같이 지내요."

그래서 다음 날 충동적으로 말했다.

어안이 벙벙해서 보는, 얼굴에 푸릇푸릇한 멍이 든 그 애에게.

"왜요?"

그러자 금세라도 왈칵 눈물을 터뜨릴 것 같은 얼굴로 그 애는 물었다.

"왜 저한테 잘해 주세요?"

왜냐고 물었다.

여기 아니면 이제 갈 곳도 없는 주제에.

나 아니면 어디 의탁할 곳도 없는 고아인 아이가.

여기서 나가라고 하면 대번 자리를 박차고 일어나 고개 꾸벅 숙이고 나가 버릴 아이는 분명, 저보다도 더 쫓겨나고 핍박받는 데에 익숙해져 있었기에.

그래서.

"나경 씨는 제 동생이잖아요."

그냥 그렇게 말했다.

"돌봐 주고 싶어요. 가족이니까. 그래도 될까요?"

사실은 그녀를 처음 보았을 때부터 했던 생각일지도 모를 말을.


"내보내."

그 다짐은 곧 혜정의 격렬한 반대에 부딪혔지만.

"네가 지금 제정신이야? 제천 내려가지 말라고 하니까 이제 재를 이 집에 들여? 너 여기가 어딘 줄 알아? 내가 만들어 준 집이야! 그런데 감히 누구를……."

"그럼 내가 나갈게. 둘이 같이 나가지 뭐."

흥분해서 와르르 쏟아붓던 말은 그의 담담한 대꾸에 뚝 끊겼다. 기가 막힌 듯 올려다보던 혜정의 입술이 열렸다.

"네가 미쳤구나?"

그는 대답하지 않았다. 스스로도 썩 이성적인 판단은 아니라고 생각했기 때문이다. 하지만 그럼에도 선택을 되돌릴 생각은 들지 않았다.

아무 말도 하지 않는 그를 보던 혜정이 답답하다는 듯 가슴을 쳤다.

"정신 차려. 그 앤 널 버린 여자의 딸이야. 네가 혼자 아등바등 살 때 저 앤 엄마 밑에서 잘 먹고 잘 살았다고. 네가 걱정할 필요가 없다니까? 몇 달 전까진 존재도 몰랐던 애를 왜 핏줄이라는 이유 하나만으로 네가 책임져야 하는데? 말이 안 되잖아!"

혜정의 말엔 틀린 것 하나 없었다. 게다가 사실, 그 애는 제 친동생도 아니었다. 그걸 알면 더 난리 칠까 봐 혜정에게는 말하지 않았지만.

"혜정아."

그는 달래듯 두 손을 들어 보였다. 그러나 혜정의 말이 더 빨랐다.

"그래, 부모님 없이 혼자 있는 거 보니 안쓰럽겠지. 불쌍하기도 할 거야. 너 원래 착하니까. 그런데 상우야, 생각보다 혼자 있는 거 별로 안 외롭다?"

"……."

"너도 그랬잖아. 고아원에서, 공방 숙소에서 바글바글 모여 살다가 갑자기 뚝 떨어져 혼자 사니까 외롭기보다는 후련하고 편하다며. 나도 그랬어. 본가에서 숨 막히게 눌려 지내다가 독립한답시고 싸우고 나오니까 월세 50만 원짜리 단칸방이 150평짜리 저택보다 더 편했어!"

성큼성큼 다가온 혜정이 다짜고짜 그의 손을 쥐었다. 그는 눈살을 찌푸렸지만, 떨쳐 내거나 밀어내지는 않았다. 그것에 용기를 얻었는지 혜정의 말투가 조금은 부드러워졌다. 누그러진 말투로 조곤조곤 그를 설득했다.

"그러니까 저 애도, 사실은 그렇게 힘들지 않을 거야. 오히려 지금 홀가분한 상태일 수도 있어. 그런데 생판 몰랐던 남이 가족이랍시고 같이 살자고 하면 안 불편하겠어? 게다가 쟨 아직 어리잖아. 어린 여자애가 다 큰 남자랑 둘이 같이 사는 게 얼마나 불편한데. 그러니까 정 그렇게 돌보고 싶으면……."

"그러니까, 나는 그렇게 가족이랑 징글징글하게 붙어 살면 안 되냐?"

가만히 혜정의 말을 듣고 있던 그가 툭 내뱉었다. 혜정이 멈칫하며 그를 올려다보았다.

"상우야."

"한 번도 가족이랑 같이 살아 본 적이 없어서 그게 얼마나 지긋지긋한지는 모르겠는데, 그러니까 나도 해 보면 안 돼? 얼마나 붙어 있어야 답답하고 불편해지는지, 알고 싶어져서 그런다. 그게 왜."

"상우야, 내 말은 그런 뜻이 아니라……."

"왜, 내가 다른 여자애랑 살면 무슨 일이라도 있을까 봐 걱정돼? 네 말처럼 가족이라며. 그러면 무슨 일이 있을 리가 없잖아. 있어서도 안 되고."

그는 얼어붙은 혜정의 얼굴에 대고 빈정거렸다. 커다란 눈에 금세라도 눈물이 뚝뚝 떨어질 듯 고였다.

잠시 멈칫했던 혜정은 그러나 더 큰 소리를 내며 반박했다.

"그러니까 나랑 결혼하면 되잖아. 왜 굳이 편한 길 내버려 두고 그렇게 멀리 돌아가? 결혼하면 나랑 가족 되는 거고, 우리 둘이 같이 나란히 사업하고 승승장구하고, 어느 모로 봐도 일석이조인데 왜 그건 싫다는데?"

"구혜정, 네가 말하는 결혼이 그런 뜻 아닌 건 네가 더 잘 알잖아."

그녀는 재벌 집 딸이었다.

재벌가 특유의 숨 막힘과 후계 전쟁이 답답하다고 뛰쳐나온 그녀는 그러나 그 아버지가 정략결혼을 하라고 선포하자 그조차 따르기 싫다고 그에게 결혼을 요구했다. 자녀가 없을 것, 위자료가 있을 것, 애인은 간섭하지 않을 것, 재산 분할은 전적으로 그녀의 결정에 따른다는 계약서가 딸린 결혼이었다. 아무리 그녀에게 거의 고용된 입장으로 일하고 있다지만 결혼까지 혜정에게 휘둘리기는 싫었던 그는 계속 거절했다. 그러나 혜정은 끈질기게 요구했고, 이제 그는 화를 내다 못해 거의 포기 상태까지 와 있었다. 결혼과 가족이라는 개념에 있어 서로가 얼마나 다른지 그는 짐작조차 못 했기에.

"혜정아, 네가 한 말은 나 같은 사람한테 되게 무례한 말이야. 실례되는 말이라고."

"그런 뜻으로 한 말 아니란 거 알잖아."

혜정이 작게 내뱉은 말이 사과 비슷한 뜻이란 걸 알아들은 그가 웃었다. 그녀는 지나치게 자존심이 높고 고고해서, 직접 '미안'이라든지 '내 잘못'이라는 말을 하면 땅 밑이 무너질 것처럼 굴었다.

"물론 저 애가 불편할지도 모른다는 네 말은 알겠어. 그건 나도 인정해. 하지만 나는 일찍 출근하고 늦게 퇴근하니까, 저 애랑 그렇게 오래 같이 있지도 않을 거야. 게다가 내 방은 2층에 있고 저 애는 1층에 있잖아."

한층 수그러든 그의 설명을 들은 혜정은 그제야 조금 수긍한 표정을 지었다. 그래도 여전히 불만이 남은 듯, 미간엔 주름이 나 있었지만.

"그래 봤자 저 앤 너한테 고마워도 안 할 거야."

"……그래도 동생이야."

"뭐?"

"저 앤 내 동생이라고."

강하게 못 박는 그의 말에 혜정은 더 이상 아무 말도 하지 않았다.


그 마음은 얼마나 나약했는가.

그 애를 동생으로 아끼고 사랑하고자 하는 마음은.

"나경 씨 생각보다 키가 크네요. 보기에는 훨씬 작아 보였는데."

"……저 그렇게 작지 않아요."

가느다란 팔다리를 재겠답시고 가까이 갔을 때 노골적으로 숨을 훅, 들이켜는 그 애는 귀여운 한편 애처로워서 그는 그냥 놀리고만 싶었는데,

"보답하고 싶어서……."

"……."

"아무리 생각해 봐도 이것밖엔 생각이 안 나서…… 저는 돈도 없고, 일하려고 해도 할 게 없다고 그러시고, 보답하고 싶어도 하지 말라 그러시고, 그러니까…… 저는…… 여기서 계속 있으려면 뭐든 해야 하니까, 그러니까……."

그날 밤 그를 찾아와서 보답이랍시고 옷을 반쯤 벗으면서

도 울먹거리는 그 애는 어쩌면, 그가 생각한 것보다 훨씬 더 어린애가 아닐지도 모른다는 깨달음에 현기증이 났다.

그 애는 완연한 성인 여자지, 어린애가 아니었다.

그가 어렴풋이 떠올리던 아주 갓난아기에 제대로 대학교도 못 간 어린애가 아니라.

"제가 잘못 생각했어요. 보답이라고 하는 말에 반사적으로 그런 걸 떠올렸어요. 일반적인 게 아니란 건 알고 있었는데, 그래도……."

식탁맡에 앉아 고개를 숙이는 모습이 가냘팠다. 그걸 보고 반사적으로 울렁거림을 느끼는 자기 자신이 혐오스러워 그는 발작처럼 이미 죽고 없는 그 애의 부모에게 화를 냈다. 다시 말하면 그 자신의 친모. 한사월 씨.

이럴 거면 대체 이 어린애를 데려간 이유가 뭐였어.

친자식을 외면하면서까지 굳이 이 어린애를 데려간 이유가 혹시 그렇다면.

정작 저 대신 데려간 이 어린애는 하나도 지켜 주지 못한 주제에.

이미 죽은 친모를 미워하고 또 원망하면서 그는 제 마음 한구석에 자라고 있던 은밀한 죄책감을 지웠다.

사실 그도 남몰래 생각했던 것이다. 만약 그가 예정대로 그녀의 집에 갔다면 어떻게 됐을지.

'지옥이었겠지.'

그러면 지금의 그는 여기에 없을 것이다.

"쓸데없는 생각을 다 해. 그딴 말 할 거라면 일이나 하나 더 해."

혜정은 그렇게 타박하면서 자신이 해 준 것을 별것 아닌 취급 했지만 글쎄. 그녀가 아니었다면 그는 아마 여전히 이름 없는 공방에서 이름 없는 목수로 일하고 있을 거였다. 그녀가 발굴해 주지 않았다면 지금의 풍족함도 없었겠지.

그 행운이, 어쩐지 그 애의 불행함과 맞바꾼 기분이 들어서 그는 꺼림칙해졌다.

"그냥 내보내. 어차피 너랑 아무 상관 없는 애라니까? 넌 할 만큼 했어. 그렇게 정성 바치는 게 오히려 그 애한테는 더 안 좋을 거라고."

옆에서 보던 혜정이 조언했지만 그럴수록 그는 그 애에게서 더 손을 뗄 수가 없어졌다. 눈에 안 보이면 겁이 났고, 눈앞에 보여야만 안심이 됐다. 그게 대체 무슨 마음인지는 자기도 몰랐다. 동정이라고, 혹은 동생을 향한 애정이라고 하기에도 모를 이상할 감정.

나는 그저 그 애가 내 품에서 행복하기만을 바란 걸까.

말도 안 되는 소리.

"남자 친구는 만들지 않는 게 좋겠어요."

처음 그 애가 다른 남자와 있는 걸 보았을 때 엉겁결에 내뱉어 버린 말을 그는 두고두고 자책했다. 그건 아무리 생각해도 제가 할 말은 아니었다. 그것도 자기처럼 나이 많은 오빠는.

"하지만 단상우 씨도 남자잖아요."

그 애가 특유의 무심한 얼굴로 그렇게 툭 내뱉었을 때, 그는 정곡을 찔린 듯한 느낌이 들어 기분이 상했다.

"나는 나경 씨한테 남자 아니잖아요."

"……."

"나는 그런 사람 아니에요. 나경 씨 오빠지."

애써 아닌 척 부인하고 고개를 들었을 때 그 애가 올려다보던 표정은, 대체 무엇이었을까.

그가 그때껏 감춰 왔던 감정은.


자, 솔직히 얘기해 보자.

그는 왜 그 애를 여기까지 데리고 왔을까?

어차피 친동생도 아닌데, 그 애가 요구했던 것도 아닌 물질들을 퍼부어 가며, 그렇게 하면 여태까지 한 번도 갖지 못했던 가족이란 걸 한번 가져 볼 수 있을 거라고 생각했을까?

전혀 아니지.

그는 마음 밑바닥에서 그렇게 절절 끓고 있는 의문을 억눌렀다. 그도 스스로의 행동이 모순적이라는 걸 알고 있었지만, 그런 걸 일일이 까발려서 들춰 볼 정도로 스스로에게 용기 있진 않았다. 오히려 제 마음이 어떤지 들여다보기도 무서워서 덮어 놓았다는 게 맞았다.

그 말이 맞았다.

그는 두려웠다.

그 자신에 대해서, 그리고 그 어린 여자애에 대해서.

"아무것도 사실대로 말할 수 있는 게 없잖아요. 어떤 걸 말할 건데요? 저랑 당신이 어머니는 같고 아버지는 다르다는 거? 어머니가 아주 어렸을 때 당신을 낳고 버려서 나는 당신이 있는지도 몰랐다는 거? 어머니가 죽고 난 뒤에야 당신이 찾아가서, 거지처럼 굶어 죽을 지경이던 나를 주워 와 여기까지 돌봐 준다는 거? 그래서 이렇게 사실대로 말하면 뭐가 좋은데요. 아무것도 좋은 게 없잖아요, 오히려 사람들이 수군거리기는 더 좋잖아요!"

그 애가 학원에서 그의 존재를 숨긴다는 사실을 알고 화를 억누르지 못한 그에게 그 애가 쏘아붙인 말이 그랬다.

그래, 사실이 아닌 말이 없었다.

그 둘은 제대로 된 남매라고 할 수도 없었다.

둘 다 고아였고, 함께 자라지도 않았고, 엉망진창으로 꼬여 버린 관계 안에 공통점은 기껏해야 어머니가 겹친다는 것. 그나마 정상적인 어머니도 아니었다. 그에게는 자신을 버린 친모, 그 애에겐 자신을 길러 준 양모. 무엇 하나 제대로 겹치는 게 없었다. 복잡한 가지들을 모두 다 잘라 내고 들여다보면 그저 어쩌다 우연히 같이 살게 된, 생판 남에 불과했다.

그런데도 그는 왜 그렇게 그 애에게 집착하고 있는 것일까.

정확히 말하면 그 애가 오빠라고 인정해 주는 것에 대해.

"오빠 아니잖아요."

"……."

"나한텐 오빠 아니에요. 그냥 어머니 아들일 뿐이지. 끝까지 오빠는 안 돼요. 될 수가 없어, 당신."

그 애가 그렇게 말하자 마음 밑바닥 어딘가가 부서졌다. 그는 휘청거리며 그 애를 외면하고 제 방의 문을 닫았다. 그 애가 미리 올라오지 못하도록 말해 둔 게 다행이라고 생각했다. 만약 그러지 않았더라면 이번에야말로 그 애의 팔을 잡아당겨 마음껏 유린해 버릴지도 몰랐다.

미친 짓이지.

제게 몸을 의탁하고 있는 그 어린애에게.

그는 방문을 닫고 기대앉아 자신에 대한 혐오감과 싸웠다. 그러나 부서진 마음의 밑바닥 어딘가에서는 그가 최대한 억눌러 왔던 그 애에 대한 상념들이 스멀스멀 기어 나와 마음들을 어지럽혔다. 그는 안간힘을 쓰며 그것들을 모조리 쓸어 담았다. 최대한 보이지 않는 구석에 밀어 치워 두고 보지 않으려 했다.

그 애를 처음 봤을 때 그는 그게 그저 이제 존재하지 않는 친모의 흔적인 줄만 알았다.

그 애를 처음 데리고 온 게 그는 그저 불쌍한 아이에 대한 동정심과 제가 가족에 갖고 있는 환상 때문인 줄로만 생각했다.

그리고 그 애가 지금 제게 울며 말하는 걸 보며, 그는 이번에야말로 제가 들여다보지 말아야 할 어두운 심연이 열린 것을 알았다.

그러나 그는 끝까지 보지 않으려고 애썼다.

아마 앞으로도 줄곧 보지 않을 것이었다.

혹시라도 그 어린애에게 품고 있는 게 연정이라면 이번에야말로 제 자신을 용서할 수 없을 것 같았다.


"결혼하자."

"돌았냐?"

혜정은 그가 생각했던 그대로 반응했다. 예상했던 그는 씁쓸하게 웃었다. 그걸 보고 그녀는 심상찮다고 생각했던 모양이다.

"너 왜 그래? 결혼은 싫다며? 네가 생각한 결혼은 그게 아니라며?"

"생각이 바뀌었어."

"생각? 무슨 생각, 나경이에 대한 생각?"

대충 얼버무리려는 그를 그녀가 꼬집었다. 그는 마치 속마음이 들킨 듯 아무 말도 할 수가 없었다. 그런 그를 혜정이 냉정히 관망하다가 비웃었다.

"흥, 언제는 절대 동생이라더니. 절대 생각 바뀔 일 없다더니 결국 그렇게 됐네. 그럴 줄 알았어, 너처럼 정에 굶주린 애들이 계기만 있으면 더 무섭다니까."

"……."

"뭐 어쨌든 좋아. 나아 손해 볼 거 없으니까."

그래서 그는 혜정과 둘이 나가 그 애에게 그대로 전했다. 그 애는 얼굴이 하얗게 질려서 곧 쓰러질 것 같았지만, 외면했다. 어차피 곧 괜찮아질 테니까. 그 애는 아직 나이도 어리고 예쁘니까, 나이도 많고 어머니도 같은 이부 남매보다는 더 좋은 사람들과 더 좋은 기회가 많을 테니까. 지금 잠깐 마음 아픈 것 정도는 아마 곧, 아무렇지 않게 될 거라고.

정말 그랬을까.

"아빠가 달라요."

"……."

"서로가 있는지도 몰랐어요. 20년 만에 그걸 처음 알았고, 그래서 같이 살기 시작한 지 얼마 안 됐어요. 됐어요, 이제? 권이준 씨한테 그런 것까지 설명해 줘야 돼요?"

울면서 남들 앞에서 외치는 그 애를 보며 그제야 그는 제가 얼마나 잘못했는지를 알았다.

그 애는 아직도 어리고, 부모님을 잃은 지도 얼마 안 됐고, 그런 복잡한 가족 관계를 남들에게 알려 줘도 될 만큼 신경이 무디지 않았다. 그렇다고 아무렇지도 않게 거짓말을 할 만큼 뻔뻔하지도 않았다.

그런 애가 묵묵히 침묵을 지킨 데는 다 이유가 있었을 텐데. 왜 진작 그 애를 믿어 주지 않고 무작정 몰아세웠을까.

그는 열리지 않는 그 애의 방문 앞에서 안절부절못하며 밤을 지새웠다. 두꺼운 문 너머로 그 애의 숨소리 하나 제대로 들리지 않았지만, 들어갈 엄두는 내지 못했다. 제 방엔 그 애의 발끝 하나 들이지 못하게 했으면서 저는 들어간다는 게 어불성설로 느껴졌다. 하지만 그것보단 그 애의 진짜 속마음을 외면하고 싶었던 마음이 더 컸다.

며칠 만에 방에서 나온 그 애는 초췌한 얼굴로 어머니 앞에 무릎 꿇자마자 정신없이 울었다.

"목을 맸어요. 자살이었죠."

울다 울다 진이 빠져서 잠긴 목소리로 그 애는 주절주절 돌아간 친모의 옛이야기를 늘어놓았다. 그렇게 해야 제가 더 미움받을 자격이라도 있다는 듯. 그러나 그는 그걸 들으면서도 그 얘기에 놀라기보다는 그 애가 혹시 죽기라도 할까 봐 그게 겁이 났을 뿐이다. 하지만 그 애는 그러지는 않았다. 단지 잘못한 게 하나 없다는 그의 구구절절한 만류에 침묵을 지켰을 뿐. 마치 그것마저도 그의 진심이 아닌 면피라는 걸 알았던 것처럼.

그 애는 단지 떨리는 목소리로, 아주 조심스럽게 물었을 뿐이다.

"단상우 씨는 저…… 제가 밉지도 않아요?"

그 말에 그는 잠시 아무 말도 할 수 없었다.

그렇다고 해야 하는지 혹은 아니라고 해야 하는지, 짐작조차 할 수 없었다. 스스로도 무엇이 답인지 헷갈렸다. 하지만 머리로 무엇이 답인지 생각하기도 전에 입술은 아주 친절히, 또박또박하게 말하고 있었다.

"안 미워요. 어떻게 미울 수가 있겠어, 나경 씨가."

"……."

"내 동생인데."

혹시 그게 그 아이의 원인이 되었을까.


수능이 끝나도 그 애는 전화를 받지 않았다. 그는 그 애가 나오기를 자리에서 기다렸다. 그러나 모든 수험생이 다 나오고 교문이 닫힐 때가 되어서까지 그 애는 보이지 않았다. 그는 초조해서 교문 근처에 서 있던 경찰을 불렀다. 그러나 학교 안을 둘러보고 나온 경찰도 아무도 나온 사람이 없다며 고개를 저을 뿐이었다.

고개를 갸웃하고 있는 그에게 쭈뼛거리며 누군가가 다가왔다. 둘 다 익숙한 얼굴들이었다.

"안녕하세요, 나경 씨 혀, 혀, 혀…… 형님분."

둘 중에 하나가 어리숙한 얼굴로 인사했다. 그 애의 학원 친구였다. 아니, 친구라고도 하기 어렵지. 구 지인이라고 해

둘까. 그는 냉정한 얼굴로 그 둘을 관망했다. 보기 싫은 얼굴들이 왜 여기 있나, 의심이 드는 동시에 불길한 촉이 섰다.

아무 말도 없이 코끝으로 그들을 내려다보는 그에게 짓눌렸는지 문득 나머지 하나가 크게 웃었다.

"흥! 병신 새끼, 아무것도 모르고 여기서 잘도 서 있네."

뜬금없는 말이었다. 그러나 신경이 곤두선 그에게는 무엇 하나 거슬리지 않는 말이 없었다. 그는 가만히 눈을 내리뜨고 그들을 노려보았다. 무엇이 그리도 수틀렸는지, 그 애는 주절주절 말도 많았다.

"너 걔가 너 등쳐 먹었던 거는 아냐? 걔 고아인 건 알아?"

"그런데?"

차분히 대꾸하는 그에게 당황했는지 둘이 얼굴을 마주 보았다. 잠시 후 아까 그가 훨씬 더 격렬하게, 손끝을 덜덜 떨기까지 하며 쏘아붙였다.

"저 고아인 걸 알면서도 너한테 가서 등쳐 먹었던 건 아냐고? 이 등신 새끼야?"

그건 몰랐는데.

그는 그 둘을 내버려 두고 112와 119에 신고를 했다. 혹시 수능 치다가 의식을 잃고 쓰러진 사람은 없는지, 혹은 쉬는 시간에 사고가 나서 경찰서에 간 사람은 없는지, 수색해 봤지만 헛일이었다. 그는 뜬눈으로 밤을 지새우고 집으로 돌아왔다. 그때쯤엔 이미 충분히 이상한 걸 느끼고는 있었지만 믿고 싶지 않았다. 아니, 오히려 모른 척했는지도 모른다. 그건 그의 특기니까. 이미 충분히 알면서도 뒤로 미루고 외면하고 모른 척하는 건.

방은 이미 텅 비워져 있었다. 남아 있는 건 이미 다 풀어서 쓸모없어진 수능 책과 교과서, 그리고 편시 하나뿐이었다. 텅 빈 서랍 안에 딱 하나 들어 있던 편지 봉투를 정신없이 뜯어 연 그는 그 안에 또박또박 쓰여 있는 글자들을 읽었다. 제 행적처럼 깔끔하고 군더더기 없는 편지.


죄송해요.

많이 놀라셨을 거라는 거 알아요.

하지만 저로서도 어쩔 수가 없었어요.

저는 어머니의 친자식이 아닙니다.

아주 어렸을 때 입양됐고 그 이후로는 그냥 친자식처럼 자랐어요.

단상우 씨께는 미리 말씀드렸어야 했었는데.

말씀드리면 분명 여기까지 오지 못할 것 같아서 아무 말도 못했어요.

이제는 단상우 씨가 그러실 분이 아니라는 걸 알아요.

하지만 단상우 씨는 저를 친동생으로만 생각하시니까요.

저를 친동생으로 아끼시는 걸 보니 더더욱 죄책감이 들어서 말을 못 했어요.

제가 친동생이 아니라는 걸 알면 서운하시겠지요?

그래서 마지막으로 글로나마 전합니다.

죄송해요.

차마 단상우 씨의 결혼식까지 보고 갈 엄두는 안 났어요.

왜냐면 저는……

 

그 이후로도 빽빽이 글자가 적혀 있었지만 다 눈에 들어오질 않았다. 두 번 세 번이고 편지를 읽어도 상황은 달라지지 않았다.

그 애는 자신이 친자식이 아닌 걸 이미 알았다.

그리고 그걸 알면서도 자신에게 말하지 않았다.

"앙큼하네."

그의 손에서 편지를 뺏어 들고 두 번, 세 번 읽던 혜정이 혀를 찼다.

"이거 완전 사기꾼 아니야. 딱 제가 좋을 만큼만 단물 쏙 빼 먹고. 웃기는 애야, 진짜."

"그런 애 아니야."

그러면 안 된다는 걸 알면서도 그는 그녀에게 화를 냈다. 애꿎은 화풀이라는 건 알고 있었지만 어쩔 수 없었다. 그 애가 없어진 그 순간부터 그는 도무지 무슨 일을 해도 진정이 되질 않았으니까. 밤에 잠을 자도 꿈을 꾸고 밥을 먹어도 밥알이 곤두서서 넘어가질 않았으니까.

"그래서 뭘 어떡할 거야. 작정하고 도망친 애를 뭐 하러 찾아. 그냥 포기하고 잊어. 출국 준비나 해. 시간 얼마 안 남았다는 거 잊었니?"

혜정이 채근했지만 그는 포기하지 않았다. 사람을 시켜 전국 방방곡곡을 다 뒤졌다. 하지만 그 애는 어찌나 꼭꼭 숨었는지 보이지도 않았다. 애초에 작정하고 숨은 사람을 찾는 건 이미 죽은 사람의 흔적을 찾아 올라가는 것보다 더 어려운 일이었다.

"그럼 프랑스도 포기하고 찾든가."

혜정이 마지막으로 준 양자 선택의 기회에서 그는 망설임 없이 프랑스를 포기했다. 그러니 결혼도 곧 없던 일이 되었다. 상관없었다. 그녀는 필요하면 다시 쇼윈도 커플의 상대를 찾을 것이었다. 그러니 제 변덕쯤은 용서받아도 되겠지.

그는 일하는 것도 잊고 그 애를 찾았다. 비슷한 사람이 있다는 소식이 들리면 어디든지 달려가 확인했다. 그러나 몇 번이나 허탕을 치고 112에 한 실종 신고가 본인이 귀가를 원하지 않는다는 이유로 반려된 이후부터는, 어느 순간부터 포기했다. 그냥 물 흐르듯이 그렇게 되었다.

그는 어차피 자기 자신을 제대로 들여다보려 하지 않았으니까.

대신 그는 틈틈이 제천에 내려갔다. 그저 낡고 초라해서 아무도 들여다보려 하지 않는 낮은 집에 수시로 들러 때 빼고 광을 냈다. 낡아 빠진 벽과 비 새던 천장과 그 밖에도 자잘한 문제들이 많은 집을 싹 다 고치고 환골탈태시켰다. 멀리서 봐도 고만고만한 시골집 사이에서 혼자 확 튀는 모양새가 된 집을 보고 슬금슬금 사람들이 모여들었다. 개중엔 시가의 두 배를 낼 테니 집을 넘기라고 하는 사람도 있었다. 그러나 그는 그런 제의들을 다 거절했다. 대신 틈틈이 시간 날 때마다 거기에 내려가, 아무것도 하지 않고 벽 한가운데에 걸려 있는 그녀의 영정 사진을 물끄러미, 그저 물끄러미 올려다보고만 있었다.

혹시나 그 애가 들르면 다시 쳐다볼 게 분명 이 사진일 걸 아닐까.

멍청하게 방 한가운데 그러고 누워 있으면 문득 눈물이 나서 그는 얼굴을 감싸 쥐고 누웠다. 마음이 허하고 체한 것 같았는데, 제가 무엇을 놓친 것인지 도무지 알 수가 없었다. 제 마음 하나도 제대로 들여다보지 않은 지 오래됐으니 알 리가 없었다.

뭐였을까.

대체 뭐였을까.

"……."

그 애의 커다란 눈동자, 물기 가득한 눈매, 떨리는 눈동자와 부드러운 살결. 잠든 아이를 등에 걸머지면 느껴지던 체취와 볼에 스치던 머리카락. 가느다란 어깨와 팔다리, 가볍게만 느껴지던 체구.

모른 척 그냥 안아 버렸다면.

내가 이미 알고 있었노라고 그 애에게 말했다면.

그랬다면 그 애는 가지 않았을까.

그랬다면 우리는 어떻게 됐을까.

"……."

여전히 가족으로 머물러 있었을까.

아니면.

어떻게 될까.

"뭐야, 그게?"

혜정이 어깨 너머로 그가 받은 봉투를 넘어다보았다. 편지 봉투 보내는 이 칸엔 이름이 쓰여 있지 않았다. 단지 단정한 글씨체로 간략한 주소만 적혀져 있었다. 그는 그 글씨체가 누구의 것인지 바로 알아보았다. 그러나 동시에 믿고 싶지 않았다.

서둘러 봉투를 열자 아무것도 명기돼 있지 않은 수표 세 장이 툭 떨어졌다.

"뭐야, 이건?"

선 채로 굳은 그 대신 혜정이 수표를 주웠다. 뻣뻣하고 모서리가 날카로운 새 종이에는 보낸 사람의 신상 명세 하나 없었다. 단지 수표 하나당 백만 원이라는 숫자와 글자만 프린트되었을 뿐이다. 그는 혜정의 손에서 수표가 팔랑거리며 넘어가는 걸 지켜보다가 다시금 봉투의 주소지를 살폈다.

서울에서 가까운 곳이었다.

"멍청아."

사무실에 앉아 메모 하나 없이 달랑 주소지만 쓰여 있는 봉투만 만지작거리며 앉아 있는 그에게 혜정이 그렇게 툭 던졌다.

"빨리 안 가고 뭐 해. 걔가 기다리잖아."

퉁명스럽고 사나운 목소리, 그러나 아직까지도 망설이는 그의 등을 밀어 주는 소리였다.

혜정이 프랑스로 떠나자마자 그는 주소지가 적힌 곳으로 내려갔다. 차로 두 시간 남짓 걸리는 곳에 있는 그곳은 아주 작고 눈에 띄지 않는 시골 마을이었다. 이런 곳에 계속 있었으면 그가 미처 발견하지 못한 게 이해가 갔다. 아니 사실, 그렇게라도 생각하지 않으면 그 애를 발견하지 못한 저를 마구 채찍질하고 싶어질 것 같았다.

그 애는,

"단상우 씨."

이토록 그대로인데.


오랜만에 보는 얼굴은 여전히 곱고 청초했다. 그는 그 애가 어깨 위로 길게 늘어뜨리고 있는 머리카락과 옅게 하고 있는 화장과, 가벼이 걸치고 있는 블라우스와 긴 치마를 쳐다보았다. 익숙한 듯 낯설고, 낯선 듯 익숙지 않은 차림새였다. 예전의 그 애하고는 많은 면에서 다르면서도 같았다. 예전에 그 애는 아직 어리고 서툰 스물두 살 아이였다. 이제 그 애는 어엿한 선생님으로 자리 잡고 있는 어른이었다.

그러나 자기를 보는 시선은 아직도 예전처럼 맑고 투명해서, 그는 마치 타임머신을 타고 예전으로 돌아간 느낌이 들었다.

만약 그때로 돌아간다고 하면 우리는 어떻게 될까.

만약 내가 이미 알고 있노라고 그 애에게 말했더라면.

"좋아해요. 단상우 씨."

그 애가 애타게 눈빛으로, 표정으로 외치고 있는 걸 알면서도 끝내 외면해야 했던 이 고백을 그때는 받아들일 수 있었을까. 혹은 지금이라면.

그는 더 나이 먹은 모습을 하고 얼굴을 하고, 그러면서도 어릴 때처럼 온몸으로 부딪혀 고백하는 그 애를 망연히 응시했다. 시간이 지나도 그 애는 그때 그대로였다. 그리고 자신도, 어쩌면, 예전 그대로일지도.

뭘까.

그는 자기 자신을 혐오할 만큼이나 강렬했던 충동들을 가만히 응시했다. 아주 어두운 마음속의 심연, 그 애를 처음 볼 때부터 마지막에 떠나보낼 때까지도 외면해야 했던 제 마음

깊은 곳의 무언가를.

여전히 그게 무엇인지 알 수는 없었다.

하지만 확실한 건.

"후회할 거야."

"……."

"분명히 후회할 거야. 나 같은 사람한테 먼저 손 내민 일 따윈 바로. 하지만 어쩔 수 없어. 당신이 자초한 일이야. 난 이제 놔줄 수가 없어. 다시는 놓치지 않을 거야."

다시는 그 애를 놓치고 싶지 않다는 것.

더 이상은 그 애 없는 일상을 견딜 수 없다는 것.

그 하나뿐이었다.

여전히 그는 그 애가 너무 어리다고 생각하고, 그 애에게 더 좋은 기회가 많이 남아 있을 것이라고 생각하고, 아마 조금 더 지나고 시야가 넓어지면 저보다 더 좋은 남자를 만날 수 있을 거라고 확신하고 있었지만.

그럼에도 그는 그 기회를 잡기로 했다.

제 품에 매달려 오는 이 어린 생명을 놓치기가 너무 아쉬워서. 이것이 설사 가족애든 아가페든, 혹은 더러운 욕망이라고 해도.

그 애가 정말이지 자기가 징글징글해져 모든 걸 다 놔 버리고 도망치는 그 순간까지 옆에 있겠다고, 그렇게.

## 외전 2. 김강준의 일기

산과 바다가 맞닿아 있는 이곳에선 하루 종일 새소리가 시끄럽습니다. 일단 아침에 눈을 뜨면 뻐꾹새가 뻐꾹뻐꾹 울고요, 낮에는 갈매기들이 까악까악해요. 그리고 저녁엔 부엉이가 아우우우 하는 소리를 내며 짖어요. 새장이 따로 없죠.

사람이 사는 것보다 사람이 산새 사는 곳에 얹혀사는 모양새를 하고 있는 이곳은 하농마을이라고 합니다. 혹자는 한흥리, 혹자는 굴따리라고 하는 동네이지만 나는 하농마을이라는 이름이 좋습니다. 그런 이름을 들으면 어쩐지 내가 외국에서 있는 것 같지 않아요? 피아노를 배울 때나 어디서 흘낏 들어 보기도 한 이름이고 말입니다. 그래서인지 아닌지는 모르지만 이곳 사람들은 다들 하농마을이라고 불러요. 하농마을에 있는 학교는 하농초등학교, 하농마을에 있는 회관은 하농회관이라고 하는 것처럼.

내가 다니기도 하는 하농초등학교는 단 스물세 명만이 다니고 있는 아주 작은 학교입니다. 실은, 여기는 진짜 학교도 아니고 저 멀리 읍내에 있는 큰 학교의 분교예요. 엄밀히 말하면 진짜 이름은 하농초가 아니지만 우리끼리는 하농초등학교로 부르고 있답니다. 왜냐면 여기도 엄연한 학교니까요. 교실도 있고, 학생도 있고, 선생님도 있고. 물론 딱 세 명 있는 선생님 중 저학년 담임 선생님이던 대머리 선생님은 작년에 정년 퇴임 하셨지만, 대신 그분 대신에 올해 임용되셨다는 선생님이 이번에 새로 오셨습니다.

그리고 나는, 첫눈에 사랑에 빠져 버렸습니다.

"안녕하세요, 임나경입니다. 잘 부탁드립니다."

선생님은 아주 젊고 예뻤습니다. 긴 생머리를 하늘하늘 휘날리고 꽃무늬 블라우스에 긴 치마, 까만 구두, 두 손 모아 얌전히 서서 교장 선생님의 옆에 서 계시는 모습에 나는 한눈에 반해 버리고 말았습니다. 어쩌면 저런 사람이 있을까요? 아홉 살 인생 한 번도 저렇게 예쁘고 멋있는 사람을 본적이 없는데, 선생님은 아마 하늘에서 떨어진 천사인가 봅니다. 나만 그렇게 생각하는 건 아닌지 강당에 모여 있는 스물세 명의 전교생 모두 약속이나 한 듯 입을 딱 벌려 버렸고, 선생님의 얼굴은 말 그대로 새빨갛게 물들어 버렸습니다. 그러나 그 모습마저도 빨간 사과처럼 아주 예뻤어요.

선생님은 예쁘기만 한 게 아니었습니다. 선생님은 남자애들과 한데 어울려 축구도 잘 하고 달리기도 잘 했습니다. 그러는 한편 여자애들과 어울려서 공기놀이도 잘 하고 실뜨기도 잘 했답니다. 하지만 선생님이 가장 잘 한 건 바로 교실 한편에 있는 오래된 피아노를 치는 것이었어요. 아마 몇 년간 한 번도 제대로 연주된 적이 없었을 오래된 피아노가 선생님의 손짓 발짓에 그 생명을 찾고 쩡, 하는 소리를 낸 순간 나는 그만 울어 버리고 말았습니다. 그 정도로 선생님의 음악 소리는 아주 멋있었어요.

"어머, 우리 강준이 설마 음악 듣다가 운 거니? 너 감수성이 아주 풍부하구나."

동요의 익숙한 첫 음절을 몇 마디 연주하던 선생님은 내가 우는 걸 보고 허둥지둥 자리에서 내려와 손수건으로 내 눈물을 닦아 주었어요. 너무 창피해서 차마 그 노래를 더 연주해 달라는 부탁도 하지 못했어요. 얼마나 창피했다고요. 칠칠맞지 못하게 노래 같은 걸 듣고 울어 버리다니, 이 얼마나 남자답지 못한 짓이에요. 아버지가 보았으면 바로 저녁밥을 굶을 일이에요.

"괜찮아, 강준아. 노래를 듣고 우는 건 부끄러운 게 아니야.

우리 강준이가 감수성이 풍부하다는 증거라고. 좋은 노래를 듣고 감동받을 수 있다는 게 얼마나 멋진 일인데?"

선생님은 그렇게 말하면서 나를 달랬어요. 나를 무릎에 앉히고, 손수건으로 연신 젖은 얼굴을 닦아 주면서요. 선생님이 그렇게 해 주었던 건 또래보다 두 뼘은 훨씬 작은 내 키 때문인 것일 수도 있지만, 사실 썩 나쁘지는 않았어요. 선생님이 훨씬 가깝게 느껴지기도 했고요. 하지만 남자로서 쪽팔린 것도 사실이었기에 나는 선생님께 부끄럽고 죄송하다고, 웅얼웅얼 말했어요. 그러자 선생님께서는 말씀하셨답니다.

"아니야, 강준아. 넌 항상 미안하다는 말이 너무 많구나. 선생님한테는 미안할 거 하나도 없어. 이런 거 가지고 미안해하지 않아도 돼. 참, 나한테는 미안해하는 사람이 왜 이렇게 많을까? 미안해야 하는 사람들은 하나도 사과 안 하는데 정작 미안해하지 않아도 되는 사람들은 너무 많이 미안해하고, 이상하게."

선생님의 목소리에는 웃음기가 섞여 있었습니다. 예쁜 목소리에 나는 용기를 얻어 물었습니다.

"누가요? 누가 선생님한테 또 미안해했어요?"

"응? 아, 그건……"

선생님의 입가에서 미소가 사라졌습니다. 나는 설마 내가 또 선생님을 화나게 한 건지 덜컥 겁이 났습니다. 그러나 선생님은 화를 내지 않으셨습니다. 그냥 나를 앉혀 놓고 골똘히 생각에 잠긴 것뿐이었습니다. 마치 나를 여기 두고 다른 어딘가로 멀리 간 것처럼.

"......그런 사람이 있었지. 맨날 미안해하던 사람이."

"......."

"백을 주면서도 하나를 더 못 해 줘서 미안하다는 사람이 있었어. 정작 받는 사람은 난데 주는 사람이 더 미안해하던 사람이......."

선생님의 말꼬리가 약해졌어요. 나는 멍하니 허공을 바라보는 선생님을 보면서, 선생님이 하는 말이 나를 향한 게 아니라 보이지 않는 그 사람을 향해서라는 걸 알아차렸답니다. 조금 불통해졌지만, 선생님의 손이 여전히 나를 무릎에 앉혀 놓고 있었기 때문에 나는 입을 다물고 선생님이 나를 봐 주기만을 기다렸습니다. 하지만 호기심은 감출 수가 없었어요.

"그 사람은 지금 어디에 있어요, 선생님?"

마치 꿈에서 깨어난 듯 퍼뜩 눈을 깜빡인 선생님이 나를 어르며 웃었습니다.

"그 사람은 아주 멀리에 있단다. 그래서 만날 수가 없어."

"멀리요? 멀리 어디에 있는데요?"

"글쎄. 강준이 너, 프랑스라는 데 아니?"

프랑스! 그 말에 나는 귀가 번쩍 뜨였습니다. 프랑스는 TV에서도 엄청 자주 나오는 유명한 나라잖아요. 맨날 집에 가면 TV만 보는 난데 내가 모를 리가 없지 않겠어요? 에펠 탑, 파리, 박물관, 축구팀…… 신이 나서 주워섬기는 내 말을 웃으면서 듣던 선생님께서 그러다 말씀하셨습니다.

"강준아, 혹시 선생님하고 약속 하나 해 줄 수 있을까?"

"뭔데요?"

"선생님이 지금까지 한 얘기는 다 비밀로 해 주기로. 약속한 거야."

"네! 그럼요! 좋아요!"

나는 신이 나서 고개를 끄덕였습니다. 비밀이라니! 그것도 좋아하는 선생님과 단둘이! 얼마나 멋진 일이에요? 게다가 선생님이 먼저 나한테 부탁한 일이니, 남자라면 응당 지켜야 마땅할 일이죠. 나는 기필코 내 생애를 다 바쳐 선생님과의 비밀을 지켜 낼 것이라고 굳게 다짐했습니다. 선생님은 웃으며 새끼손가락을 걸어 주었어요.

그 후로 내 꿈은 프랑스에 가는 것이 되었습니다.

그 전까지 프랑스에 썩 관심이 있었던 것은 아니에요. 하지만, 프랑스를 말하면서 아련하게 눈을 뜨던 선생님의 표정이 너무 인상적이라서, 대체 프랑스라는 곳엔 무엇이 있길래, 라고 궁금해하다 보니 결국 프랑스에 가고 싶게 되었답니다. 하지만 제일 궁금했던 것은, 프랑스에 있다는 선생님의 소중한 사람이 누구냐는 것이었습니다. 늘 미안하다고만 말하던 선생님의 소중한 사람은 대체 누구였을까요? 만난

지 오래됐다면서도, 딱 한마디 했는데 눈물을 글썽거리게 하는 사람.

나는 잠자리에 누워서 프랑스에 대한 꿈을 꾸었습니다. 프랑스에 가서, TV에서나 보았던 빵모자를 쓰고 에펠 탑이 보이는 푸른 잔디밭에 누워 선생님과 함께 도란도란 이야기를 나누는 꿈을 꾸었죠.

하지만 내 상상력은 거기까지였습니다. 딱, 거기까지였죠.

"비켜라, 썅노무 시키야. 자리 차지한다."

술 냄새 폴폴 풍기는 아버지가 내 다리를 호되게 걷어차고 TV 앞을 차지하면 총천연색 꿈은 와장창 깨졌습니다. 나는 아픈 다리를 아무렇지 않게 접고는 절뚝절뚝 방구석으로 기어들어 갔습니다. 그리고 꼬질꼬질한 이불을 동그랗게 말아 최대한 구석진 곳에 숨어 숨소리도 내지 않으려고 노력했지요. 아버지가 냉장고에서 소주를 꺼내서 마시기 시작하면 그걸로 끝이니까요.

"야! 김강준! 니 일루 나온나, 확 귀퉁배기를 후려칠까 보다."

성난 목소리와 함께 돌돌 말린 이불이 확, 펼쳐졌습니다. 숨죽이고 있다가 한순간 장판 바닥에 퍽, 소리 나게 굴러도 아프기보다는 도망가기에 바빴어요. 나는 눈치를 살피다가 아버지가 매로 쓰려는 효자손을 들자마자 부리나케 문 사이로 빠져나갔습니다. 뒤로 아버지의 고함 소리가 들렸습니다.

"쌍노무 시키야! 니 이 구석에 놓았던 5천 원 어디다 났노, 으이? 니 그걸로 술 퍼묵었지!"

술 먹지 않았어요. 밥도 먹지 않았죠. 그 돈은 다 떨어진 운동화를 고치는 데 썼어요. 그것도 구둣방 아저씨가 불쌍하다고, 재료값만 받는다고 깎아 줘서 그 가격이었죠. 하지만 나로서도 억울한 게, 애초에 그 5천 원도 내가 아버지의 소주병을 깨끗이 닦은 다음 고물상에 갖다줘서 벌어 온 돈이었거든요. 어떻게 아버지가 그 돈을 알고 있는 거죠? 그리고 왜 그 돈을 마음대로 쓰려고 한 거죠?

어두컴컴한 골목길을 달리며 나는 남몰래 훌쩍거렸습니다. 혹시라도 아버지가 보면 더 불같이 성을 내고 고함질까, 맘 놓고 펑펑 울 생각도 못 했죠. 그렇지만 산속이나 바닷가로 가면 아버지보다 더 위험한 사람들이 잔뜩 있었습니다. 나는 망설이다 학교 운동장으로 숨어들어 갔어요. 그리고 거기서 선생님을 만났습니다.

"강준아, 강준아! 너 거기서 뭐 하고 있어?"

순찰을 하는 듯 한 손에 플래시를 들고 있던 선생님이 큰 소리로 물었습니다. 나는 미끄럼틀 위에서 머리를 처박고 자고 있다가 난데없이 플래시가 터지는 바람에 화들짝 놀라 깼습니다. 그러자 선생님이 한달음에 달려와 팔을 벌렸어요.

"얼른 이쪽으로 내려와, 얼른."

참 바보 같은 분이에요. 올라왔던 사다리로 내려와도 되고

413

미끄럼틀을 타고 내려와도 되는데 왜 굳이 선생님이 안아서 내려 주려고 할까요? 그러나 나는 고분고분 선생님에게 안겼습니다. 선생님의 품에서는 포근한 섬유 유연제와 말끔한 산바람내가 났습니다. 금세라도 떠나가 버릴 것만 같은 도회지의 냄새였습니다.

가느다란 팔로 나를 가뿐히 안아 내린 선생님은 나를 숙직실로 데리고 갔습니다. 원래 야간 근무 하는 선생님들이 지내는 곳이지만 나를 딱하게 여긴 선생님은 종종 나를 여기서 재워 주기도 했어요.

얼굴과 팔다리를 깨끗하게 씻고 나는 얼른 이부자리로 기어 들어갔어요. 아버지가 굴러떨어뜨리느라 커다랗게 생긴 멍이 쑤셨지만 티셔츠 밑에 있어 보이지 않았어요. 참 다행이라고 생각했습니다. 선생님한테 들키면 너무 부끄럽잖아요.

선생님은 같이 눕지 않고 도로 일어나 책상맡에 앉으셨어요. 아마도 내가 선생님의 잠자리를 뺏은 거겠죠?

"선생님."

"응?"

"아빠는 날 싫어하나 봐요."

잠이 안 와요. 그래서 이런 소리도 하는 거겠죠.

안경을 쓰고 책을 읽던 선생님은 그 말에 고개를 갸웃하더니 책을 한쪽으로 치우셨습니다. 그리고 조심스레 내 옆에 다가와 앉으셨죠. 높이가 있는 침상 옆에 쪼그려 앉은 선생님은 그 어느 때보다 얼굴이 가까이 보였습니다. 이렇게 예쁘고 멋있는 선생님한테 이런 것 따위 말씀드리고 싶지 않았는데. 누구에게라도 말하지 않으면 너무 힘들어서 가슴이 뻥 터져 버릴 것만 같았어요. 그러니 조금쯤은 말해도 괜찮겠죠.

"아빠는 제가 죽었으면 좋겠나 봐요. 툭하면 때리고 밀치고 엄마 찾아서 가라고 하는 걸 보면 말이에요. 그럴 거면 왜 낳았는지 모르겠어요. 나는 낳아 달라고 한 적이 없는데 말이에요. 엄마도 그래요. 왜 엄마는 책임지지도 않을 거면서 날 낳았을까요? 이해할 수가 없어요. 그러면 나는 아빠랑 둘이 어떡하라고……."

"……."

"모르겠어요. 너무 힘들어요."

참으려고 했지만 눈물이 또르르 흘러나왔습니다.

나는 사실 선생님이 나를 키워 줬으면 좋겠다고 은근히 기대했습니다. 선생님이 나를 데려가겠다고, 책임져 주겠다고 하면 참 좋겠다고. 하지만 선생님은 그렇게 말씀하지 않으셨습니다. 대신 따뜻한 손으로 내 머리를 쓰다듬어 주셨죠.

"맞아, 세상엔 나쁜 사람들이 참 많아. 책임감도 없고, 사랑도 없고. 나는 낳아 달라고 한 적도 없는데 왜 자기들 멋대로 세상에 날 낳아 놔서 이렇게 힘들게 만드나……. 그렇게 생각될 때가 있지. 선생님도 알아."

그렇게 말하는 선생님의 눈은 엄청나게 쓸쓸해 보였습니다.

나는 조금 놀랐습니다. 선생님은 전혀 그런 것 따윈 모를 것 같았거든요. 내 생각에 선생님은 사이좋으신 부모님 밑에서 엄청 사랑받고 응석 부리면서 자란 막내딸 같았는데요. 도대체 그런 걸 어떻게 알고 있는 걸까요?

"하지만 조금만 참아, 강준아. 몇 년만 있으면 너는 어른이 되고 어른은 노인이 돼. 그러면 네가 힘이 더 세진다? 그때가 되면…… 네가 뭐든 결정할 수 있을 거야."

"뭐, 뭘요?"

"미워하든, 용서하든."

그런 건 상상도 가지 않았습니다. 나는 내가 커지고 아빠를 용서하는 것을 상상해 보다가 그만두었습니다. 언젠가 내가 어른이 돼서 아빠를 용서하고 싶은 날이 올까요? 그렇게 하기엔 나는 지금도 아빠가 너무 미운데.

"선생님은 어떻게 했어요?"

나는 물었습니다. 선생님은 잠시 곰곰이 생각하다가 피식, 힘없이 웃으셨죠.

"그러게, 선생님도 아직 못 정했네. 미안해, 선생님도 못한 걸 강준이한테 하라고 해서."

선생님의 따뜻한 손이 머리카락을 쓰다듬었습니다. 그러자 천천히 조금씩 졸음이 왔습니다. 나는 눈을 뜨려고 안간

힘을 썼지만, 헛일이었습니다. 자꾸만 눈꺼풀이 무거워졌거든요. 왜 이렇게 뜨기가 어려운지 꼭 돌덩이라도 얹어 놓은 것 같아요.

"그렇지만 그것만은 확실히 알아. 미워하기보다는 용서하는 게 더 나은 거. 계속 미워하기보다는 잊고 사랑하는 게 더 쉽다는 거."

"무슨 말인지 모르겠어요……."

"괜찮아, 강준이도 나중에는 이해할 날이 올 거야. 나도 실은 예전에는 이해하지 못했거든. 어떤 사람이 가르쳐 주기 전까지는……."

그렇게 말하는 선생님의 눈동자는 또 어딘가를 멀리 보고 있었습니다. 나는 혹시 그 사람이 프랑스에 있다는 그 사람인지 물어보고 싶었습니다. 그때 선생님이 말할 때의 눈빛과 똑같았거든요. 하지만 입을 열기도 전에 잠이 쏟아졌습니다. 나는 그대로 선생님의 침구에서 잠이 들었습니다. 마지막으로 눈을 감을 때까지, 선생님은 나를 보지 않고 먼 곳 어딘가, 누군가가 있는 그 어딘가만 계속해서 응시하고 있었습니다.


나는 자꾸만 그가 궁금해졌습니다.

선생님이 그렇게 그리워하는 사람은 누굴까요? 아무것도 보이지 않는 허공을 응시하며, 그 모습을 그리고 있는 사람은? 선생님은 아니라고 했지만 나는 알아요. 아무것도 없는 허공을 처다보는 것은 내가 엄마 얼굴을 떠올릴 때 하는 짓이거든요. 아빠가 그런 걸 볼 때마다 보기 싫다며, 엄마한테로 꺼지라며 술병을 던져 대는 탓에 나도 모르게 움츠러들긴 했지만요.

그렇다면 선생님은 그 사람을 아주 많이 그리워하는 게 분명했습니다.

"오늘 다들 즐거웠지요?"

"네!"

"선생님도 오늘 너무 즐거웠어요. 다들 집에 조심히 들어가고 내일 봐요."

늘 즐겁게 수업하고, 아이들에게 반갑게 인사하고, 선생님들과 진지하게 말씀을 나누는 평소 모습에서는 그런 모습들을 찾아볼 수가 없었습니다. 그러나 혼자 계실 때는 어김없이 한숨 쉬는 모습이 발견됐습니다. 다른 사람들은 알아챌 수 없을 만큼 아주 잠시, 잠깐일 뿐이었지만 저는 선생님을 좋아하니까요. 계속 슬쩍슬쩍 선생님을 훔쳐보고 있었으니까요.

그날도 나는 운동장 한편에 숨어서 선생님을 보고 있었습니다.

아이들이 다 집으로 돌아간 뒤에도 교실에 앉아 열심히 공부를 하시던 선생님은 해가 뉘엿뉘엿 지는 오후가 되어서야 자리에서 일어나셨습니다. 가방을 챙기고 교실을 나서시는 모습을 보고 저는 잽싸게 교문 쪽에 있는 미끄럼틀로 달음질 쳤습니다. 거기가 선생님이 가장 잘 보이거든요. 학교를 나서서 교문을 통과해 집으로 돌아가시는 선생님의 모습을 가장 잘 볼 수 있는 자리죠.

미끄럼틀 위에 올라가 나는 쪼그려 앉았습니다. 숨이 턱까지 치받는 것을 헉헉거리며 눌러 참고 있는데 갑자기 밖에서 이상한 소리가 들렸지요. 나는 눈만 빠끔 내밀고 소리가 나는 곳을 좇았어요. 그리고 생전 처음 보는 커다란 자동차가 스르륵 멈춰 서는 것을 보고 깜짝 놀랐습니다. 그때까지 내가 본 자동차는 이장님이 타고 다니는 트럭이나 오래된 승용차가 고작이었거든요. 그도 아니면 경운기나, 이앙기처럼 농사할 때 쓰는 차나.

하지만 그때 본 자동차는 여태까지 본 것들과 전혀 달랐습니다. 일단 어마어마하게 거대했죠. 창문은 그 어느 차보다도 컸고 엔진 소리는 어울리지 않게 부드럽고 온화했습니다. 아무리 보아도 이 시골에 어울리는 차는 아니었어요. 나는 정신없이 자동차를 구경하다가 차 문이 열리는 것을 보고 입을 크게 벌렸습니다. 거기서 내린 사람도 이 동네에 어울리는 사람이 아니었거든요.

사실은, 어마어마하게 잘생겼더라고요!

"우와……."

나는 남자애거든요. 그래서 남자가 얼마나 잘생겼든지 사실 별로 감흥이 없어요. TV에 나오는 잘생긴 연예인들도 그냥 연예인이구나 생각했을 뿐이고요. 하지만 그 남자는, 정말 정말 충격받을 정도로 잘생겼었어요. 게다가 깔끔한 머리에, 새하얀 얼굴에, 주름 하나 없이 다려 입은 정장까지. 어느 모로 보나 이 동네에 속한 사람은 아니었지요. 나는 대체 저런 사람이 왜 학교에 왔을까, 궁금해하며 그 사람을 이리저리 살펴보고 있었답니다. 선생님을 기다리고 있던 것도 깜빡 잊어버릴 정도였죠.

그러다 심상찮은 느낌에 고개를 돌렸어요.

선생님은 운동장 한가운데에 딱 얼어붙어 서 있었어요.

"……."

나는 그때까지 선생님의 그런 표정은 한 번도 본 적이 없었습니다. 선생님은 학교에서 아이들을 혼낼 때가 아니면 늘 생글생글 웃고 계셨거든요. 가끔 그리움에 잠긴 표정을 짓고 계셨긴 하지만 그건 아주 잠깐이었고요. 하지만, 오늘 선생님은 마치 머리에 벼락이라도 맞은 듯했습니다. 새하얗게 질린 얼굴에, 마구 흔들리는 눈동자에, 어찌나 급하게 숨을 몰아쉬는지 어깨와 가슴은 쉴 새 없이 들썩거렸죠. 나는 어쩌면 선생님이 기절할지도 모른다고 생각했습니다. 혹은 이미 눈 뜬 채 기절했을 수도.

"선생……."

"나경 씨."

나도 모르게 선생님을 부르는데 무거운 목소리가 들렸습니다.

남자의 것이었죠.

그 얼굴과 어울리게 진중한 목소리를 가진 남자는, 글쎄요. 선생님 못지않게 복잡한 얼굴이었습니다. 선생님의 얼굴에서 놀라움과 경악을 뺀 만큼 그 자리에 두려움과 기대감을 채워 넣은 듯했죠. 혹은 질책과 그리움일 수도요. 무엇이 됐든 사람의 얼굴에 그렇게 다채로운 표정이 스며들어 갈 수 있을 거라고는, 그 전엔 상상도 하지 못했습니다. 한 사람에게 그렇게 다채로운 마음을 가질 수 있는지도요.

선생님은 눈물 가득한 눈으로 남자를 바라보았습니다. 남자를 밀어내듯, 혹은 떠밀리듯 그 자리에 못 박혀서 움직이지 못하는 선생님을 보며 나는 불현듯 깨달았습니다.

저 사람이었어요, 선생님이 그리워하던 사람은.

"나경 씨."

"……."

"왜 울어요, 나경 씨."

움직이지 못하는 선생님을 대신해 성큼성큼 걸어간 남자가 난감한 미소를 지으며 선생님에게 말했습니다. 하지만 그런 말은 오히려 선생님의 눈물을 부추길 뿐이었어요. 가득 고인 눈물이 그 말에 또르르, 구슬처럼 커다랗게 방울져 굴러떨어졌으니까요. 남자는 손을 들어 선생님의 눈물을 막으려는 것 같았지만, 헛일이었습니다. 선생님은 물을 막고 있던 둑이 터진 듯 울고 또 울었어요. 마치 그동안 울지 못했던 걸 여기서 다 터뜨리고 있는 것 같았어요.

선생님은 혹시, 저 남자가 찾아와 눈물을 닦아 주길 기다리고 있었던 건 아닐까요?

"나경 씨, 나경 씨⋯⋯."

몇 번이고 얼굴을 닦아 주던 남자는 그러다 결국 선생님을 당겨 품에 안았어요. 워낙 커다란 남자의 품에 안기다 보니 선생님은 쏙 가려져 보이지 않았죠. 나는 보이지 않는 선생님의 표정을 상상했습니다. 이제 어떤 표정을 짓고 있을까 그려지지도 않는 선생님의 얼굴을.

기뻐서 우는 얼굴은 대체 어떤 모습일까요?

서로를 애타게 끌어안고 흐느끼는 두 사람을 보다 보니 어느새 그림자가 훌쩍 길어져 있었습니다. 나는 조심스레 소리 내지 않으려 애쓰며 미끄럼틀에서 내려왔습니다. 도망치듯 자리를 뜨다가 슬쩍 돌아본 뒤엔 그 둘이 여전히 서로를 부둥켜안고 서 있었어요.

마치 보면 안 될 것 같은 것을 본 느낌에 나는 재빨리 고개를 돌렸습니다. 그리고 미친 듯이 동네로 달음박질쳤어요.


다음 날 나는 선생님을 똑바로 쳐다보지 못했습니다. 눈이 잘못 마주쳤다간 어제 선생님을 몰래 봤던 게 들킬 것 같았어요. 하지만 그것보다는, 선생님의 모습이 평소와는 너무 달라서 어색했던 이유가 더 컸습니다. 원래도 예쁜 선생님이 었지만 오늘은 정말이지 특별했습니다. 온몸에서 반짝반짝 빛이 나는 것 같았어요. 볼은 발갛게 물들어 있었고 발걸음 은 금세라도 날아갈 듯 가벼웠죠. 나는 그 모습이 아마 어제 선생님을 찾아왔던 그 남자 때문일 거라고 생각했습니다. 늘 그리워하던 사람을 만나게 돼서 그렇게 된 거라고.

그렇게 생각하자 선생님을 보는 게 더더욱 싫어졌습니다. 나는 선생님에게 몰려들어 꺅꺅 비명을 지르는 아이들을 피 해 교실 구석에 숨어 있었습니다.

"선생님, 선생님 오늘 어디 가요?"

"선생님 오늘 완전 예뻐요!"

"선생님 오늘 공주님 같아요!"

선생님은 아무 말 하지 않고 그냥 빙그레 웃으면서 아이들 을 안아 주는 게 고작이었지만 그것조차 나는 질투가 났습니 다. 대체 그 사람이 선생님의 뭐기에 선생님이 저렇게 달라 진 것일까요? 그 어느 때보다도 밝고 명랑한 선생님은 그래 서 더 보기에 마음 아팠습니다. 나는 수업 시간 내내 책만 보 고 있다가 수업 종료 종이 울리자마자 교실 밖으로 뛰어나갔 습니다.

"강준아, 강준아!"

뒤에서 선생님이 부르는 목소리가 들렸습니다. 그냥 무시하고 도망가고 싶었지만 저절로 발걸음이 멈춰 버렸습니다.

"강준아, 오늘 선생님이 가정 방문 하는 날인 거 알지?"

선생님이 상냥한 목소리로 물었습니다. 순간 덜컥 겁이 나서 아무 말도 할 수 없었습니다. 그냥 고개만 끄덕거리는데 선생님이 다시 한 번 물으셨습니다.

"아버님께 선생님이 간다는 거 말씀드렸니? 혹시 몇 시쯤 집에 계실까?"

"그게…… 저도 잘……."

가정 방문은 올해 초부터 계획되어 있었던 것이었습니다. 선생님은 가정 방문 일지가 적힌 종이도 다 나눠 주시고 부모님들께 문자도 보내셨대요. 하지만 아버지가 그걸 알고 있는지는 미지수입니다. 아버지는 자고 있지 않으면 깨어 있는 시간에는 늘 술만 마시니까요. 오늘도 집에서 자고 있는 것 아니면 동네 슈퍼에서 아저씨들과 모여 한판 벌이는 중일 테니까요.

"그럼 지금 선생님이랑 같이 한번 가 볼래?"

선생님은 상냥한 목소리로 말했습니다. 나는 엉겁결에 고개를 가로저었습니다. 부끄러웠어요. 물론 선생님은 저희 엄마가 집을 나가고 아빠가 술주정뱅이에 기초 수급자라는 걸 다 알고 계시지만 그래도 부끄러운 건 부끄러운 거죠. 게다가 선생님이 그 전에 가정 방문 한 곳은 이 동네 이장님의 딸인 윤지네 집이에요. 그 집은 3층 단독 주택에, 바비큐장이 있는 마당에, 으리으리하죠. 우리 집은 다 떨어져 가는 초가집이고요.

"괜찮아, 선생님이랑 같이 가자. 잠깐 들렀다가 저녁 먹으러 가지 뭐."

늘 저녁을 굶는 내 사정을 짐작하듯 선생님이 말했습니다. 나는 부끄러워서, 선생님의 손을 잡지 않은 다른 손으로 발갛게 달아오른 볼을 식혔습니다.

집으로 향하는 내내 나는 차라리 집에 아빠가 없기를 손 모아 기도했습니다. 그러나 현실은 반대였어요.

"이 쌍노무 시키야! 내가 니 5천 원 쓴 거 다 메꿔 노라고 캤지! 애비 말이 우습게 들리냐 이 호로자식 시키야!"

대문 안으로 한 발짝 들어서자마자 대번 무시무시한 욕설이 쏟아졌어요. 그런 말들에 익숙한 나야 그냥 움찔하고 말았지만, 그 다음엔 선생님이 걱정됐어요. 선생님이 놀랐으면 어떡하죠? 식겁해서 도망치면 어쩌죠?

하지만 선생님은 눈썹 한 번 찡그렸을 뿐 여전히 그 자리에 서 있었습니다. 제 손을 잡은 손에 힘 한 번 꼭 주고요.

"내 말이 안 들리냐고 이 개새끼야! 콱 쌍판때기를 강판에 갈아야 속이 시원……."

여전히 욕설을 구시렁거리며 방에서 문을 쾅 열고 나온 아빠가 선생님의 얼굴을 보고 멈칫했습니다. 아마 정말로 까먹었었나 봐요. 그 5천 원은 내가 벌어 왔다는 것도, 오늘 가정 방문을 나온다는 것도요.

선생님은 고요한 얼굴로 꾸벅 고개를 숙였습니다.

"안녕하세요, 강준이 담임입니다. 오늘 가정 방문 왔어요."

"가정 방문이고 지랄이고, 그 애새끼 내 자식 아니오. 돌아가쇼."

"하지만 아버님……."

"아 싸게 싸게 꺼지라고! 내 말 안 들리나!"

선생님의 차분한 목소리는 아빠의 성난 목소리에 묻혀 버렸어요. 무엇이 그리도 화가 나는지, 시뻘건 얼굴을 하고 소주병을 휘두르며 아빠는 버럭버럭 고함을 질렀어요.

"아 시방 선생이 됐으면 애새끼 교육을 잘 시켜야지! 대체 어떻게 애를 가르쳤길래 애가 이 모양인가! 애비한테서 5천 원을 째벼 가선 아직도 모른 척하네! 저 새끼가 날강도지 뭐이가 날강도인가, 저딴 놈의 새끼는 학교 따위는 다닐 필요도 없응께 썩 그만두고 노가다나 뛰어야 햐! 당장 썩 꺼지시오! 저 새끼는 내일부터 나랑 막노동 다닐 거여."

막노동이라는 말에 식은땀이 쭉 났어요. 아빠가 같이 술 마시러 다니는 사람들이 같이 막노동하는 사람들이거든요. 그렇다면 나도 학교를 그만두면 아빠랑 같이 술을 먹어야 한다는 걸까요? 불안한 마음에 선생님을 올려다보는데 선생님은 여전히 평온한 얼굴이었습니다. 단지 내 손을 쥔 손에 힘을 더 꽉 줬어요.

"안 돼요."

"뭐?"

"강준이한테 그렇게 말씀하시면 안 됩니다, 아버님."

선생님의 목소리는 평온했지만 단단했어요. 속에 곧은 심지가 들어 있는 것 같았습니다. 생전 처음 들어 보는 말투였어요. 늘 상냥하게 웃으시는 선생님께 그런 말을 들을 수 있을 거란 건 생각도 못 했거든요.

"강준이를 교육시킬 일차적 책임은 아버님께 있습니다. 강준이는 아직 스스로를 책임질 나이가 되지 않았어요. 강준이가 스스로를 낳아 달라고 한 적도 없죠. 아무 죄도 없는 아이에게 윽박지르고, 을러 대고, 응당 받아야 할 교육을 볼모 삼아 협박하는 건 부모로서의 자격이 없는 짓이에요. 그건 어른으로서 부끄러운 일입니다. 정신 차리세요."

나도 놀랐지만 아빠는 더 놀라신 것 같았어요. 뒤로 한 발자국 물러서셨죠.

"저…… 저 어린 년이!"

늘 술 때문에 시뻘건 얼굴이 창백하게 질리는 게 보였어요. 아빠는 그대로 성큼성큼 다가와 선생님의 멱살을 움켜잡았어요. 덕분에 선생님을 잡고 있던 손이 풀렸습니다. 나는 바닥에 나동그라지고 선생님은 아빠에게 멱살이 잡혀 힘없이 흔들렸어요.

"니 시방 먹물 좀 먹었다고 나 무시하냐? 어린 년이 선생이랍시고 나대니까 내가 우스워 보여? 오냐, 너 한번 혼 좀 나 봐라. 안 그래도 눈에 걸리적거렸는디 아주 잘되었어."

선생님을 마구잡이로 잡아 흔들던 아빠는 돌연 멱살을 내팽개치고 안으로 들어갔습니다. 선생님은 휘청거렸지만, 그래도 넘어지진 않았어요. 부엌에서 뒤적거리는 소리가 나는 걸 보니 아빠가 부지깽이를 찾고 있나 봐요. 나는 덜컥 겁이 나서 선생님의 손을 잡아끌었습니다. 도망가야 돼요, 여기서 선생님이 아빠한테 큰일 나면 안 되니까요!

"선생님, 빨리 가요. 얼른 가요!"

"괜찮아, 안 가도 돼. 선생님은 여기 있을 거야."

내가 울며불며 손을 잡아끌어도 선생님은 꿋꿋했습니다. 못 박힌 듯 마당 한가운데 서서 움직일 생각을 하지 않았죠. 보는 나만 조바심이 나고 울음이 새었습니다. 아빠는 아주 무서운 사람이거든요. 한번 수틀리면 손이고 부지깽이고 가리지 않고 나를 때렸으니까요. 이번에도 그러면 얼마나 맞을지 몰라요. 저번에는 갈비뼈가 부러졌으니 이번에는 최소 다리가 부러질지도……

"아주…… 걸리기만 해 봐, 작살을 낼 테니께……."

그러나 부엌에 들어간 아버지는 한참을 부스럭거리기만 할 뿐 나오지를 않았습니다. 버티고 선 선생님이 소리 높여 물어볼 때까지도요.

"아버님, 아직도 절 혼내실 준비가 안 되신 거면, 저희 대화 좀 할까요?"

"어어어, 너 이년, 아주 잘 걸렸다. 좀만 더 기다려 아주 혼쭐을 내 줄 테니까! 그러니께…… 조금만……."

"아버님, 저는 아버님과 대화를 하고 싶습니다. 부엌에 들어가 계시지만 말고 나오세요. 강준이에 대해서 얘기 좀 해요."

"시끄러워! 이 육시랄 년…… 죽일 년…… 먹물 좀 먹었다고 사람 무시하는 개호로 잡년……."

그러고 아빠는 또 한참을 나오지 않았어요. 선생님은 가만히 서 계셨지만 나는 호기심이 일어서 참을 수가 없었습니다. 살금살금 부엌 쪽으로 다가가는데 선생님이 나를 막았어요. 꽉 잡은 손은 부서질 것 같고 내려다보는 눈빛은 호랑이 같았죠.

"안 돼, 강준이는 여기 있어. 아빠가 스스로 나오실 때까지 기다리자."

나는 영문을 모르고 그냥 가만히 섰습니다. 그때까지도 나는 선생님이 하고 있는 게 기 싸움인지 몰랐어요. 그냥, 정말 아빠가 나오는 걸 기다리시는 줄 알았죠. 아빠는 선생님을 피하는 게 아니라 정말 뭔가를 찾고 있었고요.

그러나 한참이 지나도 아빠는 나오지 않았어요.

대신 귀에 익숙한 소리가 들렸죠.

"나경 씨!"

끼이익, 어제 들었던 부드러운 차 소리가 들리고 다급한 목소리가 들렸습니다. 들었던 목소리였습니다. 나는 바로 그게 어제 들었던 남자의 목소리란 것을 떠올렸습니다. 어제 선생님을 보러 왔던 그 사람이요. 그 사람은 급하게 뛰어와서 선생님을 살펴보고 있었습니다.

"여기서 뭐 해요? 연락은 왜 안 받아요?"

"아…… 오늘 가정 방문이 있는 날이라서. 핸드폰을 가방에 넣어 놓느라고."

"걱정했잖아요. 어제 나경 씨가 말했던 그……."

"쉿."

남자가 뭐라고 더 말하려는 걸 선생님이 눈짓하며 가로막았습니다. 아무래도 나 때문에 그런 것 같았어요. 나는 어깨를 움츠리고 선생님의 뒤로 숨었지요. 다행히도 그분은 내게 별 관심이 없었어요. 오직 선생님께만 관심이 있었죠.

"별일 없었어요? 여기서 뭐 해요?"

"그…… 아버님께서 부엌에 들어가셨는데 안 나오셔서, 기다리고 있었어요. 학생이랑 둘이서."

"그래요?"

우리 둘을 번갈아 보던 남자는 그러다 말릴 새도 없이 성큼성큼 부엌 쪽으로 걸어갔습니다. 광문이 활짝 열려서 안을 들여다보는 건 어렵지 않았죠. 커다란 키로 어렵지 않게 안을 들여다본 남자는 곧 헛웃음을 지으며 말했습니다.

"주무시고 계시네, 여기 아버님."

"네? 진짜요?"

선생님이 놀라 말하고 나는 허겁지겁 달려갔습니다. 남자를 비집고 부엌 안을 들여다보자 아빠는 정말 자고 있었어요. 아궁이에 머리를 기대고 빈 소주병을 서너 개나 세워 둔 채로요. 아빠는 애초에 선생님에게 다시 나올 생각이 없었나 봐요. 그런 게 아니면 우리를 밖에 세워 둔 채로 안주도 없이 술을 먹었을 리가 있었겠어요?

멍하니 그걸 쳐다보고 있는데 뒤에서 대화하는 소리가 들렸습니다.

"나경 씨, 괜찮아요? 별일 없었던 거죠?"

"괜찮아요. 저 진짜 괜찮아요."

"대체 왜 이렇게까지…… 선생님도 쉬운 일이 아니구나. 걱정했잖아요, 어제 그런 소리 해 놓고 연락도 안 받아서."

"아니에요. 생각보다 진짜 별일 없었어요. 그냥 멱살 좀 잡히고, 험한 말 좀 듣고……."

"멱살이 잡혀요? 어디 봐요. 어디 다친 데 있는 건 아니죠? 네?"

"아니라니까요."

그러면 안 될 것 같았지만 호기심이 일었습니다. 나는 몰래 살짝 뒤를 돌아보았습니다. 그 남자는 선생님한테만 온 정신이 팔려 있었습니다. 혹시 다친 데는 없는지, 놀라지는 않았는지, 정말 괜찮은 건지. 선생님은 웃으면서 괜찮다고 하고는 있었지만, 남자를 잡고 있는 손이 계속 부들부들 떨렸습니다.

나는 그때까지 선생님이 마냥 침착한 어른인 줄 알았습니다. 하지만 그 남자가 나타난 순간, 그게 아닌 걸 알았죠.

선생님은 떨고 있었습니다. 사실 어쩌면 아까부터 계속 떨고 있었는지도 모르죠. 그런데도 선생님은 저 때문에 아빠와 맞서고 있었던 것이었습니다. 나는 그것도 모르고 계속 선생님 뒤에 숨어 있었을 뿐이었고요. 그리고 선생님을 걱정해서 찾아다니던 남자가 선생님을 발견한 그 순간, 선생님은 여자가 되었습니다. 마음껏 기대고 떨리는 걸 보여 줘도 괜찮은 여자.

그걸 보자 기분이 이상해졌습니다. 나는 모른 척 고개를 돌리고 부엌으로 들어갔습니다. 할 일이 많았어요. 소주병도 치우고, 아빠한테 이불도 덮어 줘야 하고요. 밥도 지어야 하고요.

그런데 밖에서 선생님이 부르는 소리가 들렸습니다.

"강준아, 강준아!"

"네?"

"얼른 나와, 저녁 먹으러 가야지."

선생님은 정말 나를 데리고 저녁을 먹으러 갈 생각이었을까요? 나는 눈물을 훌쩍거리다가 빼꼼 고개를 내밀었습니다.

선생님은 남자의 손을 잡고 다른 한 손으로 내게 손짓을 하고 있었습니다. 하지만 내가 정말 거기에 껴도 되는 걸까요?

머뭇거리고 있는데 남자가 큰 소리로 말했습니다.

"그래, 어서 와. 선생님 지금 배고프시단다."

그 말에 나는 결국 고개를 끄덕이고 자리를 나섰습니다. 그냥 맨바닥에서 자고 있는 아빠가 조금 걱정되긴 했지만, 뭐 아빠가 그런 게 하루 이틀은 아니니까요. 머뭇머뭇 옆에 서는데 덥석 제 손을 잡고 끌어당긴 선생님이 웃어 주셨습니다. 내가 알던 선생님의 모습 그대로였어요.

나는 선생님과 함께 남자의 차에 타고 출발했습니다. 차는 어마어마하게 크고 좋았습니다. 의자도 푹신푹신하고 깨끗했어요. 신발에 묻은 흙이 떨어지지 않도록 조심조심해야 했습니다.

"괜찮아, 편하게 있어. 어차피 차는 닦으면 되는 거니까."

운전을 하고 있던 남자가 어떻게 알았는지 환하게 웃으며 말했습니다. 그때까지 나는 어떻게 해야 할지 몰라 등받이에서 등도 떼고, 손도 발도 모으고 어설프게 앉아 있었거든요. 그분의 허락을 받고 그나마 조금 편하게 기댔는데, 너무 편해서 잠이 올 것 같았습니다.

어디론지 모를 곳을 향해 자꾸자꾸 가는 동안 차 바깥은 점점 더 어두워졌습니다. 나는 슬슬 아빠가 걱정되기 시작했어요.

"왜 그래, 강준아? 혹시 어디 아프니?"

그런 저를 보고 있었는지 선생님이 돌아보셨어요. 선생님의 얼굴엔 걱정하는 기색이 역력했습니다. 우리 아빠 때문에 계속 떨고 무서웠으면서도, 그래도 선생님은 내가 걱정됐나봐요.

"그래, 선생님께 얼른 말씀드려. 아프면 바로 병원으로 갈 테니까. 아저씨 차 보이지? 네가 병원 가 달라고 하면 바로 엄청 빠르게 갈 수 있어. 보여 줄까?"

"애한테 그런 소리 하시면 어떡해요."

운전하던 남자가 덧붙인 말에 선생님이 작게 타박을 하셨습니다. 하지만 그 목소리엔 웃음기가 담뿍 묻어 있어 타박이라고 느껴질 정도도 못 되었지요. 나는 그 둘이 대화하는 걸 멍하니 보다가 시큰거리는 옆구리를 짚었습니다. 저번에 부러졌던 옆구리는 글쎄요, 지금은 괜찮은 것 같기도 하고. 저저번에 맞았던 무릎도 인제 괜찮은 것 같기도 하고…….

"괜찮아요. 그보다는 배가 고파요."

"그래? 그럼 밥 먹으러 가자. 아저씨가 엄청 빨리 달리는 거 보여 줄게. 볼래?"

"상우 씨!"

"간다! 이야아아아아압!"

선생님이 기겁을 하며 말리는 가운데 남자는 신이 나서 속도를 높였어요. 순식간에 자동차는 쭉쭉 달려 나가기 시작했고요. 처음에는 무서워서 제대로 바깥도 못 쳐다봤지만 그 다음엔 조금 신이 나서 창문을 내리고, 그 다음엔 나도 모르게 좋아서 꺅꺅 비명을 지르고 있었습니다. 너무 재밌었어요! 얼굴에 부딪히는 바람도 그렇고 빠른 자동차도 그렇고 너무 신나!

"꺄하하하하하하하!"

"재밌지! 그렇지! 하하하하하하!"

"참 나, 진짜, 단상우 씨는 가끔 너무 어린애 같아……."

선생님이 웃으며 이마를 짚는 와중에 나는 그 남자와 함께 찢어지는 비명을 질렀습니다. 정말 정말 재밌었어요. 아무도 없는 밤거리를 엄청 커다란 자동차로 엄청 빠르게 달리는 건요.


그 남자, 아니, 아저씨라고 할게요. 아저씨는 정말이지 이상한 사람이었습니다. 엄청 잘생기고 부자인데 정작 본인은 아무런 생각이 없어 보였어요. 밥 먹으면서도 계속 이상한 장난을 쳤죠.

"이거 봐라, 오징어 모양."

"와하하하하하하!"

"이거는…… 그래, 카봇 모양이다. 그렇지?"

"카봇이요? 이게요? 에이."

"왜, 진짜 그렇잖아! 닮았잖아!"

"단상우 씨, 카봇은 그렇게 안 생겼어요."

"진짜요? 이상하다, 닮았는데."

"아저씨는 카봇이 어떻게 생겼는지도 모르잖아요!"

우리가 저녁 먹으러 간 곳은 고깃집이었어요. 아저씨가 목장갑을 낀 채 고기를 굽고 선생님은 제 앞에 고기를 잘라 놓아 주셨죠. 그러면서 하는 소리들이 다 저런 소리였어요. 아저씨는 쉴 새 없이 말을 걸었고 나는 깔깔대고 웃으면서 배 터지게 고기를 먹고, 선생님은 웃으면서 그런 우리를 지켜보았어요. 처음 보았을 때 불편했단 것도 잊고 나는 금세 아저씨가 편해졌습니다. 좋은 사람이었어요. 선생님 하나만 보기 위해서 그렇게 멀리서부터 왔으면서도 불청객으로 낀 저한테 아무런 내색 하지 않는 것만 봐도 그랬죠.

"아저씨는 어디서 왔어요?"

내친김에 나는 아저씨에게 물었습니다. 열심히 고기를 굽다가 고기 한 점 먹고 있던 아저씨가 말했어요.

"나? 서울."

"서울이요? 우와아, 그럼 여기서 엄청 멀지 않아요?"

"그렇게 안 멀어, 차 타고 두 시간?"

하지만 아빠는 말했는걸요, 엄마는 멀리 서울로 도망갔다고, 그래서 나를 데리러 올 수도 없고 그럴 생각도 없으니 정신 차리라고요. 그렇다면 아빠는 거짓말을 한 것일까요?

나는 우울해져서 들고 있던 젓가락을 내려놓았습니다. 그러자 아저씨는 조금 당황한 모양인지 나를 이리저리 살폈습니다. 옆에 있던 선생님이 나지막하게 말하는 소리가 들렸습니다.

"엄마가 서울에 계시대요."

"아아."

그 뒤로 한참을 아무 소리도 들리지 않았습니다. 아마 아저씨는 나에게 조금 미안했나 봐요. 조금 지난 뒤에 변명을 하는 걸 보니.

"그게, 사실 거리 자체는 엄청 멀거든. 그런데 아저씨가 빨리 와서 두 시간 만에 온 거야. 만약 자동차가 없으면 시간은 훨씬 더 오래 걸릴걸? 그럼 오기 힘들지. 그렇죠, 나경 씨?"

"그럼요. 저도 여기 처음 올 때 다섯 시간은 걸렸는데요."

"다섯 시간? 어디서부터요?"

"그게……."

맞장구를 치던 선생님은 아저씨의 말에 화들짝 놀라 입을 다물었습니다. 아저씨는 웃는 얼굴로 선생님을 보고 있었지만, 그 표정은 어쩐지 무시무시했습니다. 시무룩해져 있던 나도 놀라서 볼 정도였습니다. 그러거나 말거나 아저씨는 계속 선생님을 채근했습니다.

"말해 봐요. 어디서부터 왔는데요?"

"그게요, 상우 씨……."

"이상하네, 짐작이 안 가네. 내가 한국에 있는 웬만한 대학교 신입생 명단은 다 뒤졌었는데. 교대고, 여기서부터 다섯 시간 걸리는 지역에 있고, 나경 씨가 전액 장학금 받고 들어갈 정도의 학교라면. 어디지? 공주? 청주? 인천?"

"말 안 할래요……."

"에이, 왜 그래요. 어차피 졸업한 지도 꽤 됐는데. 내가 거기 사람들 잡아서 족친다는 것도 아니고. 물론 돈 받고도 아무 말도 안 한 사람이면 손을 봐야 하겠지만."

선생님은 아무 말도 못 하고 식은땀만 삐질삐질 흘리고, 아저씨는 계속 웃는 얼굴로 선생님을 재촉했습니다. 선생님이 대답하기 곤란한 것 같았죠. 듣고 있으려니 조금 이상해졌습니다. 둘은 대체 무슨 관계였을까요? 왜 아저씨는 선생님이 어디 갔는지도 모르고 있었을까요? 혹시 아저씨는 선생님의 빚쟁이였을까요?

"선생님 괴롭히지 마요!"

나는 자리에서 일어서서 빽 소리쳤습니다. 선생님과 아저씨는 물론이고 식당 안의 사람들이 다 쳐다보았죠. 둘 다 놀란 듯 입만 뻐끔뻐끔하다가 황급히 행동에 나섰습니다. 아저씨는 황급히 날 주저앉히고 입을 틀어막았고 선생님은 손을 마구 내저었죠.

"아냐, 강준아. 그런 거 아니야. 그런 게 아니고, 그게……."

나는 아저씨의 손을 뿌리치고 방석에 앉았습니다. 아무도 날 무릎에 앉힐 수 없어요! 선생님 빼고는 그럴 수 없어요,

난 이제 다 큰 어린이니까요.

아저씨는 날 한 번 쳐다보더니 당황한 듯 헛웃음을 지었고 선생님은 눈만 깜빡거리다가 결국 한숨을 푹 쉬었습니다.

"그런 거 아냐, 강준아. 선생님이 그…… 아저씨에게 잘못한 게 있었어. 선생님이 어디 갈 때 아저씨한테 말을 하고 갔어야 했는데 말을 안 했거든. 그래서 아저씨가 선생님을 많이 찾았었어. 그래서…… 그때 화가 나셔서 그런 거야. 지금은 화 안 나셨대, 진짜로."

"지…… 진짜요?"

"그럼, 아저씨는 선생님한테 화 안 내."

그 얘기를 듣자 조금 안심이 되었습니다. 하지만 한편으로는 조금 슬퍼지기도 했어요.

"우리 엄마도 서울 갈 때 나한테 아무 말도 안 했는데."

"……"

"왜 말을 안 한 거예요? 가족들이 걱정하잖아요. 어디 가려면 가족한테 말을 하고, 늦기 전에 집에 들어오고. 자고 올 거면 전화라도 했어야죠. 왜 걱정할 거 뻔히 알면서 말을 안 해요? 대체 왜 그래요?"

나는 아저씨 대신 선생님에게 화를 냈습니다. 말하다가 살짝 눈물이 나기도 했어요. 일부러 안 울려고 되게 애썼는데도 말이죠. 선생님은 조금 당황한 얼굴이었어요. 그리고 아저씨는 어땠냐면…… 개구쟁이처럼 웃고 있었죠.

아저씨는 날 번쩍 들어다 무릎에 앉히고 꽉 끌어안았어요. 힘이 너무 세서 나는 울다 말고 캑캑거렸습니다.

"맞아, 선생님이 나빠요. 어떻게 그럴 수가 있어요? 나한테 말도 안 하고 멋대로 집 나가고 말이야. 연락도 한 번 안 받고, 핸드폰 번호도 맘대로 바꾸고. 진짜 너무한 거 아니에요? 덕분에 4년간 시간 낭비만 했잖아요! 그렇게 나갈 거면 미리 귀띔이라도 해 줘야지! 그래야 미리 좋아한다고 말이라도 했지!"

아저씨는 날 끌어안고 대뜸 대성통곡을 시작했습니다. 나는 당황해서 아저씨를 밀어냈는데, 밀어도 밀리지 않고 계속 끌어안고 엉엉 소리를 내기에만 바빴어요. 아무래도 아저씨도 선생님한테 많이 섭섭했었나 봐요. 그러니까 이렇게 울고 있는 거 아닐까요?

나는 아저씨를 밀어내는 걸 그만두고 그냥 얌전히 끌어안겨 있었어요. 그러자 선생님이 당황해서 내게 손을 내밀었습니다.

"그런 거 아니에요. 어휴, 애 놀라잖아요. 강준아, 이쪽으로 와. 선생님한테 와."

아저씨랑 선생님 둘 중에 고르라면 당연히 선생님이죠. 나는 주저 없이 아저씨를 밀어내고 선생님한테 갔습니다. 어처구니없다는 듯 나를 쳐다보는 아저씨의 얼굴에는 눈물 한 방울 묻어 있지 않았어요. 흥, 나는 아저씨가 진짜 우는 줄 알고 따라서 살짝 울기까지 했는데!

선생님은 나를 무릎에 앉히고 그렁그렁 맺혀 있는 눈물을 닦아 주었습니다. 그 손길은 상냥하고 조심스러웠어요.

"일단, 선생님이 그때 그런 건 아저씨가 미워서가 아니야. 진짜 어른이 되고 싶어서 그랬어. 아저씨가 다 돌봐 주는 것에서 벗어나 진짜 어른이 되고 싶어서."

이쪽을 보던 아저씨가 얼굴을 실룩거렸습니다. 하지만 아무 말도 하지 않고 그냥 고개만 까닥거렸어요. 나는 얌전히 선생님에게 안겨 말을 들었습니다. 나직하고 부드러운 목소리는 듣기 좋았어요.

"누가 돌봐 주는 것에만 익숙해지면 그 사람에게 나는 영원히 어린아이일 뿐이잖아. 아저씨는 그때 선생님을 동생으로만 봤었거든. 하지만 선생님은 아저씨에게 동생이고 싶지 않았어. 어른이고 싶었거든. 그래서 그랬어. 그러면 나중에라도 나한테 기회가 생길 줄 알았으니까."

"하지만…… 그래도 연락을 안 하는 건 너무하잖아요. 아저씨가 걱정할 텐데."

내 말에 선생님은 할 말을 잃은 듯 잠시 가만히 있었습니다. 그러자 턱을 괴고 가만히 선생님을 보고 있던 아저씨가 불쑥 한마디를 던졌습니다. 아까처럼 장난스럽거나 가벼운 목소리가 아닌 진지한 말투였죠.

"맞아. 얼마나 보고 싶었다고."

그 말에 선생님은 금세라도 울 것처럼 보였습니다.

우리는 잠시 아무 말도 하지 않았습니다. 사실 어쩔 줄 모르는 건 나 하나밖에 없었죠. 선생님은 눈물이 흐르는 걸 참으려고 안간힘을 쓰는 것 같았고 아저씨는 그런 선생님을 지긋이 쳐다보기만 했으니까요. 그 표정은 어제 아저씨가 선생님을 보는 것과는 또 달랐습니다. 어제의 아저씨의 얼굴이 검푸른 바다 같았다면 오늘은 햇빛이 스며드는 녹빛 같았어요. 짙은 그리움 속에 한 줄기 감정이 스며드는.

고개를 푹 숙이고 있던 선생님이 애써 웃었습니다. 시선은 내게만 꼭 고정하고 있었죠.

"돈 많이 벌면 다시 연락하려고 했어. 어른이 되면 그때 연락하려고."

"⋯⋯."

"보고 싶었는데 보면 다시 원래대로 돌아가고 싶어질까 봐 연락 안 했어. 선생님은 더 이상 아저씨 동생 하고 싶지 않았으니까. 더 이상 아저씨도 선생님을 동생으로 보지 않을 만큼 어른이 돼서, 아저씨한테 보여 주겠다고. 나는 이제 진짜 어린애가 아니라고⋯⋯."

거기까지 말한 선생님이 코를 팽 풀었습니다. 가만히 지켜보고 있던 아저씨가 선생님한테 냅킨을 한 움큼 뽑아서 건네주었죠. 그렇게 가만가만 행동하는 거나 웃음 짓는 걸 보면 둘은 마치 오빠 동생처럼 꼭 닮아 있었습니다. 하지만 선생님은 아저씨의 동생이기 싫다고 했죠. 그러면 둘은 대체 무슨 관계였을까요?

혼란스러워하고 있는데 아저씨가 느긋하게 말했습니다.

"그러니까 너도 걱정하지 마. 너희 어머님도 너한테 연락 안 하는 이유가 있을 테니까. 비록 지금은 볼 수 없다고 해도 사랑하지 않는 건 아니야. 오히려 사랑하기 때문에 더 보는 게 힘들 수도 있어. 사랑하는데 서로의 옆에 있기엔 아직 모자라다고 생각하니까, 그래서 더 열심히 노력해서 나중에 보러 가겠다고. 어머님께서 그렇게 생각하실 거라고 생각해. 응?"

그 말투는 어딘지 느긋하고 천진했습니다. 어쩌면 정말 그럴 수도 있겠다는 생각에 나는 훌쩍거리던 울음을 그쳤습니다. 선생님은 아직도 눈물을 그치지 못하고 있으셔서, 나도 아저씨를 따라 냅킨을 꺼내어 선생님의 눈물을 닦아 주었어요. 그러다가 생각나서 나는 물었습니다.

"그럼 아저씨는 누구예요?"

"응?"

"선생님이 아저씨 동생이었다가 아니었으면, 지금은 뭐예요? 아저씨 누나예요?"

그 말에 아저씨는 크게 웃었습니다. 너무 크게 웃어서 식당 안의 사람들이 다 쳐다볼 지경이었죠. 웃다 웃다 눈물까지 날 정도로 웃던 아저씨는 결국 냅킨으로 눈 밑의 눈물을 찍어 낼 정도가 되어서야 그쳤습니다. 이래서야 원, 식당 사람들이 우리를 다 울보라고 생각해도 할 말 없겠어요.

"그러게, 뭘까. 선생님이랑 아저씨는 무슨 관계일까? 응?"

놀리는 것처럼 선생님을 빤히 쳐다보는 아저씨의 말에 선생님은 얼굴이 새빨개지는 것으로 대답을 대신했습니다. 아저씨는 아예 턱까지 괴고 선생님을 빤히 바라보고 선생님은 그 눈을 피했죠. 아저씨는 또 선생님을 괴롭히는 걸까요?

다시 벌떡 일어나서 소리쳐야 하나 고민하는데, 아저씨가 천천히 느긋하게 말했습니다. 아주 달콤해서 저릿저릿하기까지 한 목소리로.

"선생님이 원하는 대로 하지 뭐. 아저씨는 선생님이 하라는 대로 해야 되니까."

그러자 선생님의 얼굴은 걷잡을 수 없이 새빨갛게 되었습니다.

아저씨의 말을 못 알아들은 건 아무래도 나뿐인가 봐요. 나는 돌아가는 내내 아저씨에게 무슨 뜻인지 알려 달라고 졸랐지만 아저씨는 선생님에게 물어보라는 말뿐이었습니다. 그렇다고 선생님께 물어보면 선생님은 토마토처럼 새빨개진 얼굴만 보여 주고요. 나는 서로에게 대답을 떠넘기는 두 어른에게 아주 심통이 났습니다. 그래서 그냥 차 안에서 꾸겨져서 눈을 감았습니다. 그러니까 푹신푹신해서 잠도 아주 잘 왔어요.

어렴풋이 앞에서 두런두런 목소리가 들렸습니다.

"애 지금 자나?"

"자나 봐요. 평소에는 아빠 때문에 잠을 잘 못 자는 거 같더라고요. 학교에서도 틈만 나면 맨날 잤어요."

"이상한 사람이네. 왜 자기 아들 잠을 못 자게 해요? 세상엔 부모 자격 없는 부모들이 너무 많아."

"맞아요. 나쁜 사람들이 너무 많죠."

"혹시 그래서 교대 들어간 거예요? 그때 나한테는, 교대 얘기는 꺼내지도 않았잖아."

선생님의 조금 긴 침묵.

"……그런 게 없지는 않은 것 같아요. 생각을 많이 했었거든요. 우리가 왜 이런 모습으로 만난 걸까 하고. 계속 고민한 끝에 그런 결론이 나왔어요. 우리가 부모님 때문에 고통받았던 것처럼 고통받은 사람들이 너무 많다고."

조금 더 긴 침묵. 말없이 누군가의 손이, 누군가의 손등을 두드리는 소리.

"저는 어머니를 사랑하지만, 어머니도 단상우 씨한테 나쁜 엄마였잖아요. 저한테 아버지는 최악의 인간이었고. 만약 어머니한테 그런 일이 없었더라면, 우리가 그렇게 비틀린 모습으로 만나지 않았을 거라고, 계속 생각하다 보니까 그런 결론이 나왔어요. 어머니나 아버지도 결국 그런 사람이 되고 싶어서 된 건 아닐 거라고. 더 어렸을 때 그렇게 하면 안 된

445

다는 걸 알았다면 그러지 않았을 거라고."

떨리는 목소리. 그러나 얼마 뒤 목에 힘을 주는 선생님.

"그러려면 어떻게 해야 할까, 그런 애들이 더 어렸을 때 비뚤어지지 않게 잡아 주려면 어떻게 해야 할까. 그렇게 생각하다 보니 자연스럽게 이쪽으로 오게 됐어요."

선생님의 쑥스러운 웃음.

"물론 제일 결정적인 이유는 전액 장학금이었지만."

짧은 침묵. 부드럽게 멈추는 자동차. 아저씨의 목멘 듯한 목소리.

"잘 어울리네요. 나경 씨하고 잘 맞는 것 같아요. 선생님이란 직업."

"고맙습니다."

"저 애도 나경 씨를 되게 잘 따르잖아요. 환경도 안 좋은데, 어디 비뚤어지거나 주눅 든 데도 없고. 나는 저 나이 때 엄청 사납고 난폭했었는데. 정에 굶주려 가지고 사고도 많이 치고."

"어머, 단상우 씨가요?"

"그럼요. 내가 얼마나 못됐었는데요. 선생님이란 선생님들이 다 학을 떼고 처벌하는 것도 포기하고……. 어떤 선생님은 나한테 네가 그러니까 고아 된 거라고 한 적도 있어요. 내가 얼마나 미웠으면."

"그래도 애한테 어떻게 그런 말을……."

"아아, 괜찮아요. 그럴 수도 있죠. 이 나이 먹으니까 이제 애들보다 선생이 더 잘 이해돼. 나도 나경 씨 같은 선생님 밑에서 컸으면 저렇게 착했을 수도 있는데. 그렇죠? 하하하."

"실은, 그래서 단상우 씨한테 오늘 부탁드릴 일이 있는데……."

그리고 두런두런하는 목소리. 나는 더 듣고 싶었지만, 계속 듣기엔 졸음이 와서 제대로 듣지를 못했습니다. 나는 몸을 둥그렇게 말고 잠이 들었습니다. 부드러운 자동차의 엔진 소리를 자장가 삼아 함께.

그리고 잠깐 눈을 감았다 싶었는데, 어느새 누군가가 날 흔들어 깨우고 있었습니다.

"강준아, 일어나. 들어가서 자야지."

나는 눈을 비비며 자리에서 일어났습니다. 차가 이미 멈추고 선생님이 부드러운 미소로 나를 내려다보고 있었습니다. 활짝 열린 문 너머로 보이는 건, 글쎄요. 여긴 우리 집이 아닌데요?

"여기가 어디예요?"

"여기? 아저씨가 있는 호텔."

선생님이 아닌 목소리가 대답했습니다. 아저씨인가 봐요. 그런데 호텔이라니, 이게 무슨 말이죠? 왜 집으로 안 가고요?

"저…… 아빠가 기다리고 계실 텐데, 집에 가야 되는데……."

447

"괜찮아, 선생님이 아버님께 연락드렸어. 여기서 자고 가도 돼."

"그렇지만……."

"너 여기서 안 자고 집에 가면 후회할걸? 여기가 이 동네에서 제일 좋은 호텔이야. 게다가 선생님도 같이 계실 건데?"

"선생님도요?"

나는 깜짝 놀랐습니다. 선생님도 저랑 같이 주무신다고요? 근데 호텔이라면 방이 하나일 텐데, 어떻게 선생님이 우리랑 같이 잔다는 거죠? 세 명이나 같이 잘 수 있나요?

선생님은 그저 빙그레 웃었습니다. 나는 영문도 모르고 아저씨의 뒤를 따라갔습니다. 그런데 아저씨는 차에서 내리고 열쇠를 바로 유니폼을 입은 직원한테 주더라고요?

"혹시 이 호텔에서 자려면 차를 담보 잡혀야 돼요?"

내 물음에 아저씨와 선생님은 크게 웃었습니다.

호텔은 어마어마하게 컸습니다. 안에도 으리으리하고 번쩍번쩍했죠. 이런 별세계가 있을 줄은 상상도 못 했어요. 이 동네에 이렇게 좋은 곳이 있는지도요. 하긴 내가 이런 데 올 일이 있을 리가 없죠.

우리는 엘리베이터를 타고 가장 위층으로 올라갔습니다. 함께 올라간 직원이 공손한 태도로 문을 활짝 열었죠.

"와!"

나는 정말이지 깜짝 놀랐습니다. 호텔이라니, 원래 호텔이란 건 방 하나로 된 거 아니었나요? 왜 호텔 방에 거실과 방이 따로 있죠?

"어때? 여기서 잘 마음이 들어?"

"네! 네! 완전이요! 너무 좋아요!"

아저씨가 하는 말에 나는 무한정 고개를 끄덕였습니다. 세상에 이런 데서 잘 수 있다뇨! 아저씨는 정말 부자인가 봐요! 아저씨는 고개를 끄덕이더니 선생님한테 조그만 방으로 들어가게 하고 우리는 화장실이 딸린 커다란 방으로 들어갔습니다. 나는 정말이지 깜짝 놀랐어요.

"선생님이랑 아저씨가 같이 방 안 써요? 아저씨랑 저랑 같이 써요?"

아저씨의 귀가 새빨갛게 물들었습니다. 그리고 내 머리를 세게 쥐어박았어요.

"너 인마, 선생님한테 그 소리 하면 큰일 난다."

어찌나 세게 맞았는지 눈에 눈물이 핑 돌았어요. 나는 고개를 끄덕이면서도, 아저씨한테 맞았다는 건 얘기해야지 하고 마음먹었어요.

방에 딸린 화장실에는 커다란 욕조가 있었습니다. 아저씨는 거기에 뜨거운 물을 가득 담았어요. 그런 것도 우리 집에서는 기대하기 힘든 일이었죠. 우리 집엔 일단 욕조도 없거니와, 보일러도 고장 나서 뜨거운 물을 끓이려면 아궁이에 불을 지펴야 했거든요.

"넌 아저씨랑 목욕이나 하자. 보니까 너, 목욕한 지도 엄청 오래됐지?"

아저씨는 그러더니 말도 없이 내 머리 위로 티셔츠를 훌러덩 벗겨 내서 코에 대고 킁킁 냄새를 맡았습니다. 저절로 얼굴에 열이 확 올랐어요. 생전 처음 보는 사람 앞에서 발가벗기도 부끄러웠던 데다가 아저씨가 한 말은 사실이었거든요.

슬금슬금 옷을 벗고 있는데 문밖에서 똑똑, 하는 노크 소리가 들렸습니다.

"옷은 이 앞에다 둘게요."

"아, 네."

"그리고 아까 제가 말한 것 좀 부탁드려요."

"알겠어요. 걱정 마요, 그건."

아저씨와 선생님이 하는 말을 나는 옆에서 계속 눈만 동그랗게 뜨고 듣고만 있었습니다. 무슨 수수께끼같이 들렸거든요. 선생님의 발걸음 소리가 멀어지자마자 나는 아저씨에게 물었습니다.

"선생님이 아까 부탁한 게 뭔데요?"

"그거? 아, 음, 너 목욕시키는 거."

"진짜요?"

그럼 선생님도 내가 목욕 못 하고 맨날 꼬질꼬질한 걸 알았을까요? 나는 조금 시무룩해져서, 아저씨가 시키는 대로 얌전히 옷을 벗고 욕조 안으로 들어갔습니다. 아, 물론 그 전에 비누 거품을 잔뜩 내서 몸을 씻는 것도 잊지 않았죠.

아저씨는 목욕 중에 이상한 습관이 있었습니다. 자꾸 찰칵찰칵 사진을 찍었거든요.

"너 인마, 여기 손목이 왜 이래?"

"이거요? 아, 전에 아빠가 잡고 돌렸는데 그때 생겼나 봐요."

"손목을? 잡고 돌렸다고?"

"네, 전에 이불 까는데, 귀찮아서 못 보겠다고, 비키라고 한다는 게 그렇게."

"흐음……. 그럼 여기, 여기 허리는? 여기도 멍 들었는데?"

"아, 거기는 아빠가 전에 걷어차서 그런 걸 거예요. 거기는 좀 아파요."

"알았어, 그럼 여긴 안 건드릴게. 그럼…… 너 여기 갈비뼈 있는 데 멍 든 것도 아빠가 하신 거야? 이것도?"

"어…… 아마 그럴 거예요. 그거 아니면 애들이랑 축구 하다 그런 건데, 요새는 축구 안 했거든요. 아빠가 경진이 축구공을 터뜨려서 경진이가 축구공 물어낼 때까지는 축구 안 끼워 준다고 그랬거든요."

"……그래, 그렇구나."

아저씨는 그런 식으로 내 몸에 있는 상처 하나하나마다 다 찰칵찰칵 사진을 찍었습니다. 솔직히 좀 부끄러워서 찍지 말라고 하고 싶었지만, 보는 아저씨의 얼굴이 너무 진지하고 굳어져 있어서 그렇게 하지 말란 소리를 못 했어요. 아빠한 테 맞았다는 소리밖에 안 한 게 조금 그렇기는 하지만, 혹시 아저씨가 아빠를 혼내 주려는 생각이 아닐까요? 아빠는 원래 높으신 분들이 와서 뭐라고 하면 꼼짝도 못 했으니까요. 그 래서 나는 순순히 아빠한테 맞았던 흔적들에 대해서 말했습 니다. 솔직히 아빠가 때리는 건 너무 싫었거든요.

깨끗이 목욕을 마치고 새 옷도 입고 머리도 말리자 다시 졸음이 쏟아졌습니다. 이상한 일이에요, 아까 차에서도 실컷 잤는데 또 졸려요. 어떡하죠, 여기서 자고 싶지 않은데. 마치 여기서 잠들었다 깨면 모든 게 다 꿈이었을 것만 같아서 너 무너무 아쉬운데……

"강준아, 아저씨 말 잘 들어 봐."

꾸벅꾸벅 소파에 앉아 졸고 있는데 옆에 앉은 아저씨가 내 손목을 꽉 붙들었습니다. 아, 안 되는데요. 아저씨가 그렇게 말하면 정말 졸릴 것 같은데……

"네가 오늘 여기서 자고, 내일 집에 가면, 아빠가 없을지도 몰라. 그리고 너는 딴 데로 가게 될지도 모르고."

아저씨가 그렇게 말했지만 이상하게 현실감이 없었습니다. 나는 네, 네, 웅얼거리며 고개를 끄덕거리는 듯 졸았습니다. 이상해요, 너무 졸려요. 벌써 자면 안 되는데……

"처음에는 선생님을 원망할 수도 있어. 왜 괜히 안 해도 되는 짓을 해서 아빠랑 너를 갈라놓냐고. 하지만, 늘 너를 때리는 아빠 밑에서 사는 것보단 오히려 고아원에서 지내는 게 더 나을 수도 있어. 아저씨도 고아원에서 살았거든? 그런데, 나쁜 아빠보다는 고아원에서 사는 게 더 낫대. 너희 선생님도 나쁜 아빠 밑에서 자랐거든. 그래서, 아저씨랑 충분히 얘기해 본 끝에 그렇게 하기로 결정한 거야. 잠깐 아빠를 다른 데로 보내서 고치고 너는 그동안 딴 곳에 맡기기로."

너무너무 졸려요…….

"너희 엄마께도 연락드려 놨어. 내일 안 오실지도 몰라. 하지만, 너희 엄마가 오지 않으신다고 너를 사랑하지 않는 건 아니야. 단지 너를 맡을 형편이 안 되시는 것뿐이지. 알았지? 강준아, 씩씩하게 자라. 아저씨가 가끔 보러 갈게. 거기 좋은 곳이야. 아저씨도 거기서 살아 봐서 알아……."

아저씨의 목소리는 점점 희미해졌습니다. 나는 결국 눈꺼풀을 열지 못하고 잠에 빠져들었습니다. 달콤한 꿈을 꾸었어요. 선생님과 아저씨 밑에서 행복하게 자라는 꿈을요.

하지만 꿈은 깨어지기 마련이고 아침은 어김없이 찾아들기 마련이죠.

나는 생전 처음 누워 보는 푹신푹신한 침대에서 눈을 떴습니다. 어마어마하게 크고 푹신한 침대였어요. 손바닥으로 펑펑 침대를 쳐 보다가 몸을 일으켰습니다. 침대 위에는 나 혼자뿐이었어요. 아저씨는 어디 갔는지 보이지 않고요. 대체 어디 가셨지?

눈을 비비며 나는 문을 열고 밖으로 나왔습니다. 그리고 뜻밖의 광경을 보게 되었어요.

거실에서 선생님과 아저씨가 같이 잠들어 있는 광경이요.

아, 둘이 나란히 누워 있는 건 아니었습니다. 누워 있는 건 선생님뿐이었어요. 선생님은 소파 위에서 옆으로 비스듬히 누워 있었습니다. 그리고 그 옆엔 아저씨가 바닥에 앉은 채로, 선생님이 누운 소파에 기대서 잠들어 있었어요. 한 손으로는 선생님의 손을 꼭 잡고요.

참 이상한 사람들이에요. 왜 넓은 방 내버려 두고 저렇게 자고 있는 거죠?

나는 멀뚱멀뚱 그들을 지켜보다가 도로 방에 들어와서 누웠습니다. 얼마 뒤 살그머니 문이 열리더니 아저씨가 도로 안으로 들어와 침대 위에 누웠어요.

가만히 생각해 보니까 심통이 나는 거 있죠.

"아야."

나는 잠투정인 척 굴러가 아저씨를 퍽 발로 찼습니다. 아저씨는 앓는 소리를 내며 돌아누웠어요. 나는 팩 이불을 걷고 문밖으로 나왔습니다. 어느새 일어난 선생님이 소파에 앉아 계셨어요.

"강준아, 잘 잤어?"

선생님은 생긋 웃었어요. 그걸 보자 아저씨에게 났던 심통이 사르르 녹았지요.

나는 어쩔까 하다가, 선생님의 옆에 가서 앉았습니다. 부드럽고 달콤한 향내가 나서 기분 좋았어요.

"어제 아저씨가 하신 말씀 들었어요."

밑도 끝도 없이 나는 말했습니다. 그렇지만 선생님은 무슨 뜻인지 바로 이해하신 것 같았어요. 마시던 커피를 내려놓고 제 머리를 쓰다듬으셨거든요. 그 손가락이 가늘게 떨렸죠.

"그래, 강준아, 그래……. 넌 똑똑하니까 아마 이해할 거야. 가끔은 떨어지는 게 더 나은 가족도 있다는 거. 알지?"

나는 고개를 끄덕였습니다. 사실은 잘 모르겠어요. 아빠는 맨날 술을 마시고 툭하면 날 때리지만, 그래도 아빠가 없으면 내가 살 수 있을까요? 하지만 늘 몸에 멍이 들고 뼈가 부러지는 걸 걱정하는 것보단 아빠가 없이 사는 게 더 나을 수도 있겠죠.

선생님은 계속 말했습니다.

"아빠가 없어지는 게 아니야. 아빠는 치료를 받으실 거야. 다시는 강준이를 괴롭히지 않도록 단단히 교육을 받으실 거고. 만약 그게 안 된다고 하면…… 그땐, 강준이가 씩씩하게 잘 자라서 나중에 아빠를 만나러 가면 돼. 다시는 아빠가 마음대로 때릴 수도, 욕할 수도 없는 어른이 되어서."

"……."

455

"이렇게밖에 해 줄 수 없어서 선생님이 미안해. 하지만, 선생님은 강준이가 힘든 게 너무 보기 힘들었어⋯⋯."

그렇게 말하는 선생님의 눈에서 방울방울 눈물이 떨어지기 시작했어요.

마음이 아파서, 나는 어세 아저씨가 그랬던 것처럼 티슈를 잔뜩 뽑아 선생님께 내밀어 주었습니다. 선생님은 고개를 끄덕거리며 우셨습니다. 나는 선생님이 우는 걸 막지도 못하고 위로하지도 못하고 그냥 그 자리에 멀뚱히 앉아 있었어요.

참 이상했습니다. 아빠랑 헤어지는 건 나인데 왜 선생님이 저렇게 힘들게 우는지.

"왜 울고 그래요, 나경 씨. 울지 말아요. 애가 보잖아. 응?"

뒤늦게 나온 아저씨도 거실로 나오자마자 선생님을 도닥거려 주었습니다. 그러자 선생님은 아예 아저씨의 어깨에 기대앉아 울기 시작했어요. 슬펐지만, 나는 눈물을 보이지 않으려 애썼습니다. 선생님은 내 슬픔을 달래 줄 수 있지만 선생님의 슬픔을 달래 주는 건 내가 아닌걸요.

그리고 아저씨는 좋은 사람이니까요.

아저씨는 선생님의 눈물을 나보다 더 잘 받아 주실 수 있으니까요.


아저씨는 씩씩하게 선생님과 나를 일으켜 세워서 같이 아침을 먹으러 가자고 했습니다. 그리고 호텔 안에 있는 식당에서 엄청 좋은 밥을 먹고—원하면 몇 그릇이나 가져다 먹어도 되는 식당이래요. 우와! 호텔은 정말 좋은 곳이에요!—호텔 직원이 다시 가지고 나온 아저씨의 차에 타서 집으로 돌아갔습니다. 아무래도 호텔에서 아저씨의 차를 담보 잡은 건 아닌가 봐요. 전에 봤을 땐 담보 잡히면 빨간 딱지를 덕지덕지 붙여 놓던데 그런 게 아닌 걸 보면.

으리으리한 호텔 도로에서 점점 꼬불꼬불하고 좁은 시골길로 들어가다 보니 멀리서 위용위용 하는 경찰차 소리가 들렸습니다. 아빠가 저 안에 타고 있는 걸까요?

"위험해, 강준아. 너무 창문 바깥으로 내다보지 마."

선생님이 말렸지만 나는 최대한 끝까지 몸을 내밀고 지나가는 경찰차를 바라보았습니다.

아빠가 경찰차 안에 있을까요? 그러면 지금 아빠가 나를 볼 수 있지 않을까요?

아빠가 나를 보면 미안해할까요, 아니면 괘씸해할까요?

뭐가 됐든 아빠는 다시 나를 볼 수 있을까요?

경찰차가 사라지고 나서도 차는 계속 달렸습니다. 꼬불꼬불한 시골길을 달리고 달려 거북이 등껍질 같은 우리 집에 도착했어요. 나는 차 문을 열고 폴짝 뛰어내렸습니다. 하루만에 보는 우리 집은 원래보다 훨씬 더 작고 초라해 보였습니다. 왜일까요, 어젯밤 으리으리한 호텔에서 묵었기 때문일까요?

"강준아!"

선생님이 뒤에서 불렀지만 나는 마구 내달렸습니다. 여긴 우리 집이에요. 나는 여기 사람이고요. 아빠가 올 때까지 나는 한 발자국도 못 가요. 고아원 따위 안 갈 거라고, 아빠가 올 때까지 여기 지키고 있을 거라고 엉엉 떼라도 쓸 작정이었습니다.

그때였어요.

집 안 구석에서 누군가 불쑥 머리를 내민 건.

"준?"

서투른 목소리가 들렸어요. 갑자기 목이 메었죠. 누군지 알아채기도 전에 눈에서 눈물이 마구 흘러나왔습니다. 나는 그 자리에 그만 우뚝 서 버리고 말았어요. 그러자 안에서 그 누군가가 달려 나왔죠. 머리 모양도 달라지고 얼굴에 화장도 하고 있었지만, 바로 알아볼 수 있었어요.

"마마?"

우리 엄마는 필리핀 사람이에요. 한국어보다 영어로 말하는 게 더 쉽죠. 나는 엄마를 늘 마마라고 불렀고, 엄마는 내 이름을 선생님보다 더 서툴게 불렀죠. 하지만 그래서 나는 오히려 엄마가 부르는 내 이름은 어디서나 바로 알아챌 수 있어요. 내 이름을 그렇게 부르는 사람은 마마밖에 없으니까요.

"마마!"

나는 폴짝 뛰어 엄마에게 안겼어요. 엄마는 나를 안고 흐느꼈지요. 예전에 보았던 것보다 훨씬 더 튼튼해지고 좋아져 있었어요. 집 안에서 엄마랑 같이 있던 사람이 나를 떼어 놓으려고 했지만 나는 듣지 않고 엄마 품에 안겨 발버둥을 쳤습니다. 다시는 엄마랑 헤어지지 않을 거예요. 다시는!

"선생님이 전화 주신 덕분에 바로 올 수 있었어요. 감사합니다."

엄마 품에 안겨 흐느끼는데 옆에서 뭐라 뭐라 말하는 소리가 들렸어요.

"강준이 엄마는 그동안 쭉 여성 보호 센터에 있었어요. 거기서 기술도 배우고 취직해서 지금은 서울에서 살고 있어요. 강준이 아빠가 경찰에 잡혀갔다는 얘기를 하자마자 강준이를 데리러 가겠다고 해서 오늘 바로 내려오게 됐습니다. 강준이 엄마는 오늘 바로 강준이를 서울로 데리고 가고 싶어 해요. 여러모로 도움을 주셔서 감사드려요."

"감사는요, 제가 할 말이죠. 강준이가 다시 어머니를 보게 돼서 다행이에요."

"될 수 있으면 최대한 빨리 전학 수속을 밟았으면 합니다만……."

"그러게요, 그런데 강준이 어머님이 외국인이시라, 이건 학교 쪽에 절차를 한번 알아봐야……."

선생님과 엄마랑 같이 오신 분이 무어라 무어라 대화를 나누고 있는 틈에 아저씨가 이쪽으로 다가와서 내 머리를 툭 쳤습니다.

"짜식, 잘됐다. 오랜만에 엄마 봐서 좋겠네?"

엄마는 얼른 눈물을 닦고 아저씨에게 뭐라 뭐라 감사 인사를 드렸습니다. 대충 강준이랑 이렇게 다시 만나게 될 줄 몰랐고 도움 주셔서 너무 감사하다는 말 같았는데, 안 그래도 엄마는 한국어 발음이 서툰 데다가 울고 있기까지 해서 무슨 말인지는 나조차도 잘 알아들을 수 없었습니다. 그래도 아저씨는 엄청 열심히 엄마의 말에 고개를 끄덕여 주었습니다. 그리고 품에서 무언가를 꺼내어 내 손에 쥐여 주었어요.

"인마, 서울 가면 아저씨한테 연락해. 혹시 무슨 일 있으면 바로 전화하고. 알겠어?"

나는 손에 잡힌 것을 내려다보았습니다. 명함이었어요. '오드르브아 단상우'라는 이름이 쓰인 네모반듯한 종이엔 정말로 전화번호가 또렷이 적혀 있었습니다. 나는 명함을 주머니에 쑤셔 넣으며 물었습니다.

"아저씨도 바로 서울 오실 거예요?"

"어, 아니, 글쎄. 사실은 말이야……."

아직도 진지하게 대화 중인 선생님을 흘끗 돌아본 아저씨가 몸을 낮추어 속삭였습니다.

"아저씨 이쪽 동네로 이사 올 거거든. 하지만 네가 부르면 바로 선생님이랑 같이 서울 갈게. 두 시간 만에 바로 갈 수 있어."

그러더니 몸을 편 아저씨가 눈을 찡긋했습니다. 나는 어쩐지 안심했습니다. 아저씨가 명함을 줘서가 아니라, 아저씨가 이쪽 동네로 이사 온다고 해서요. 그럼 선생님은 아저씨가 지켜 줄 수 있잖아요?

멍하니 선생님 쪽으로 가는 아저씨를 지켜보는데 엄마가 손을 잡아끌었습니다. 얼른 짐을 챙겨야 된대요. 아빠가 오기 전에 가야 된다고.

"응, 알았어, 마마. 아빠 경찰한테 잡혀갔어. 안 서둘러도 돼."

하지만 그렇게 말해도 엄마는 믿지 않고 계속 사방을 두리번거렸습니다. 하긴 엄마는 나보다도 아빠를 더 믿지 않으니까요.

나는 선선히 엄마의 뒤를 따라 집 안으로 들어갔습니다. 짐을 챙기려고요.

"강준아."

선생님이 나를 손짓해서 불렀습니다. 나는 엄마한테 잠깐만, 하고는 도로 선생님께 뛰어갔습니다. 선생님은 나를 내려다보더니 빙긋이 웃었습니다.

"강준이, 이제 엄마랑 같이 살게 돼서 좋겠네. 근데 선생님이랑 인제 못 봐서 섭섭해서 어떡하지?"

"괜찮아요, 나중에 아빠가 고쳐지면 또 보러 올게요."

나도 선생님이 말하자 갑자기 아쉬워졌지만, 애써 태연한 척 허리를 폈습니다. 어차피 나는 이제 엄마가 있고 선생님은 아저씨가 있으니까요. 선생님은 이제 아저씨랑 같이 행복하게 살 테니까요.

그러니까 나는 아쉬워하지 않기로 했습니다.

선생님은 분명, 분명 훨씬 더 행복해질 거예요.

아저씨랑 함께요.

"선생님, 있잖아요. 혹시 아저씨랑 결혼할 거면, 그땐 꼭 저 불러 줘야 돼요. 알았죠?"

내가 힘주어 말하자 선생님은 또다시 얼굴이 토마토처럼 새빨개졌지만, 웃으며 고개를 끄덕거려 주었습니다. 꼭 약속하라고 졸라서 손가락 걸고 도장도 찍었어요. 물론 선생님은 잊어버릴 수도 있겠지만, 나는 아닐 테니까요. 여차하면 아저씨한테 전화해서 둘이 언제 결혼할 거냐고 물어보죠 뭐.

"강준이 어머님, 인제 출발하셔야 돼요. 기차 시간 다 됐어요."

엄마랑 같이 온 직원이 재촉하는 탓에 우리는 서둘러 집 안의 짐을 꾸리고 트럭에 올랐습니다. 엄마가 타고 온 트럭은 아주 작고 낡았어요. 하지만 뒤에 짐칸이 아주 커서 우리가 급하게 싼 짐들도 다 들어갈 수 있었죠. 엄마랑 같이 온 분은 아주 친절하고 좋은 분이었어요. 내 손목에 나 있는 커다란 멍을 보고 계속 걱정해 주셨거든요.

"자, 그럼 저희는 이만 가 보겠습니다. 여태까지 도와주셔서 정말 감사드려요."

같이 온 분이 선생님과 아저씨를 향해 꾸벅 고개를 숙였습니다. 엄마랑 저도 같이 고개를 숙였죠. 엄마는 또다시 울면서 집 안에 남아 있던 고추장과 된장 같은 걸 바리바리 싸서 선생님께 건넸지만, 선생님은 한사코 사양했어요. 선생님은 이런 거 받으면 안 된다면서요.

"강준아, 가서도 몸조심하고. 공부 열심히 하고. 엄마 말 잘 듣고. 알았어?"

기어코 눈물을 터뜨린 엄마와 선생님 대신 아저씨가 내 머리를 쓰다듬으면서 작별 인사를 건넸어요. 나는 고개를 끄덕였지요. 눈물이 나올 것 같았지만, 이제 엄마를 지켜 줘야 하는 건 나니까 겨우 참았어요. 엄마가 내가 우는 걸 보고 걱정하면 어떡해요?

"강준아, 잘 가고. 선생님한테 연락해. 선생님 번호 알지?"

선생님이 울면서 하는 말에 고개를 끄덕이며 나는 트럭에 올랐습니다. 운전석에는 직원이, 그 옆에는 엄마가 앉고 가운데는 내가 타서 아주 비좁고 힘들었지만, 즐거웠어요. 엄마가 있었으니까요. 엄마가 내 손을 잡아 주고 내 뒷모습은 선생님과 아저씨가 지켜봐 주고 있었으니까요.

"강준아, 잘 가. 행복해야 돼……."

트럭이 부르릉, 요란한 소리를 내면서 출발하고 선생님이 울면서 하는 작별 인사는 엔진 소리에 묻혀 버렸어요. 나는 손을 흔들고 또 흔들다가 이제 보이지 않을 지경이 돼서도 끝까지 거울로 그 둘을 지켜보았습니다. 선생님은 또다시 울고 있었어요. 그 옆에서 아저씨가 어깨를 감싸 안고 지탱해 주고 있었고요.

그림처럼 잘 어울리는 한 쌍에 나는 어쩐지 슬퍼져 엄마의 어깨에 기댔습니다. 엄마는 물어보는 대신 내 손을 꽉 잡아 주었어요.

'안녕.'

이제 멀어져 보이지도 않는 선생님에게 대고 나는 작별 인사를 고했습니다.

안녕, 선생님. 이제 그리워하지 않아도 돼서 다행이에요.

엄마를 만나게 해 줘서 고마워요.

선생님도 꼭 아저씨랑 같이 행복해지세요.

내가 세상에서 제일 좋아했던 선생님, 안녕.